Wilhelm von Humboldt

Briefe an eine Freundin

Wilhelm von Humboldt

Briefe an eine Freundin

ISBN/EAN: 9783337353889

Hergestellt in Europa, USA, Kanada, Australien, Japan

Cover: Foto ©Andreas Hilbeck / pixelio.de

Weitere Bücher finden Sie auf **www.hansebooks.com**

WILHELM VON HUMBOLDT

BRIEFE AN EINE FREUNDIN

HERAUSGEGEBEN VON
DR. HUHNHÄUSER

BERLIN 1921
VOLKSVERBAND DER
BÜCHERFREUNDE
WEGWEISER-VERLAG G. M. B. H.

Vorbericht von Charlotte Diede.

e Briefe, welche hier erscheinen, werden gewiß als eine willkommene Zugabe zu den gesammelten Werken Wilhelm von Humboldts empfangen werden. Oft ist der Wunsch ausgesprochen, daß, außer den gelehrten Schriften, die man allein und getrennt von denen wünschte, die nicht in dieses Fach gehören, noch mehr Ungedrucktes, besonders Briefe, erscheinen möchten. Die hier vorliegenden fallen in die Jahre von 1788 bis 1835. Jahre waren nötig, bis die Herausgeberin den Entschluss fassen und festhalten konnte, von dem, was ihr verborgenes Heiligtum war, etwas durch den Druck mitzuteilen. Endlich überzeugte sie sich, daß das nicht untergehen darf, was wesentlich zur Charakteristik eines wahrhaft großen Mannes gehört.

Was Wilhelm von Humboldt in bewegter, geschichtlich-wichtiger Zeit dem Staat war; was er voll hoher Humanität und edler Freisinnigkeit den Völkern, der Menschheit leistete; was er für Wissenschaft und Gelehrsamkeit erforschte, bewahrt die Geschichte und verzeichnet ihr Griffel auf unvergängliche Tafeln. Aber in dem unerschöpflichen Reichtum der Gedanken, der Tiefe der Empfindung, der Mannigfaltigkeit, Höhe und Reinheit der Ideen, worin der Verewigte lebte, waltete vor allem – wie der edle Bruder sich ausdrückt – »das herrliche Gemüt, die Seele voll Hochsinn und Adel«, die ihn belebte. Und wer kleidete seine Gesinnungen in eine so kraftvolle und würdige

Sprache! Doch ist diese, wie schön sie auch war, nur die äußere Schale und Hülle des hohen Geistes. Die ihm inwohnende Seele war: ein ganz uneigennütziger, sich immer selbst verleugnender, starker, ganz selbstloser Wille; mit diesem verband sich der tiefe Sinn, der heilige Ernst, der der Wahrheit entstammt, die Macht der Überzeugung, die liebevollste Schonung, die Milde im Urteilen, und der unendliche Zauber der zartesten Empfindung, der alles umfaßte.

Alles das spricht sich hinreißend in diesen Briefen an eine Freundin aus, die nach dem Ableben derselben für den Druck hinterlassen worden. Außerdem, daß sie den Verfasser verklären, könnte in der Herausgabe noch ein anderer, höher belohnender Zweck erkannt werden: die Briefe wirkten sehr wohltätig einst bei jedem Empfange. Sie waren an eine vom Glück vergessene Freundin geschrieben, für sie gedacht und empfunden, dieser sollten sie segensvoll werden, und sie erreichten ihren Zweck. Sie können nur so auf die Leser wirken, für welche sie ausgewählt sind. Bleibt ja von großen Menschen ihr Geist, oder was aus ihm hervorging, fortwirkend der Nachwelt, wenn er gleich selbst die Welt verlassen hat.

Die Briefe sind nicht für jedermann, wie das kein Buch ist. Aber es sind, für die rechten Leser und Leserinnen, reiche mannigfache Gaben, die allerdings immer auf einen Gegenstand sich bezogen, wo sie voll Verehrung und Dankbarkeit empfangen wurden. Sie berührten das Außenleben nur, um einen Anknüpfungspunkt für Ideen daraus zu nehmen. Sie gingen hervor aus einem unerschöpflichen Quell inneren, geistigen Reichtums. Der eigene Stoff, der nie von außen genommen, nie ausgehen konnte, belebte alles.

Die Briefe sind nicht gelehrten oder wissenschaftlichen,

4

noch weniger historisch-politischen, ja nicht einmal ästhetischen oder romantischen Inhalts. Auch wenn sie einmal bei äußeren Erscheinungen verweilen, kehren sie gleich wieder auf das innere Sein zurück, das allen Schein verschmäht. Sie kompromittieren niemand, sie enthalten kein Wort, das irgend jemand unangenehm sein könnte oder die Zensur fürchten dürfte. Sie zeigen, wie ein großer Mann Teilnahme und Freundschaft auszusprechen und zu beweisen, wie er verschiedene Empfindungen zu sondern und in reine Harmonie zu bringen, und wie er zu überzeugen weiß, oft selbst mit rührender Bescheidenheit. So verstand es höchst trostreich der Edle, wie das viele Briefe beweisen, über Leben und Schicksale zu erheben, um auf den Standpunkt zu geleiten, von dem aus er selbst das irdische Dasein betrachtete.

ɔ weit die Einleitung zum Vorbericht von befreundeter Hand. Das Weitere kann allein die Herausgeberin wahr und getreu hinzufügen, ja, sie allein darf es.

Und wahr und treu will ich hinzusetzen, was als Erklärung nötig ist, doch erst an das Vorhergehende anreihen, was noch dahin gehört. Dieser Briefwechsel war seit einer langen Reihe von Jahren mein einziges, mein höchstes, ungekanntes Glück. Was ich an Teilnahme und Trost bei allem, was mich traf, an Rat und Ermutigung, an Erhebung und Erheiterung, endlich an Erkenntnis und Erleuchtung über höhere Wahrheiten bedurfte, ich nahm es aus diesem unerschöpflichen Schatz, der mir immer

5

zugänglich und zur Seite war.

Ein solcher Briefwechsel, der durch nichts gestört und unterbrochen wurde, ist Umgang, der gegenseitig zu näherer Kenntnis des Charakters führt. Ein Geheimnis kann er nicht sein, die ganze Welt könnte den Inhalt wissen. Aber sie waren an mich geschrieben, so war es das Heiligtum meines Lebens; so bewahrte ich schweigend und verborgen, was nur für mich geschrieben war, mich entschädigte für große Entbehrungen, mich lohnte für viele Leiden, mir erschien wie mein zugewogenes Erdenglück, das mich ganz aussöhnte mit Schicksal und Verhängnis.

Wie viel aus einem solchen, das innere Leben vertrauungsvoll berührenden Briefe ausgeschaltet werden muß, wie nicht die Hälfte bleiben kann, auch vieles durch Mitteilung entweiht werden würde, darf kaum angedeutet werden. Zugleich ist anderes wieder in dem Schönen und selbst Lobenden so charakteristisch, spricht den inneren Gemütsreichtum und die Fülle des gütigsten, gerechtesten Herzens so hinreißend aus, daß es denen nicht entzogen werden darf, die jede Erinnerung der Art gewiß heilig verehren. Daß alle diese die hier erscheinenden Briefe wie eine zwiefache Stimme aus einer unsichtbaren Welt, wie ein doppeltes Vermächtnis ansehen, ist mein Wunsch. Zuerst die teuern Hinterbliebenen des Verfassers, dann die große Zahl seiner Verehrer und Freunde, in deren Herzen gewiß nie sein Bild erlöschen wird, da ihm die Stelle darin durch Liebe und Ehrfurcht geweiht ist. Demnächst sind sie ein Vermächtnis für den engen Kreis der Freunde der Herausgeberin, welche alle Papiere sorgfältig gesammelt, bewahrt, geordnet und treu-gewissenhaft ausgewählt hat. Jeder, der das Glück hatte, dem Vollendeten näher zu stehen und den er würdigte, ihm das Innere seiner hohen Seele aufzuschließen, wird ihn in den Briefen, in dem Gange seiner Ideen und den öfteren Selbstzeichnungen wiederfinden.

Manches bedarf, nur um nicht ganz unverständlich zu sein, einer Erklärung, wozu ich mich ungern entschließe. Welche Frau, geehrt und beglückt durch Wilhelm von Humboldts Teilnahme und Freundschaft, gewürdigt vieljähriger, vertrauungsvoller Briefe und im Besitz so vieler geistreicher Blätter, könnte den Mut haben, ihre Ansichten und ihr Geschreibe neben das zu stellen, was aus seiner Feder floß! Ihn allein reden zu lassen ist geziemend und natürlich. Die Briefe selbst sind es und sie allein, worauf es ankommt, und welche Tendenz der Briefwechsel haben sollte, geht klar daraus hervor.

Über den Beginn desselben möchte einige Nachricht dem einen und andern interessant sein. Kurz und einfach will ich sie geben.

Wir lernten uns in früher Jugend, im Jahre 1788 in Pyrmont kennen, wohin Herr von Humboldt, der in Göttingen studierte, von dort kam, und wohin ich, nur wenige Jahre jünger, meinen Vater begleitete, der alljährlich ein Bad besuchte. Wir wohnten in einem Hause, waren Tischnachbarn an der Wirtstafel und lebten in Gesellschaft meines Vaters drei glückliche Jugendtage von früh bis spät als unzertrennliche Spaziergänger in Pyrmonts Alleen und reizenden Tälern. Wir hatten uns so viel zu sagen! so viele Ansichten und Meinungen mitzuteilen! so viele Ideen auszutauschen! wir wurden nicht fertig. Wie leise diese oder jene Saite angeschlagen wurde, sie fand den tiefsten Anklang.

Es war die letzte Epoche einer schönen, blüten- und hoffnungsreichen, poetischen Zeit, worin ein Teil der Jugend ideal und begeistert lebte, während der andere, wie heute, im Realismus prosaisch fortschritt. Wir gehörten beide zu dem ersten. Und es herrschte damals noch die schöne Ruhe vor dem nahen Sturm, der bald furchtbar ausbrach.

Wenn die Jugend auch den klaren Begriff der Größe noch nicht hat, so ahnt und empfindet sie doch solche. Wilhelm von Humboldts Charakter war schon im Jüngling derselbe, wie er sich später und bis an das Ende seines Lebens aussprach. Schon 1788 lebte er in hohen und klaren Ideen, schon damals war die einzig heitere Ruhe über sein ganzes Wesen ausgegossen, die im Umgang höchst wohltätig ergriff und sich jeder Unterhaltung ebenso mitteilte. Jedes Wort war überzeugend und beleuchtete hell den Gegenstand, worüber er sprach.

Herr von Humboldt reiste nach drei Tagen ab. Wir blieben länger. Mir blieb die Erinnerung von drei glücklichen Jugendtagen, die ein gewöhnliches, alltägliches langes Leben an Gehalt aufwiegen. Das Andenken derselben hat mich durch mein ganzes Leben begleitet. Mein neuer junger Freund hatte auf mich einen tiefen, nie vorher gekannten, nie in mir erloschenen Eindruck gemacht, der gesondert von andern Empfindungen, in sich geheiligt, wie ein geheimnisvoller Faden durch alle folgenden Verhängnisse meines Lebens ungesehen lies, und fest in mir verborgen blieb, den ich immer gesegnet und als eine gütige Fügung der Vorsehung angesehen habe. Es knüpften sich an diese Erinnerungen, so wenig als an die drei Tage selbst, weder Wünsche, noch Hoffnungen, noch Unruhe. Ich fühlte mich unendlich bereichert im Innern und meine Seele war mehr noch als vorher aufs Ernste gerichtet. Manches, was wir besprochen hatten, beschäftigte mich noch lange, und »das Gefühl fürs Wahre, Gute und Schöne« wurde klarer und stärker in mir.

Wir sahen uns nicht wieder, auch hegte ich nicht die leiseste Hoffnung des Wiedersehens. Ich schloß die vorübergegangene schöne Erscheinung in das Allerheiligste und gab es nie heraus, sprach nie darüber und sicherte es so vor Entweihung durch fremde Berührung.

Ein Stammbuchblättchen, ein in jener Zeit mehr als jetzt gebräuchliches Erinnerungszeichen, blieb mir ein sehr teures Andenken durch mein ganzes Leben. Ich ahnte nicht, wie bedeutend es noch werden würde, als ein Dokument, das hierher gehört, da es beides charakterisiert, den jugendlichen Humboldt und unser jugendliches Verhältnis.

Bald nach dieser für mich in den späteren Folgen so wichtigen Bekanntschaft, im Frühjahr 1789, wurde ich verheiratet. Ich lebte in dieser kinderlosen Ehe nur fünf Jahre und trat in keine zweite.

Mich trafen ungewöhnliche und schmerzlich-verwickelte Schicksale, und durch rätselhafte, geheime, erst spät enthüllte Intriguen und Feindschaften blieb mein ganzes Leben ein Gewebe von Widerwärtigkeiten, die ich später gesegnet habe, da nichts anders sein durfte, als es war, sollte ich der segensvollen Teilnahme des edelsten Freundes teilhaftig werden.

In dieser Zeit begannen die großen Weltbegebenheiten und griffen mehr oder weniger in die Schicksale von Tausenden ein, die nichts damit zu tun hatten. Auch auf mich übten sie ihre Gewalt, indem sie mich eines Vermögens beraubten, das eben ausreichte, mir bei mäßigen Wünschen Unabhängigkeit zu sichern, wodurch mir viele Lebensbitterkeiten fern blieben, die ich später kennen lernte.

In der ereignisschweren Zeit 1806 wohnte ich als Fremde in Braunschweig. Eine Reihe von Jahren hatte ich dort unter der milden Regierung des alten, allgeliebten, verehrten Herzogs Karl Wilhelm Ferdinand gelebt. Es war nach der Schlacht bei Jena, wovon man so große Erwartungen hegte, als die Besitznahme deutscher Länder und die französische Herrschaft begann. Braunschweig traf der Schlag zuerst. Wie gewaltsam die Schritte auch waren, die geschahen, man sah sie als kriegerische Maßregeln an, aber nicht als Vorspiel dessen, was folgte. Man besorgte und befürchtete keine Fremdherrschaft.

Jetzt erging eine Aufforderung, die allgemeine Last freiwillig oder gezwungen mitzutragen. An mich erging aber keine Anforderung, gern und freiwillig gab ich einen großen Teil meines Vermögens. Es war mir gerade ein Kapital ausgezahlt, das vorerst auf Wechsel stand, worüber ich gleich disponieren konnte; gefährlich schien es durchaus nicht, die Obligationen wurden von den Landständen ausgestellt und garantiert, die Gelder von ihnen empfangen. Man hielt das für sehr sicher. Mich hatten schwere Privatleiden in der Zeit getroffen, so, im Schmerz befangen, handelte ich wohl nicht vorsichtig genug. Wie es bald mit diesen Papieren ging, ist bekannt genug und gehört nicht weiter hierher.

Bald kamen die wichtigen weltgeschichtlichen Jahre 1812, 13 und 14 heran. Wer, der sie erlebte, denkt nicht gern und mit Freuden der Begeisterung jener Zeit, in der man des eigenen Geschicks vergaß, wenn es nicht zu schwer war! Ich lebte in dieser Zeit im Braunschweigischen. Wer hatte mehr gelitten als der Herzog selbst, wie hing ihm sein Volk an mit deutscher Treue und Liebe! Auf eine den gütigen Fürsten hochehrende Art war er mit meinen Verlusten und meiner daraus hervorgegangenen Lage bekannt geworden. Er rechnete mir, als einer Fremden, mein früheres Darlehn höher an, als es solches verdiente. Freunde von mir standen ihm nahe und machten ihn genauer mit allem bekannt. Der höchst gütige Fürst bezeigte mir in zwei Briefen seine Teilnahme an meinen Verlusten und den Wunsch, meine Lage gründlich zu ändern. Man riet mir, das Wohlwollen gleich in Anspruch zu nehmen und um eine Pension zu bitten. Das vermochte ich nicht. Ich vertraute dem fürstlichen Wort: nach glücklich beendeter Sache die Sorge für mich selbst zu übernehmen. Dies Vertrauen hätte mich gewiß nicht getäuscht, wäre er nicht bei Waterloo gefallen. –

Mehrere einflußreiche Männer in hoher Stellung interessierten sich für meine Sache, um mir einigen Ersatz zu verschaffen, aber vergeblich. Meine großen Verluste blieben, wie hart und drückend sie waren, unersetzt.

Um diese Zeit sprachen die Zeitungen viel in großen, ehrenvollen Erwartungen von dem Minister von Humboldt, der im Hauptquartier des Königs von Preußen und dann als dessen Bevollmächtigter auf dem Kongreß in Wien war. Plötzlich kam mir der Gedanke, mich in die Erinnerung des nie Vergessenen zurückzurufen, mich offen und ohne Rückhalt gegen ihn über meine dermalige Lage auszusprechen und es ihm und seiner Einsicht anheim zu stellen, ob und was für mich zu tun sei. So schnell wie der Gedanke in mir aufstieg, wurde er ausgeführt. Alles Jugendvertrauen kehrte während des Schreibens zurück. Ich gab dem teuern Freund einen möglichst kurzen Überblick über viele verhängnisvolle Jahre, verweilte aber länger bei der Gegenwart, die mir den Mut gegeben hatte zu diesem Schritt. Das heilig bewahrte Stammbuchblättchen war eine sprechende Beglaubigung. Von diesem Brief habe ich damals für mich eine Abschrift bewahrt und diese jetzt wiedergefunden, und da er die folgenden veranlaßte und den Briefwechsel eröffnete, so gehört er, stückweise, hierher und ich teile das Nötige daraus mit.

Ich bekam auf der Stelle Antwort.

Jeder, der den Vollendeten kannte, wird seinen Brief, den treuen Ausdruck des edelsten Gemüts, nicht ohne gerührtes Interesse lesen.

ɪe jedoch zu den wertvollen Briefen übergegangen wird, möchte es nötig sein zu sagen, wie die Veröffentlichung oder vielmehr der Entschluß dazu entstanden ist. Es möchte dies Pflicht sein in einer Zeit, worin so viele Briefe von vertrautem Inhalt erscheinen, die neben dem Interesse, das sie gewähren, notwendig verletzen müssen und gerechten Tadel verdienen, ohne die Wahrhaftigkeit zu beweisen.

Die Herausgabe dieser Briefe ist wie von einem unsichtbaren Willen geleitet entstanden. Ich bewahrte viele Jahre meine köstlichen, neidenswerten Briefschätze, schweigend, wie ein Heiligtum, und sah sie an wie eine unerschöpfliche Quelle höheren Lebens, woraus ich lange Jahre Mut und Kraft schöpfte und die Reife empfing, deren ich fähig war, und nur auf diese Art teilhaftig werden konnte. Eigentlich bedurfte ich für meinen Geist keine weitere Nahrung, für mein Nachdenken keinen reicheren Stoff, für meine Belehrung kein anderes Buch, für meine Seele kein helleres Licht. Dabei fand ich in allen Lagen den Trost und die Ermutigung, die mir gerade nötig waren. Höchstgütig ließ der edle Freund sich zu meiner Fassungskraft herab, so war er mir, worüber er auch reden mochte, immer verständlich, klar und überzeugend. Wenn wir auch in manchen Meinungen verschieden waren, so ging diese Verschiedenheit aus ganz verschiedenen Äußerlichkeiten des Lebens hervor. Immer aber blieb der Freund meiner Seele das leitende Prinzip meines geistigen Lebens; ich lebte von einem Brief bis zum andern mit ihm fort, und es bildete sich für mich, in einer mühe- und sorgenvollen Lage und bei untergrabener Gesundheit, ein reiches inneres Leben. Wenn ich mich immer mehr zurückzog, den Kreis meiner Freunde enger schloß, folgte ich nur meiner tiefsten Neigung; Vergnügen und Freude, und meine stille Verborgenheit war, ungekannt und ungeahnt von jedermann, höchst belebt und beseelt, ja beseligt, und war es allein durch diesen seelenvollen Briefwechsel, der nie wieder unterbrochen wurde, weder durch Reisen, noch durch Krankheiten, und bis in den Tod bestand. Dem mit mir übereinstimmenden Freunde war es eine besondere Befriedigung, daß ich so schweigend mein Heiligtum während eines halben Menschenalters bewahrte.

Die letzten Jahre meines Lebens gewährten mir wieder mehr Muße, so konnte ich mehr und tiefer in den Geist der Briefe, der in allen und jedem einzelnen weht, mich versenken und vertiefen, in diesen reichen, hocherleuchteten Geist, voll lauterer himmlischer Gesinnungen! Jahre habe ich mit diesen Briefen, und nur mit ihnen gelebt.

Oft vertieft in die Ideen des vollendeten Freundes und zugleich versenkt in Nachdenken über dies einzige Verhältnis und das, was dadurch für Zeit und Ewigkeit in mir gereift war, schien es mir nicht recht, daß so viel Wahres, Großes und Gutes mit mir untergehen sollte. Es war allerdings nur für mich geschrieben, für mich und meine Art zu empfinden berechnet, aber die überzeugenden Wahrheiten, so klar ausgesprochen, die sicheren Wege zu innerem Glück und Ruhe so unverkennbar, so klar und milde gezeigt, daß die Erkenntnis heilsam für jedes gutgeartete Gemüt sein muß.

Und das alles sollte mit mir untergehen? mit mir zernichtet werden? –

Das war vielleicht die erste innere Aufforderung, das Segensreiche so oder anders zu erhalten!

Ich fing an Auszüge zu machen, um solche im Manuskript Freunden zu hinterlassen, und erkannte bald, wie vergänglich solche Vermächtnisse sind und wie schnell verlesen. So stiegen nach und nach Gründe auf, so wertvolle Papiere durch den Druck zu erhalten. Ein großes Hindernis trat mir entgegen: der Widerwille an aller Öffentlichkeit. Was Freunden für mich hochehrend erschien, dünkte mir Entweihung. Ein zweites Hindernis war die Forderung einer strengen Durchsicht, selbst teilweise einer gänzlichen Umschreibung der gemachten Auszüge. Schwierigkeiten aller Art entstanden. So waren, wie schon gesagt, Jahre nötig, den Entschluß der Veröffentlichung zu reifen. Auch kann diese erst nach meinem Ableben stattfinden. Die Zeit, die das Unbedeutende bald erbleichen läßt, verklärt das Große und wird auch den hohen Wert der Gaben steigern, die ich denen hinterlasse, die sie verstehen, würdigen und gewiß mit Freuden empfangen.

Als heilige Pflicht erschien es mir nach dem gefaßten Entschluß, alle Auszüge selbst zu machen und eigenhändig zu schreiben. So sicherte ich Wahrheit und Treue auf einer Seite, indem ich auf der andern niemand verantwortlich machte. So kann ich aber nicht dafür einstehen, daß nicht Wiederholungen vorfallen. Ich bemerke dies im Vorbericht, um nicht später bei jedem einzelnen Fall daran zu erinnern. Ich bedarf gewiß Nachsicht und Verzeihung für solche Fehler, die ich begehen, ja nicht werde vermeiden können, da ich den Entschluß der Herausgabe zu spät gefaßt habe, und keine fremde Hilfe erbitten noch zulassen will. Man ist wohl so gütig, wenn bei aller Sorgfalt Wiederholungen der Art vorfallen, solche Stellen zu überschlagen. Der Verfasser ist es ja allein, der Interesse erregt und gewährt, und was er schreibt, entschädigt reichlich, wo mich Tadel trifft.

Von meinen Briefen ist, wie ich das gewünscht und erbeten hatte, nichts erhalten; nur von einzelnen habe ich Abschrift oder Fragmente bewahrt, um Ereignisse im Gedächtnis festzuhalten, die mir selbst nicht entschwinden sollten. Dies werde ich als Zusätze nachtragen, wo es nötig ist.

+ + +

An den Freiherrn von Humboldt,
K. Pr. Staats-Minister, auf dem Kongreß in Wien.

.cht an Ew. Exzellenz, nicht an den Preußischen
Staatsminister, – an den unvergessenen, unvergeßlichen
Jugendfreund schreibe ich, dessen Bild ich eine lange Reihe
von Jahren verehrend im Gemüt bewahrt, und gern und
viel dabei verweilt habe, der nie wieder von dem jungen
Mädchen hörte, das ihm einst begegnete, mit dem er drei
fröhliche Jugendtage verlebte in jenen schönen Gefühlen, die
uns spät in Erinnerung beseligen und erheben. Der Name,
auf den die Welt jetzt mit großen Erwartungen blickt, der
Platz, auf den Sie früh durch Geist und Namen gestellt
waren, machte es mir nicht sehr schwer, von Ihnen zu
hören und Sie mit meinen Gedanken zu begleiten. Ich
erfreute mich an allem Großen und Schönen, was ich las
oder hörte, nahm meinen Anteil von dem Wahren und
Guten, suchte den Sinn wie früher zu verstehen, dem Geist
zu folgen, wenn ich ihn nicht gleich faßte. Das alles läßt sich
nur durch Worte andeuten, aber nicht sagen. Nur einmal
Sie wiederzusehen, wäre es auch nur in der Ferne, war und
blieb mir ein vergeblicher Wunsch. Durch Freunde, welche
kürzlich einige Zeit in Berlin lebten, erfuhr ich
ausführlicher, was ich schon wußte, daß Ew. Exzellenz mit
einer höchst geistreichen und ebenso edlen Dame sehr
glücklich vermählt und Vater sehr liebenswürdiger Kinder
sind, welche reiche Hoffnungen geben.

Ich lege hier ein Blättchen ein, das Ihnen drei in Pyrmont

verlebte Jugendtage zurückrufen wird. Ich habe das liebe Blättchen unter den kleinen Heiligtümern der Jugend sorgfältig vor allen andern bewahrt, als das einzige Pfand und Siegel der reinsten und zugleich der einzigen wahren Lebensfreude, die mir das Schicksal zugewogen. Dies Blättchen (das ich mir zurück erbitten darf) wird Ew. Exzellenz eine Bekanntschaft zurückrufen, welche die großen Bilder und Erscheinungen des Lebens längst verwischt und ausgelöscht haben werden. Im weiblichen Gemüte bleiben solche Eindrücke tiefer und sind unwandelbar, um so mehr, wenn es (welche Bedenklichkeit sollte ich finden, Ihnen nach 26 Jahren diesen Beweis von Verehrung zu geben?) wie bei mir, die ersten, ungekannten Regungen erster, erwachender Liebe waren, so geistiger Art, wie sie wohl bei der edleren Jugend immer sind. Für die weibliche Jugend und die Entwickelung des Charakters aber ist es gewiß von der höchsten Wichtigkeit, für welchen Gegenstand die ersten Gefühle erwachen. Auch knüpften sich, was selten ist, durchaus keine trüben oder schmerzlichen Gefühle daran, sondern sie wurden von großem Einfluß auf die Ausbildung meines Charakters und Gemüts.

Die Gefühle wandelte die Zeit. Das tief ins Gemüt gesenkte, teure Bild erbleichte nie mehr. An dies geliebte Bild, das höher und immer höher erschien, lehnte sich fort und fort mein Ideal von Männerwert und Hoheit. Hier ruhte ich aus, wenn ich unter dem schweren Leben am Erliegen war, hier ermutigte ich mich, wenn aller Mut sank, hier richtete ich mich auf im Glauben, wenn der Glaube an Menschen schwankte. Glauben Sie mir, ewig geliebter Freund! (Sie verzeihen dem Herzen diese Benennung) ich bin gereift unter großem, mannigfaltigem Schmerz, nicht entadelt, noch je durch unwürdige Empfindungen entweiht. Ew. Exzellenz sind, das erkenne ich im eigenen Busen, noch derselbe, der Sie waren, wie wir uns einst begegneten. Die Höhe des Lebens, der Glanz der äußeren Stellung mögen für viele Klippen sein – hohe Naturen erlangen Reife und Vollendung, gleich viel, ob im Sonnenstrahl des Glücks oder im Schatten schwerer Verhängnisse. Der Gehalt in unserer Brust, wie die Form unseres Geistes, beides ist gewiß ohne Wandel, beides ewig.

Wie es mir erging? was ich erlebte? das werden Sie jetzt fragen. Es ist eine lange Reihe von Jahren, von der die Rede sein muß, dennoch läßt sich viel auf ein Blatt bringen, aber das gibt kein Bild, wird Ihnen nicht genug sein. So will ich suchen, Ihnen im äußeren Leben das innere in seiner Tiefe und ernsten Entwickelung zu zeigen. Ob und wie ich mich bemühen werde um Kürze, wird es doch einige Blätter füllen, die Auswahl und Zusammenstellung kann nur schmerzlich sein, wenn man sich in Gegenden umsieht, die gleichsam mit unsern Tränen benetzt sind. Wenn ich daher mich nicht so kurz fassen kann, wie es Respekt für die Person und die Zeit des mit den wichtigsten Arbeiten beschäftigten Ministers gebietet, so vertrete mich bei diesem der Jugendfreund. Legen Ew. Exzellenz die Blätter zurück für eine Stunde, die den Erinnerungen gehört.

Die Zeit, bis wo wir uns kennen lernten, gehörte der ersten Jugend, und diese war harmlos im stillen, friedlichen Schatten eines gebildeten, sorgenlosen Familienlebens auf dem Lande hingeflossen. An teuern Eltern hatte ich nur Rechtschaffenheit und Güte und Beispiele vieler Tugenden gesehen. Ein mehr als ausreichendes Vermögen erlaubte ihnen in jener einfachen Zeit viele Annehmlichkeiten des Lebens, besonders auch des häuslichen Lebens; demgemäß war auch die Erziehung ihrer Kinder; sie war vor allem, wofür ich sehr dankbar bin, in sittlicher Hinsicht sehr sorgfältig. Mein Vater, in ziemlich freier, unabhängiger Lage, indem meine Mutter dem Hause mit seltener Einsicht und

Würde vorstand, ließ sich in seinen Neigungen gehen, die ihn vor allem in die Vorzeit und die Studien der Vorzeit zogen. Er lebte nur im Klassischen, war nur umgeben mit klassischen Werken. Die neue Lektüre zog ihn nicht an, ja ließ ihn unbefriedigt. Damit in Übereinstimmung war auch sein Umgang. Aus den nicht immer gelehrten, aber immer ernsten Unterhaltungen, die ich still anhörte, nahm ich vielleicht früh, und früher als andere, den Grund meiner intellektuellen Bildung, und genoß auch früher, als es gewöhnlich ist, das Glück, bedeutenden Personen näher zu stehen, mit großer Güte behandelt und ihres Anteils gewürdigt zu werden. Auf diese Art wurde ich, meinen natürlichen Anlagen gemäß, früh zum Nachdenken geführt, und mehr durch Zuhören als durch Unterricht, mehr durch Nachdenken als durch Kenntnisse und Talente auf den Weg der Bildung geleitet. Die ernste Richtung, die so, schon als Kind möchte ich sagen, meine Seele nahm, schützte vor vielen jugendlichen Torheiten und Frivolitäten, nährte aber zugleich mehr, als es wenigstens zum Glück des Lebens gut ist, den Hang zum Idealen. Dabei bildete sich mehr und mehr, denn es war schon sehr früh, ja schon in der Kindheit entstanden, ein hohes, beseligendes Bild von Freundschaft in mir aus, das mir das größte, einzige Erdenglück erschien. Die erste Erzählung, die mir durch öfteres Lesen genau bekannt wurde und mich begeisterte, war die allerdings wunderschöne Gesinnung und Handlungsart Jonathans gegen den zurückstehenden David. Alle Beispiele aus alter und neuer Zeit sammelte ich – Richardsons Clarisse gab den vollen Ausschlag. Jeder Aufopferung fähig, glaubte ich, nur für dies Glück geboren zu sein, und verlangte nichts Höheres. In Pyrmont war nun diese Überzeugung bis zur Begeisterung gesteigert und wurde bald die tiefe und unendliche Quelle vielfacher, leidenvoller Verhängnisse und schmerzlicher Verwickelungen. Verzeihen Sie diese Einleitung, die ich nötig glaube, um das Folgende richtig zu beurteilen.

Nun gehe ich über zu der schmerz- und ereignisschweren Vergangenheit, und von da zu der drückenden und zerdrückenden Gegenwart, die mir eigentlich zu diesem Schritt den Mut gegeben hat. Es wird schon leichter werden, da während des Schreibens bis hierher nach und nach das seelenvolle Vertrauen zurückgekehrt ist, womit wir uns einst in den Pyrmonter Alleen besprachen und verstanden.«

+ + +

Darauf folgte eine möglichst kurz zusammengefaßte Übersicht der hauptsächlichsten Ereignisse meines Lebens, worunter die am meisten herausgehoben und beglaubigt wurden, die mich zum Schreiben ermutigt hatten: meine großen Verluste an den Staat. Daran knüpften sich Pläne für mein Fortkommen, denen aber überall meine zerstörte Gesundheit, ein Mangel und Erschöpftsein aller Lebenskräfte entgegentraten. Das alles gehört nicht hierher und ist nicht erforderlich als Kommentar oder Einleitung zu den nun folgenden wertvollen Briefen, welche dadurch entstanden. Der Schluß war dann ungefähr so: »Jetzt haben Sie die Umrisse meines Lebens in dem langen Zeitraum übersehen, geben Sie der treuen, immer schweigenden Teilnahme etwas zurück! Sie kennen das Herz der Frauen und wissen besser, als ich das sagen kann, wie teuer uns alles ist, was dem einst geliebten Manne angehört und ihn beglückt. Sagen Sie mir etwas von den teuern Ihrigen, geben Sie mir etwas ab von Ihrem Glück!

Jetzt schließe ich die vielen Blätter ohne Furcht. Ich lege meine Angelegenheiten an Ihr Herz, da sind sie gut aufgehoben, und es geschieht, was geschehen kann. Wie sehe ich einer Antwort entgegen, die ich gewiß empfange!«

H., den 18. Oktober 1814.

WILHELM VON HUMBOLDT

BRIEFE

Wien, 3. November 1814.

ch habe heute früh Ihren Brief vom 18. Oktober erhalten,
und ich kann Ihnen nicht sagen, wie mich Ihr Andenken
gerührt und gefreut hat. Ich hatte in unserm
Zusammentreffen in Pyrmont immer eine wunderbare
Fügung des Schicksals erkannt, denn Sie irren sehr, wenn
Sie glauben, daß Sie in einer flüchtigen Jugenderscheinung
an mir vorüber gegangen sind. Ich dachte sehr oft an Sie,
erkundigte mich auch, aber immer fruchtlos, nach Ihnen,
glaubte Sie verheiratet, dachte Sie mir mit Kindern und in
einem Kreise, wo Sie mich längst vergessen hätten, und
bewahrte nur in mir, was mir jene Jugendtage gelassen
hatten. Jetzt erfuhr ich, daß Ihr Leben viel weniger einfach
gewesen ist, als ich es mir dachte. Hätten Sie mir damals
geschrieben, wie Sie am meisten litten, vielleicht hätten
Ihnen meine Worte wohltun können. Glauben Sie mir, liebe
Charlotte, Sie werden mir diese vertrauliche Benennung
nicht übel deuten, da ja nur Sie und ich unsere
Briefe lesen, der Mensch traut nie dem Menschen genug.
So erfahre ich erst jetzt durch Sie, daß ich damals einen
tieferen Eindruck auf Sie machte, als ich mir je eingebildet
hätte. Die Zeilen, die man nach so langer Zeit von sich selbst
wiedersieht, sprechen einen wie aus einer anderen Welt an.
Ich habe das Glück, denn es ist wirklich nur ein Glück, daß
ich mich keiner Empfindung schämen darf, die ich in jener
Jugend hegte, und glauben Sie es mir, ich bin noch jetzt
gleich einfach wie damals. Jedes Wort Ihres Briefes hat mich
auf das Tiefste ergriffen, ich versetze mich ganz in Ihre Lage,

und ich danke Ihnen recht aus innigem Herzen, daß Sie den Glauben an mich nicht verloren, und daß Sie mich wert hielten, sich mir, wie Sie es tun, zu erschließen. Schreiben Sie mir denn, wenn Sie es der Mühe wert halten es ferner zu tun, ohne Umschweife und mit dem Vertrauen, auf das ich vielleicht ein Recht erlangt hätte, wenn ich Sie wiedergesehen hätte. Sehr Unrecht haben Sie, wenn Sie sagen, daß gewisse Eindrücke im weiblichen Gemüt tiefer und länger haften. Ich könnte Ihnen das Gegenteil aus Ihrem eigenen Briefe beweisen. Gestehen Sie immer, es soll kein Vorwurf sein – 26 Jahre liegen hinter unserer kurzen Bekanntschaft, und wir sehen uns leider vermutlich nie wieder –, daß ich ziemlich aus Ihrem Gedächtnis verschwunden bin, wie ich Sie verließ. Sie haben sich wenigstens nicht an mein Versprechen erinnert, Sie wieder zu besuchen, das nicht gehalten zu haben mich oft sehr ernstlich geschmerzt hat. Ich könnte die Bank in der Allee noch bezeichnen, wo ich es machte; ich war im Begriff, zu Ihnen zu kommen, aber eine jugendliche Pedanterie, in der ich es für unmöglich hielt, eine Woche später nach Göttingen zurückzukehren, hielt mich davon ab. Es ist mir ein sicherer Beweis, daß wir einander im Leben nicht nahe kommen sollten, und das Einzige, was mir innig leid tut, ist, daß ich nicht bestimmt war, irgend dauernde Freude in Ihr Leben zu bringen. Trübe oder schmerzliche Empfindungen konnten sich, davon seien Sie sicher überzeugt, an den Umgang mit mir nicht knüpfen. Es trifft mich kein Vorwurf dieser Art. Ihr Schicksal hat mich so ergriffen, wie Sie es nach diesen Geständnissen sich denken können. Ich habe es auch auf mannigfaltige Weise heut überlegt. Ich bitte Sie aber, überlassen Sie sich für den Augenblick mir, folgen Sie blindlings meinem Rat und glauben Sie dem, der mehr Welterfahrenheit hat als Sie, und ebenso wie Sie weiß, was ein Gemüt in Ihrer Lage bedarf. Setzen Sie aber dabei alle kleinlichen Rücksichten beiseite, seien Sie wirklich vertrauend, seien Sie gut gegen mich, und erzeigen Sie mir den größten Gefallen, den Sie mir erzeigen können. Was Sie in Ihrer jetzigen Lage brauchen, Ihre Gesundheit und Ihr Herz, ist Ruhe. Die ängstliche Sorge, die große Anstrengung für Ihre Erhaltung, untergräbt beides. Sie waren, ich erinnere mich dessen noch sehr gut, gesund und stark, Sie waren es, so scheint es, später wieder geworden. Bleiben Sie ein Jahr nur ruhig und pflegen Ihre Gesundheit, so wird sie wiederkehren, trotz der Stürme, die Sie bestanden haben. Dies ist zugleich der beste Rat für Ihre übrigen Pläne. Glauben Sie mir, wer in dem Augenblick suchen muß, wo er braucht, findet schwer. Wenn man hingegen nur eine Zeit lang sorglos leben kann, finden sich die Lagen von selbst. Welcher Ihrer Pläne ausführbar sein kann, muß die Zeit erst lehren, ebenfalls was ich befördern kann. Ich halte es für Pflicht, Ihnen darüber ganz offen zu reden. O! Sie hätten sehr unrecht, es mir übel zu deuten. Die Briefe des Herzogs sind sehr gut und machen ihm Ehre, aber er kann, wie Sie aus den Briefen Ihrer Freunde sehen, vorerst nicht helfen. Diese Dinge müssen Sie also wenigstens der Zeit und dem Schicksal überlassen. Erlauben Sie mir das Verdienst, Ihnen diese Zeit zu verschaffen, gönnen Sie mir die Beruhigung zu wissen, daß Ihnen jetzt ein Jahr ungetrübt von kleinen äußeren Sorgen verstrichen ist. Ja, liebe Charlotte, ich bitte Sie inständig darum; verschmähen Sie mein Anerbieten nicht. Es wäre innerlich die falscheste Delikatesse von der Welt, und Sie können sicher sein, daß niemand je als ich und Sie darum wissen wird. Ich bin nicht reich, aber ich weiß sehr gut, was ich tue, und ich sehe aus Ihrem ganzen Brief und allen seinen Beilagen, daß Sie, was meinen Gefallen an Ihrem Leben und meine wahre Achtung für Sie vermehrt, sich an eine große Einfachheit von Bedürfnissen gewöhnt haben. Ich lege Ihnen hier eine Anweisung ein. Ich begreife, daß dies nur für Monate sein kann. Aber folgen Sie mir, schreiben Sie mir recht vertraulich, recht ordentlich, was Sie, eine Badekur eingerechnet, brauchen. Glauben Sie mir, daß ich nie mehr tue, als ich kann, geben Sie es mir zurück, wenn Ihre Lage und Ihr Schicksal sich ändert, aber begreifen Sie nur recht meinen Plan, der ganz einfach der ist, daß Sie ein Jahr vor sich haben, für das Sie nicht zu sorgen brauchen, und in dem Sie mit Freiheit und ohne Ängstlichkeit künftige Pläne bilden können. Ich fühle recht gut dasjenige, dem ich mich nach der Schilderung, die Sie mir von sich selbst machen, aussetze. Sie können alles ausschlagen, Sie können Anmaßung in mir finden, mir Vorwürfe machen. Ich muß aber doch auf meinem Vorschlag beharren, er ist der einzige Ihrer Lage angemessene. Glauben Sie ja nicht, liebe Charlotte, daß ich irgend etwas Ungeziemendes darin finde, selbst mit seiner Arbeit Verdienst zu suchen, Sie sollen ja auch nachher ganz frei sein. Nur bis Ihre Gesundheit wiederhergestellt ist, folgen Sie. Jetzt ist jede Arbeit Ihnen verderblich. Wenden Sie sich aber an andere, so glauben Sie mir, niemand antwortet Ihnen so anspruchslos, so uneigennützig; andere glauben Ihnen einen Gefallen zu tun; mir erzeigen Sie einen. – Jetzt breche ich davon ab und rede Ihnen von mir, weil Sie es wollen. Ich bin, wie man Ihnen gesagt hat, verheiratet, ich heiratete drei Jahre, nachdem ich Sie sah, und habe jetzt fünf Kinder; drei habe ich verloren. Ich heiratete bloß und nur aus innerer Neigung, und es ist vielleicht nie ein Mann in seiner Verbindung so glücklich gewesen. Nur seit den letzten zwei Jahren habe ich das Unglück, daß meine Frau kränkelt, und mich meine Geschäfte oft von ihr fern gehalten haben, wie es noch jetzt der Fall ist. Da Sie, wie Sie mir sagen, manchmal von mir hörten, so werden Sie wissen, daß ich einige Jahre hindurch Gesandter in Rom war. Ich nahm die Stelle nur des Landes wegen an, und hätte es, ohne die unglücklichen Ereignisse, nie verlassen. In diesen wurde es aber gewissermaßen zur Pflicht, zu dienen, und so bin ich nach und nach in verwickelte Verhältnisse gestoßen worden. Sie sind aber meiner Neigung wenig angemessen, und mir würde ein stilleres und einfacheres Leben mehr zusagen. Den Krieg hindurch war ich im Hauptquartier, dann in England, von da ging ich nach der Schweiz, meine Frau zu besuchen, die dort hingereist war. Jetzt bin ich hier auf dem Kongreß, und sie ist auf ihren Gütern, von denen sie nach Berlin gehen wird. Nach dem Kongreß besuche ich sie dort und gehe als Gesandter nach Paris, wohin sie mir später folgen wird. Mein ältester Sohn ist schon Offizier, ging mit 16 Jahren ins Feld, wurde verwundet, ist aber glücklich geheilt und nun wohlbehalten zurückgekommen. Außer ihm habe ich drei Mädchen und einen kleinen Jungen. Die beiden jüngsten der Mädchen sind eigentlich in Italien groß geworden und konnten keine Silbe deutsch, wie sie, die älteste im zehnten Jahre, nach Wien kamen. Ich wünschte, Sie sähen sie. Es sind zwei unendlich liebe Geschöpfe. Der kleine Junge ist erst fünf Jahre. Zwei Söhne hatte ich das Unglück in Rom zu verlieren, eine Tochter, mit der meine Frau, als sie eine Reise nach Paris machte, niederkam, ohne daß ich sie sah. So wissen Sie meine äußeren Schicksale. Von den inneren läßt sich nur reden, nicht schreiben.

Nun nehmen Sie noch einmal meinen herzlichen Dank. Ich weiß nicht, ob ich Sie je wiedersehen werde, und ich darf es kaum hoffen. Ich kann mir auch jetzt kein deutliches Bild von Ihnen machen. Allein wenn daher auch das, was ich von Ihnen in der Seele trage, eine Erscheinung der Vergangenheit ist, sogar eine, an die meine Einbildungskraft vieles, über die augenblickliche Dauer unseres Zusammenseins hinaus, legte, so glauben Sie gewiß, daß es nie eine flüchtige war und nie eine solche sein wird.

Ganz der Ihrige.H.

Die Originalbriefe und das Erinnerungsblatt schicke ich

zurück.

Wien, den 18. Dezember 1814.

ır Brief, liebe Charlotte, hat mir große Freude gemacht, und ich danke Ihnen recht herzlich dafür. Sie legen zu viel Wert auf das, was so natürlich war und nicht anders sein konnte. Ihr Andenken hat sich nie bei mir verloren, noch verlieren können, allein es fiel mir nicht ein, zu glauben, daß ich je wieder von Ihnen hören würde, noch weniger , daß Sie meiner auch nur irgend gedachten. Auf einmal rufen Sie mir mit Güte und mit dem ungezwungenen Geständnis, daß Sie, ohne die Umstände, die uns trennten, vielleicht mehr empfunden hätten, die Bilder der Vergangenheit und Jugend zurück. In der Rührung und in der Freude, die das in mir weckte, habe ich Ihnen geantwortet und werde ich Ihnen immer antworten. Erheben Sie mich also nicht deshalb, aber bleiben Sie mir gut, erhalten Sie mir Ihr Vertrauen; schreiben Sie mir so herzlich, so vertrauend als jetzt, lassen Sie sich ganz mit mir gehen, wie ich mit Ihnen, und glauben Sie nicht, daß mir Ihre Briefe je zu häufig kommen, je zu weitläufig sein könnten. Es gibt nichts Beglückenderes für einen Mann, als die unbedingte Ergebenheit eines weiblichen Gemüts. Ich bin weit entfernt, den mindesten Anspruch an Sie zu machen. Ich kann kein Recht dazu besitzen. Sie können nur ein schwankendes Bild von mir in der Seele tragen. Ich muß jetzt, von Geschäften, Sorgen, Zerstreuungen zerrissen, Verzicht darauf tun, Ihnen irgend etwas sein zu können. Aber Sie können mir, wenn Sie fortfahren mir zu schreiben, wie Sie tun, mir von Ihrem äußern und innern Leben zu erzählen, mit mir ohne Rückhalt so vertraulich umzugehen, wie es Ihren ersten Empfindungen für mich entsprochen hätte, eine Freude geben, die ich mit inniger und wahrer Dankbarkeit empfangen werde. Schreiben Sie mir also ja von Zeit zu Zeit.

Sie schreiben natürlich und ausgezeichnet gut außerdem, und lassen Sie mich die Kinderei gestehen, schon Ihre Hand macht mir Freude, sie ist hübsch an sich, und ich erinnere mich ihrer von ehemals. Reden Sie mir aber vor allem von sich selbst. Ihr letzter Brief enthält kaum ein Wort über Ihre Gesundheit. Lassen Sie mich wissen, ob Ihre Kräfte, Ihr gesundes Aussehen, Ihre Heiterkeit zunehmen. Dann muß ich Sie um Eines bitten: Warten Sie nie eine Antwort ab, mir zu schreiben; seien Sie großmütig, rechnen Sie nicht um Briefe mit mir. Ich habe sehr wenig Zeit. Ich kann nur selten, nur abgerissen schreiben, geben Sie mir, und fordern Sie nicht von mir. Sie finden vielleicht in dieser Bitte mehr Freimütigkeit, als ich haben sollte. Aber ich leugne es nicht, daß ich eigennützig mit Ihnen bin, und Sie haben eine zu gute Meinung von mir, die ich gern zur Wahrheit herunterstimme.

Sie fragen mich, liebe Charlotte, ob Sie vorerst in Göttingen oder Braunschweig leben sollen, und wollen nichts ohne meinen Willen tun. Damit berühren Sie eine sonderbare Seite in mir. Ich habe es sehr gern, wenn man meiner Bestimmung folgt. Ich will also, daß Sie nach Göttingen gehen sollen, und nicht bloß aus Gefälligkeit für Sie, weil Sie es vorziehen, sondern weil es mir lieber ist. Sie werden dies sehr sonderbar finden und nicht erraten, was mich bestimmen mag. Auch kann ich es Ihnen kaum recht erklären; allein es ist doch nun so, wäre es auch nur, weil ich Sie von Göttingen aus sah, wie ich in Braunschweig war, Sie nicht kannte, und in Göttingen sehr oft an Sie dachte. Überhaupt liebe ich Göttingen, weil ich da in einer Zeit einsam lebte, in der die Einsamkeit bildend ist. Grüßen Sie in meiner Seele den Wall, und schreiben Sie mir, wenn Sie da sind, auch von den Menschen dort.

Nun leben Sie wohl, teure Frau, und werden mir nicht wieder fremd. Es ist ein wunderbares Verhältnis unter uns.

Zwei Menschen, die sich vor langen Jahren drei Tage sahen und schwerlich wieder sehen werden! Aber es gibt in dieser Art der reinen und tiefen Freuden so wenige, daß ich mich schämen würde, geizig mit dem Geständnis zu sein, daß Ihr Bild von damals her, mit allen Gefühlen meiner Jugend, jener Zeit, und selbst eines schöneren und einfacheren Zustandes Deutschlands und der Welt, als der jetzige ist, innig in mir zusammenhängt. Ich habe überdies eine große Liebe für die Vergangenheit. Nur was sie gewährt, ist ewig und unveränderlich wie der Tod, und zugleich, wie das Leben, warm und beglückend. Mit diesen unwandelbaren Gesinnungen Ihr H.

Burgörner, April 1822.

s ist sehr lange, daß ich ohne Nachricht von Ihnen bin, es tut mir leid, ja es schmerzt mich, so ganz von Ihnen vergessen zu sein, während ich Ihrer oft gedachte. Schreiben Sie mir, liebe Charlotte, sobald Sie diese Zeilen empfangen haben, wie es Ihnen ergangen hat und ergeht? Es mahnte mich schon lange, Ihnen zu schreiben und um Nachricht zu bitten. Vielleicht bin ich selbst schuld an Ihrem Schweigen. Meine kurzen Briefe können Sie eingeschüchtert haben, Sie mochten besorgen, mir lästig zu werden. Adressieren Sie Ihren Brief nach Burgörner bei Eisleben; ich bin hier auf einem der Güter meiner Frau. Leben Sie wohl und antworten mir gleich.H.

Burgörner, April 1822.

ch lasse meinem kurzen Briefe, den ich Ihnen, liebe Charlotte, vor ein paar Tagen schrieb, einen zweiten folgen. Einmal, weil ich sehr mich nach Zeilen von Ihrer Hand sehne und es mir leid tut, daß ich so lange schwieg; dann auch, um noch einen andern Weg einzuschlagen, damit mein Brief sicher in Ihre Hände komme. Ich weiß Ihre Adresse nicht genau, ja ich weiß nicht einmal, ob Sie noch in Kassel sind. Das aber darf ich mit Zuversicht hoffen, daß Sie mich nicht vergessen haben. Ich vergesse Sie nie. Ihr H.

Burgörner, den 3. Mai 1822.

ch habe Ihre beiden lieben Briefe vom 24. und 26. April empfangen, und sage Ihnen, liebste Charlotte, auf der Stelle meinen herzlichsten Dank. Sie haben mich recht sehr dadurch erfreut und ganz meinen Erwartungen entsprochen. Nie könnte ich irre an Ihnen werden oder den Glauben an die Ausdauer und die Treue Ihrer Gesinnungen und Empfindungen verlieren. Das sagte ich Ihnen schon neulich, und es ist nur natürlich. Wenn uns jemand eine so lange Reihe von Jahren, ohne irgend ein Zeichen des Andenkens empfangen zu haben, die tiefen Empfindungen eines edlen und zarten Gemüts bewahrte, so wäre es wahrer und hoher Undank, daran ferner zu zweifeln. Es ist gewiß ein seltenes Glück für einen Mann, daß ihm ein weibliches Gemüt die ersten Empfindungen der jugendlichen Brust heilig und vertrauungsvoll bewahrt, und ich bin mir bewußt, daß ich dies Glück, so wie es ist, würdige und schätze. Aber ich sage ohne Stolz, der mir wahrlich nicht eigen ist, allein auch ohne eine kindische Bescheidenheit, es kann auch Ihnen durch mich vieles kommen, was Ihr Leben bereichert, erheitert und verschönert. Wenn das Schicksal so etwas für zwei Menschen aufbewahrt hat, muß man es nicht hinwelken lassen, sondern erhalten und in Vereinigung bringen mit allen äußeren und inneren Verhältnissen, da auf diese Harmonie allein alle Zartheit der Gefühle und alle Ruhe der Seele gegründet sein kann. Weil nun kein persönlicher Umgang unter uns stattfinden kann, so wollen wir einen brieflichen beginnen und feststellen. Ich schreibe zwar nicht gern und klage mich zum voraus an, Sie werden sehr oft Nachsicht, Geduld und Großmut zu üben haben, aber ich lese sehr gern Briefe, besonders die Ihrigen, nicht nur, weil ich gern lese, was Sie schreiben, sondern noch mehr, weil mich Ihr äußeres und noch mehr Ihr inneres Leben in der innersten Teilnahme interessiert. Sollte ich also einmal seltener schreiben, so lassen Sie sich das nicht hindern. Schreiben Sie mir immer den 15., so habe ich immer einen Tag, auf den ich mich freue. Wenn Sie mir in der Zwischenzeit schreiben, so ist das eine liebe Zugabe, die ich stets mit Dank empfangen werde.

Ihr Gartenleben und schon die Wahl desselben hat etwas, das mir ungemein gefällt. Es spricht Ihre Neigungen charakteristisch aus und vereint Einsamkeit und Annehmlichkeit. Die erste paßt zu Ihrem Charakter, Ihren Empfindungen und Ihrer Lage; die letzte erheitert und verschönert Ihr Leben. Es ist mir daher am liebsten, Sie so zu denken, zu denken, daß Sie nur selten in die Stadt kommen. Besuche, das fühle ich, können Sie nicht vermeiden, und es ist auch gut, in einigen Verbindungen zu bleiben, besonders da Sie mir sagen, daß diese Verbindungen meist bewährte alte Freunde sind.

Daß Sie am liebsten in Kassel leben, wo Ihre Jugend, wenn auch nicht immer schmerzlose, doch auch frohe und heitere Erinnerungen zurückließ, begreife ich ganz. Auch ist die Gegend schön, und eine größere Stadt bietet, wie Sie sehr richtig bemerken, vor allen anderen, Freiheit zu leben, wie es die Neigungen fordern, und daneben, ohne großen Aufwand, manche Genüsse, welche in kleinen Städten versagt sind. Ich billige also ganz Ihren Entschluß, dort ferner zu wohnen. Sorgen Sie aber vor allem in Ihrer ländlichen Wohnung für Ihre Gesundheit. Zu wenig sagen Sie mir darüber, und doch sind Ihre Ruhe, Ihre Gesundheit, Ihr Glück das, worauf es mir ankommt. In selbstsüchtigen

Wünschen und Absichten habe ich mich Ihnen nicht wieder genähert, wenn ich auch einen Wunsch hege, den ich Ihnen nächstens aussprechen werde.

Ich schließe jetzt, ich bin seit vierzehn Tagen garnicht wohl, leide zwar nur an einem katarrhalischen Fieber, da ich aber in Jahren nicht krank war, ist es mir lästig. Mit den herzlichsten, unwandelbarsten Gesinnungen der Ihrige.H.

Burgörner, Ende Mai 1822.

Ich sage Ihnen heute zuerst, liebe Charlotte, daß ich wieder
vollkommen wohl bin, damit Sie sich nicht beunruhigen. Es
geht sehr eigen mit unserm Briefwechsel. Er fing so an, daß
Sie selten Briefe von mir zu bekommen glaubten, und jetzt
muß ich mich über Ihr Stillschweigen beklagen. Sie hatten
mir in Ihrem letzten Briefe versprochen, mir unmittelbar
nach dem 15. jedes Monats zu schreiben, das müssen Sie
aber nicht getan haben, da sonst Ihr Brief längst in meinen
Händen sein müßte, und ich habe weder am vorigen
Posttage noch heute das Geringste bekommen. Es
beunruhigt mich, da Sie krank sein können, ich suche alles
auf, was Sie verhindert haben könnte. Wie dem sei, so
drängt es mich, Ihnen zu sagen, daß ich sehr nach einem
Briefe verlange, und die, welche ich habe, oft wieder
durchgelesen habe, und immer in dankbarer Erinnerung an
Ihre mir so wunderbar erhaltenen Gesinnungen. Man
könnte das wohl Eitelkeit nennen, könnte es wohl nur dem
Gefühl, sich geschmeichelt und gehuldigt zu sehen,
zuschreiben, wenn man sich durch die Bewahrung dieser
Empfindungen beglückt fühlt. Allein es wäre das doch ein
zu harter Ausspruch, und gegen mich wirklich ein
ungerechter, da Eitelkeit mir nie eigen war. Schwerlich hat
jemand je sich selbst so unparteiisch beurteilt und so wenig
schonend behandelt, schwerlich je einer so kalt und richtig
erkannt, was an den Lobsprüchen anderer abzuschneiden
und an dem, worüber sie schweigen, zu tadeln war. Und
einem gewissen Mißtrauen in meine Kräfte und die mir hier

und da beigelegten Vorzüge verdanke ich sogar die vorzüglichsten der Erfolge, die ich in Privat- und öffentlichen Verhältnissen gehabt habe. Allein ich gestehe gern, daß ich immer einen vorzüglichen Wert darauf gelegt habe, die innere Stimmung zu besitzen und zu bewahren, die auf ein weibliches Gemüt Eindruck zu machen fähig ist. Ich würde nicht so töricht sein mir einzubilden, daß sie mir jetzt noch eigen sein könnte. Wenn man nun aber auf eine so wahre, natürliche, so ergreifende Weise, als sich in Ihren Briefen ausspricht, überzeugt wird, daß man jenen Eindruck tief und dauernd erregt hat, so liegt darin ein doppeltes, die Empfindung süß erhebendes Gefühl, das des Selbstbewußtseins, und das des edlen, tiefen Gemüts, welches diese Empfindungen zart zu sondern und fest aufzubewahren verstand. Darum freut mich die Erneuerung unsers Briefwechsels unendlich, und ich schmeichle mir, daß sie auch Ihnen wohltätig sein wird; mir könnte sie nie anders sein. Ihr Bild ist mir ein ganzes Leben hindurch geblieben, in allen, auch den wechselvollsten Verhältnissen, stand es mir freundlich und licht, wie ich Ihnen neulich schrieb, vor. Ich glaubte nie wieder etwas von Ihnen zu erfahren. Die Zeit, wie Sie sich mir wieder nahten, trat gerade in die bewegteste meines Lebens. Diese ist vorüber, und so mahnte es mich schon lange, Ihnen zu schreiben. Da wir uns nach so langer Zeit nur durch einzelne Briefe nahe gewesen sind, so kann es nicht fehlen, daß wir in manchen Ideen abweichend denken müssen, über die wir uns bei ruhigem und stillem Ideen-Umtausch leicht verständigen werden.

Sie erinnern mich daran, liebe Charlotte, welchen Schatz ein weibliches Herz bewahrt, und fordern mich auf, Vertrauen zu Ihnen zu haben. Glauben Sie gewiß, daß ich ein unbegrenztes Vertrauen in Sie, in Ihre Wahrheit, Ihre Treue und die Zartheit Ihrer Empfindungen setze, wie würde ich

Ihnen sonst selbst so offen und wahr schreiben. Vertrauen Sie aber auch mir fest. Seien Sie sicher, daß das, was Sie mir vertrauensvoll sagen, bei mir wie im Grabe ruht und verschlossen ist. Glauben Sie auch fest, daß ich es herzlich gut mit Ihnen meine, immer meinte und immer meinen werde; vertrauen Sie mir auch dann, wenn Sie mich nicht gleich verstehen. Überlassen Sie mir die Sorgfalt für die Erhaltung unsers gegenseitigen Verhältnisses, für die Entfernung jedes störenden Einflusses. Ich will niemandem, aber am wenigsten Ihnen, auch nur eine meiner Meinungen aufdringen. Ich habe die unzerstörbare Überzeugung, daß Sie nie weder mich noch irgend eine Idee von mir zu verkennen imstande sind, ja, ich weiß, und sie haben es mir recht schmeichelnd wiederholt, daß sie immer gern und mit Freuden sich von mir, wie Sie gütig sich ausdrücken, »berichtigen« lassen.

Es ist mir lieb, daß Sie niemanden sagen, daß Sie Briefe von mir empfangen. Es geht niemanden was an, daß wir einander schreiben; was heilig in sich ist, muß man nicht gemein machen.

Leben Sie herzlich wohl und rechnen Sie fest auf die Unwandelbarkeit meiner Gesinnungen.

Ihr H.

Burgörner, 1822.

ch will Ihnen, beste Charlotte, heute einen Wunsch, eine Bitte aussprechen, durch deren Erfüllung Sie mir große Freude machen werden, die ich gewiß recht dankbar empfange. Ihre Lebensgeschichte, besonders auch die Entwicklung und seltene Ausbildung Ihres inneren Lebens, möchte ich gern im Zusammenhange übersehen und genau kennen. Dieser Wunsch ist schon durch Ihre früheren Briefe in mir erregt und entstanden und durch die jetzigen vermehrt. Schwer kann es ihnen nicht werden, Sie haben sich eine große Fertigkeit im Schreiben erworben. Sie schreiben leicht, gewandt, geläufig, natürlich und ausgezeichnet gut. Die Sprache steht Ihnen ganz ungewöhnlich zu Gebote. Ich sage Ihnen da keine Schmeichelei, es ist die Wahrheit, die ich mit Überzeugung ausspreche und die sich in jedem Ihrer Briefe darlegt.

Wollen Sie in meine Wünsche eingehen, so tun Sie es auf folgende Weise: Fangen Sie mit Ihrem Geburtstag und Jahr an, in chronologischer Folge und in der größten Ausführlichkeit. Schreiben Sie aus dem Gedächtnis, auf was Sie sich besinnen, nicht aus der Phantasie. Gehen Sie zurück in Ihre Kindheit und Jugend, zurück auf Ihre Eltern und Großeltern, auf Ihre Vorfahren, wenn Sie davon Nachricht haben. Lieb wäre es mir, wenn Sie in dritter Person redeten. Geben Sie den Orten und Menschen, wenn sie dahin kommen, auch mir, andere Namen, nur den Namen Charlotte behalten Sie. Ich habe das mit Goethe gemein, daß ich eine besondere Vorliebe für Ihren Namen habe. Aber reden Sie über sich vor allem wie über eine Dritte, loben und tadeln Sie sich, wo Sie ein anderer loben und tadeln würde.

Was ich besorge, ist, daß Sie von schmerzlichen Erinnerungen ergriffen werden, da ich ja schon weiß, daß Sie viel gelitten haben. Allein vorerst sind Sie davon noch fern. Kindheit und Jugend sind meist heiter und froh, und waren es gewiß auch bei Ihnen, und die Schilderung beider werde ich von Ihnen mit Freude empfangen. Sie schreiben nur für mich, und kein anderes Auge als das meinige ruht auf dem, was Sie für mich schreiben. Ich sehe Ihrem Entschluß und Ihrer Antwort mit Verlangen entgegen. Leben Sie herzlich wohl! Ihr H.

Burgörner, 1822.

eine beiden Briefe werden Sie, liebe Charlotte, empfangen haben, ob sie gleich noch unbeantwortet sind. Beide hatten die Absicht, Sie über Ihre Bedenklichkeiten zu beruhigen. Ich hoffe, das ist mir gelungen, und ich wiederhole Ihnen heute zuerst, was Ihnen mein letzter Brief sagte, daß alles, was Sie mir aus Ihrem Leben und Ihrer Vergangenheit mitteilen, ganz durch Ihre Empfindungen bestimmt werden muß. Es soll ein Zurückgehen in die Vergangenheit sein, mit dem, der den innigsten Teil an Ihnen nimmt, aber kein Aufreißen schmerzlich vernarbter Wunden, das mußte ich Ihnen zuerst sagen.

Recht herzlich danke ich Ihnen für die mir als Probe übersandten wenigen Bogen. Die Erzählung beginnt so ganz zu meiner Zufriedenheit, nur wünschte ich doch hier und da noch mehr Ausführlichkeit. Lassen Sie sich gar keine Furcht angehen, daß Sie zu weitläufig werden könnten, und denken Sie nicht, wie langsam Sie verweilen. Wir leben beide noch sehr lange, wenngleich Sie länger. Gerade die Schilderungen Ihres väterlichen Hauses, bestes Kind! haben ein großes Interesse für mich, und Sie haben wieder völlig wahr gemacht, was ich Ihnen immer sagte, daß Sie sehr gut schreiben, sehr wahr, hübsch und natürlich erzählen. Fahren Sie nur eben so fort, und wenn es Ihnen manchmal beschwerlich wird oder Ihnen Zeit raubt, so denken Sie, daß Sie mir Freude damit machen. Es verlängert und erweitert gewissermaßen das Leben, wenn man so individuelle Schilderungen einer Zeit vor sich hat, die man an ganz andern Orten und in ganz andern Verhältnissen erlebte, und es gibt doch in der Welt nichts Interessanteres für den Menschen, als wieder der Mensch. Man kann eigentlich nie genug sehen und nie genug hören. Es entstehen selbst durch jedes neue Gesicht, möchte ich sagen, neue Ideen. Erhält man nun aber gar bestimmte, ins Detail gehende Schilderungen, so sind es neue Figuren, die sich vor der Seele bewegen, und mit denen man ebenso lebt, wie in der Wirklichkeit. Dieser Hang, sich eigentlich an Menschengestalten zu ergötzen, in ihnen wie unter Anwesenden zu leben, verträgt sich doch sehr gut mit dem entschiedensten Hange zur Einsamkeit. Sobald man mit Menschen umgehen muß, oder noch mehr, sobald man recht gern mit ihnen umgeht, befindet man sich selbst zu sehr in Tätigkeit, will sich auch wohl selbst geltend machen, und wird von bloß reiner Beschauung abgezogen. Lebt man aber mit dem Hange zur Einsamkeit unter Menschen, was man von Zeit zu Zeit nicht vermeiden kann, so gehen sie mehr wie Figuren der Beschauung vor einem vorüber, man richtet seine Aufmerksamkeit ganz auf sie und nicht auf sich selbst. Wie man auf sie wirkt, wie man ihnen gefällt, bleibt einem sehr gleichgültig, wenn man sie nur in ihrer eigentlichen Natur sieht. Kehrt man dann in die wirkliche Einsamkeit zurück, so hat man viele Bilder um sich, und wenn man zu innerer Geistesbeschäftigung geneigt ist und aufgelegt, so entstehen aus den wirklichen Menschen idealische in der Phantasie, denen die wirklichen nur in den äußeren Umrissen zum Grunde liegen. Alle moralischen Fragen, alle tieferen Betrachtungen über Leben und Zweck des Lebens, über Glück und Vollkommenheit, über Dasein und Zukunft gewinnen ein reicheres Interesse, erlauben mannigfaltigere Anwendungen, wenn man sie gleichsam an so vielen Menschengestalten einzeln prüfen kann. Denn in jedem, auch selbst unbedeutenden Menschen liegt im

Grunde ein tieferer und edlerer, wenn der wirklich erscheinende nicht viel taugt, oder noch edlerer, wenn er in sich gut ist, verborgen. Man darf sich nur gewöhnen, die Menschen so zu studieren, und man kommt unvermerkt aus einem anscheinend alltäglichen Leben in eine ungleich höhere und tiefere Ansicht der Menschheit überhaupt. Es ist ja eigentlich das, worin das Gepräge jedes größeren Dichters liegt, diese Ansicht überall, und da er nur frei schaffen kann, ganz rein zu geben, oder vielmehr sie mitten aus aneinander gereihten, oft zufällig scheinenden Begebenheiten hervortreten zu lassen. Die Geschichte hat etwas Ähnliches. Das menschliche Wesen tritt auch schon reiner und größer in ihr hervor, als in den tausendfältigen kleinen Umgebungen der Gegenwart. Einen interessanten Charakter mehr im Bilde zu besitzen, ist ein eigentlicher Lebensgewinn, und mit dem Einzelnen verbinden sich nun bisweilen die von Ständen, Zeiten, Gegenden. So habe ich immer eine entschiedene Neigung zu den Landpredigern gehabt, und eine Art romantische für ihre Töchter. Das war schon in mir, ehe ich Sie gesehen hatte, und nachher hat es eben durch Sie unendlich in mir zugenommen, obgleich Sie die Einzige geblieben sind, die diesen Eindruck auf mich gemacht hat. Einen großen Teil alles Guten im deutschen Charakter habe ich aus den Landprediger-Töchtern abgeleitet: die tiefe, nicht tändelnde Empfindung; die Einfachheit bei hoher Bildung; die Entfernung alles vornehmen unangenehmen Tons, bei allen Eigenschaften, die man in vornehmen Zirkeln gern hat. Ich habe davon oft gesprochen und dann bei mir lachen müssen, daß ich das alles im Grunde von Ihnen herleitete, da ich nie eine andere Prediger-Tochter auch nur irgend näher gekannt hatte. Aber ich hatte, wie ich Ihnen sage, ein Vorgefühl davon, denn schon zu Ihnen hat mich diese Neigung, wie wir uns sahen, schnell hingezogen. Nun waren Sie mir, ein halbgesehenes Bild, entschwunden, und gehörten also ganz der Phantasie an. Daher hat nun auch alles, was Sie mir von Ihrer Kindheit, Ihrer Jugend, Ihrem elterlichen Hause sagen, ein besonderes Interesse für mich. Ich prüfe daran, ob ich richtig oder falsch ahnte, und befinde mich in der Welt, in die mich meine jugendliche Phantasie versetzt hatte. Es ist mir jetzt doppelt leid, daß ich Ihren Vater und Sie nicht in demselben Herbste, wo ich Sie zuerst sah, besuchte. Ich war in Düsseldorf bei Jacobi und wollte von dort zu Ihnen, aber Jacobi hielt mich länger auf, und nun eilte ich nach Göttingen zurück. Man hat in der Jugend oft eine einfältige Pflichtmäßigkeit. Um ein paar Kollegienstunden nicht zu versäumen, versäumte ich etwas, was sich nie nachholen läßt, mir ein lebendiges Bild von Ihnen in jener Zeit, Ihrem Elternhause, Ihrem ganzen Leben zu verschaffen.

Ich sagte im Anfange, daß Sie nicht ausführlich genug gewesen wären, darüber werden Sie lachen, da Sie schon alles menschenmögliche Maß überschritten zu haben glauben. Aber es ist doch so. Ich meine nämlich, daß Ihre Schilderungen noch umständlicher sein, noch mehr Züge dessen, wie es um Sie her war, enthalten sollten. Die Frage, die ich hersetzen will, müssen Sie mir noch in einem Ihrer nächsten Briefe auf einem besondern Blatte pünktlich und genau beantworten: Wie Ihre Mutter aussah? Das läßt sich doch beschreiben. Sie haben es aber garnicht getan. Von allen Personen, die oft und viel in Ihrer Erzählung vorkommen, müssen Sie das immer tun. Was Sie sich also von den Gesichtszügen und dem Körperbau Ihrer Mutter erinnern, schreiben Sie ja ganz genau. Dann haben Sie mir zwar das Innere Ihres elterlichen Hauses beschrieben, aber nicht bestimmt genug. Ob die Lage des Hauses, des Orts, die Umgebungen gegen Gärten, gegen Nachbarhäuser, ob die Gegend anmutig war, ob Sie aus den Fenstern ins Grüne, ob weit ins Ferne sahen, von dem allen steht kein Wort in Ihrer Erzählung, und das sind so ganz wesentliche Umstände, das holen Sie ja nach und machen Sie die Schilderung so, daß ich mir ein bestimmtes Bild davon entwerfen kann. Diesen Wunsch müssen Sie mir befriedigen, sonst schwankt alles in der Phantasie, und selbst die Gedanken und Empfindungen verlieren dadurch in ihrem Gehalte.

Sie werden mich recht lästig mit meinen Bitten finden, aber Sie haben sich einmal darauf eingelassen, sie zu erfüllen.

Ich bin allein hier und nicht auf lange Zeit. Richten Sie aber doch Ihren nächsten Brief hierher; vermutlich findet er mich noch hier, und ist das nicht, so geht er von hier von selbst nach Berlin, wohin ich zurückkehre. Sie erinnern sich wohl – Burgörner bei Hettstädt. Leben Sie herzlich wohl, liebste Charlotte, mit immer unveränderlichen Gesinnungen Ihr H.

Tegel, den 10. Juli 1822.

ch glaube Ihnen schon gesagt zu haben, daß ich Sie bitte, Ihre Briefe, wenn die meinigen diese Überschrift tragen, immer nach Berlin zu adressieren, sie kommen mir sicherer zu. – Hier brachte ich meine Kindheit und einen großen Teil meiner Jugend zu. Ich liebe Tegel sehr. Die Gegend ist wenigstens die hübscheste um Berlin; auf der einen Seite ein großer Wald, auf der anderen von Hügeln, die schön bepflanzt sind, eine Aussicht auf einen ausgedehnten, von mehreren Inseln durchschnittenen See. Um das Haus und fast überall sind hohe Bäume, die ich in meiner Kindheit erst in mäßiger Stärke sah, und die nun mit mir emporgewachsen sind. Ich baue jetzt ein neues Haus hier, das schon halb fertig ist, und bringe auch hierher die Gemälde und Marmorsachen, die wir haben, so wird es ein anmutiger Wohnplatz, von dem ich selten in die Stadt kommen werde.

Hier bekam ich auch Ihre beiden lieben Briefe, den vom 25. v. M. und den vom 3. d. M., für die ich Ihnen herzlich danke. Ich beantwortete den ersten, in dem Sie mich so sehr bitten, Ihnen augenblicklich zu schreiben, nicht gleich, weil ich wußte, daß einer von mir in der Zeit in Ihren Händen sein müßte.

Daß ich ihren Hang zur Einsamkeit tadeln oder einschränken möchte, dürfen Sie nie fürchten. Ihr alter väterlicher Freund Ewald ist aber doch wohl hier viel gütig-sorglicher gewesen und hat an Ihr Glück gedacht und geglaubt, Sie hätten mehr Vergnügen in einer geselligeren Art zu leben. Ich meine nun das garnicht, allein, wenn ich es auch meinte, so würde ich doch mehr zur Einsamkeit raten. Es ist nun einmal (das lobe ich aber nicht) meine Art so, bei mir (das möchte hingehen), aber auch bei anderen, viel weniger auf ihr Glück, ihren Genuß, als auf das, was sie in sich sind, auf den vorzüglicheren Grad und die eigentümliche Art ihrer Gemütsstimmung zu sehen. Diese nun ist aber schon schöner, wenn man die Einsamkeit liebt, und wird schöner, wenn man dieser Liebe nachhängt; sie würde es aber allmählich auch, wenn man von Natur die Einsamkeit nicht liebte, und sich nur Gewalt antäte, in ihr zu beharren. Das ist so in vielem meine Theorie.

Daß Sie mir gelegentlich erzählen, daß an Ihrem Haus und Garten ein Bach mit einem Steg ist, hat mir Vergnügen gemacht. Solche kleinen Züge bezeichnen die ganze Lage und versetzen einen in die Gegenwart. Denken Sie nun auch hübsch an mich, teure Charlotte, hinter Ihrem Bach.

Der Aufsatz, den Sie mir vorerst als Beantwortung meiner Frage senden, der ursprünglich nicht für mich bestimmt war, in dem aber eine Stelle über mich vorkommt, für die ich Ihnen sehr dankbar bin, hat mich sehr interessiert. Ich liebe die Ansichten, die jemand, der bei vielen andern genauen Übereinstimmungen doch sehr verschieden sein muß, über Gegenstände wie über Schriften hat, mit denen man durch das Leben gegangen ist. Es muß in solchen Beurteilungen vieles einseitig, selbst unrichtig sein, aber es ist die wahre, die natürliche und die eigene Ansicht, diese zieht immer an, weil man von ihr aus wieder Blicke in das Individuum tut, sie ist auch in hohem Grade belehrend, weil man sie sich gar nicht so von selbst vorstellen kann, und den Wert, den Eindruck, die Wirksamkeit der Dinge meist nur nach allgemeinen Maßstäben mißt und nur gewohnt ist, sich alles im Zusammenhange mit Denkart, Charakter, Erziehung und äußeren Umständen zu denken. Man wird die individuelle Ansicht immer ehren, auch wenn man nicht darin übereinstimmen könnte. Das, was Sie über mich sagen, ist sehr liebevoll und gütig, aber ich kann auch gewiß hinzusetzen, daß das gewiß wahr ist, daß ich unfähig wäre, je einen Menschen, der mir irgend nahe stand, zu vergessen oder aufzugeben, ich verfolge vielmehr jede Spur, die aus der Vergangenheit übrig ist. Jede solche Verbindung, ja jedes solches bloßes Begegnen, hängt ja mit so vielen in einem zusammen, und das Leben ist schon ein solches Stück- und Flickwerk, daß man nicht genug trachten kann, die zusammenhängenden Teile fester aneinander zu knüpfen. Freilich kommt es auch darauf an, daß die, an die man sich auf solche Weise erinnert, noch etwas behalten haben, was dem Bilde entspricht, das in der Seele lebt. Aber selbst, wenn das nicht ist, wie ich auch deren Beispiele in meinem Leben habe, so ergötze ich mich doch, wenn mir solche Personen wieder vorkommen, sie und ihr Treiben zu betrachten, ohne ihnen weiter ein fortdauerndes Interesse zu beweisen. Bei Ihnen ist das nun aber sehr anders; Sie haben so lange Jahre mein Andenken treu bewahrt, ohne irgendein Zeichen des Andenkens von mir zu empfangen; Sie leben gern und viel in Gedanken mit mir; Sie machen keine Ansprüche noch Forderungen an mich, als die ich gern und mit Freuden erfülle.

Sie bitten mich abermals, meine Briefe bewahren zu dürfen. Liebe Charlotte, ich bin ein großer Feind von alten Briefen, und wenn auch gar nichts darinnen steht, was irgend jemandem im mindesten nachteilig sein könnte, habe ich das Aufheben nicht gern. Ein Brief ist ein Gespräch unter Anwesenden und Entfernten. Es ist seine Bestimmung, daß er nicht bleiben, sondern vergehen soll, wie die Stimme verhallt. Bleiben soll der Eindruck, den er in der Seele hervorbringt, und den dann der zweite und die folgenden verstärken oder verändern.

Aber Sie legen einen so hohen Wert darauf, Sie bitten mich so inständig und dringend darum, daß ich es Ihnen gewiß nicht abschlagen will. Behalten Sie also immerhin die Blätter. Es ist ja dazu sehr lieb und gut von Ihnen, daß Sie sagen, Sie holen sich immer daraus, was Sie bedürfen. Ich schreibe nie eine Zeile, die ich nicht mit Fug und Recht verteidigen könnte, so ist es mir auch nicht gegeben, über das Schicksal meiner Briefe unruhig zu sein. Auch war es das nicht, was mich bewog, Sie um Verbrennung der meinigen zu bitten, sondern, wie ich oben sagte, weil ich das Aufheben der Briefe überhaupt nicht liebe. Selbst das Lesen alter Briefe will mir nicht recht einkommen. Ich dächte, man beschäftigte sich lieber mit dem Gegenstande in Gedanken, an dem das Herz hängt, da der Brief doch sein Leben verloren hat, wenn er nicht eben von geliebter Hand kommt. Bei Ihnen ist das anders. So behalten Sie immerhin die Briefe. Es macht mir Freude, Ihnen einen Wunsch zu gewähren, da Sie so selten einen Wunsch aussprechen. Nun leben Sie herzlich wohl, liebste Charlotte, und bleiben Sie um mich mit Ihren Gedanken, die meinigen teilen oft Ihre Einsamkeit. IhrH.

+ + +

Sie wundern sich, daß eine Liebe zur Beschäftigung mit Empfindungen, eine Milde und Zartheit in denselben, ein Eingehen in fremde Gemütsstimmungen, mir unter vielen und abziehenden Geschäften geblieben ist. Das kommt doch nur daher, daß jenes eigentlich die natürliche Beschaffenheit meines Gemüts ist, und daß es mir immer eigen gewesen ist, gegen das innere und eigentliche Sein, die Geschäfte nur wie eine Art Nebensache zu behandeln, immer ihrer mächtig zu bleiben, statt mich von ihnen beherrschen zu lassen. Man macht sich darum und auf diese Weise nur desto besser. Und das, was den Menschen als Mensch berührt, die Gefühle, die ihn erfüllen, die sich in ihm drängen und stoßen, haben immer einen hauptsächlichen Reiz für mich gehabt. Ich habe zuerst damit angefangen, mich selbst zu kennen und mich selbst zu beherrschen, und kein Mensch kann sich klarer durchschauen, keiner sich mehr in seiner Gewalt haben als ich. Ich habe dabei immer nach zwei Dingen gestrebt: mich empfänglich zu halten für jede Freude des Lebens, und dennoch durchaus in allem, was ich mir selbst nicht geben kann, unabhängig zu bleiben, niemandes zu bedürfen, auch nicht der Begünstigungen des Schicksals, sondern auf mir allein zu stehen, und mein Glück in mir und durch mich zu bauen. Beides habe ich in hohem Grade erreicht, über keine Freude und keinen Genuß des Lebens bin ich hinweg, wie es die Leute nennen. Die einfachste Sache, wenn sie nur etwas Anmutiges oder Höheres an sich trägt, oder wenn sie mir durch irgend etwas besonders zusagt, gewährt mir reine Freude. Daher niemand so dankbar ist als ich, weil wirklich auch wenig Menschen so viel Grund zur Dankbarkeit haben. Teils begegnet ihnen vielleicht weniger Erfreuliches, teils aber finden sie auch in dem, was ihnen begegnet, das Erfreuliche nicht so heraus, und genießen es nicht, wie sie könnten. Aber kein Mensch ist auch so wenig bedürftig als ich, und darauf beruht ein großer Teil meines Glücks, denn jedes Bedürfnis ist, wie es befriedigt wird, nur eigentlich Stillung eines Schmerzes, und alles, was darauf verwendet wird, geht dem reinen, ruhigen, stillen Genuß ab.

Der Fähigkeit, sich einem fremden Willen, bloß weil es ein solcher Wille ist, auch geradezu gegen die Neigung zu unterwerfen, als Muß sich zu unterwerfen, dieser Fähigkeit bedarf jeder, auch der Mann, und ich würde mich sehr tadeln, wenn ich nicht wüßte, daß ich sie hätte. Sie macht überdies das Gemüt milder, weicher und, so sonderbar es scheint, zugleich stärker, selbständiger und der Freiheit würdiger.

Ohne Kampf und Entbehrung ist kein Menschenleben, auch das glücklichste nicht, denn gerade das wahre Glück baut sich jeder nur dadurch, daß er sich durch seine Gefühle unabhängig vom Schicksale macht.

Burgörner, im Juli 1822.

ch habe zwei recht liebe Briefe von Ihnen bald nacheinander empfangen, liebe Charlotte, die mir herzliche, wahre Freude gemacht haben, und wofür ich Ihnen ebenso herzlich danke. Die Güte und Liebe, die Sie mir so treu, wahr und natürlich bezeigen, tut meinem Herzen unendlich wohl, und wenn ich auch fühle, daß, wenn Sie von mir reden, das nur nach der Art ist, wie Sie mich ansehen, nicht gerade wie ich wirklich bin, so freut es mich, selbst da ich viel abbrechen muß, da ja dies liebevolle Zusetzen eine Folge und ein Beweis Ihrer Empfindung ist. Die Erinnerungen an Pyrmont haben mich sehr gefreut, auch mir steht noch vieles, sehr vieles in der Erinnerung von jener Zeit her. Mancher Gespräche unter uns erinnere ich mich auch noch. Es war in jener Zeit und selbst in der Gegend eine Scheide im Urteil über viele Dinge, auch über Dichtungen und Charakterformen, die in jeder Zeit sehr in Verbindung miteinander stehen. Die einen lebten mehr in Klopstock, den Stolbergen, und den Dichtern und Theaterstücken, die ruhiger und weniger excentrisch hinliefen; die andern mehr in Goethe, Schiller, von dem man damals eigentlich nur die ersten Stücke hatte (Die Räuber, Fiesko), und allem Regellosen, Excentrischen. Ich stand noch sehr unentschieden. Sie schienen mir mehr auf die erste Weise gebildet. Ich erinnere mich, daß Sie die Schillerschen Stücke nicht liebten. Alles das ist mir sehr im Gedächtnis geblieben, und ist mir noch heute, selbst außer der Persönlichkeit, merkwürdig, weil sich seit jener Zeit, auch in den inneren

Ansichten, viel mehr verändert hat, als die doch nicht so unendlich lange Reihe der Jahre voraussehen ließe. Darum ist es mir auch sehr angenehm, wenn Sie, liebe Charlotte, gerade in Ihrer Jugend recht lange verweilen, in der Fortsetzung Ihrer Lebenserzählung. Ich werde Ihnen sehr dankbar sein, wenn Sie sich dieser Arbeit recht sorgfältig unterziehen. Auch wünschte ich genauer zu erfahren, durch welche Bücher Sie schon früh eine so ungewöhnlich ernste Bildung und Stimmung bekommen haben, und wie und wodurch diese in späteren Jahren sich so sehr befestigt hat. Ich wiederhole auch hier, Sie können in dem allen nicht weitläufig genug sein. Über das: jemand nach seinem Charakter behandeln, kann ich nicht ganz Ihrer Meinung sein. Ich tue es immer, einesteils weil es leicht zum Zwecke führt, dann, weil ich nicht berufen bin, auf den Charakter der Menschen gegen ihren Willen einzuwirken, endlich, weil die Menschen dabei glücklich und heiter bleiben und man gern Glück und Heiterkeit um sich verbreitet. Allein, was mich selbst betrifft, so wünsche ich immer und tue alles dazu, daß mich die Menschen nicht nach meinem Charakter nehmen mögen. Denn was heißt das anders, als den Charakter, wie er nun einmal ist, für abgeschlossen und unveränderlich annehmen, und ihn in allem, was er in sich enthält, zu bestärken? Nun aber ist keines Menschen Charakter fehlerfrei, es heißt also auch, den Menschen in seinen Fehlern bestärken. Ich weiß wohl, daß es mich manchmal tief schmerzt, wenn ich gegen meinen Charakter behandelt werde, allein ein solcher innerer Schmerz ist allemal heilsam, und das wahre Glück beruht gar nicht auf Schmerzlosigkeit. In dem Grade nun, daß die Menschen meines vertrauten Umgangs mir zu erkennen geben, daß Sie auch gern mit Kraft und Selbstverleugnung an sich arbeiten, daß sie heilsame Schmerzen nicht scheuen, behandle ich auch sie weniger mit Rücksicht auf ihren Charakter, und so könnte ich wohl bisweilen gegen die, welche mir innerlich am nächsten stehen, gerade am wenigsten schonend erscheinen. – Es tut mir sehr leid, aus einzelnen Äußerungen zu erkennen, daß Sie leidend waren, vielleicht noch sind. Schonen Sie sich, liebe, gute Charlotte, schonen Sie sich auch für mich, denken Sie, daß es mich unendlich bekümmert, Sie leidend zu wissen. Ihre Ruhe, Ihre Heiterkeit, vor allem Ihre Gesundheit ist es, worauf es mir ankam. Frauen sind darin glücklicher und unglücklicher als Männer, daß ihre meisten Arbeiten von der Art sind, daß sie während derselben meist an ganz etwas anderes denken können. Ich würde es ein Glück nennen. Denn man kann ein ganz inneres Leben fast den ganzen Tag fortführen, ohne in seinen Arbeiten oder in seinem Berufe dabei zu verlieren oder gestört zu werden. Es ist das auch wohl ein Hauptgrund, warum wenigstens viele Frauen die Männer in allem übertreffen, was zur tieferen und feineren Kenntnis seiner selbst und anderer führt. Allein, wenn jene inneren Gedanken nicht beglückend, oder wenn sie wenigstens das nicht rein und unvermischt sind, sondern niederschlagend und beunruhigend dabei, so ist allerdings die Gefahr größer, welche die innere Ruhe bedroht; da Männer in ihren Geschäften selbst, auch wider ihren Willen, Zerstreuung und Abziehung von einem das Innere einnehmenden Gedanken finden.

Fürchten Sie nie, daß mir Ihre entschiedene Vorliebe für die einsame Stille, die Sie sich selbst geschaffen haben, mißfallen könne. Gerade das Gegenteil. Die Zeichnung Ihres kleinen Landhauses und Gartens, die Ihrem letzten Brief beigelegt war, hat mir Vergnügen gemacht; es ist angenehm, sich mit jemand, den man liebt, alle Umgebungen denken zu können. Die Einseitigkeit, welche, wie Sie sagen, Ewald für Sie gefürchtet und darum die große Zurückgezogenheit, worin Sie leben, nicht ganz gebilligt habe, ist allerdings etwas, das nicht taugt. Einmal aber ist sie bei Ihnen nicht zu besorgen, andernteils auch kann man doch für sehr vieles verstummen, ohne zu verarmen im Innern, oder dem Wahren, Guten und Schönen abzusterben.

Die Abgeschiedenheit spannt alle Vermögen eines weiblichen, in sich zarten und tiefen Gemüts höher, läutert die Seele und zieht sie ab von den kleinlichen, zerstreuenden Rücksichten, worein Frauen leichter verfallen als Männer. Auch gibt eine Frau, die die Einsamkeit liebt und in ihr lebt, gleich den Begriff, daß sie keine Freude sucht, als die sie aus der Tiefe ihres eigenen Innern schöpft, und das ist das Haupterfordernis, um einem selbst tiefer und besser fühlenden Mann zu gefallen und ein bleibendes, unwandelbares Interesse einzuflößen.

Die wenigsten Menschen verstehen, wie unendlich viel in der Einsamkeit liegt, und gerade für eine Frau liegt. Wenn sie verheiratet ist und Kinder hat, ist ihr Familienkreis ihre Einsamkeit, im entgegen gesetzten Fall aber ist es eine absolute, in der man wirklich allein lebt und wenig Menschen sieht.

Das Glück vergeht und läßt in der Seele kaum eine flache Spur zurück und ist oft gar kein Glück zu nennen, da man dauernd dadurch nicht gewinnt. Das Unglück vergeht auch (und das ist ein großer Trost), läßt aber tiefe Spuren zurück, und wenn man es wohl zu benutzen weiß, heilsame, und ist oft ein sehr hohes Glück, da es läutert und stärkt. Dann ist es eine eigene Sache im Leben, daß, wenn man garnicht an Glück oder Unglück denkt, sondern nur an strenge, sich nicht schonende Pflichterfüllung, das Glück sich von selbst, auch bei entbehrender, mühevoller Lebensweise einstellt. Dies habe ich oft bei Frauen in sehr unglücklichen ehelichen Verhältnissen erlebt, die aber lieber untergingen, als ihre Stelle verlassen wollten. Leben Sie herzlich wohl.
Ihr H.

Berlin, den 2. Dezember 1822.

ch habe Ihren Brief, liebe Charlotte, empfangen, und danke Ihnen von ganzem Herzen dafür. Es gehört immer zu meinen angenehmsten Empfindungen, etwas von Ihnen zu erhalten, und jemehr ich darin Ihre treue und liebevolle Anhänglichkeit erkenne, desto tiefer ist der Eindruck, den Ihre Zeilen auf mich machen. Die Erinnerung der Vergangenheit gesellt sich alsdann zu dem Genuß der Gegenwart, und ich rechne es immer zu den günstigsten Schicksalen meines Lebens, daß Sie mein Andenken haben bewahren wollen, und daß, wie mich Ihnen Beschäftigungen, Schicksale genähert haben, Sie fortdauernd Wert auf meine Teilnahme legen, in meine Ideen eingehen, und es sich selbst für ein Glück, ja wohl gar mir zum Verdienst anrechnen, daß mir Empfindungen blieben, die nur mit meinem eigenen Leben aufhören können. Es könnte mich dieser Beifall eigentlich stolz machen, allein dazu habe ich keine Anlage. Ich kenne mehr, wie irgendeiner, meine Fehler und Schwächen und weiß, daß es kein Verdienst genannt werden kann, daß, wenn man einmal vom Schicksal gewürdigt worden ist, das natürlich Treffliche und Gediegene zu sehen, wenn es sich, auch durch eine Gabe des Glücks, einem wirklich erschlossen hat, man es nun auch im Tiefsten der Seele festhält und sich nicht wieder entreißen läßt. Für ein solches Glück halte ich es, daß ich Sie einmal sah und Sie mir blieben, und fortfuhren, mir mit Treue anzuhängen, sich noch jetzt gern und willig mir unterordnen und mir erlauben, Ihnen so vertraulich zu schreiben. Ich habe die Stimmung von der Natur empfangen, die ich für eine ihrer wohltätigsten Gaben halte, daß ich das Unglück nie fürchte, ja, wo es mich betraf, und das ist doch einigemal auf sehr harte Weise geschehen, es nur als einen ernsten, aber nicht übelwollenden Begleiter betrachte; dagegen das Glück unendlich schätze, erkenne und genieße. Ich meine aber so das recht reine Glück, das, von allem Verdienst entblößt, uns die Götter schicken, ohne daß der Mensch dazu das mindeste tut. Ein solches Glück war es, daß Sie mir je begegneten, daß mir ein irdisches Bild vor Augen trat, das mir immer blieb und immer bleiben wird, mit dem nichts meinen Frieden stören kann und stören wird. Denn selbst, wenn es möglich wäre, daß Sie etwas anwandelte, das ich mißbilligen müßte, so bliebe jenes Bild ewig rein und unentweiht in mir. Es wäre dann etwas, das Ihnen so begegnete, wie es jedem Menschen wohl begegnen kann, es wäre aber nicht in die Züge verwebt, die den Umriß jenes Bildes ausmachen. Denn jeder Mensch trägt eigentlich, wie gut er sei, einen noch besseren Menschen in sich, der sein viel eigentlicheres Selbst ausmacht, dem er aber wohl einmal untreu wird, und an diesem inneren und nicht so veränderlichen Sein, nicht an dem veränderlichen und alltäglichen muß man hängen, auf jenes dieses zurückführen, und manches verzeihen, woran jenes tiefere Sein unschuldig ist. So hatte ich ja auch nie geahnt, welchen Schatz von Liebe und Treue Sie mir ein langes Leben bewahrten. Wie sollte es mich nicht beglücken! Diese Empfindungen, die Sie für mich hegen, die Gefühle, die aus jedem Ihrer Briefe sprechen, sind ja der Grund, auf dem alles, was wir miteinander wechseln, rein und schön hinfließt, von dem es die Farbe annimmt und in dessen Licht es erscheint. Darin liegt auch der große Reiz, den Ihre Lebensbeschreibung für mich hat. Jemehr ich die Umgebungen kennen lerne, in denen Sie, meine gute Charlotte, aufwuchsen, jemehr ich Sie mir darin denke, desto mannigfaltiger bewegt schweben mir die Züge vor, an die meine Einbildungskraft immer gern und lieblich geheftet ist. Solchen Genuß der Phantasie rechne ich zu den höchsten, die den Menschen gegeben sind, und in vieler Rücksicht ziehe ich ihn der Wirklichkeit vor. In diese kann immer leicht etwas störend eintreten, aber jene nähert sich den Ideen, und das Größte und Schönste, das Menschen zu erkennen imstande sind, bleiben doch die reinen, nur mit dem inneren Blick erkennbaren Ideen. In ihnen zu leben ist eigentlich der wahre Genuß, das Glück, was man ohne Beimischung irgendeiner Trübheit in sich aufnimmt. Nur haben wenig Menschen eigentlich Sinn dafür. Denn es gehört dazu eine Neigung der Beschauung, die in Menschen unmöglich ist, bei denen Sinnlichkeit und innere moralische Empfindung in Verlangen zur Wirklichkeit und zum Genuß übergehen. Ich bin von diesem Verlangen mein ganzes Leben hindurch sehr frei gewesen und habe daher mehr durch den Anblick vom Inneren und Äußeren genossen, und in beiden Rücksichten mehr die Wahrheit der Dinge erkannt, ohne mich Täuschungen hinzugeben.

Sie haben mich, liebe Charlotte, schon vor längerer Zeit gebeten, Ihnen Nachricht von den Meinigen zugeben; Sie haben den Wunsch leise erneuert und sprechen ihn jetzt wieder auf eine so zart empfundene Art aus, daß ich mir fast einen Vorwurf darüber mache. Sie sagen: die nahen Angehörigen geliebter Männer seien für Frauen unendlich teure, geheiligte Gegenstände; die Kinder, Teile seines Wesens, die Lebensgefährtin, als die Mutter dieser, würden in dem Grade, wie sie den Geliebten beglücken, von der innigsten Zärtlichkeit umfaßt. Indem ich es zu würdigen weiß, aus wie edler Quelle dergleichen Äußerungen kommen, danke ich Ihnen recht herzlich dafür. Ich habe es nur von Brief zu Brief verschoben, weil ich gewöhnlich das letzte Wort eines Blattes und die letzte Viertelstunde der Zeit erreichte, ehe ich dazu kam. Ich fange bei meiner Frau an, da ich mich nicht erinnere, ob Sie wissen, wer sie eigentlich ist. Wenn ich Ihnen also etwas sage, was Ihnen bekannt ist, so seien Sie mir darum nicht böse. Sie war ein Fräulein von Dacheröden, in ihrer Jugend sehr schön, und, ob sie gleich acht Kinder gehabt hat, noch viel mehr erhalten, als es Frauen, die nicht in dem Falle sind, gelungen ist. Sie ist seit einiger Zeit kränklich, aber auf keine Weise, die Besorgnis erregte, oder ihre natürliche Heiterkeit störte. Burgörner gehört ihr und ist eins ihrer Güter, dahingegen Tegel und die schlesischen mir gehören. Unsere Ehe wurde bloß durch gegenseitige Neigung, ohne alles Zutun von Eltern und Verwandten, geschlossen, sie hat in den einunddreißig Jahren, die sie nun währt, nie einen nur weniger zufriedenen Moment gehabt, unser Glück ist gegenseitig heute, wie im Anfang, und hat nur die Farbe der verlaufenden Zeit nach und nach angenommen. Da wir beide von Natur heiter sind, so ist unser Verhältnis selbst jugendlicher geblieben, als es sonst der Fall sein würde. Meine Geschäfte haben uns manchmal lange voneinander getrennt, aber seitdem ich freie Muße genieße, sind wir fast ununterbrochen zusammen, und dies fortsetzen zu können, wird mich vorzüglich bewegen, wenn es nicht durchaus sein muß, nicht wieder in Dienst zu treten. Gleich nach meiner Verheiratung lebte ich auch außer Dienstverhältnissen über zehn Jahre lang, und reiste damals mit meiner Frau nach Frankreich und Spanien. Jetzt in der Stadt berühre ich fast die Straße mit keinem Fuß, und fahre auch selten aus. Auf dem Lande gehen wir immer zusammen spazieren, oder sind beide zu Hause. Von unsern acht Kindern haben wir leider drei, eins in Paris, zwei in Rom, verloren, als ich dort Gesandter war. Jetzt haben wir noch drei Töchter und zwei Söhne. Die älteste Tochter wird sich schwerlich verheiraten, sie bleibt gern mit uns, und wir würden sie, da sie so lange mit uns gewesen ist, noch ungerner missen. Meine beiden andern Töchter sind verheiratet; die zweite heiratete, ehe sie noch fünfzehn Jahre alt war, und ihr Mann in den Krieg ging. Sie hat den Obrist-

Lieutenant von Hedemann zum Manne und lebt überaus glücklich. Die jüngste ist an den Geheimrat von Bülow verheiratet, der Legations-Sekretär bei mir in London war, und jetzt hier bei dem auswärtigen Departement steht. Sie hat eine Tochter, die bald ein Jahr alt sein wird, und lebt gleichfalls sehr heiter und in ihrer Häuslichkeit zufrieden. Mein jüngster Sohn ist noch im Hause und wird bei mir erzogen. Mein ältester ist Kavallerieoffizier in Breslau und hat eine schöne und liebenswürdige Frau. Sie hat leider noch keine Kinder. So wissen Sie wenigstens im ganzen so viel, daß Sie sich meine Familie und mein Leben in derselben vorstellen können. Außer meiner Familie sehe ich wenig Leute. In Privathäuser gehe ich selten, nur zu einigen alten Bekannten.

Ich muß nun schließen, das Papier ist zu Ende. Leben Sie herzlich wohl, liebe Charlotte. Mit der unwandelbarsten und wärmsten Anhänglichkeit der Ihrige. H.

Berlin, den 27. Dezember 1822.

ch setze mich mit inniger Freude an den Tisch, Ihre beiden Briefe zu beantworten, die mir, wie alles, was mir von ihnen kommt, sehr teuer gewesen sind. Es tut mir sehr leid, daß mein längeres Schweigen Sie einen Augenblick beunruhigt hat, ob ich gleich diesem Umstande einen Brief mehr von Ihnen verdanke. Sie müssen aber nie unruhig sein, wenn ich einmal länger nicht schreibe, als Sie gerade gedacht haben, daß ich es tun würde. Ich bin so selten krank, daß dies garnicht in Berechnung kommen kann, und eine Änderung in meinen Gesinnungen, wie leise sie auch sein möchte, ist in der Tat unmöglich. Es widerspricht meinem Charakter überhaupt, und widerspricht noch viel mehr meinen einmal für Sie gefaßten Empfindungen, und kann mit einem Worte nicht eintreten. Daß ich aber einmal weniger oft schreibe, hat ganz zufällige Ursachen, die ich aber auch nicht gut ändern kann. Ob ich gleich jetzt gar keine eigentlichen Geschäfte habe, so bin ich beschäftigter als die meisten, die selbst viel mit solchen beladen sind, und ich lebe keineswegs so, wie manche andre, daß ich nur auf irgend eine Weise dem Vergnügen oder meinen Einfällen nachhänge. Meine Stunden vom Morgen bis zum Abend, und vor 1 Uhr gehe ich nie zu Bette, sind regelmäßig besetzt; mit meiner Familie bringe ich nur etwa zwei Stunden am Abend, außer dem Mittagessen, zu. In Gesellschaft gehe ich so gut als garnicht, und in meiner Stube, in der ich also die meiste Zeit meines Lebens zubringe, bin ich mit Papieren und Büchern umringt. Ich

führe, seit ich den Dienst verlassen habe, ein eigentliches Gelehrten-Leben, habe weitläufige, wissenschaftliche Untersuchungen unternommen, und so kommt es denn freilich, daß der Briefwechsel manchmal stockt, der mit Ihnen aber doch am wenigsten. Denn ich wundere mich selbst manchmal, wie ich Ihnen so oft und so lange Briefe schreibe, und dann finde ich es doch wieder so natürlich, weil ich mich so gern in meinen Gedanken vor Ihnen gehen lasse, und meine Briefe wieder Veranlassung der Ihrigen sind, die ich so innig gern lese, wie lang sie sein möchten. Denn zum Lesen habe ich immer Zeit, da dazu der Entschluß nicht wie zum Schreiben zu nehmen ist, sondern mit dem erscheinenden Briefe natürlich da ist, so schiebt sich alles andre so lange zur Seite. Auch das Denken gehört jeder Stunde an, nur zum Schreiben kommt man nicht immer, und ich könnte mir darin einen Zwang antun. Ich klagte mich zum voraus bei Ihnen an, liebe Charlotte, daß ich eigentlich nicht ordentlich und regelmäßig im Schreiben bin, und Sie sehen jetzt, daß ich nicht unwahr redete.

Daß Sie erfreut und zufrieden sind mit den kurzen Nachrichten, die ich Ihnen über meine Familie gab, ist mir lieb, ob sie hinzusetzen, »wenn ich sie auch ausführlicher gewünscht hätte, bin ich doch erfreut und etwas bekannt mit den Ihrigen und bescheide mich«. – Das ist ganz in Ihrer Art, und wenn ich Sie darum lobe, so muß ich darüber schmälen, daß Sie besorgen, ob Sie sich nicht zu sehr haben gehen lassen in dem Ausdruck Ihrer Empfindungen? Sie haben in Ihrer Selbstbiographie nur für mich geschrieben. Sie haben mir die ersten Empfindungen Ihrer jugendlichen Brust aufrichtig, edel und offen gestanden, Sie haben mir diese Gefühle durch ein ganzes Leben gesondert, bewahrt, und mein Andenken heilig erhalten, ohne irgendein Zeichen des meinigen empfangen zu haben. Ihr ganzer Besitz waren ein paar Zeilen auf einem Zettel Papier. Das würde jeden

Mann gerührt haben. Wer aber so etwas zu würdigen versteht, wie ich das von mir sagen darf, der wird es wie ein seltenes Glück dankbar empfangen und wie eine Zugabe des Himmels ansehen. Nicht der leiseste, nur scheinbar gerechte Vorwurf könnte Sie treffen, und die kälteste, ruhigste Beurteilung könnte hier nichts zu tadeln finden. Sie sehen, ich will mir nicht wieder entreißen lassen, was Sie mir einst freiwillig gegeben haben. Ich will es behalten, und keine kleinlichen Skrupel von Ihrer Seite sollen mir meinen lieben Besitz rauben. Irre ich, so irrt wenigstens mein Herz nicht. Ich habe nicht die engherzigen Begriffe über solche Empfindungspflichten, die wohl sonst im Schwange sind. Wenn man in sich rein ist, kein Gefühl mit dem andern vermengt, keine Pflicht verletzt, so habe ich für mich (ich will nie für das Gewissen eines andern reden) kein Arges, mich jedem Gefühl, das wahr und unentstellt in mir aussteigt, ohne alle Ängstlichkeit hinzugeben. So ist es in mir. Sie sehen, was ich Ihnen oben sagte, ich will behalten, was ich habe.

Von meinem Familienleben hätte ich Ihnen, wenn Sie es nicht ausdrücklich gefordert hätten, und es mir nicht natürlich geschienen, doch auch das Innere und gerade dasjenige Verhältnis zu berühren, von dem in einem Familienkreise alle anderen Empfindungen ausgehen, immer geschwiegen.

Also noch einmal, ich will, liebe Charlotte, daß Sie nicht eine einzige Zeile, nicht ein Wort zurückwünschen. Alles, was Sie mir geschrieben haben, woraus Ihre Gefühle so rein und wahr hervorstrahlen, beglückt mich in der Erinnerung. Ich wünsche vor allem, daß der Briefwechsel mit mir Ihnen reine, durch nichts getrübte Freude mache. Ich habe ja dabei keinen andern Zweck, als für mich Erinnerungen festzuhalten, die mir ewig teuer sein werden, und für Sie, Ihnen eben dadurch Freude zu geben.

Daß ich Ihnen jene Nachrichten so spät gab, darf Sie nicht wundern, ich gab sie nur, weil Sie es wollten. An sich ist es meine Art nicht, von dem, was ich für einen Menschen fühle, einem andern als ihm selbst zu sprechen, ja, es ist mir ganz entgegen. Ich weiß wohl, daß man es so gemeinhin für ein Zeichen und ein Bedürfnis der Freundschaft hält, sich gegenseitig Freude und Kummer und alles mitzuteilen, den andern, wie man es nennt, mit sich leben zu lassen. Ich könnte tiefen Kummer und große Freude im Herzen haben, und es würde mich nie drängen, es denen mitzuteilen, die ich am liebsten habe. Ich tue es auch wirklich nicht, wenn die Mitteilung nicht andere Veranlassung hat. Ich halte sehr wenig von den Ereignissen des Lebens und für mich (Gott weiß, nicht für andere) wenig von Glück und Unglück, beide, auf mich bezogen, sind die letzten Rücksichten bei meinem Tun und Handlungen; ich weiß, Gottlob! mit denen, die ich so gern habe, als Sie, immer noch etwas Besseres zu reden, als was eben um mich herum vorgeht. Ich mache es gerade so mit meiner Frau und Kindern. Sie wissen von sehr vielem, was mich beschäftigt, garnicht, und meine Frau denkt so gleichgestimmt mit mir darüber, daß, wenn sie zufällig etwas erfährt, was sie nicht wußte, oder ich ihr selbst bei einer Veranlassung davon sagte, es ihr nicht einfällt, das sonderbar zu finden. Freundschaft und Liebe bedürfen des Vertrauens, des tiefsten und eigentlichsten, aber bei großartigen Seelen nie der Vertraulichkeiten.

Leben Sie herzlich wohl! Mit unveränderlichen Gesinnungen der Ihrige. H.

Berlin, den 14. Februar 1823.

ie verstummen ja ganz, liebe Charlotte. Es ist ungewöhnlich lange, daß ich keine Zeile von Ihnen erhielt. Schon seit acht Tagen wollte ich Sie bitten, das Stillschweigen zu brechen. Aber ich hoffte mit jedem Posttag einen Brief zu erhalten. Wenn Sie nur nicht krank sind! Allein gerade dann, dächte ich, hätten Sie geschrieben, mir wenigstens das zu sagen. Sie waren aber sehr angegriffen, hatten sich sehr angestrengt, dazu jetzt die kalte Witterung, das alles könnte Ihnen doch wohl geschadet haben. Ich bitte Sie inständigst, schreiben Sie mir, wie es Ihnen geht. Ich würde in der Tat sehr unruhig sein, wenn ich auch jetzt keinen Brief erhielte. Ich bin wohl, aber sehr beschäftigt. Mein Bruder war vier Wochen hier bei mir. Er ist nun nach Paris zurückgegangen; während seiner Anwesenheit hatte ich alles liegen lassen, und so ist schon das, was sich in meinen Geschäften angehäuft hat, so ansehnlich, daß ich ein paar Wochen daran aufzuräumen haben werde. Darum verzeihen Sie auch die Kürze meiner Zeilen. Da Siegern lange Briefe von mir haben, so wird Ihnen mein letzter gefallen haben, er füllte den ganzen Bogen, und mit meiner kleinen Handschrift ist das sehr viel. Leben Sie wohl, und ich bitte, schreiben Sie mir gleich. Von Herzen und mit unveränderlichen Gesinnungen der Ihrige. H.

Berlin, den 14. März 1823.

ch habe, liebe Charlotte, Ihre Briefe mit deren Beilagen erhalten und sage Ihnen meinen herzlichen Dank dafür. Man kann nicht ordentlicher sein, als Sie diese zweite Lieferung zu Ihrer Lebensbeschreibung eingerichtet haben. Sie nennen sie: Einleitungshefte. Die Folge wird das erst ganz deutlich machen, da alle Ihre Gedanken Klarheit haben. Alles liest sich leicht und mühelos, wie ein Buch, und was bei Handschriften immer sehr angenehm ist. Daß Sie das Ganze in Lieferungen teilen und jede in einen angemessenen Abschnitt zusammenfassen, ist äußerst zweckmäßig. Ich finde es daher auch besser, daß Sie künftig sich nicht gerade an die Zeitpunkte halten, die ich anfangs bestimmt hatte, sondern jeder Lieferung einen angemessenen, sich nach dem Inhalt richtenden Abschnitt geben, daß er weder allzukurz noch allzulang wird, und abzusenden, wenn Sie solche Lieferung fertig haben, ohne sich an einen bestimmten Zeitabschnitt zu kehren. Ich weiß, auf der einen Seite, daß Sie Interesse genug an der Sache nehmen, und liebevoll gegen mich gesinnt, selbst gern meine Wünsche erfüllen, und also die Muße, die Sie auf diese Arbeit verwenden können, gewiß nicht ohne Not andern Dingen schenken. Auf der andern Seite aber möchte ich selbst nie, daß Sie den notwendigen Geschäften, die Ihnen obliegen, Zeit entzögen, die dann wieder zu große Anstrengungen forderten, um das Verschobene wieder einzubringen. Alles, wozu ich Sie veranlasse, soll nur zu Ihrem Vergnügen und Ihrer Genugtuung dienen, nicht aber

Ihnen zur Last noch Unruhe werden. Was mich bei dieser Lieferung erschreckt, ist, daß Sie schon so weit vorgerückt sind. Sie sehen daraus, wie ich Ihnen immer sagte, daß Ihre Furcht vergeblich sei, daß Sie bei einer so großen Ausführlichkeit nie zu einem Ende kommen würden. Indessen kann ich Ihnen durchaus über Mangel an Ausführlichkeit keinen Vorwurf machen. Ich glaube gern und sehe es aus der Schrift selbst, daß Sie nichts weiter zu erzählen hatten, weil der Gegenstand Ihnen in Ihrem Gedächtnis nicht mehr darbot. Sie haben nichts übergangen, alle Personen, die Sie erwähnen, erscheinen in einer vollständigen Zeichnung mit sehr bestimmten Umrissen, man sieht zugleich ihre Umgebungen, und es geht dem Bilde kein Zug ab, dessen Vermissen eine Lücke verursachte. Zwei interessante Figuren sind Ihre beiden Großmütter, man ist sehr geneigt, sie in Ihnen wieder zu erkennen. Zwei vorzügliche Frauen waren es gewiß. Es ist in sich natürlich, daß die Schilderung des Lebens einer in den einfachsten Verhältnissen sich befindenden Familie nicht mehr und nichts Vielfacheres darzubieten imstande ist; auch ist es Ihnen wohl bis dahin nicht eingefallen, dies Leben in so weiter Vergangenheit zurückzuholen und zu beschreiben. Das alles, gute Charlotte, erkenne ich mit wahrer Dankbarkeit, erkenne, wie gern Sie mir Freude machen. Auch hat Ihre Erzählung, gerade in dieser Einfachheit eines solchen Lebens, für mich und meine individuelle Art zu empfinden einen großen Reiz, den ich auch wieder bei Lesung Ihrer Blätter empfunden habe. Ich muß diese Lieferung auch darin noch mehr loben als früher, weil die Erzählung darin ruhiger, ununterbrochener, und in einem einzig nur das Geschilderte heraushebenden Tone fortgeht. So gern ich auch Betrachtungen lese, welche Sie früher dem Erzählten einzustreuen pflegten, so besteht der größte Reiz einer Erzählung doch gerade darin, daß man nur das Erzählte erblickt, und daß es als etwas ehemals

Vorgegangenes und sich selbst vor dem Auge Bewegendes dasteht, nicht durch den unterbrochen wird, der es jetzt absichtlich darstellt. Im gegenwärtigen Falle sind nun zwar Sie, als darstellend und dargestellt, dieselbe Person, allein die Verschiedenheiten der Zeit bleiben auch so doch gleich beachtungswert, und Sie, jetzt und selbst erzählend, werden gegen sich, in jener Zeit dargestellt, auch wieder gewissermaßen eine Fremde. Sie müssen aber darum nicht glauben, daß ich mich durchaus gegen die Einstreuung jeder Betrachtung erklärte, und Sie sich jede neue verbieten müßten. Dies ist gar nicht meine Absicht. Ich lobe mehr die Art, die ich hier beobachtet gefunden habe, als ich es tadeln würde, wenn Sie eine andere angewendet hätten. Denn auch diese könnte auf ihre Weise Reiz gehabt haben, und Sie würden es gewiß verstanden haben, ihn derselben zu geben. Allein in sich ist es richtig, daß die Erzählung reiner und anziehender in dem Grade ist, in welchem sich der Erzähler mehr zurück und in Schatten stellt, und dieser verliert dabei nicht, denn man sieht ihn und seine Individualität in der Art und Natur der Erzählung gleich klar und bestimmt, und fühlt sich durch die versteckte Art, mit der es geschieht, überrascht. Die Zeichnungen, die Sie beigelegt hatten, haben mich sehr gefreut. Sie versetzen den, der sie sieht, auf den Schauplatz der Personen, von denen erzählt wird, und tragen daher zur Lebendigkeit der Schilderung und zur Bestimmtheit des Bildes bei. Die äußere Ansicht Ihres elterlichen Hauses hat aber auch etwas in sich Freundliches und Gefälliges. Bei Gelegenheit des Todes Ihrer Mutter erwähnen Sie, obgleich dunkel und so, daß man nicht deutlich und bestimmt sehen kann, wie es gewesen ist, etwas Geisterartiges. Dies bitte ich Sie nicht zu übergehen. Ist es, wie es fast scheint, Ihre Absicht, darauf bei einer andern Gelegenheit in der Folge zurückzukommen, so mag es so bleiben, und so lese auch ich die genaue Darstellung dieses Ereignisses lieber an dem Orte, den Sie für den paßlichsten halten. Wollen Sie aber nicht darauf zurückkommen, sondern es bei demjenigen bewenden lassen, was Sie darüber gesagt haben, so muß ich Sie bitten, dieser Sache eine besondere Zugabe zur zweiten Lieferung zu widmen, sie zuerst und zunächst auszuarbeiten und mir einzeln zuzusenden. Es hat gerade dies ein ganz besonderes Interesse für mich. – Das Mißgeschick mit Ihrer Wohnung hat mich sehr geschmerzt; Sie befanden sich dort einsam und wohl, und hatten überdies sie sich nach Ihren Neigungen eingerichtet. Das verlassen zu müssen, ist wirklich höchst unangenehm, und ich nehme nicht nur den innigsten Anteil daran, sondern begreife auch ihre Niedergeschlagenheit darüber vollkommen.

Daß Ihnen meine Teilnahme tröstlich, mein Andenken wohltätig ist, und Sie gern dabei verweilen und ausruhen, wenn Ihnen, wie auch jetzt, weh ist, dafür, liebe Charlotte, kann ich Ihnen nur sehr dankbar sein. Es war mein Wunsch und meine Absicht, ich wollte nur glücklich, heilsam und wohltätig auf Sie einwirken, und es freut mich unendlich, wenn ich erkenne, daß ich das erreiche. Gestatten Sie mir denn auch jetzt diesen Einfluß auf Ihr Gemüt, da Sie leiden und gebeugt sind. Richten Sie sich an mir auf. Ich möchte niemand lieber als Ihnen zur Stütze sein. Leben Sie für heute herzlich wohl, und erlauben Sie mir die Wiederholung meiner Bitte, sich zu beruhigen. Halten Sie den Glauben an die Treue meiner innigsten, liebevollsten Teilnahme fest, womit ich Ihnen stets angehöre. Ihr H.

Berlin, den 30. März 1823.

ır Brief vom 19. dieses, liebe Charlotte, hat mich bekümmert, da er in großer und sichtbarer Niedergeschlagenheit geschrieben war; es hat mich aber gefreut zu sehen, daß er gegen das Ende hin heiterer wird, weil das ein sicheres Zeichen ist, daß das ruhige Schreiben, das stille Gespräch mit dem, von dem Sie wissen, daß er immer gleichen Anteil an Ihnen nimmt, eben jene wohltätige Wirkung auf Sie ausgeübt hat. Darum hoffe ich auch, werden Sie nicht bei dem Vorsatz des Verstummens bleiben, sondern fortfahren, wie bisher, zu schreiben. Jener Vorsatz, den ich überhaupt nur für augenblicklich halten will, kann Ihnen nur von einer düsteren Stimmung eingegeben sein. Es ist sehr liebevoll von Ihnen, daß Sie, wie Sie sagen, mein Leben nicht durch Ihre Niedergeschlagenheit stören wollen. Allein, weiß ich sie darum weniger, wenn ich sie in Ihrem Verstummen erkenne, und muß sie mich denn nicht gerade darum mehr beunruhigen, weil ich den Grad, die Farbe, die Art derselben weniger kenne? Sie können versichert sein, daß ich immer den herzlichsten und mitfühlendsten Anteil an Ihnen und allem, was Ihnen begegnet, nehme, und daß ich auch auf dieselbe Weise den Unfall ansehe, daß Sie gerade jetzt, und überhaupt, eine Ihnen zu bequemer und lieber Gewohnheit gewordene Wohnung aufgeben müssen. Allein ich möchte Ihnen doch, liebe Charlotte, bei einem solchen Falle mehr Stärke, mehr innere, äußeren Unfällen entgegenstrebende Heiterkeit wünschen, da Ihnen so vieles zum inneren Genuß bleibt. Es soll dies gewiß auch nicht der fernste und leiseste Vorwurf sein, ich möchte lieber alles, als Ihnen im mindesten weh tun. Aber es ist einmal meine Art, zu denen, mit denen ich vertraulich umgehe, durchaus und ganz wahr zu reden, unverhohlen zu sagen, was mir nicht zu billigen scheint, und ihnen die Vorstellungen zu machen, durch die sie meiner Überzeugung nach in sich stärker, fester und dadurch selbständiger und minder abhängig von äußeren Zufälligkeiten werden. Also seien Sie mir um dasjenige, was ich Ihnen hier sage und sagen werde, nicht böse. Sehen Sie es auch nicht als etwas an, das der leicht sagen kann, der selbst nur in glücklicher und genügender Lage vor ähnlichen Unfällen sicher ist. Es kommt nicht auf die äußere Ursache an, von welcher der Schmerz oder die Widerwärtigkeit entsteht, und der Himmel hat Schmerz und Widerwärtigkeit so weise verteilt, daß der äußerlich noch so vorzüglich Begünstigte darum keinen Augenblick hindurch freier ist von Anlässen und Ursachen inneren Schmerzes. In einem schon ziemlich langen und gar nicht in einfachen Verhältnissen hingegangenen Leben sind mir mannigfaltige Dinge vorgekommen, die mich augenblicklich oder auf lange aus meinem ganzen gewohnten Lebenswege in einen andern, in vielen, gerade das Innerste berührenden Punkten verschiedenen gestoßen haben. Ich bin also den Empfindungen, die Sie jetzt haben, auf keine Weise fremd, und kann mir jeden Tag, da wir in der Hand des Schicksals sind, eine ähnliche bevorstehen. Ich verkenne auch darum die Art Ihrer Empfindungen nicht, weil ich, wie Sie allerdings Recht haben zu sagen, nicht gerade mit der äußeren Ursache sympathisieren kann. Das Wechseln einer Wohnung, das mir so oft von den angenehmsten zu den unlieblichsten begegnet ist, würde auf mich allerdings wenig Einfluß haben. Ich lebe zwar auch beständig in meiner Stube, bin jetzt zum Beispiel, trotz des Sonnenscheins, seit acht Tagen mit keinem Fuße anders, als zu den durch Gewohnheit bestimmten Tageszeiten, in das

Nebenzimmer zu meiner Familie gekommen. Ich habe keine Bedürfnisse der Art, jede Stube ist mir gleich, ich brauche keine Bequemlichkeiten, den Rohrstuhl, auf dem ich sitze, und den Tisch, an dem ich schreibe, ausgenommen. Sie würden keinen Spiegel, kein Sofa, nichts von dem allen bei mir finden. Allein auf die Ursache der Trauer kommt gar nichts an, es gilt nur diese, und ich sage Ihnen das nur, um jedem, auch stummem Einwand zu begegnen, daß ich bei einem Unfall, wie er Sie jetzt betrifft, mich nicht in Ihre Lage versetzen könnte. Ich kann es gewiß, da jeden reizbaren und nicht empfindungslosen Menschen niederschlagende Empfindungen ähnlicher Art betreffen. Aber gerade darum, meine eigenen Erfahrungen benutzend, muß ich Sie doch bitten, liebe Charlotte, sich durch dies Ereignis nicht auf solche Weise beugen zu lassen. Ich kann es nach Ihrer eigenen Schilderung nicht sowohl für ein empfindliches Übel halten, daß Sie gerade diese Wohnung verlassen, sondern mehr, daß Sie nicht wieder eine ungenierte Gartenwohnung mit Stille und Einsamkeit und ohne Mitbewohner gefunden haben. Was Sie mir einmal von der Kälte und Feuchtigkeit der Wände, auch wo Sie schlafen, sagten, hat mich sehr geschreckt, und kann Ihnen unmöglich zuträglich gewesen sein. Trotz alledem, was sich da sagen läßt, bleibt der Verlust, bis Sie eine andere ländliche und stille Wohnung finden, sehr groß, und läßt sich nicht wegräsonieren, auf keine Weise. Aber da, liebe Charlotte, bleibt, außer der Resignation, das zu tragen, was unabänderlich ist, doch auch der Genuß dessen, was Ihnen in Ihrem inneren Leben unentreißbar bleibt, das Andenken an alles, was Ihnen teuer ist, der Umgang mit einigen Personen, denen Sie geneigt sind, das Bewußtsein eines immer reinen Gemüts ein bewegtes Leben hindurch, die Genugtuung an einem sich selbst geschaffenen Dasein, endlich, darf ich auch mit Freuden hinzusetzen, nach dem, was Sie mir so oft sagen, die Beschäftigung mit mir, die

Sicherheit, wie innig ich alles Weh und alle Freude teile, die sich in Ihnen bewegen. Einer gewissen Stärke bedarf der Mensch in allen, auch den glücklichsten Verhältnissen des Lebens, vielleicht kommen sogar Unfälle, wie Sie jetzt einen erfahren, um dieselbe zu prüfen und zu üben, und wenn man nur den Vorsatz faßt, sie anzuwenden, so kehrt bald, auch selbst dadurch Heiterkeit in die Seele zurück, die sich allemal freut, pflichtmäßige Stärke geübt zu haben. – –

Überhaupt, liebe Charlotte, und ich denke das oft, mag es wohl sein, daß ich anders bin, als Sie sich mich manchmal gedacht hatten. Das kann eigentlich nicht fehlen, wenn man sich fast nie gesehen und nie miteinander gelebt hat. Ich schrieb Ihnen, im Beginn unsers Briefwechsels, Sie müssen mich nehmen, wie ich bin, ich kann aus meinem Wesen, wie es ist, nicht herausgehen. Meine wahren und eigentlichen Gesinnungen überhaupt und gegen Sie, liebe Charlotte, bleiben immer dieselben und ändern nie. Ob Ihnen der Ausdruck immer gleich erfreulich und ansprechend ist, dafür kann ich nicht einstehen. Ich kann meiner Freiheit, weder in der Häufigkeit, noch in der Art, wie ich schreibe, etwas nehmen, und muß Sie da, wo ich zufällig nicht mit Ihnen oder Ihren Bemerkungen übereinstimme, um Nachsicht bitten. Daß ich in Wahrheit teil an Ihnen nehme, daß ich Ihnen auch gern schreibe, sehen Sie genug auch daraus, daß ich Ihnen vom Anfange an frei und offen, wie ich immer bin, sagte, daß ich ungern schreibe, daß Sie selten und kurze Briefe von mir bekommen würden, und daß ich doch häufig, und wie selbst dieser zeigt, sehr lange Briefe wirklich schreibe. Um zu Ihrer Lebenserzählung zurückzukehren, so kann ich Ihnen nur wiederholen, daß Sie mir durch die Fortsetzung wahre Freude machen werden, muß aber auch hinzusetzen, daß meine Bitte immer von der Voraussetzung ausgeht, nicht bloß, daß Sie es gern tun, das weiß ich gewiß, sondern auch, daß Sie Stimmung und Zeit in Anschlag bringen, und sich nur dann damit beschäftigen, wenn beide es erlauben; ich weiß ja, wie gewissenhaft Sie Ihre Zeit anwenden und darüber denken, und Sie wissen, wie dies meine wahre Achtung für Sie erhöht. Was Sie mir von den Geistererscheinungen sagen, hat mich noch neugieriger darauf gemacht. Ich bin ganz der Meinung Ihres verewigten Vaters. Niemand kennt den geheimen, Zusammenhang der Dinge, und ich werde keinen Unglauben haben. Leben Sie nun herzlich wohl, liebste Charlotte! Suchen Sie sich zu erheitern, tun Sie es auch aus Liebe zu mir, und glauben Sie, daß niemand so gern und so oft an Sie denkt, als ich. Ihr H.

Berlin, den 12. April 1823.

ch danke Ihnen recht herzlich für Ihre wenigen Zeilen, welche Ihnen Ihre liebevollen Gesinnungen eingaben. Ihre Worte: »Nehmen Sie dem gepreßten Herzen die Worte nicht genau, so wenig als den Kleinmut, der Folge schwerer Verhängnisse ist« – diese Worte haben mich tief gerührt. Niemals werden Sie in meinen Gesinnungen den leisesten Wandel erkennen. – Ihrem nächsten Briefe sehe ich nun mit großem Verlangen entgegen; aus einigen Äußerungen möchte ich schließen, daß ich Ihnen eine angenehmere Aussicht eröffnet habe. – – – H.

Berlin, den 25. April 1823.

ch wollte mich eben hinsetzen, liebe Charlotte, Ihren lieben Brief vom 9. dieses zu beantworten, als ich zu meiner großen Freude den vom 20. bekam. Ich glaubte schon, Sie wollten, ehe Sie mir schrieben, erst eine Antwort von mir abwarten. Ich freue mich sehr, Sie nicht in dem Hause zu wissen, vor dessen unlieblichen Bewohnern Sie mit Recht einen so großen Abscheu hatten. Sie haben bei Ihrem neuen Etablissement wenigstens an Ruhe und Einsamkeit gewonnen. Ich begreife indes vollkommen Ihren Widerwillen vor der Stadt. Wäre ich nicht meiner Kinder wegen hier, die einmal ihrer Verhältnisse wegen die Stadt, zumal im Winter, nicht verlassen können, so würde ich immerfort auf dem Lande bleiben. Selbst, wo die Gegend nicht reizend wäre, bleibt der Anblick des freien Himmels schon viel. Der Anblick des Himmels hat überhaupt unter allen Umständen einen unendlichen Reiz für mich, bei sternenhellen, wie bei dunklen Nächten, bei heiterm Blau, wie bei ziehenden Wolken, oder dem traurigen Grau, worin sich das Auge verliert, ohne etwas darin zu unterscheiden. Jeder dieser Zustände entspricht einer eigenen Stimmung im Menschen, und wenn man das Glück hat, diese Stimmung nicht gerade von den Elementen empfangen zu müssen, nicht düster zu werden mit dem düsteren Himmel, sondern in der aus dem reinen Innern entsprungenen Stimmung, durch den Anblick des Himmels nur in andere und andere Betrachtungen versenkt zu werden, so hat man wenigstens kein Mißfallen am farblosen Himmel, wenn man auch dem

ruhig und mild strahlenden natürlich den Vorzug gibt. Mir ist überhaupt das Klagen über Wetter fremd, und ich kann es an andern nicht sonderlich leiden. Ich sehe die Natur gern als eine Macht an, an der man die reinste Freude hat, wenn man ruhig mit allen ihren Entwicklungen fortlebt, und die Summe aller als ein Ganzes betrachtet, indem es nicht gerade darauf ankommt, ob jedes Einzelne erfreulich sei, wenn nur der Kreislauf vollendet wird. Das Leben mit der Natur auf dem Lande hat vorzüglich darin seinen Reiz für mich, daß man die Teile des Jahres vor seinen Augen abrollen sieht. Mit dem Leben ist es nicht anders, und es scheint mir daher immer aufs mindeste eine müßige Frage, welches Alter, ob Jugend oder Reife, oder sonst einen Abschnitt man vorziehen möchte. Es ist immer nur eine Selbsttäuschung, wenn man sich einbildet, daß man wahrhaft wünschen könnte, in Einem zu bleiben. Der Reiz der Jugend besteht gerade im heiteren und unbefangenen Hineinstreben in das Leben, und er wäre dahin, wenn es einem je deutlich würde, daß dies Streben nie um eine Stufe weiter führt, etwa wie das Treten der Leute, die in einem Rade eine Last in die Höhe heben. Mit dem Alter ist es nicht anders, es ist im Grunde, wo es schön und kräftig empfunden wird, nicht anderes, als ein Hinaussehen aus dem Leben, ein Steigen des Gefühls, daß man die Dinge verlassen wird, ohne sie zu entbehren, indem man doch zugleich sie liebt und mit Heiterkeit auf sie hinblickt, und mit Anteil in Gedanken bei ihnen verweilt. Selbst ohne auch religiöse Gedanken an den Anblick des Himmels zu knüpfen, hat es etwas unbeschreiblich Bewegendes, sich in der Unendlichkeit des Luftraums zu verlieren, und benimmt so auf einmal alle kleinlichen Sorgen und Begehrungen des Lebens, und der Wirklichkeit ihre sonst leicht einengende Wichtigkeit. So sehr auch der Mensch für den Menschen das Erste und Wichtigste ist, so gibt es gerade nichts gegenseitig mehr Beschränkendes, als die Menschen, wenn sie, enge zusammengedrängt, nur sich vor Augen haben. Man muß erst oft wieder in der Natur ein höheres und über der Menschheit waltendes Wesen erkennen und fühlen, ehe man zu den beschränkten Menschen zurückkehrt. Nur dadurch auch gelangt man dahin, die Dinge der Wirklichkeit nicht so wichtig zu halten, nicht so viel auf Glück oder Unglück zu geben, Entbehrung und Schmerz minder zu achten, und nur auf die innere Stimmung, die Verwandlungen des Geistes und Gemüts seine Aufmerksamkeit zu richten, und das äußere Leben bis auf einen gewissen Grad in sich untergehen zu lassen. Der Gedanke des Todes hat dann nichts, was abschrecken oder ungewöhnlich bekümmern könnte, man beschäftigt sich vielmehr gern mit ihm, und sieht das Ausscheiden aus dem Leben, was ihm auch immer folgen möge, als eine natürliche Entwicklungsstufe in der Folge des Daseins an. Ich komme zum Teil mit deshalb auf diese Betrachtungen, weil ich eben die Zugabe zu Ihrem zweiten Heft gelesen habe, für die ich Ihnen herzlich danke und deren Inhalt damit enge zusammenhängt. Es ist schwer zu bestimmen, was man über die Tatsachen, denn als solche muß man Selbsterfahrenes ansehen, sagen soll.

Daß eine geliebte Person im Augenblick ihres Abscheidens, oder auch nachher, den Elementen und der Sinnenwelt die Kraft abgewinnt, zu erscheinen, läßt sich zwar auch nicht weiter begreiflich machen, allein die menschliche Seele empfindet doch selbst Dinge in sich, welche die Möglichkeit, wenn auch nur in einem Schleier, durchblicken lassen. Wer je Sehnsucht in sich getragen hat, begreift, daß sie eine Stärke gewinnen kann, die von selbst die gewöhnlichen Schranken der Natur durchbricht. Es mag aber auch bei dem, der etwas sehen soll, eine Empfänglichkeit notwendig sein, die Geistergegenwart zu vernehmen, und wir mögen manchmal von Geistern umgeben sein, ohne es zu wissen oder zu ahnen. Warum man weniger Geister sieht, weniger von Erscheinungen hört, läßt sich eher erklären. Unter den Geschichten von ehemals waren wohl viele falsch, nicht gerade erfundene, aber ununtersucht gebliebene, oder nicht verstandene, natürliche Ereignisse. Man hatte mehr Glauben überhaupt und auch an diese Dinge, man war mehr zur Furcht vordem Übernatürlichen geneigt; die Meinung von einem bösen Geist, der quäle und verführe, wurde sinnlicher und materieller genommen. Indes mag auch außerdem richtig sein, daß doch auch wahre Erzählungen, wirklich übernatürliche Wirkungen, wie die von Ihnen beobachtete, häufiger waren, und wenn das ist, ist die Erklärung freilich schwierig, zumal wo so eine Wirkung von mehreren sehr verschiedenartigen Menschen beobachtet wurde, wie es in Ihrem Hause der Fall war. Denn Erscheinungen und Gesichter einzelner würden sich eher erklären lassen. Ich sagte schon erst, daß eine gewisse Empfänglichkeit auch zur Wahrnehmung des Übersinnlichen gehöre. Diese mochten die Menschen in jener Zeit mehr haben, wo sie weniger weltlich zerstreut lebten, ihr Gemüt innerlicher gesammelt, frommer und ernster auf eine Wesenreihe außerhalb der irdischen Welt gerichtet war. Gerade bei einem Manne von so würdigem, tief religiös gestimmtem Charakter, wie Ihr Vater war, konnte das füglich der Fall sein. Wie es sei, so hat er die Sache trefflich aufgenommen, zugleich ohne Furcht und Unglauben. Die Erzählung hat mich ausnehmend interessiert, ich danke Ihnen herzlich dafür, und sehe es als einen lieben Beweis Ihrer Bereitwilligkeit an, mir Freude zumachen, daß Sie so bald meinen Wunsch in dieser Sache erfüllt haben, und zu einer Zeit, wo Sie durch Ihr Umziehen auch sehr gestört waren. – Da das Wetter so rauh ist, bin ich noch mit meiner Familie in der Stadt, und gehe auch vorerst nur auf mein nahegelegenes kleines Landgut Tegel. Nachher vermutlich nach Ottmachau in Schlesien, auf sechs bis acht Wochen. Leben Sie herzlich wohl und verwahren Sie sich ja in Ihrer Wohnung gegen die Einflüsse der äußeren Lust, die noch garnicht frühjahrmäßig ist. Ihr H.

Tegel, den 15. Mai 1823.

ch schreibe Ihnen, liebe Charlotte, von meinem kleinen
Landsitze aus, der Ihnen schon bekannt ist. Ich bin mit den
Meinigen seit einigen Tagen hier, das Wetter aber begünstigt
uns sehr wenig. Es ist ein ewiges Stürmen, Regnen, oder
wenigstens ein mit Wolken bedeckter Himmel. Den letztern
liebe ich zwar wohl im Sommer. Wenn die Wolken leicht
sind und nur wie ein zarter Schleier das helle Blau
verhüllen, und es dabei windstill und warm ist, so hat es
etwas Wehmütiges, was einer gleichgestimmten Seele sehr
wohl tut. Das Grün ist noch sehr zurück, die Eichen im
Walde fangen erst an, Laub anzusetzen, und nur die
frühesten Bäume, Kastanien, Flieder und solche prangen
schon in vollem Laube. Dagegen sind die Blüten der
Obstbäume reich und schön. Ich denke mir täglich, daß Sie
das alles nun auch in Ihrem Garten genießen und bin nur
bange, daß der Wind und das schlimme Wetter, da Ihre
Wohnung, wie Sie schreiben, gar nicht dicht genug
verwahrt ist, Ihnen darin lästig sein werden. Die
Anwesenheit meines Bruders in Berlin und eine Reihe
anderer kleiner Umstände hatten gemacht, daß ich den
ganzen Winter über in der Stadt geblieben war und gar
keinen Aufenthalt hier gemacht hatte; so ist mir das Land
wie neu und ich genieße es doppelt. Es ist eigentlich
wunderbar, daß gerade die freie Natur und die Einsamkeit
einen so großen Reiz für mich haben, da mein Leben nicht
dazu beitragen konnte. Wenn man immer daran gewöhnt
gewesen ist, oder wenn man es in sehr langer Zeit nicht

genossen hat, in beiden Fällen kann man eine solche Neigung leicht erklären. Die Neuheit tritt im letzten Fall an die Stelle der Gewohnheit. Bei mir war keins von beiden der Fall. Ich bin weder ganz von Land und Einsamkeit, auch nur auf mehrere Jahre entfernt gewesen, noch habe ich beide so viel genossen, daß sie mir gleichsam zur andern Natur geworden wären. Als ich viele Jahre lang noch nicht in Geschäften war, reiste ich, oder war sonst unter Menschen, hatte nicht einmal ein Gut, und wohnte aus eigener, freilich durch andere Dinge bestimmter Wahl in kleinen Städten. Die Geschäfte zogen mich in große und vielfache von aller ländlichen Einsamkeit entfernte Zirkel. Doch auch dann fand ich Mittel, mich zu isolieren, und war oft mitten in der Gesellschaft einsam. Man lernt das sehr gut, wenn man nur ein innerliches Interesse hat, das genug die Seele einnimmt. Ich habe es aber immer als eine wahre Wohltat des Himmels angesehen, für die ich dem Geschick nicht genug danken kann, und empfinde es noch jeden Tag ebenso, daß es mich gerade in meinem Alter in die Lage versetzte, in der ich, wie es auch sonst immer sein möge, dieser Lieblingsneigung frei nachhängen kann. Die meisten legen es mir noch als eine Anspruchslosigkeit und Philosophie aus, daß ich nicht bloß im Augenblicke, wo es geschah, die Geschäftswirksamkeit mit Gleichmut aufgegeben habe, sondern auch seitdem ruhig, beschäftigt und glücklich lebe, ohne Plan wieder in dieselbe zu treten und mit sichtbarer Abwesenheit aller Zeichen, daß ich auch versteckt irgend eine Sehnsucht danach habe. Ich mache mir nicht das mindeste Verdienst daraus, weil ich weiß, daß ich keins dabei habe. Was geschehen ist, entsprach meiner Neigung, die sich auf Grundlagen meines innern Charakters stützt, so ist es kein Wunder, daß sie dauernd ist. Sie wird nie geschwächt werden. Es ist mir überhaupt immer eine widrige Idee gewesen, so bis zum Ende des Lebens an Verhältnissen teilzunehmen, die mit dem Moment des Todes alle gleichsam zu nichts werden, von denen man nichts jenseits mit hinüber nimmt. Und doch ist in Geschäften alles in dieser Art. Ganz anders ist es mit der Beschäftigung mit Ideen und Kenntnissen. Auch wenn die letztern ganz ins Einzelne eingehen, hängen sie doch zuletzt immer mit Ideen zusammen, die, wenn man sie recht verfolgt, ihren Mittelpunkt nicht mehr in dieser Welt haben.

Was man in dieser Art erwirbt und ausbildet, behält man wahrhaft und trägt es mit sich, so lange noch überhaupt Dasein währt. Es hat mir immer unmöglich geschienen, daß, was einmal in mir denkt und empfindet, je aufhören könnte zu denken und zu empfinden. Wenn auch Zwischenräume mangelnden Bewußtseins eintreten, wenn die verschiedenen Zustände des Seins nicht verknüpft sein sollten durch zusammenhängende Erinnerung, so wirkt die einmal gefaßte Idee darum nicht minder auf das Wesen und den inneren Gehalt der Seele. Ganz anders ist es, wenn man die, an äußern Verhältnissen, wirklichen Geschäften teilnehmende Arbeit, nicht aus ganz freier Wahl, nicht aus unmittelbarer Liebe zu ihr, sondern aus andern Rücksichten und als einen Erwerb treibt. Auf diese Art würde ich sie ohne Mühe so lange fortsetzen können und fortgesetzt haben, als nur die Kräfte es zulassen. Darin sind Frauen besonders gut daran, daß die Arbeiten, die sie auf diese Weise machen, wenn auch nicht immer ganz, doch größtenteils mechanischer Art sind, den Kopf wenig, die Empfindung gar nicht in Anspruch nehmen, und also den bessern, zartern und höhern Teil des Menschen viel mehr sich selbst überlassen, als das bei Männern der Fall ist. Daher werden Männer so leicht einseitig, trocken, hölzern durch ihre Arbeit, Frauen nie, wenn sie auch durch Umstände und Widerwärtigkeiten bestimmt werden, einen Erwerb darin zu suchen, wenn in ihrem frühern Leben sie noch so fern von einer solchen Notwendigkeit waren.

Was mir aber weniger angenehm ist in meiner Lage, ist, daß ich nicht gut vermeiden kann, auch in demselben Jahre mehrmals den Aufenthalt zu wechseln. Ich gewöhne mich zwar leicht an einen neuen Ort, aber ich bleibe lieber an einem alten, und es hat vorzüglich einen großen Reiz für mich, so in demselben die Reihe der Jahreszeiten vorübergehen zu sehen. Die bloßen regelmäßigen Veränderungen der Zeit haben einen Reiz für mich, den ich mir oft selbst vergebens zu erklären versucht habe. Sie werden sagen, daß bei der völligen Freiheit, die ich genieße, ich leicht auch hier mein Leben nach meinen Wünschen einrichten könnte. Allein es gibt doch immer auch für den Freiesten Umstände, die ihn mit einer gewissen Nötigung bestimmen, und so geht es auch mir. Leben Sie nun herzlich wohl und verzeihen Sie, wenn ich in diesen Zeilen viel von mir sprach. Ich rede zu Ihnen, wie zu mir selbst, und habe es auch gern, wenn Sie mir von sich erzählen. Mit der herzlichsten Anhänglichkeit der Ihrige. H.

Tegel, den 26. Mai 1823.

nsere Briefe haben sich gekreuzt, liebe Charlotte, ich hatte Ihnen geschrieben, ohne einen Brief von Ihnen abzuwarten, und Sie haben den Ihrigen früher als gewöhnlich abgehen lassen.

Die Stelle in Ihrem Briefe über das Pfingstfest hat mich sehr gefreut und spricht ganz Ihr tiefstes Gemütsbedürfen aus. Auch mir ist es eigentlich das liebste unter den großen Festen. Seine heilige Bedeutung, das Herabsteigen göttlicher Kraft auf menschliche Wesen, hat etwas zugleich Tröstendes und Erhebendes, und das doch nicht über der Fassungskraft unsers Geistes liegt, da man wohl zu begreifen vermag, wie sich geistig Göttliches und Menschliches mischt. Irdisch genommen aber ist es ein gar liebliches Fest, weil es den Winter recht eigentlich beschließt und man nun dem heiteren Sommer entgegengeht. – Was Sie über Schmerz sagen, begreife ich sehr wohl, nämlich, daß Sie nicht dahin gekommen wären, Glück und Unglück, und besonders den Schmerz, nicht sehr zu achten. Es hat mir schon öfter geschienen, als wäre Ihnen nicht gerade viel Stärke darin verliehen, und dies ist wohl das Zeichen einer schönen Weichheit einer weiblichen Seele, wo es unnütz und unrecht zugleich wäre, sich abhärten zu wollen. Ich will es daher auch nicht unternehmen, Sie das zu lehren, sondern vielmehr von innigem Herzen wünschen, daß Schmerz und Unglück, so wie jeder Kummer von Ihnen fern bleiben mögen. Ich will gern und mit Freuden, wo ich kann, dazu beitragen. Aber bei einem Manne muß das anders sein. Wenn ein Mann dem Schmerze Herrschaft über sich einräumt, wenn er ihn ängstlich meidet, über den unvermeidlichen klagt, flößt er eher Nichtachtung als Mitleid ein. So vieles muß in einer Frau anders sein als im

Manne. Einer Frau geziemt es sehr wohl, und scheint natürlich in ihr, sich an ein anderes Wesen anzuschließen. Der Mann muß gewiß auch das Vermögen dazu besitzen, aber wenn es ihm zum Bedürfnis würde, so wäre es sicher ein Mangel oder eine Schwäche zu nennen. Ein Mann muß immer streben, unabhängig in sich dazustehen.....

Ihre Frage, ob ich je wirklich Schmerz gefühlt hätte, war sehr natürlich. Sie können aber überzeugt sein, daß ich immer von dem zu reden vermeide, was ich nicht aus eigener, wohlerprüfter Erfahrung kenne...

Indem ich von Herzen wünsche, daß es bald besser und recht gut mit Ihrer Gesundheit gehen möge, wiederhole ich Ihnen die Versicherung meiner herzlichsten Teilnahme und Anhänglichkeit. Ihr H.

Glück und Unglück verliert von seinem Wert, wenn es den Kreis der innern Empfindung verläßt. So wie die Wirklichkeit in der Tat immer armselig und beschränkt ist, so vermindert sich auch der Reiz jedes angenehmen Gefühls, wenn man es in Worte kleidet. Im Herzen, wo es entstanden ist, muß es bleiben und wachsen, und wenn es vergänglich ist, wieder vergehen und sterben. Mit dem Unglück ist es nicht anders. Der im eigenen Busen erhaltene Schmerz enthält etwas Süßes, von dem man sich nicht gern mehr trennen mag, wenn ihn die eigene Brust bewahrt...

Trost wüßte ich bei einem andern, als mir selbst, nie zu finden. Es würde mir ein zweites, noch unangenehmeres Gefühl, als das widrige Schicksal durch sich einflößt, geben, wenn ich nicht selbst Stärke genug besäße, mich selbst zu trösten. Dies mag indes bei Frauen billig anders sein. Wenn es bei einem Manne anders ist, ist es nicht lobenswürdig. Ein Mann muß sich selbst genug sein...

Mitleid ist gar eine widrige Empfindung, und Teilnahme zwar eine sehr schöne, aber nur in einer gewissen Art...

Es ist mir unendlich viel wert, zu wissen, daß Sie an allem, was mir begegnet, einen so innigen Anteil nehmen, allein diese Teilnahme wirklich zu erfahren, ihrer gewissermaßen zu bedürfen, könnte ich nicht zu den erwünschtesten Gefühlen rechnen. Überhaupt ist mir das B e d ü r f e n ungemein, nämlich für mich, nur für mich und mein Gefühl, zuwider. Von jeher habe ich gestrebt, nichts außer mir selbst zu bedürfen. Es ist vielleicht nicht möglich, je ganz dahin zu gelangen, aber, wenn man es erreichte, so wäre man erst dann, auf vollkommen reine und uneigennützige Weise, der höchsten Freundschaft und der höchsten Liebe fähig, sowohl sie zu gewähren, als zu genießen. Denn das B e d ü r f e n ist immer etwas Körperlichem im Geistigen ähnlich, und was dem Bedürfnis angehört, geht dem wahren Vergnügen ab. Befriedigung des Bedürfnisses ist nur Abhilfe eines Übels, also immer etwas Negatives, das wahre Vergnügen aber, körperlich und geistig, muß etwas Positives sein. Wer also z. B. am wenigsten der Freundschaft bedürfte, der empfindet die, die ihm gewährt wird, am vollsten und süßesten, sie ist ihm ein reiner und ungetrübter Genuß, ein Zuwachs, den er zu seinem, schon in sich geschlossenen und beglückenden Sein erhält; er gewährt sie dann auch am beglückendsten für den andern, denn es ist in ihm keine Rücksicht auf sich, nur einzig auf den andern dabei. Je stärker und sicherer zwei Wesen, jedes in sich gewurzelt, je einiger mit sich und ihrem Geschick sie sind, desto sicherer ist ihre Vereinigung, desto dauernder, desto genügender für jeden.

Fehlt es dem einen an dieser Sicherheit, so bleibt dem andern für beide hinreichend übrig. Nur was so die Alltagsbegriffe der Freundschaft und Liebe von gegenseitigem Stützen aufeinander sagen, ist schwach und nur für sehr mittelmäßige Menschen und Empfindungen gemacht, denn leicht stürzen dabei beide, indem keinem die Schwachheit des andern Gewähr der Sicherheit leistet. Nur auf diese Weise müssen Sie mich verstehen, wenn ich von männlicher Selbständigkeit rede, die ich wirklich für die erste Bedingung männlichen Werts halte. Ein Mann, der sich durch Schwächen verführen, hinreißen läßt, kann gut, in andern Punkten recht liebenswürdig sein, er ist aber kein Mann, sondern eine Art Mittelding zwischen beiden Geschlechtern. Er sollte daher eigentlich, obgleich dies manchmal sehr umgekehrt ist, nicht ausgezeichneten Beifall bei Frauen finden. Denn die schöne und reine Weiblichkeit sollte nur durch die schönste und reinste Männlichkeit angezogen werden.

Ottmachau, den 12. Juli 1823.

ie Güter, welche ich in diesem Augenblicke bewohne, besitze ich erst seit 1820. Sie sind sehr reizend belegen. Das alte Schloß liegt auf einem Hügel, von dem man einen Kreis der schlesischen, böhmischen und mährischen Gebirge übersieht, und zwischen diesen Hügeln, an deren Fuß die Neisse hinläuft, und dem Gebirge sind die anmutigsten Äcker, Wiesen und Gebüsche, zu denen auch meine Besitzungen gehören. Ich bewohne zwar dieses Schloß nicht, da es nicht ausgebaut ist und nur einige bewohnbare Zimmer für meine Kinder hat, aber ein recht bequemes und gutes Haus, ein wenig tiefer, dient mir zur Wohnung und hat auch größtenteils dieselbe Aussicht.

Daß ich in einer glücklichen Lage bin, ist sehr wahr, und Sie bemerken mit Recht, daß das mehr die Sache des Glücks als meiner Anstrengungen ist. Das ist vollkommen wahr, und macht mir mein Glück, wenn ich so sagen soll, noch glücklicher. Eine Gabe, die mir nur durch das Glück zufällt, ist mir unendlich lieber, als etwas durch mein Verdienst Erstrebtes. Wer mit der ersten beschenkt wird, scheint für das Schicksal Wert und Wichtigkeit genug zu haben, um Gaben auf ihn zu häufen. Ich bin auch in vielen andern Dingen glücklich gewesen, die ein anderer nicht so, als diese Äußerlichkeiten, beurteilen kann, ja, ich kann wohl sagen, daß sich bis jetzt mein Glück ziemlich in allem bewährt hat, was ich unternahm. Manches in öffentlichen und Privat-Angelegenheiten, was nicht gerade sehr weise angelegt war, hat nicht die üblen Folgen gehabt, die daraus hätten entstehen können, anderes, das gar nicht sonderliche Mühe kostete, wurde mit ausgezeichnetem Erfolge belohnt. So bin ich gewohnt, mich als einen Glücklichen anzusehen, und habe Mut, aber nur immer wie einer, den das Glück auch in jedem Augenblicke verlassen kann. Daher macht auch dies Glück mich doppelt vorsichtig. Träfen mich große Unglücksfälle im Äußerlichen, oder moralisch, oder in meiner Gesundheit, so würde ich dadurch natürlich leiden wie ein anderer, aber sie würden mich sehr vorbereitet und gefaßt finden, ich würde doch mit Heiterkeit auf das lang Genossene zurückblicken, und meine innere Ruhe würde solche Zustände nicht zerstören oder nur bedeutend ergreifen. Eben jene Selbständigkeit, von der ich erst sprach, gibt Mittel, jedem Unglück so zu begegnen, daß für mich Glück und Unglück wenigstens ganz andere Bedeutung, als für andere Menschen haben. Und das ist mir immer eigen gewesen. Sie reden in Ihrem Briefe, liebe Charlotte, den ich hier die Freude hatte vorzufinden und wofür ich Ihnen noch nicht dankte, von der Sehnsucht und fragen mich, ob ich sie wohl je gefühlt habe? Ich glaube allerdings. Indes ist es freilich wahr, und ich sage das nicht eben als ein Lob, da es vielleicht eher eine Selbstanklage ist, daß ich früh eine große Ruhe gewonnen habe, die nicht leicht durch etwas gestört wird. Ich lernte früh mir in meinen eigenen Gedanken und meinen von keiner fremden Einwirkung abhängigen Gefühlen genügen, und jetzt paßt diese Ruhe und Zurückgezogenheit in sich selbst zu meinen Jahren und ist mir dadurch doppelt natürlich. Indes bin ich sicher, daß diese Ruhe und Bedürfnislosigkeit nie der Wärme meiner Empfindungen geschadet hat. Wenige Menschen aber können fassen, wie man auf der einen Seite nicht mit Unruhe wünschen und nicht schmerzlich entbehren und auf der andern Seite doch voll Dank empfangen und genießen könne. Dennoch kommt es mir äußerst natürlich vor. Sie müssen nun aber darum nicht denken, daß ich Sehnsucht und selbst unruhiges Begehren in andern tadle. Jeder hat und muß seine eigene Weise haben, und wenn ich auch in der meinigen bleibe und gewiß in keine andere hinüberzuziehen bin, so mißbillige ich die fremde nicht und bin Ihnen für jeden Ausdruck, jede erneute Versicherung Ihrer immer gleichen Gefühle für mich sehr dankbar, sie bleiben mir immer gleich wohltätig. Ich hoffe, Sie haben an Ihrer Lebenserzählung wieder gearbeitet und freue mich darauf. In zehn bis zwölf Tagen gehe ich von hier und hoffe, in Berlin Briefe von Ihnen vorzufinden.

Mit herzlicher Anhänglichkeit der Ihrige. H.

Tegel, den 11. August 1823.

ːh bin vorgestern nach Berlin und gestern hierher
zurückgekommen und habe mich ungemein gefreut, ein
Paket und Briefe von Ihnen, liebe Charlotte, hier zu finden.
Nächstdem danke ich Ihnen recht herzlich für das neue Heft
Ihrer Lebensbeschreibung, das Sie mir geschickt haben. Ich
habe es, wie Sie selbst ermessen werden, in diesen ersten
Tagen noch nicht lesen können, indes habe ich schon hier
und da darin geblättert, und bin mit dem, was ich
angetroffen, ausnehmend zufrieden, ich bin also im voraus
überzeugt, daß ich es mit dem Ganzen sein werde. Was Sie
in der Vorrede sagen, daß man bei einem solchen
Aufzeichnen des Vergangenen sein Leben noch einmal lebt,
ist sehr wahr, allein der Eindruck, den die Wirklichkeit, und
derjenige, den die bloße Erinnerung macht, sind notwendig
sehr voneinander verschieden.

Wo die Begebenheiten schmerzlich sind, ist die Wirklichkeit
in ihrem schroffen und starren Wesen, und von der
Ungewißheit dessen, was weiter erfolgen wird, begleitet,
niederschlagend und zerreißend. Die Erinnerung dämpft
diese Gefühle bis zur sanften Wehmut. Das Schmerzvolle ist
nicht mehr ein einzelner, abgeschnitten dastehender
Moment, sondern verschmelzt sich mit dem ganzen Leben,
und erhält dadurch einen ungleich milderen Charakter. Und
sehr wohltätig und heilsam ist dann gewiß ein solches
rückwärts gehendes Vertiefen in die Vergangenheit, das
zugleich ein Vertiefen in die mannigfachen Falten des

eigenen Gemüts und Herzens ist. Wie gut man sich auch schon erkennen möge, so gewinnt das Bild, je öfter man es wieder zu zeichnen versucht, immer mehr Klarheit und Bestimmtheit, und wird auch wohl in einzelnen Zügen noch berichtigt und der Wahrheit nähergebracht. Die Furcht, daß Sie durch eine Selbstschilderung bei mir verlieren könnten, dürfen und können Sie eigentlich nicht haben. Sie brauchen auch darin nicht, liebe, gute Charlotte, sich an meine Nachsicht und milde Beurteilung zu wenden. Gerade ein so ausführliches, so das ganze Leben wie aus seiner ersten Knospe entfaltendes Verwahren bewahrt vor jedem Mißverständnis, jedem Irrtum, jeder falschen Beurteilung. Es kommt im Menschen, wie Sie auch gewiß denken, immer unendlich mehr auf das Wesen, als auf die einzelnen Handlungen an. Die gewöhnlichen Menschen richten allerdings nur die letzten, wie es auch die Gesetze tun. Aber die Macht, die die Herzen durchspäht, geht auf die Gesinnung, die Absicht,die ganze Beschaffenheit und Stimmung des Gemüts, und dasselbe tut auch die Geschichte. Jede zusammenhängende Erzählung aber, welche die Erfolge aus ihren Ursachen zu entwickeln strebt, ist Geschichte und bringt denselben Eindruck hervor, sie mögen Weltbegebenheiten oder die Schicksale eines einfachen Privatlebens zum Gegenstande haben. Überhaupt wünscht man ja nicht darum die Begebenheiten eines Menschenlebens zu übersehen, um sich gleichsam zum Richter darüber aufzuwerfen, am wenigsten ist ein solches Beurteilen je mir eigen. Die Anschauung eines interessanten Gemütszustandes, die Betrachtung seiner Ursachen und Folgen, zieht – ohne daß man nur daran denkt zu urteilen oder zu richten – das Gemüt des Beschauers an, wenn der Gegenstand ihm wert ist und seinen Anteil erweckt, ja, wenn das abgesondert werden könnte, so erblickt man in der einzelnen Gestalt die allgemeine, in dem einzelnen Menschen die Menschheit selbst. Dagegen bin ich überzeugt und habe es schon an den bisherigen Heften erfahren, daß Ihre Erzählung mir sehr oft, ohne daß Sie es wollen, ja, ohne daß Sie es nur ahnen werden, Veranlassung geben wird, die Meinung, die Sie mir vor einer langen Reihe von Jahren durch Ihren Anblick und Ihre Gespräche und nachher durch Briefe und Schilderungen einflößten, und aus der mein warmer, lebhafter und sich immer gleicher Anteil an Ihnen entsprang, zu bestätigen, mit neuen Beispielen zu belegen und selbst zu erweitern. Fahren Sie also ja, teure Charlotte, nur mutig und ohne einige Besorgnis, je mißverstanden zu werden, fort. H.

Den 10. September 1823.

Ich habe nun das empfangene Heft Ihrer Lebensbeschreibung mit großer Sammlung und sehr großem Vergnügen gelesen und wiederhole Ihnen meinen wirklich recht herzlichen und aufrichtigen Dank dafür. Ich habe die Zeiten gewählt, wo ich am freiesten war, mich in die geschilderten Lagen zu versetzen, und habe also langsam und mit großem Bedacht jedes Einzelne erwogen. Einige der Schilderungen sind mir ungemein anziehend und reizend vorgekommen. Es muß Sie das nicht wundern. Wenn man den Inhalt dieser Bogen in seinen Resultaten erzählt, so kann das Leben eines Kindes nur höchst unbedeutend scheinende geben. Aber wenn man eine sehr ausführliche Schilderung vor sich hat, ist es durchaus anders. Es ist dann nicht mehr die Sache, das Resultat, es ist die Veränderung, die dabei in der Seele vorgeht, die innere Entwickelung der Ideen und Empfindungen, und die ist bei einem Kinde nicht bloß ebenso anziehend als bei Erwachsenen, sondern im Grunde mehr, da das Kind zu mehr Vergleichen Stoff darbietet. Wie Sie zum Beispiel sich als Kind zeigten, vergleicht man gern mit der Natur Ihrer beiden Eltern, und mit Ihrem eigenen späteren Wesen. Diese drei Punkte haben mir beim Lesen immer gleich deutlich vor Augen gestanden. Es ist vollkommen offenbar, daß, was Sie als Kind charakterisiert hat und was sich überall in Ihrem künftigen Leben wieder finden wird, wenn Sie in Ihren Schilderungen fortrücken werden, eine gewisse Innerlichkeit Ihres Wesens ist. Sie scheinen zwar auch in jenen Jahren der früheren Kindheit sehr aufmerksam auf dasjenige gewesen zu sein, was um Sie herum vorging, allein doch nicht sowohl, um darin nun wirklich zu leben, als um sich daraus eine eigene, innere Welt zu bilden. Es ist ebenso unverkennbar, daß Sie diese, mehr innerliche Natur Ihrem Vater verdanken, in dem sie nur auf eine andere Weise vorhanden und aus anderen Quellen entsprungen war. Über Ihre Eltern und ihre gegenseitigen Vorzüge zu urteilen, ist nicht leicht. Wie beide da in der Welt standen, ist man sehr geneigt, sich doch mehr für Ihre Mutter zu erklären. Sie ist praktisch tätig, mutig, besonnen, verständig und doch nicht von tändelnder, aber doch von sehr wahrer Liebe und Wohltätigkeit. Der größere Charakter unter beiden ist sie gewiß. Bei dem Vater vermißt man das recht ins Leben Eingreifende, das einem Manne noch mehr als einem Weibe geziemt. Allein man hütet sich mit Recht abzuurteilen. Es ist sichtbar, daß man in sein eigentliches, inneres Wesen nicht gehörig eindringt. Es ist auch höchst wahrscheinlich, daß er nie Gelegenheit fand, dies ganz und ohne Rückhalt aufzuschließen. Mit seiner Frau konnte er in einem solchen Verhältnis nicht stehen. Er hätte es späterhin mit Ihnen gekonnt, und vielleicht ist es auch in der Folge bis auf einen gewissen Punkt geschehen? Das werden in der Folge Ihre Blätter zeigen. Allein es ist selten und schwer, daß ein Vater sich über sich selbst erwachsenen Töchtern vollkommen öffnen kann. Dann war auch die innerliche Natur Ihres Vaters (ich meine darunter nämlich die Neigung, vorzugsweise vor allem andern, sich mit sich selbst zu beschäftigen) mit etwas, das, wenn man es auch nicht körperlich allein nennen mag, doch vom Willen und selbst vom Bewußtsein unabhängig und getrennt ist, vermischt. Diese Träume, dieser gewissermaßen natürliche Magnetismus, haben in sich etwas Geheimnisvolles, von dem sich weder Ursachen noch Folgen berechnen lassen, und das immer wie eine unbekannte Größe dasteht, und etwas, das das Urteil über den ganzen Menschen, in dem es sich befindet, ungewiß macht.

Ich gestehe, daß ich keine Vorliebe für diese innere Gemütsstimmung habe. Ich bedarf Klarheit der Gedanken und des Bewußtseins, daß nichts in mir ohne meinen bestimmten und wohlgeordneten Willen vorgeht. Ich besitze, teils von Natur, teils durch die sehr früh begonnene Übung eines langen Lebens, eine große Gewalt und Stärke über mich selbst, und mir würde daher schon in der Idee ein Zustand peinlich sein, wie der war, wo in dem Traum, den Sie von Ihrem Vater erzählen, er von einem fremden Geiste in seiner unmittelbaren Existenz scheint beherrscht zu werden. Ich bin daher noch viel behutsamer, über Ihren Vater mir das mindeste Urteil zu erlauben, als ich es immer bei jemanden sein würde, der Ihnen so nahe steht. Sie fragen mich, ob ich die Umgegend von Preußisch-Minden und die Porta Westphalica kenne. Nein, ich bin in jener Provinz immer im schnellen Durchreisen gewesen, und in diese Gegenden auch nicht einmal gekommen. Ich halte sie aber für sehr anziehend, außerdem, daß sie geschichtliche Wichtigkeit haben. Nun werde ich indes schwerlich mehr reisen und mich anders als in dem Kreise bewegen, in dem ich mich herumdrehe, und werde ich sie also auch wohl nie sehen. Auch sehe ich eben, daß Sie meinen Rat über etwas wünschen. Schreiben Sie mir nur ohne Rückhalt, wenn ich Ihnen raten kann, tue ich es gewiß mit Freuden. Es ist aber wahr, daß ich nichts davon halte, Rat zu fragen, noch zu erteilen. Gewöhnlich wissen die Fragenden schon, was sie tun wollen, und bleiben auch dabei. Man kann sich von einem andern über mancherlei, auch über Konvenienz, Pflicht aufklären lassen, aber entschließen muß man doch sich selbst. Leben Sie herzlich wohl! Unwandelbar der Ihrige. H.

Berlin, den 18. Oktober 1823.

en für den Augenblick nötigsten Teil Ihres letzten Briefes,
liebe Charlotte, habe ich schon neulich beantwortet, und
bin begierig, aus Ihrem nächsten zu sehen, ob Sie meinen
Rat befolgt haben werden. Der Ausgang bleibt allerdings
immer zweifelhaft, indes kann der Schritt nicht schaden,
und man weiß doch nicht, was geschieht. Ich halte immer
sehr viel davon im Leben, die Anlässe, die sich zu etwas
darbieten, was dem gewohnten Gange eine veränderte
Richtung geben kann, nicht zu versäumen, sie vielmehr zu
benutzen, und was sich daraus irgend entspinnt, in das
übrige Leben zu verweben. Vorzüglich ist aber dies der Fall
bei Dingen, die schon zu einer gewissen Reife gediehen sind,
und das war doch Ihre Bekanntschaft mit dem verstorbenen
Herzog. Er hatte Ihnen einmal so günstige Äußerungen
gemacht, daß es schade wäre, auf diesem Wege nicht weiter
fortzugehen. Es ist immer auch zugleich eine Prüfung der
Menschen, und neben dem, was man etwa handelnd und
redend ausrichten kann, ist doch im Leben das Anschauen,
Versuchen und Sammeln von Erfahrungen das Nützlichste
und wenigstens bei weitem das Unterhaltendste. Es kann
zwar sein, daß das nicht so in jeder Natur ist, aber der
meinigen ist es, sogar mehr als billig ist, eigen, das Leben
wie ein Schauspiel anzusehen, und selbst wenn ich in Lagen
war, wo ich ernsthaft selbst mithandeln mußte, hat mich
diese Freude am bloßen Zusehen der Entwickelungen der
Menschen und Ereignisse nie verlassen. Ich habe darin
zugleich eine große Zugabe zu meinem innern Glück und

eine nicht geringe Hilfe bei jeder Arbeit selbst gefunden. Das Erste ist leicht begreiflich und entsteht auf doppelte Weise. Zuerst hat man die positive Freude am Anblick der wirkenden Kräfte, am Weiterrücken der sich in uns unbekannten Ursachen verflochtenen Dinge und Ereignisse, und dann wird man gleichgültiger gegen den Ausgang, insofern dieser nämlich uns selbst betrifft. Denn der Anteil an andern kann dadurch auf keine Weise geschwächt werden. Im Handeln selbst aber gewinnt man dadurch Ruhe, Kälte und Besonnenheit. Besonders bei großen Angelegenheiten gibt diese Ansicht gerade die Überzeugung, daß sie, wenn sie auch gegen unsere Neigungen ausschlagen, einen Gang gehen, der tief in den einmal feststehenden Plänen des Schicksals liegt, und auch nur das Mindeste dieses Plans zu ahnen, ist schon an sich ein über jedes andere gehendes geistiges Vergnügen. Bei eigenen Lebensbegebenheiten ist es, wenigstens bei mir, anders. Es würde mir immer nur Eitelkeit und Selbstsucht scheinen, die ich mir nie erlauben würde, wenn ich, was sich mit mir und meiner Persönlichkeit ereignet, gewissermaßen tiefen Plänen im Weltlaufe zuschieben wollte. Es gehört freilich auch zum Ganzen, aber wie ein Atom, es interessiert mich geistig dabei nur, wie ich mich selbst betrage, wie ich die Ereignisse aufnehme, ob mit Fertigkeit im Widrigen, mit Bescheidenheit im Günstigen, ob ich tue, was ein Mann seiner Pflicht und seinen Gefühlen schuldig ist, das Übrige mag auf- und abstürmen, ich suche mich darein zu finden, so gut es nun einmal gehen will. Aber auch bei den, von höherem Gesichtspunkte aus betrachtet, unbedeutenden Ereignissen meiner selbst und meiner Familie bleibt doch jenes Vergnügen der Beschauung der ins Spiel kommenden Personen, der Umstände u. s. f., was oft für so vieles auch wirklich Widrige entschädigt. Es versteht sich jedoch von selbst, daß diese Beschauungslust des Lebens nie aus bloßer Neugierde entstehen muß, daß sie nicht sein darf, wie vergnügungssüchtige Leute in die Komödie gehen. Sie muß entstehen aus dem lebhaften Interesse, was man an der Menschheit, nicht bloß an ihrem Glück, denn das Glück ist bei weitem nicht das Höchste, sondern an ihrem innern Wert, ihrem Wesen und ihrer Natur nimmt, aus dem immer unermüdlichen Streben, eben diese menschliche Natur tiefer in ihrem Innern zu erkennen, und so viel es möglich ist, die Räder zu erahnen, welche die Schicksale der Menschen, oft unauflöslich scheinend, ineinander treiben, und sie dann doch wieder so schonend auseinander rollen, daß wahre, nur nicht gleich eingesehene Harmonie daraus hervorgeht. So wie alles im Menschen nur auf die Höhe des Gesichtspunkts ankommt, auf den man sich stellt, so ist es auch hier. Ist der Gesichtspunkt der rechte, edel und gut, so kann nichts als wieder Gutes und Edles daraus hervorgehen. – Ich bitte Sie, mir die Fortsetzung Ihrer Lebenserzählung sobald zuschicken, als Sie den Abschnitt erreicht haben, zu dem Sie kommen wollten. Leben Sie herzlich wohl; mit dem innigsten Anteil der Ihrige. H.

Burgörner, den 29. November 1823.

ch befinde mich hier sehr wohl. Es ist nicht bloß für diese
Jahreszeit und den sonst oft so schlimmen Monat, sondern
wirklich an sich immer leidliches und oft sehr gutes Wetter.
Heute war es wirklich schön, und die Sonne kam sehr
freundlich heran. Zwar erhob sie sich nur wenig über eine
dichte und finstere Wolke, die den Abendhimmel bedeckte,
aber der übrige Teil des Himmels war vollkommen blau. Da
ich teils viele Geschäfte hier habe, teils die Zeit zu eigenen
Arbeiten benutzen will, so ist es mir sehr lieb, ganz allein
hier zu sein, ich bin so gar keiner Störung ausgesetzt und
liebe an sich die Einsamkeit. Die Freude, mit den Meinigen
zu sein, ist mir nur immer eine unendlich glückliche Zugabe
zu meinem schon glücklichen Leben. Ich habe mir aber nie
denken können, wie dasjenige eigentlich ein Glück zu
heißen verdient, was eine Lücke ausfüllt, die einem Unglück
nahe kommt, und es hat mir immer geschienen, als ginge
der wahrhaft edle und hohe Glücksgenuß erst an, wenn
man, sich selbst genügend im Gleichgewicht, seine
Neigungen und Empfindungen mit sich verknüpft, die
diesen, schon in sich befriedigenden Zustand dergestalt
erhöhen, daß er, damit verglichen, wirklich mangelhaft
erscheint. Heftige Begierden und leidenschaftliche
Äußerungen sind mir daher immer fremd geblieben. Indes
will ich das nicht eben loben noch in Schutz nehmen. Es
könnte leicht auch in einem Mangel an Feuer liegen, dessen
der Mann zu vielen der wichtigsten und ernsthaftesten
Dinge bedarf, es ist auch nicht jene Fremdheit immer in

gleichem Grade in mir gewesen. Jetzt ist sie meinen Jahren freilich natürlich. Die Jugend muß im Manne immer zuerst in der wirklich nur jugendlichen Lebendigkeit des Empfindens und dem, was leidenschaftlich ist, erlöschen; zum Entschluß und zur Anstrengung kann dann ihre Kraft noch lange ausdauern. – Nun komme ich zu dem letzten Heft Ihrer Lebenserzählung zurück. Es hat mir wieder ungemein viel Freude gemacht, und ich habe es gestern abend ohne Unterbrechung hintereinander gelesen. Es schadet garnicht, wenn auch einiges, was Sie darin erzählen, in eine andere Periode gehört, wie Sie besorgen. Es ist unmöglich, in der Erinnerung so genau in der Zeitfolge zu bleiben, ich würde sehr verlegen sein, sollte ich von einem meiner Kinderjahre so ausführlich erzählen. Es ist merkwürdig, daß Ihnen so viel in der Erinnerung geblieben ist. Da in diesem Hefte gerade so viel vom Schreiben die Rede ist, so kann ich Ihnen mit Wahrheit sagen, daß diese Erzählung wieder ganz diesen Vorzug hat. Alles darin ist trefflich gedacht und empfunden, das ist das erste darin, und wie Sie selbst richtig bemerken, das unerläßliche Erfordernis jedes guten Schreibens; allein auch das letzte ist bei Ihnen damit verbunden. Die Art Ihrer Entwickelung hat mich ungemein interessiert. Sie bemerken sehr richtig, daß das, was Ihnen mehr durch Sie selbst, und zufällig durch Umgang mit Erwachsenen, an Unterricht zukam, gerade darum so stark und so dauernd wirkte, weil es wenig war, und in ein auf besseren und reichhaltigeren Unterricht begieriges Gemüt fiel, so möchte ich auch im übrigen weiter schließen. Es sollte mich aber nicht wundern, wenn doch gerade diese Erziehung mehr oder kräftiger beigetragen hätte, Sie so, wie Sie geworden sind, zu bilden, als wenn alles fein systematisch dabei ausgedacht worden wäre. Man muß sich die Erziehung ja nicht bloß und immer als eine direkte Leitung zu verständiger Haltung, gutem Charakter und hinlänglichem Reichtum von Kenntnissen denken. Sie wirkt oft weit mehr als ein Zusammenfluß von Umständen, deren beabsichtigte Wirkung ganz vereitelt wird, die aber durch den Streit gegen die Individualität des zu Erziehenden in ihm bewirkt, was die direkte Einwirkung nie vermocht hätte. Denn das Resultat der Erziehung hängt ganz und gar von der Kraft ab, mit der der Mensch sich auf Veranlassung oder durch den Einfluß derselben selbst bearbeitet. Mit großem Vergnügen habe ich auch bestätigt gefunden, daß dasjenige, was Ihr Gemüt und Ihren Verstand noch jetzt auszeichnet, Ihnen auch in der Kindheit schon beiwohnte. Es ist immer meine Meinung gewesen, daß sich der Mensch, wenn man das Wesentliche seines Charakters nimmt, nicht eigentlich ändert. Er legt Fehler ab, vertauscht auch wohl Tugenden und gute Gewohnheiten gegen schlechte, allein seine Art zu sein, ob mehr nach der Außenwelt, oder mehr nach innen gekehrt, ob heftig oder sanft, ob in die Tiefe der Ideen eingehend, oder auf der Oberfläche verweilend, ob mit kühnerem und fettem Entschluß ins Leben eingreifend, oder Schwäche verratend, bleibt gewiß von der Kindheit bis in den Tod die nämliche. Das war für heute vorerst das Wichtigste, was ich Ihnen über dies Heft sagen wollte. Auf ein und anderes komme ich ein anderes Mal zurück. Immer aber wiederhole ich Ihnen aufs neue meinen herzlichen Dank für die Mühe, die Sie mir so liebevoll widmen.

Berlin, den 12. Januar 1824.

ır Brief, liebe Charlotte, vom 21. v. M. hat mir große Freude gemacht, und ich danke Ihnen von ganzem Herzen für alles Liebevolle, das er enthält. Nehmen Sie besonders meinen Dank für Ihre Wünsche zum neuen Jahr an, und seien Sie versichert, daß ich sie aus recht inniger Seele erwidere. Niemand kann innigeren Anteil an Ihnen nehmen als ich, niemand es besser mit Ihnen meinen; so kann auch niemanden die Erfüllung der Wünsche für Ihr Glück so sehr am Herzen liegen als mir, davon seien Sie mit unumstößlicher Gewißheit überzeugt. Sorgen Sie aber auch selbst, beste Charlotte, angelegentlich für Ihre Gesundheit und Ihre Ruhe. Mir kommt es immer vor, daß die Art, wie man die Ereignisse des Lebens nimmt, eben so wichtigen Anteil an unserm Glück und Unglück hätte, als diese Ereignisse selbst. Den eigentlich frohen heiteren Genuß kann man sich allerdings nicht geben, er ist eine Gabe des Himmels. Aber man kann viel dazu tun, das Unangenehme, dessen für jeden das Leben immer viel herbeiführt, ruhiger aufzunehmen, mutiger zu tragen, besonnener abzuwehren oder zu vermindern. Man kann wenigstens vermeiden, sich unnötige und ungegründete Besorgnis und Unruhe zu erregen. Wenn man das eine und das andere tut, sucht man sich damit gleichsam recht frei von der Abhängigkeit der höheren Mächte zu machen; man genießt ja dadurch noch lange kein Glück, man bewahrt sich nur vor zu unangenehmen Empfindungen. Man handelt aber gewiß im Sinne und nach dem Willen des Himmels, wenn man mit so viel Selbständigkeit, als die individuellen Kräfte zulassen, dem Geschick begegnet und sich seinen Einflüssen von innen heraus weniger zugänglich macht. Ich sage das, liebe Charlotte, um Ihnen vorzustellen, daß Sie sich nicht so um nichts beunruhigen müssen, wie neulich, wo Sie, geschreckt durch Träume, sich bangen Ahnungen überließen. Ihre Worte: »Nehmen Sie mir den ängstlichen Kleinmut nicht strenge auf, ach! nehmen Sie mir die Worte nicht so genau – das Unglück macht abergläubig, man fürchtet überall, man sieht nur traurige Vorbedeutungen – der Glückliche weiß nichts von Aberglauben« – diese Worte haben mich sehr gerührt und in innigster Teilnahme bewegt, und nur aus diesen Empfindungen geht das hervor, was ich Ihnen sage. Sie haben einen viel zu klaren und bestimmten Verstand, haben über diese Dinge in dem, was Sie bei Gelegenheit der Stimmung Ihres Vaters in dieser Art mir geschrieben, so richtig geurteilt, daß Sie nicht durch so unbedeutende Zeichen, wenn man es nur überhaupt Zeichen nennen kann, sich sollten irgend bewegen lassen. Nehmen Sie, was ich da sage, ja nicht als einen Vorwurf auf. Ich würde mir gewiß nicht herausnehmen, Ihnen je einen zu machen. Ich wünsche aber dringend, daß Sie sich nicht vergeblich beunruhigen, nicht Ihrer Gesundheit schaden, sich in Ihren Beschäftigungen stören und sich Ahnungen hingeben, die entweder Kummer über Unglücksfälle rege machen, die nicht eintreten, oder die Träume über wirklich sich ereignende schon im voraus fühlen lassen. Ich halte es auch nicht für unangemessen, Ihnen so ausführlich darüber zu schreiben, da ich besorge, daß die Unruhe, die Sie darüber äußern, Sie nicht sobald verlassen möchte, und Sie mir sehr oft die wohltuende Versicherung geben, daß Ihnen meine Worte beruhigend und tröstlich sind. Nun leben Sie herzlich wohl und verscheuchen Sie jede bange Sorge. Vertrauen Sie den gütigen Mächten des Schicksals, und glauben Sie nicht, daß es solche gibt, die absichtlich das

Herz mit Ahnungen plagen, sich nicht an dem Schmerz über wirkliches Unglück begnügend. Mit den Ihnen bekannten unveränderlichen Gesinnungen der Ihrige. H.

Ergebung in das, was geschehen kann, Hoffnung und Vertrauen, daß nur dasjenige geschehen wird, was heilsam und gut ist, und Standhaftigkeit, wenn etwas Widerwärtiges eintrifft, sind alles, was man dem Schicksale entgegenstellen kann.

Sie erinnern mich an eine Stelle der Bibel und fragen mich, ob ich sie gelesen habe? Ich habe die Bibel von einem Ende zum andern mehrmals durchgelesen, das letzte Mal noch in London, und ich kannte daher sehr gut das Kapitel des Briefes an die Korinther, das Sie anführen. Es ist allerdings eines der schönsten im Neuen Testament, wenn es recht verstanden wird, allein auch eines von denen, in welche zu leicht ein jeder etwas von seinem eigenen Gefühl und seiner Individualität hineinträgt, und wenn diese auch recht gut und fromm sind, so können sie doch der ursprünglichen Bedeutung fremd sein. Im griechischen Urtext ist das weniger möglich. Wir haben im Deutschen nur das eine Wort Liebe, welches zwar sehr rein, edel und schön ist, aber doch für sehr verschiedenartige Empfindungen gebraucht wird. Im Griechischen gibt es ein eigenes für die ruhige, sanfte, leidenschaftslose, immer nur auf das Höhere und Bessere gerichtete Liebe, das niemals für die Liebe Zwischen den Geschlechtern, wie rein sie sein möchte, gebraucht wird, und dies Wort, welches mehr den christlichen griechischen Schriftstellern als den früheren eigen ist, steht gerade in diesem Kapitel. Ich möchte damit aber keineswegs die Lutherische Übersetzung tadeln, vielmehr leugne ich nicht, ist mir unser deutsches Wort lieber als jedes andere, gerade weil es so vielumfassend ist, und die Empfindungen in der Seele gerade bei ihrer Wurzel aufnimmt. Was sowohl den Inhalt dieses Kapitels vorzüglich würdig und groß macht, und auch den Begriff deutlich zeigt, der mit dem Worte der Liebe nach dem Sinne des Apostels verbunden werden soll, sind, wie es mir scheint, zwei Dinge: Erstens, daß nicht bloß auf die Ewigkeit hingedeutet, sondern die Liebe selbst, als etwas Ewiges, mehreren andern, auch großen und schätzungswürdigen, aber dennoch vergänglichen Dingen entgegengesetzt wird, und daß die Liebe nicht als ein einzelnes Gefühl, sondern sichtbar als ein ganzer, sich über den ganzen Menschen verbreitender Seelenzustand geschildert wird. Die Liebe, heißt es, hört nimmer auf. Dies beweist zur Genüge, daß sie auf Dinge gerichtet sein muß, die selbst ewig und unvergänglich sind, und daß sie dem Herzen auf eine solche Weise eigen sein muß, daß sie in keinem Zustande des Daseins demselben entrissen werden kann. Es ist nicht sowohl von einer bestimmten Liebe, nicht einmal der des höchsten Wesens, die Rede, sondern von der inneren Seelenstimmung, die sich über alles ergießt, was der Liebe würdig ist und worauf sich Liebe anwenden läßt. Es ist auf den ersten Anblick nicht gleich zu begreifen, warum, da alles hienieden Stückwerk genannt wird, die Liebe allein zu dem, was ganz und vollkommen ist, gerechnet wird. Denn das übrige, welches der Apostel anführt, ist doch offenbar deshalb Stückwerk genannt, weil es in endlichen Wesen nicht vollkommen sein kann, und die Liebe, wie rein und erhaben sie sein möge, ist: doch auch nur in endlichen Geschöpfen nach der Art, wie sie in diesem Kapitel genommen ist. Es ist aber wohl deshalb, weil alles übrige, wovon als von Stückwerk die Rede ist, eine Kraft des Wissens und des Tuns voraussetzt, die sich in menschlichen und endlichen Wesen nicht befinden kann. Die Liebe hingegen geht selbst von einem bedürfenden Zustande aus, sie gehört rein der Gesinnung und dem Gefühle an und ist überall aufopfernd, gehorchend und hingebend. Sie wird daher durch die Schranken der Endlichkeit nicht so gehemmt. Allerdings könnte sie im Menschen nicht wohnen, wenn ihm nicht selbst eine Verwandtschaft mit dem Unendlichen im Innersten seines Wesens zugrunde läge, denn wenn ihr Odem ihn einmal beseelt, so kann er sich in ihm mehr, als irgend sonst, dem Höheren verwandt fühlen. Da aber, wie ich im Anfange sagte, wohl jeder, ohne auch irgend in Mißverständnisse zu verfallen, gerade diese Stelle der Bibel nach seiner individuellen Empfindung nimmt, so gestehe ich, daß ich den Ausdruck Liebe hier von aller und jeder einzelnen Empfindung für ein Wesen durchaus geschieden und getrennt halte, und darin nur eine Schilderung des an sich weit höheren Seelenzustandes finde, der, frei von aller Selbstsucht, fern von jeder Leidenschaftlichkeit, mit Wohlwollen auf allem verweilt, das günstige, wie das widrige Schicksal mit Ergebung und Gelassenheit trägt, und aus dessen Ruhe selbst die belebende Wärme in alles, was ihn umgibt, übergeht. Darum heißt es, daß die Liebe nicht eifert, sich nicht ungebärdig anstellt u. s. f. Darum werden ihr Glaube und Hoffnung zur Seite gestellt, sie aber über beide erhoben; darum besonders wird sie über die Werke gesetzt. Dies letzte kann augenblicklich sonderbar scheinen. Allein es ist sehr richtig, da, wenn die Gesinnung wahrer Liebe da ist, die Werke von selbst aus ihr entspringen. Diesem Seelenzustande ist das Fordernde, das Unruhige, Sorgende, auf Ausübung von Recht mehr als auf strenge Übung der Pflicht Bedachte, das sich selbst Lobende und mit sich Zufriedene entgegengesetzt. So nehme ich diese biblische Stelle, obgleich ich fern bin zu behaupten, daß nicht auch eine andere Ansicht statthaft wäre.

Berlin, den 12. März 1824.

ch habe Ihre Blätter vom 21. v. M. erhalten und danke Ihnen auf das herzlichste dafür. Es hat mir aber leid getan, zu sehen, daß Sie sich wieder vergebliche Besorgnis und Unruhe gemacht hatten. Sie müssen das möglichst vermeiden, liebe Charlotte, und darin eine größere Herrschaft über sich gewinnen. Ich sage Ihnen das gewiß nur zu Ihrem Besten und zur Beförderung Ihrer inneren Ruhe. Es ist so vielen Zufälligkeiten unterworfen, ob ein Brief einige Tage früher oder später geschrieben wird, ob er länger oder kürzer geht, daß, wenn eine solche Erwartung gerade einmal nicht zutrifft, Sie darum sich nicht beunruhigen müssen. Ich erkenne gewiß den ganzen Wert der Gesinnungen, die Sie gerade für mich besorgt machen, allein ich bin vollkommen wohl, und Sie brauchen auf keine Weise für mich zu fürchten. Ich lebe den ganzen Tag mit ernsthaftenund mir wichtigen Dingen beschäftigt, ich verlasse kaum mein Zimmer als in den späten Abendstunden und bin ruhig, tätig und heiter. Bei solcher Stimmung würde sich selbst eine schwächliche Gesundheit erhalten. Die meinige aber ist bisher sehr gut gewesen. Ich weiß freilich, daß sich das sehr leicht und von einem Jahre, ja Tage zum andern ändern kann, indes für jetzt ist kein Anschein dazu. Wenn es kommen wird, bin ich auch darauf vorbereitet. Auf meine Stimmung wird selbst Kränklichkeit keinen Einfluß haben, ich habe mich von früher Jugend an gewöhnt und geübt, gegen mich selbst hart zu sein und meinen Körper als etwas meinem eigentlichen Selbst Fremdes anzusehen. Meinen Beschäftigungen werde ich schon eine Wendung geben können, daß ich sie nicht aufzugeben brauche, wenn sie auch gestört werden, und so dürften Sie sich wirklich mich auch dann nicht unglücklich denken, wenn einmal der Fall käme, daß ich wirklich leidend würde. Es freut mich sehr, aus Ihrem Briefe zu sehen, daß auch Sie im ganzen leidlich wohl sind, und der sonderbare Winter Ihnen nicht geschadet hat, wie ich zuweilen fürchtete. Ich liebe im Grunde die Abwesenheit von strenger Kälte so, daß ich die andern Unannehmlichkeiten, die ein so gelinder und wechselnder Winter allerdings mit sich führt, leicht übersehe. Die recht eigentliche Kälte hat etwas mehr als bloß physisch Erstarrendes, es kommt einem ordentlich vor, daß Menschen ihr nie ausgesetzt sein sollten, sie gibt der Natur selbst ein so einförmiges Ansehen und hat etwas wahrhaft Unbarmherziges für die Armen. Das niedrige Volk, das nur wenig Mittel herbeischaffen kann, ist schon darum viel glücklicher in südlichen Ländern, weil es wenigstens von dieser Plage befreit ist. – Sie haben mir, liebe Charlotte, sehr lange nichts von Ihrer Lebensschilderung geschickt, vermutlich ist der Winter mit seinen Geschäften und kürzeren Tagen daran schuld. Wenn Sie aber Muße und Stimmung haben, so ist es, wie ich Ihnen oft und immer sagte, mein Wunsch, daß Sie fortfahren, wenigstens bis zu Ihrer Verheiratung. Hernach will ich Sie dann weder bitten noch bereden.

Ich war heute einige Stunden in Tegel, und so wenig günstig das Wetter war, so hat es mir doch Vergnügen gemacht. Die Annäherung des Frühjahrs spürt sich immer und bringt auch in den Menschen eine Art von Erneuerung. Man ist lebendiger, man glaubt einem neuen Lebensabschnitt entgegen zu gehen und vergißt gewissermaßen, daß die schöne Gestalt, die die Natur nun wieder annimmt, nur wenige Monate dauern und dann dasselbe wiederkehren wird, dem man sich jetzt entgangen zu sein freut. Wenn das aber auch eine Art von Selbsttäuschung ist, so bleibt es das ganze Leben hindurch eine immer und immer gleich freudig wiederkehrende. Seit meinen Kinderjahren erinnere ich mich des gleichen oder wenigstens ganz ähnlichen Gefühls. Da Sie in einem Garten wohnen, werden Sie diese Gefühle auch gewiß teilen. Denn in der Stadt gehen freilich die Jahreszeiten in traurigem Einerlei an einem vorüber.

Mit den Ihnen bekannten unveränderlichen Gesinnungen der Ihrige. H.

Berlin, im April 1824.

llerdings gehört das vollkommene Gelingen unserer Unternehmungen der ursprünglichen Kraft wohl größtenteils an, die der Mensch nicht in seiner Gewalt hat. Ich teile ganz Ihre Meinung, daß es noch mehr von einem nicht zu erklärenden höheren Segen abhängt, der einzelne begleitet, und wohl, wie Sie sagen, auf der Lauterkeit Ihrer Gesinnungen beruht. Ihr Ausdrucke, daß es scheine, als ob die Gottheit ihren Segen nur in reine Gefäße ergieße, hat mir ungemein gefallen. Der Mensch vermag diesen Segen, wenn er ihm entsteht, nicht herbeizuzaubern. Daß dieser Segen wirklich mit den Menschen zusammenhängt auf unsichtbare und geheimnisvolle Weise, das glaube ich mit Ihnen. Aber die Begriffe von Glück und Unglück sind selbst bei denen, die richtige Ideen zu haben pflegen, so unbestimmt und so irrig, daß ich von früh an immer gestrebt habe, mir darüber ganz klar zu werden, und wie ich dahin gelangt bin, habe ich gefühlt, daß man des Glückes, bis auf einen gewissen Grad wenigstens, immer sicher ist, so wie man sich von den äußeren Umständen unabhängig macht, so wie man lernt, Freude aus allem Erfreulichen in Menschen und Dingen zu ziehen, aber in Menschen und Dingen nichts eigentlich zu bedürfen.

Gewiß hat man seinen Lohn dahin, indem alles Verdienst aufhört, wenn man der Folgen wegen etwas tut.

Was ich beitragen kann, Ihr Leben zu erheitern, werde ich immer mit Freuden nach meinen Kräften tun. Erlauben Sie mir den Rat, sich einmal einige Erholung zu gönnen in der schönen Jahreszeit; sollte Ihnen nicht eine Badekur zuträglich sein? Antworten Sie mir vertrauend, liebe Charlotte, niemand als Sie und ich weiß von dem, was Sie mir und ich Ihnen sage. H.

Tegel, im Mai 1824.

e haben mir durch das mir übersandte neue Heft Ihrer
Biographie eine viel größere Freude gemacht, als Sie es wohl
geglaubt haben mögen. Ich habe es mit dem größten Anteil
gelesen. Zuerst und hauptsächlich aus Anteil an Ihnen. In
dieser Hinsicht ist es ein sehr erfreuliches Heft, weil es eine
Zeit schildert, die Sie glücklich und froh verlebten und unter
interessanten Menschen zubrachten. Es hat mich lebhaft in
die Vergangenheit und in jene Zeit zurückversetzt. Wenn
auch die verschiedene Lebensart, in von einander entfernten
Provinzen Deutschlands, Sitten und Lebensweise sehr
verschieden gestaltet, so spricht sich doch auch wieder der
eine Geist der Zeit gleichmäßig in allem aus.

Was Sie als Kind von sich erwähnen, daß Sie Bilder in der
Phantasie getragen, für die Sie Wesenheit wünschten,
ersehnten, erwarteten, ist mir genau ebenso und von der
frühesten Kindheit an gewesen, ich glaube gewiß vom
sechsten Jahre an, was doppelt früh bei mir ist, da ich erst
im dritten sprechen gelernt habe. Bei Ihnen war es die
Sehnsucht nach einer Freundin, und zum Teil entstanden
durch das Lesen der Clarisse. Bei mir hatte es keine äußere
Ursache oder Veranlagung, wenigstens ist mir durchaus
keine erinnerlich. Die Gegenstände, ich meine nicht
eingebildete Personen, sondern die Sachen überhaupt, die sie
betraf, waren allerdings verschieden, aber eine blieb von
dieser Zeit der ersten Kindheit bis jetzt und wird vermutlich
bis an meinen Tod bleiben; denn noch jetzt, wenn ich

einmal eine schlaflose Nacht habe, oder allein im Wagen sitze, oder spazieren gehe, oder sonst eine Zeit habe, die man in bloßer Beschäftigung der Einbildungskraft zubringen kann, beschäftigt mich dieselbe Vorstellung noch immer, wie die in meiner Kindheit, aber natürlich in anderer, oft wechselnder Gestaltung. Da es ein Gegenstand ist, der garnicht in das Leben übergehen, sondern nur auf die innere Denkweise einwirken kann, so berührt es mich auch im Leben nicht, sondern geht wie eine Dichtung neben der Wahrheit fort; allein im Innern verdanke ich, im besten Sinne des Worts, dieser Selbstbeschäftigung sehr viel. Es ist ja überhaupt die natürliche Folge aller inneren Tätigkeit und jeder recht lebendigen Regsamkeit der Einbildungskraft und des Gefühls, daß dadurch die wirklichen Ereignisse des Lebens mehr in Schatten treten, und das zu große Gewicht dieser, ihr zu helles Licht zu vermindern, ist immer heilsam, das Unglück schadet und drückt dann weniger, und das Glück fesselt nicht an seinen Genuß, und macht den Gedanken erträglich, daß es immer leicht beweglich, vielleicht nicht immer bleiben wird. Sie werden mir große Freude machen, wenn Sie fortfahren, an Ihrer Lebensbeschreibung zu arbeiten.

Ganz der Ihrige. H.

Herrnstadt, den 9. Juli 1824.

ehmen Sie nicht übel, liebe Charlotte, daß ich Ihnen mit lateinischen Lettern schreibe. Aber meine Augen sind schon seit geraumer Zeit so, daß ich sie sehr schonen muß, und da habe ich jetzt die Entdeckung gemacht, daß die kleinen deutschen Buchstaben sie mehr angreifen als die größeren lateinischen. An Deutlichkeit gewinnen auch Sie im Lesen bei dem Tausch. Es gibt aber Personen, welchen die lateinische Schrift mißfällig ist, und die wenigstens, weil sie ihnen fremd vorkommt, sie nicht gern im Briefwechsel mit Personen gebraucht sehen, die ihnen wert sind. Ich halte Sie, nach Ihrer übrigen Art zu sein, von solcher gewissermaßen eigensinnigen Ansicht frei. Wären Ihnen indes doch diese Buchstaben weniger angenehm, so sagen Sie es mir ja, ich kehre dann zu den andern zurück. – Wenn ich Ihnen nicht einmal geschrieben habe, daß meine zweite Tochter hier verheiratet ist, so dürfte Ihnen der Ort der Überschrift dieses Brief es wohl kaum auf irgendeine Art bekannt sein. Ich denke aber, daß ich es Ihnen einmal aus Berlin, als ich Ihnen über die Meinigen schrieb, gesagt habe, so wenig es mir sonst eigen ist, über das, was mich umgibt, oder mir begegnet, in Briefen zu reden. Dieser Ort, eine kleine, sehr unbedeutende Stadt, liegt kaum eine Tagereise von Breslau entfernt, ich bin seit einigen Tagen hier, gehe aber in wenigen andern von hier nach Ottmachau auf mein Gut, wohin ich Sie bat, mir zu schreiben. Es hat, dünkt mich, immer etwas die Phantasie und das Gemüt angenehm Ansprechendes, wenn man weiß, daß an einem Ort und in

einer Gegend, die einem sonst ganz und gar fremd ist und die man gar nicht oder kaum dem Namen nach gekannt hat, mit freundschaftlicher Teilnahme an einen gedacht wird. Diese Empfindung wünsche ich, daß die Überschrift dieser Zeilen auf Sie machen möge. Von Ottmachau habe ich Ihnen schon öfter geschrieben. – Wir haben hier eine warmnasse oder wenigstens feuchte Witterung, die leicht etwas Melancholisches haben kann, die ich aber sehr liebe. Die Natur hat dann eine doppelt wohltätige Stille und ist wie mit einem nebeligen Schleier überzogen, der indes doch die Gegenstände nicht verdunkelt, sondern nur ihre Formen und Farben sanfter hervortreten läßt. Ich bin immer und doppelt auf Reisen auf die mannigfaltigsten Modifikationen aufmerksam, welche die Verschiedenheit der Luft- und Wolkenbeschaffenheit dem Charakter der nämlichen Gegend gibt. Man kann eine Gegend immer ihrem Charakter nach, nach Art eines Menschen betrachten, und jene Modifikationen entsprechen dann den verschiedenen Stimmungen des Gemüts und sind, wie sie, ruhig und bewegt, sanft und hart, fröhlich oder traurig, ja auch wohl launen- und grillenhaft. Danach machen Sie denn auch ihren Eindruck auf den, der auf sie zu achten versteht, und ich kann wohl sagen, daß ich das Glück habe, diesen Eindruck nur immer so zu erfahren, wie er für die Seele Reiz hat, sie angenehm und lebendig spannt. Unangenehme Wirkungen macht das Wetter nie auf mich, und wenn es schwermütig oder schauerlich ist, empfinde ich es ungefähr nur ebenso, wie man auf dem Theater schwermütige oder schauerliche Szenen aufnimmt. – Beim Theater fällt mir ein, daß Sie es vermutlich auch garnicht, oder doch höchst selten besuchen. Mein Fall ist das ganz und gar, vorzüglich seitdem meinen Augen der Glanz der vielen Lichter zu widrig und mein Gehör auch nicht mehr gut genug ist, um die wenigstens nicht sehr gut und deutlich redenden Schauspieler zu verstehen. Hier ist jetzt gerade eine herumziehende Truppe, und ob man gleich hier vor allem Glanz und blendendem Lichte sicher und auch bei der Nähe der Sitze eher in Gefahr wäre, überschrieen zu werden, so bin ich doch noch nicht dazu gekommen, sie spielen zu sehen. An einem guten Schauspiel entbehrt man wirklich viel, wenn man darauf, freiwillig oder durch Umstände genötigt, Verzicht leistet. Selbst wenn die Schauspieler nur mittelmäßig sind, hat das Vortragen eines guten Stücks (denn darauf kommt freilich alles an) durch Personen, die als selbsthandelnd auftreten, immer etwas mehr Ergreifendes und Belebendes als selbst ein viel besseres, einzelnes Vorlesen. Auf der andern Seite aber liegt ein besonderer Reiz darin, sich von allen Gelegenheiten größerer Versammlungen zurückzuziehen. Schon jung, dann in männlichen Jahren hatte ich mir das lebhaft gedacht und gleichsam den Reiz vorher genossen, in den Jahren eine hinreichende Rechtfertigung zu finden, der Gesellschaft immer mehr und mehr zu entsagen, und jetzt, wo ich diesen Zustand wirklich erreicht habe, finde ich, was ich damals empfand, vollkommen bestätigt. Ich hatte mir das Alter immer reizend und viel reizender als die früheren Lebensepochen gedacht, und nun, da ich dahin gelangt bin, finde ich meine Erwartungen fast übertroffen. Daher mag es auch kommen, daß ich eigentlich in der Seele gewissermaßen älter bin als körperlich und an Jahren. Ich bin jetzt 57 Jahre alt, und wer ohne große körperliche Ermüdungen und meist gesund und immer höchst regelmäßig und ohne Leidenschaften gelebt hat, welche die Gesundheit untergraben, kann da noch keine merkliche körperliche Abnahme fühlen. Allein die Ruhe des Geistes, die Freiheit von allem, was die Seele unangenehm spannt und aufreizt, die Unabhängigkeit fast von allem, was man sich nicht selbst durch innerliche Stimmung und Beschäftigung geben kann: diese Dinge sind alle in früheren Jahren schwerer zu erreichen, sind alsdann oft nur dann vorhanden, wenn, was noch viel schlimmer ist, sie aus Kälte und Unempfindlichkeit entstehen. Dennoch sind sie es vorzüglich, welche ein innerlich glückliches Leben geben und sichern. Es ist daher nicht ganz richtig, wenn man glaubt oder sagt, daß das Alter abhängiger von anderen Umständen und Zufällen mache. Körperlich und äußerlich ist es freilich wohl der Fall, allein auch nicht so viel, als man glaubt, da wenigstens bei gutgearteten und an Selbstbeherrschung gewöhnten Menschen die Begierden und selbstgeschaffenen Bedürfnisse noch viel mehr im Alter abnehmen als die Kraft, ihnen Befriedigung zu verschaffen. Auf der andern Seite aber gewinnt eben dadurch die viel wesentlichere und das Glück weit mehr befördernde Unabhängigkeit ungleich mehr. Mangel an Ergebung und Ungeduld sind eigentlich die Dinge, welche alle Übel, welcher Art sie sein mögen, erst recht empfindlich machen und sie wirklich vergrößern. Gerade von diesen beiden Übeln heilt das Alter vorzüglich, immer eine Gemütsart vorausgesetzt, die keine einmal eingewurzelten unartigen Gewohnheiten hat, die freilich ihr Gift sonst in jedes Alter hinübertragen. Der größte Gewinn aber, der aus dieser größeren geistigen Freiheit, aus der Begierden- und Leidenschaftslosigkeit, dem gleichsam wolkenlosen Himmel, den zunehmende Jahre über das Gemüt hinführen, entsteht, ist, daß das Nachdenken reiner, stärker, anhaltender, mehr die ganze Seele in Anspruch nehmend wird, daß sich der intellektuelle Horizont erweitert und das Beschäftigen mit jeder Art von Wissenschaft und jedem Gebiet der Wahrheit immer mehr und mehr, ausschließend das ganze Gemüt ergreift und jedes andere Bedürfnis, jede andere Sehnsucht schweigen macht. Das nachdenkende, betrachtende, forschende Leben ist eigentlich das höchste; allein in gewisser Art läßt es sich doch nur im höheren Alter vollkommen genießen. Früher ist es im Streit mit der Aufforderung und sogar mit der Pflicht zu handeln, und erfährt nicht selten Störungen durch sie. Es wäre aber sehr unrichtig, wenn man in dem Wahne stände, daß ein solches Vergnügen an einem garnicht mit dem Leben und dessen Weltlichkeit zusammenhängenden Nachdenken eine große Bildung oder viele Kenntnisse voraussetze. Wo diese gerade bei jemand zufällig vorhanden sind, da kann das Nachdenken vielfältige Gegenstände treffen, es ist da allerdings mehr Mannigfaltigkeit und ein wenigstens scheinbar weiterer Kreis. Allein gerade die dem Menschen notwendigsten, heiligsten und wahrhaft erfreulichsten Wahrheiten liegen auch dem einfachsten, schlichtesten Sinne offen, ja werden von ihm nicht selten richtiger und selbst tiefer aufgefaßt, als von dem, den großer Umfang von Kenntnissen mehr zerstreut. Diese Wahrheiten haben noch außerdem das Eigene, daß, ob sie gleich keines Grübelns bedürfen, um erkannt zu werden, vielmehr sich von selbst Eingang in das Gemüt verschaffen, daß immer in ihnen Neues gefunden wird, weil sie in sich wirklich unerschöpflich und unendlich sind. Sie knüpfen sich an jedes Alter an, allein doch am natürlichsten an dasjenige, was den endlichen Aufschlüssen über alle unendlichen Rätsel, die eben diese Wahrheiten enthalten, am nächsten steht. So stirbt zwar in höheren Jahren eine gewisse Lebendigkeit mehr ab; aber es ist dies nur eine äußere, oft sogar fälschlich geschätzte. Die viel wohltätigere, schönere, edlere, die sich immer in fruchtbarer Klarheit entfaltet, gehört vielmehr erst recht eigentlich dem wahren Alter an. Ich weiß, liebe Charlotte, daß Sie über alle diese Gegenstände auch sehr übereinstimmend mit mir denken, und schmeichle mir also, daß es Ihnen nicht unangenehm sein wird, daß ich mich gewissermaßen gehen ließ, darüber zu sprechen. Diese Dinge, über die sich nur mit wenigen reden läßt, sind ja wohl die natürlichsten Gegenstände für einen Briefwechsel, der, frei von Geschäften und äußeren einschränkenden Bedingungen, dann am meisten erfreut, wenn er ein recht ungezwungener vertraulicher Austausch persönlicher

130

Stimmungen und Gesinnungen ist. – In Ottmachau hoffe ich, unter der Ihnen neulich gegebenen Adresse, einen Brief von Ihnen zu empfangen. Mit der aufrichtigsten Herzlichkeit der Ihrige. H.

Tegel, den 12. September 1824.

Ich bin seit einigen Tagen aus Schlesien wieder hierher zurückgekommen, liebe Charlotte, und eine meiner ersten Beschäftigungen ist, Ihnen zu schreiben. Meinen letzten Brief aus Ottmachau werden Sie bereits empfangen haben. Der Herbst verspricht sehr schön zu werden, und ich habe mich darum doppelt gefreut, wieder hier zu sein, die letzten Monate der scheidenden besseren Jahreszeit zu genießen. Ich liebe bei weitem mehr das Ausgehen als das Beginnen des Jahres. Man blickt dann auf so manches, das man getan oder erlebt hat, zurück, man meint sich sicherer, weil der Raum kleiner ist, in dem noch Unfälle begegnen können. Alles das ist freilich eine Täuschung, ein Augenblick reicht hin zu dem größten. Aber so vieles im Leben, im Glück und im Unglück sogar, ist ja nichts als Täuschung, und so kann man auch dieser stillere Momente verdanken. Ich bin zwar von Besorgnissen für mich sehr frei, nicht gerade, weil ich mich weniger Unfällen ausgesetzt glaubte, oder weil ich mich vor nichts Menschlichem fürchte, sondern schon früh das Gefühl in mir genährt habe, daß man immer vorbereitet sein muß, jedes, wie das Schicksal es gibt, durchzumachen. Man kann sich aber doch nicht entschlagen, das Leben wie ein Gewässer zu betrachten, durch das man sein Schiff mehr oder minder glücklich durchbringt, und da ist es ein natürliches Gefühl, lieber den kürzeren als den längeren Raum vor sich zu haben. Diese Ansicht des Lebens, als eines Ganzen, als einer zu durchmessenden Arbeit, hat mir immer ein mächtiges Mittel geschienen, dem Tode mit Gleichmut

132

entgegen zu gehen. Betrachtet man dagegen das Leben nur stückweise, strebt man nur, einen fröhlichen Tag dem andern beizugesellen, als könne das nun so in alle Ewigkeit fortgehen, so gibt es allerdings nichts Trostloseres, als an der Grenze zu stehen, wo der Faden auf einmal abgebrochen wird.

Das Laub der Bäume fängt schon an, die Buntfarbigkeit anzunehmen, die den Herbst so sehr ziert und gewissermaßen eine Entschädigung für die Frischheit des ersten Grüns ist. Der kleine Ort, den ich hier bewohne, ist vorzüglich gemacht, alle Reize zu zeigen, welche große, schöne und mannigfaltige Bäume durch alle wechselnden Jahreszeiten hindurch gewähren. Um das Haus herum stehen alte und breitschattige, und umziehen es mit einem grünen Fächer. Über das Feld gehen in mehreren Richtungen Alleen, in den Gärten und dem Weinberg stehen einzelne Fruchtbäume, im Park ist ein dichtes und dunkles Gebüsch, und der See ist vom Walde umkränzt, sowie auch alle Inseln darauf mit Bäumen und Büschen eingefaßt. Ich habe eine besondere Liebe zu den Bäumen und lasse nicht gern einen wegnehmen, nicht einmal gern verpflanzen. Es hat so etwas Trauriges, einen armen Baum von der Umgebung, in der er viele Jahre heimisch geworden war, in eine neue und in neuen Boden zu bringen, aus dem er nun, wie unwohl es ihm werden mag, nicht mehr herauskann, sondern langsam schmachtend sein Ausgehen erwarten muß. Überhaupt liegt in den Bäumen ein unglaublicher Charakter der Sehnsucht, wenn sie so fest und beschränkt im Boden stehen und sich mit den Wipfeln, so weit sie können, über die Grenzen der Wurzeln hinausbewegen. Ich kenne nichts in der Natur, was so gemacht wäre, Symbol der Sehnsucht zu sein. Im Grunde geht es dem Menschen mit aller scheinbaren Beweglichkeit aber nicht anders. Er ist, wie weit er herumschweifen möge, doch auch an eine

Spanne des Raums gefesselt. Bisweilen kann er sie garnicht verlassen, und das ist oft der Fall der Frauen, derselbe kleine Fleck sieht seine Wiege und sein Grab; oder er entfernt sich, aber es zieht ihn Neigung und Bedürfnis immer von Zeit zu Zeit wieder zurück, oder er bleibt auch fortwährend entfernt, und seine Gedanken und Wünsche sind doch dem ursprünglichen Wohnsitz zugewendet.

Es freut mich, daß Sie, liebe Charlotte, in Ihrem Garten auch in einiger Art wenigstens einen ländlichen Aufenthalt genießen. Ich weiß, wie sehr Sie daran hängen und jede damit verbundene Freude zu schätzen wissen. Für meine Beschäftigungen ist mir das Herannahen des Spätherbstes und Winters sehr unangenehm. Meine Augen sind zwar durch den anhaltenden Gebrauch wirksamer Mittel um vieles besser, sie erfordern indes doch noch viel Schonung, und bei Licht greife ich sie nicht an. Damit zieht sich aber der Tag enge zusammen, und wenn man noch abrechnen muß, was das häusliche Leben, Besuche, Zerstreuungen mancher Art, endlich wirkliche Geschäfte wegnehmen, so bleibt wenig übrig. Und je länger ich fortfahre, ausschließlich meine Zeit den Studien und dem Nachdenken zu widmen, jemehr kann ich sagen, vertiefe ich mich darin und verliere Neigung und Geschmack an allem andern. Die Ereignisse der Welt haben auch nicht das mindeste Interesse für mich. Sie gehen an mir vorüber wie augenblickliche Erscheinungen, die weder dem Geist noch dem Gemüt etwas zu geben vermögen. Den Kreis meiner Bekanntschaften ziehe ich immer enger zusammen; die Männer, mit denen ich früher den anziehendsten Umgang hatte, sind gestorben, und ich habe es immer für Glücksfälle gehalten, die man benutzen, nicht aber Bedürfnisse, die man suchen muß, wenn sich ein solcher Umgang von selbst anknüpfte. Dagegen ist das Feld des Wissens und Forschens unermeßlich und bietet beständig neue Reize dar. Es füllt alle

Stunden aus, und man sehnt sich, nur die Zahl dieser vervielfältigen zu können. Ich kann wohl sagen, daß ich in meinem Innern einzig darin lebe, oft Tage lang, ohne diesen Gegenständen mehr als flüchtige Gedanken zu entwenden. Naturwissenschaften haben mich nie angezogen. Es fehlte mir auch der auf die äußeren Gegenstände aufmerksam gerichtete Sinn. Von früh an hat mich das Altertum aber angezogen, und es ist auch eigentlich das, was mein wahres Studium ausmacht. Wo der Mensch noch seinem Entstehen näher war, zeigte sich mehr Größe, mehr Einfachheit, mehr Tiefe und Natur in seinen Gedanken und Gefühlen, wie in dem Ausdrucke, den er beiden lieh. Zu der vollen und reinen Ansicht davon kommt man freilich nur durch mühevolle und oft in mechanischer Beschäftigung zeitraubende Gelehrsamkeit; aber auch das hat seinen Reiz, oder wird wenigstens leicht überwunden, wenn man sich einmal an geduldiges Arbeiten gewöhnt hat. Zu den kraftvollsten, reinsten und schönsten Stimmen, die aus grauem Altertum zu uns herübergekommen sind, gehören die Bücher des Alten Testaments, und man kann es nie genug unserer Sprache verdanken, daß sie, auch in der Übersetzung, so wenig an Wahrheit und Stärke eingebüßt haben. Ich habe oft darüber mit Vergnügen nachgedacht, daß es nicht möglich wäre, etwas so Großes, Reiches und Mannigfaltiges zusammen zu bringen, als die Bibel, die Bücher des Alten und Neuen Testaments, enthalten. Wenn sie auch, wie bei uns, dem Volke gewöhnlich das einzige Buch ist, so hat dieses in ihr ein Ganzes menschlicher Geisteswerke, Geschichte, Dichtung und Philosophie, und alles dies so, daß es schwerlich eine Geistes- oder Gefühlsstimmung geben könnte, die nicht darin einen entsprechenden Anklang fände. Auch ist nur weniges so unverständlich, daß es nicht gemeinem, schlichtem Sinne zugänglich wäre. Der Kenntnisreichere dringt nur tiefer ein, aber keiner geht eigentlich unbefriedigt hinweg.

Ich bleibe diesen und den größten Teil des künftigen Monats hier, ehe ich nach Berlin ziehe, und auch dann bringe ich wohl nur einige Wochen dort zu. Sie können darauf für Ihre Briefe mit Sicherheit rechnen. Im November und Dezember werde ich zwar vermutlich wieder, wie im vorigen Herbst, eine Reise machen, die sich mit einem Aufenthalt von einigen Wochen in Burgörner schließen wird; allein es ist an sich noch nicht gewiß, noch weniger der Zeitpunkt, und ich schreibe es Ihnen vorher. Ich habe immer Neigung zum Bleiben am nämlichen Ort, und zum Aufsuchen eines andern, wie Gewicht und Gegengewicht, in mir. Doch ist das Reisen und der Wechsel des Aufenthalts meist Notwendigkeit, selten ursprüngliche Lust. Leben Sie wohl, liebe Charlotte. Mit den herzlichsten Gefühlen der Ihrige. H.

Burgörner, den 13. November 1824.

ᴉ der Vergangenheit ist reichlicher Stoff zur Freude und Wehmut, zur Zufriedenheit mit sich und zur Reue, da hat man mit sich, mit andern, mit dem Geschicke gekämpft, gesiegt und unterlegen; was da gefunden wird, das ist wahrhaft gewesen, das ist, wenn es schmerzlich war, untilgbar wie eine Narbe, und wenn es freudig war, unentreißbar wie ein der Seele eingewachsener Gedanke; es ist ferner rein von der Ängstlichkeit, der Besorgnis der Zukunft....

Ergebung und Genügsamkeit sind es vor allem, die sicher durch das Leben führen. Wer nicht Festigkeit genug hat, zu entbehren und selbst zu leiden, kann sich nie vor schmerzlichen Empfindungen sicherstellen, ja er muß sich sogar selbst, wenigstens die zu rege Empfindung dessen, was ihn ungünstig trifft, zuschreiben....

Es gibt in der moralischen Welt nichts, was nicht gelänge, wenn man den rechten Willen dazu mitbringt. Der Mensch vermag eigentlich über sich alles, und muß über andere nicht zu viel vermögen wollen.

Gegen Menschen und gegen Schicksale ist es nicht bloß die edelste und sich selbst am meisten ehrende, sondern auch die am meisten auf dauernde Ruhe und Heiterkeit berechnete Gemütsstimmung, nicht gegen sie zu streiten, sondern sich, wo und wie es nur immer das Verhältnis erlaubt, zu fügen, was sie geben, als Geschenk anzusehen, aber nicht mehr zu verlangen, und am wenigsten mißmutig über das zu werden, was sie verweigern....

Mit den sogenannten Ahnungen und Vorgefühlen ist es eine sonderbare Sache. Bisweilen trifft so etwas ein, bisweilen schlägt es fehl. Man möchte aber doch keineswegs weder das eine noch das andere als etwas bloß Zufälliges ansehen, und darum, weil diese Vorgefühle oft ohne Erfolg bleiben, sie nicht auch, wenn sie eintreffen, dem Zufall beimessen, und ihnen das Verdienst wahrer Voranzeige der Zukunft nehmen. Es geht mit diesen Dingen wie mit allem, was auf innerem Selbstgefühl beruht. Dies Selbstgefühl kann sich täuschen, man kann für Vorbedeutung halten, was es nicht ist, und kann auch wieder die wahre verkennen. Objektive Sicherheit läßt sich darüber nicht haben. Es kann keine sicheren äußeren Zeichen der Erkennung der Wahrheit geben. Es sind immer oft schwache Andeutungen, sie können in die Seele gelegt, sie können aber auch aus einem unbestimmten, durch Hoffnung oder Furcht irregeleiteten Seelenzustand erzeugt sein. Im ersteren Falle läßt sich auf ihre Zuverlässigkeit bauen, im letzteren Falle nicht. Das Weiseste ist immer, sie auf keine Weise herbeizulocken, bei ihrem Erscheinen sich die Möglichkeit ihrer Falschheit zu denken, und wenn sie ungünstig, auf ihre Wahrheit gefaßt zu sein. H.

Berlin, den 31. Januar 1825.

.e werden sich wundern, liebe Charlotte, schon vor der Zeit, wo Sie gewohnt sind, meine Briefe zu erwarten, einen von mir zu empfangen. Aber ich bin krank, habe ziemlich starkes Schnupfenfieber und Zahnweh, und beides hindert mich am Arbeiten. Da suche ich gern im Briefwechsel, und am liebsten in dem mit Ihnen, eine ruhig-erheiternde und die Seele stimmende Beschäftigung. Ich gehöre zu den geduldigsten Kranken, ja ich kann mich oft nicht entschließen, das Kranksein ein Übel zu nennen. Sie werden sagen, daß das nur beweist, daß ich nie oder selten ernsthaft krank war, und darin haben Sie ganz recht. Aber es gibt genug Leute, die auch schon bei kleinen Übeln und bloß belästigenden Unpäßlichkeiten klagen. Mir bringt das Kranksein immer eine gewisse Ruhe und Sanftheit in die Seele. Es ist nicht, daß ich gesund sehr das Gegenteil wäre. Aber das gesunde Streben hat, vorzüglich im Manne, doch einen Eifer und eine Lebendigkeit, die immer mehr oder weniger anspannen. Das fällt in Krankheit weg, man fühlt seine Tätigkeit; gelähmt und erwartet, bis es besser geht, keine Erfolge. Übrigens beunruhigen Sie sich ja nicht über mein Unwohlsein. Es ist durchaus unbedeutend und geht gewiß in wenig Tagen vorüber. Es ist bloß die Folge einer Erkältung, der ich nicht vermeiden konnte mich auszusetzen; ich fühlte gleich auf der Stelle das Entstehen des Übels. Meine Augen – Sie denken oft liebevoll daran – haben sich sehr gebessert. Ich leide garnicht in diesem Winter daran. Ich schreibe es doch der großen Schonung und selbst den lateinischen Buchstaben zu. Für Ihren letzten Brief habe ich Ihnen schon meinen herzlichsten Dank gesagt; ich habe ihn seitdem oft wieder gelesen, jedes Wort darin macht mir große und herzliche Freude, für die ich Ihnen schon im Stillen viel gedankt habe! Es ist Ihnen eine seltene und natürliche Gabe eigen, Ihre Empfindungen einfach und wahr auszudrücken, darin liegt die große Wirkung, die Ihre Worte haben. Ich wünschte immer, ja ich wußte, daß, wenn Sie mich erst näher kennen lernten, sich die Überzeugung mehr und mehr in Ihnen befestigen werde, wie herzlich mein Anteil an Ihnen und wie unwandelbar meine Gesinnungen gegen Sie sind. Dies hoffe ich jetzt erreicht zu haben. Es ist mir auch eine Angelegenheit, es Ihnen bestimmt zu sagen. Beim Schluß des Jahres drängen sich ganz natürlich die Empfindungen zusammen für diejenigen, die uns besonders wert sind, und wir fassen Sie enger zusammen. Ich halte überhaupt sehr viel auf die Zeitabschnitte auch im gewöhnlichen Leben, und der Anfang einer neuen Epoche ist mir kein gewöhnlicher Tag. Ich passe alles, was ich tue, genau in die Zeit ein, und lasse sie über mich herrschen.

Daß die Zeit hingehe und geistig erfüllt werde, ist das Große und Wichtige im Menschenleben. Durchdringt man sich recht von dieser Idee, so wird man gegen Glück und Unglück, gegen Freude und Schmerz sehr gleichgültig. Was sind Glück und Unglück, Freude und Schmerz anders, als ein Hinfliegen der Zeit, von der nichts übrig bleibt, als was sich davon geistig gesammelt hat? Die Zeit ist das Wichtige im menschlichen Leben; denn was ist die Freude nach dem Verfliegen der Zeit? und das Tröstliche, denn der Schmerz ist ebenso nichts nach ihrem Verfließen, sie ist das Gleis, in dem wir der letzten Zeit entgegenwallen, die dann zum Unbegreiflichen führt. Mit diesem Fortschreiten verbindet sich eine reifende Kraft, und sie reift mehr und wohltätiger,

140

wenn man auf sie achtet, ihr gehorcht, sie nicht verschwendet, sie als das größte Endliche ansieht, in der alles Endliche sich wieder auflöst.

Ihre Tätigkeit achte ich sehr hoch, sie macht Ihnen viel Ehre und belohnt sich in der selbständigen Unabhängigkeit, die Sie sich nach großen und ehrenvollen Verlusten wieder geschaffen haben. Darum interessiert mich auch alles aufs höchste, was Sie mir über Ihre schon an sich interessante Beschäftigung sagen.

Ich liebe überall die Arbeitsamkeit, sie ist mir besonders an Frauen sehr schätzenswert. Diejenigen Arbeiten, welche Frauen vorzunehmen pflegen, haben noch das Einladende und Reizende, daß sie erlauben, dabei viel mehr in Empfindungen und Ideen zu leben. Ich leite daher die wirklich feinere und schönere, oft selbst tiefere Bildung her, welche auch solche Frauen, die keine vorzügliche Erziehung genossen haben, meistenteils vor den Männern voraushaben, welchen sie sonst in Kenntnissen nachstehen. Zum Teil freilich rührt aber eben daher auch die bei Frauen häufigere Schwermut und Verletzbarkeit. Wie die Seele mehr, öfter, tiefer und abgeschiedener in sich gekehrt ist, so berührt alles Äußere sie rauher. Indes ist das ein leicht zu verschmerzender Nachteil. Es hat immer einen unendlichen Nutzen, sich so zu gewöhnen, daß man sich selbst zu einem beständigen Gegenstand seines Nachdenkens macht. Man kann zwar auch, und mit gleicher Wahrheit, sagen, daß der Mensch wieder gerade sich garnicht kennt, oder doch wenigstens nie recht. Beides ist wahr. Er weiß nämlich von niemanden so viel, er kennt bei niemanden so den geheimen Zusammenhang des Denkens und Wollens, die Entstehungsart jeder Neigung und jedes Entschlusses, und in dieser Art kennt er nur sich. Aber auf der andern Seite kann er, wie er es auch wollen möge, nie unparteiisch gegen sich sein; denn der, den er beurteilt, mit dem beurteilt er

auch. Er ist also in Einseitigkeit befangen, und ich habe
daher nichts lieber, als wenn die, mit denen ich lebe, mich
auf das Allerfreieste und ohne allen Rückhalt beurteilen;
man wird dadurch belehrt, man hört etwas, das man sich
selbst so nun einmal nicht sagt, und auf irgend eine Weise,
wenn es nicht mit Absicht verdreht wird, hat es doch
Grund. – Leben Sie jetzt recht herzlich wohl, und lassen Sie
sich, ich wiederhole es, durch meine Unpäßlichkeit nicht
beunruhigen. Ganz mit den alten und sich nie ändernden
Gesinnungen Ihr Humboldt.

Berlin, den 12. Februar 1825.

eine Gesundheit ist ganz wieder hergestellt, und ich bin wieder im gewöhnlichen Zuge meiner Arbeiten. Es ist mir dies vorzüglich lieb, da ich mit Recht sagen kann, daß das mein Leben ist. Es sind lauter selbstgewählte Beschäftigungen und immer mit Ideen allgemeinerer Art. Da ich diese Beschäftigungen einen großen Teil meines Lebens hindurch geführt habe, so haben sie meinem Wesen auch die Richtung zum Ernst und zum Halten an Ideen und Gedanken gegeben, die es offenbar hat. Ich habe alles, was mich umgibt und womit ich in Berührung komme, in ein gewisses System gebracht. Ich behaupte darum garnicht, daß dies System immer richtig ist. Vielmehr ist nichts darin, was ich nicht von Zeit zu Zeit von neuem überdenke und in Betrachtung ziehe, und immer findet sich auch irgendwo ein Irrtum zu verbessern. Allein so lange ich das, was ich meine, für wahr halte, kann ich nicht leiden, daß um mich her, soweit ich Einfluß darauf habe, anders gehandelt wird. Ich kann alsdann die Grundsätze jedes Handelns aufweisen, und somit ist doch eine Grundlage vorhanden, auf die man fußen kann. Denn nichts ist mir so zuwider, als das bloße launige Wechseln der Ideen, oder das blinde Herumtappen. Es ist allerdings nicht immer möglich, jede Sache in ihrer Wahrheit zu ergründen, jeden Entschluß immer so zu nehmen, wie es am weisesten wäre. Aber man kann dem doch nahe kommen, und alles, auch das Unbedeutende in Regel und Norm zu pressen, nicht der wechselnden Lust oder Unlust zu diesem oder jenem zu folgen, sondern sich

selbst zur Befolgung dieser Regel zu nötigen, ist eine heilsame Weise für den äußeren Erfolg und für den inneren Charakter. Es ist auch garnicht richtig, daß eine solche Art des Seins den Aufschwung des Geistes hindern sollte, oder dem Erguß der Empfindung Schranken setze. Der Geist bewegt sich vielmehr zuverlässiger in einem ihm gegebenen Gleise, in dem er eine feste Richtung und den gehörigen Anhalt findet, und die Empfindung erlangt mehr Stärke, wenn sie aus ganz geläuterten und berichtigten Ideen hervorgeht.

Nun leben Sie wohl, liebe Charlotte, und seien Sie überzeugt, daß ich sehr oft und immer mit herzlichster Teilnahme Ihrer gedenke. Auf Ihr Befinden, denke ich, hat der gelinde Winter, den wir haben, einen wohltätigen Einfluß ausgeübt. Je älter man wird, desto mehr wird man dem plötzlichen Wechsel und den Extremen der Witterung gram. Mit den alten, sich nie ändernden Gesinnungen der Ihrige. H.

Berlin, den 8. März 1825.

.e Beschreibung Ihres Lebens und Ihres häuslichen Daseins vom Jahre 1786 hat mir, liebe Charlotte, eine viel größere Freude gemacht, als ich Ihnen sagen kann. Es ist auch dieser Lebensabschnitt in Ihrer Jugend, wie natürlich, ohne gerade wichtige Ereignisse vorübergegangen, aber es ist Ihnen eine ganz besondere Gabe eigen, die inneren Seelenzustände zu schildern. Immer aber sind es doch nur diese, welche die Begebenheiten selbst erst anziehend machen, sie mögen dieselben nun vorbereiten, begleiten, oder aus ihnen entstehen. Nichts aber ist gleich reizend, als der Zustand eines aufblühenden Mädchens in dem Alter, worin Sie damals gewesen sein müssen. Ich war damals neunzehn Jahre und auch noch nicht aus dem mütterlichen Hause gekommen. Meinen Vater habe ich schon früher in meinem zwölften Jahre an einer Krankheit verloren, die bloß zufällig war, da er seinem sonstigen Gesundheitszustande nach noch lange hätte leben können. Sie müssen ungefähr vier Jahre jünger sein als ich. Ich erinnere mich aber hier, daß ich Ihr Geburtsjahr nicht genau weiß. Schreiben Sie es mir doch einmal. Mir ist es immer wichtig, ganz genau zu wissen, wie alt die sind, die ich gern habe, vorzüglich bei Frauen. Ich habe meine eigenen Gedanken über das weibliche Alter und ziehe ein weiter fortgerücktes eigentlich einem jüngeren vor. Sogar der bloße körperliche Reiz erhält sich meiner Meinung nach viel länger, als man gewöhnlich annimmt, und was in dem Innern einer Frau vorzüglich fesselt, gewinnt offenbar bei fortgeschrittenen Jahren. Ich hätte auch in keinem Alter meines Lebens gern in engem Verhältnis mit einem Mädchen oder einer Frau stehen mögen, die viel jünger als ich gewesen wäre, am wenigsten hätte ich eine solche heiraten mögen. Ich bin auch in mir überzeugt, daß solche Heiraten im ganzen nicht gut sind. Sie führen meistenteils dahin, daß die Männer die Frauen wie Unmündige und Kinder behandeln, und es kann bei einer solchen Altersverschiedenheit unmöglich der freie, gegenseitig erhebende und beglückende Umgang, das volle und reine überströmen der Gedanken und Empfindungen aus einem Gemüt in das andere stattfinden, die in dem Umgange beider Geschlechter eigentlich das Beseligende ausmachen. Gleichheit in allen inneren Bedingungen ist da unentbehrlich notwendig, und der Mann kann nur daran große Freude finden, daß sich ihm die in jeder Art in Empfindungen und Denken, nach Maßgabe der Verschiedenheit der Geschlechter, in ihrer Art Gleiche, in der mit erlangter Reife vollen Selbständigkeit ihres Wesens hingibt und seinen Willen als den ihrigen erkennt.

Ich bin aber von Ihrer Lebenserzählung abgekommen. Es ist eine sehr eigentümliche, aber in der Unschuld eines aufkeimenden, noch vor sich selbst gar nicht entfalteten Gemüts, natürliche und liebenswürdige Richtung in Ihrem Herzen, in jener Zeit, daß Sie sich nur nach einer Freundin sehnten, und jede andere Sehnsucht Ihnen fremd war. Man erkennt darin recht, was Freundschaft und Liebe unterscheidet. Beide teilen miteinander das innere Seelenleben, worin zwei Wesen einander entgegenkommen, und indem sie, jeder seine Art zu sein in dem andern aufzugeben scheinen, dieselbe reiner und klarer zurückempfangen. Der Mensch muß etwas außer sich gewinnen, an das er sich anschließen, auf das er mit allen vereinten Kräften seines Daseins wirken könne. Allein wenn auch diese Neigung allgemein ist, so ist der Hang und die

Sehnsucht nach wahrer Freundschaft und Liebe doch nur ein Vorrecht zarter und innerlich gebildeter Seelen. Weniger zarte oder durch die Außenwelt betäubte Gemüter heften sich wechselnd und vorübergehend an und erreichen niemals den wahren Frieden, einer in dem andern. Unter sich aber sind Liebe und Freundschaft doch immer und unter allen Umständen in der Art verschieden, daß die erste immer zugleich eine sinnliche Farbe an sich trägt. Man tut dadurch ihrer Reinheit keinen Eintrag, denn auch die sinnliche Neigung kann die größte Reinheit in sich schließen, diese stammt aus der Seele selbst und verwandelt alles in ihren unbefleckten Glanz. Bei jungen weiblichen Gemütern, die noch gar nicht bis zum Gefühl, oder vielmehr bis zum Bewußtsein der Liebe gekommen sind, ist es doch aber eigentlich diese, die das Gewand der Freundschaft annimmt. Die Gefühle sind da noch nicht so bestimmt und klar geschieden, aber die beginnende weibliche Reife spielt doch alles, ohne es zu wissen, in die Liebe hinüber. Die Freundschaft selbst von einem Geschlecht zu einer Person desselben wird dann lebendiger, leidenschaftlicher, hingebender, aufopfernder; wenn sie auch in späteren Jahren alles dasselbe der Tat nach leistet, so ist in der früheren doch die Art anders, die Farbe der Empfindung glühender, die Seele heftiger davon ergriffen und gleichsam wärmer und heller davon durchstrahlt. So ist es gewiß auch Ihnen, liebe Charlotte, damals mit Ihrer Freundin gegangen. Ich wünsche sehr, daß Sie Ihre Lebenserzählung fortsetzen. – Nun leben Sie herzlich wohl und gedenken Sie meiner, der Ihnen immer mit gleicher Teilnahme zugetan bleibt. H.

Berlin, den 22. März 1825.

Ich setze mich mit recht eigentlicher Freude hin, Ihnen zu schreiben, liebe Charlotte, und wünsche von ganzem Herzen, daß Sie dies Blatt körperlich recht wohl und heiter gestimmt finden möge. Bei dieser wunderbaren Witterung, wo der Winter es sich recht aufgespart hat, zum Frühjahr zu kommen, kann es selbst festen Gesundheiten leicht anders ergehen. Die meinige hat Gottlob! bis jetzt keinen Anstoß erlitten, und ich denke, wenn nicht zum Osterfest, doch gleich nachher, nach Tegel zu gehen. Wenn man auch dies Jahr lange auf das Grünwerden der Bäume wird warten müssen, so ist es eine süße Erwartung, wie die alles Guten, das unfehlbar ist, weil es aus einer sich immer gleichbleibenden Güte quillt. Alle Freuden an dem Wechsel der Naturerscheinungen haben das, daß sie zugleich moralische sind für das sie dankbar empfindende Herz. Diese Zuverlässigkeit, die in der Natur liegt und sich schon in ihrer Regelmäßigkeit ausspricht, durch die die gewöhnlichsten Begebenheiten, ja selbst der tägliche Sonnen-Auf- und -Niedergang etwas Großes und Wunderbares erhalten, diese Zuverlässigkeit, sage ich, verbunden mit der Wohltätigkeit alles dessen, was aus der Natur auf den Menschen herabfließt, erteilt allen Empfindungen, die sich auf sie beziehen, eine erhebend beruhigende Fülle der Sanftheit. In unserm rauhen Norden müssen wir freilich den Übergang zum Frühjahr mit bittern Winterempfindungen erkaufen und das Bessere langsam erwarten. Aber dieser große Wechsel hat doch auch seine

Vorzüge. Er schafft mehr und etwas Tieferes in dem Menschen, wenn er nach der Düsterheit, die doch immer den Winter begleitet, in die Milde heiterer Frühlingssonne übergeht. Man empfindet das recht, wenn man einige Jahre in südlichen Ländern zubringt. Der Winter ist da eigentlich Frühjahr, und man kann fast nur drei Jahreszeiten unterscheiden, die der großen Hitze, den Sommer, die der Früchte, den Herbst, und die übrigen Monate des Jahres, wo man auch nicht Kälte oder unangenehme Witterung leidet, das Gras auf Angern und Wiesen frisch und schön, und bei vielen immer grünen Bäumen selbst wenige laublos dastehen. So kommt man in den Winter und Frühling, ohne eigentlich eine Veränderung zu bemerken, aber man entbehrt auch des ganzen, bei uns wahrhaft himmlischen Eindrucks, den diese Veränderung auf das Gemüt immer unfehlbar hervorbringt. Die Natur ist es aber auch allein, an der mir der Wechsel der Jahreszeiten bemerkbar wird. Die Menschen pflegen ihn sonst auch noch in ihrer veränderten Lebensweise zu spüren. Das ist nun bei mir nicht der Fall. Ich lebe, einigen Wechsel des Aufenthalts abgerechnet, ziemlich jeden Monat im Jahr auf die gleiche Weise. Es ist dies eine natürliche Folge meines wenigen Ausgehens im Winter und meines ununterbrochenen Arbeitens. Denn wenn Sie die Stunden von 3 bis 5 und von 8 bis 10 des Tages und die Nacht ausnehmen, können Sie sich mich, liebe Charlotte, immer in meiner Stube, und da immer an meinem Schreibtische sitzend, denken. Da die wenigen Gesellschaften, die ich besuche, auch noch meistenteils in die eben bezeichneten Stunden fallen, so gibt es kaum Ausnahmen. Je tiefer man in höhere Jahre tritt, je mehr reizt, wenn man dessen einmal fähig ist, der Ernst der Gedanken. Man kann sogar ohne Übertreibung sagen, daß das das Einzige ist, was uns dann noch reizt. Und dieser Reiz steigt mit der Beschäftigung selbst. Es entspringt eines aus dem andern, es entspinnt sich neu zu Denkendes aus bisher Halbgedachtem, oder nur Geahntem. Man wird dadurch, von dieser Seite will ich zwar diese Art des einsamen Denkens nicht unbedingt loben, man wird dadurch nicht anziehender für andere, man grenzt sich vielmehr mehr ab, man weist gewisse Dinge zurück, man hat überhaupt eine Neigung und ein Bedürfnis, sich und seine Ansicht herrschend zu machen, und zieht sich leicht, wenn es auch nicht zu billigen wäre, zurück, wo man sieht, daß sie keinen Eingang findet, man fühlt gewissermaßen, daß man nur noch in einem gewissen Gleise fortgehen kann, und verlangt daher, daß die, welche einen noch begleiten wollen, sich demselben fügen. Alles das mag seine Unbequemlichkeiten haben, allein alles Menschliche ist damit verbunden, und jenes beschauliche Leben in sich selbst, das sich seinen Kreis schließt und diesen Kreis nie wieder verläßt, hat und gewählt einen solchen Ersatz, daß man sich doch darum nicht davon trennen würde. Ja, wenn es recht die Weise erreicht, mit der sich ein sonst gut geartetes und tieferes Gemüt wahrhaft beruhigt, so darf man sich sogar aus Pflicht nicht davon trennen. Denn aus diesem nach eigenen Entschlüssen und eigener Wahl begonnenen Verfolgen von Ideen entsteht immer etwas, das weiter und wichtig wirkt, und ohne die Selbständigkeit des Mannes ist eine freie Anwendung seiner Tätigkeit nicht zu denken.

Tegel, den 1. Mai 1825.

ch habe eine große Freude daran, in der Vergangenheit zu
leben. Von dem Kleinsten, was mir begegnet ist, habe ich
wenig vergessen, und ich verweile vor allem gern in
Gedanken bei den Menschen, mit denen ich näher
zusammen trat. Gerade in den Jahren, wo wir uns sahen,
hatte ich eine Art von Leidenschaft, interessanten Menschen
nahe zu kommen, viele zu sehen und diese genau, und mir
in der Seele ein Bild ihrer Art und Weise zu machen. Ich
hatte mir dadurch früh eine Menschenkenntnis verschafft,
die andern sonst wohl viel später fehlt. Die Hauptsache lag
mir an der Kenntnis. Ich benutze sie zu allgemeinen Ideen,
klassifizierte mir die Menschen, verglich sie, studierte ihre
Physiognomien, kurz machte daraus, so viel es gehen
wollte, ein eigenes Studium. Indes hat es mir auch für die
Behandlung der Menschen im Leben sehr viel geholfen. Ich
habe gelernt, jeden zu nehmen, wie er nach seiner Sinnesart
genommen werden muß, und was mir recht und dem
Verhältnis gemäß scheint, mit jedem durchzusetzen. Was ich
als junger Mensch zur Übung versuchte, hat mir im
männlichen Alter oft sichtbar genutzt. Jetzt kommt es mir
längst nicht mehr vor, in dieser Art eine Wirkung auf einen
Menschen zu bezwecken. Wenn man meine Jahre erlangt
hat, kann man sich teils nicht mehr so in andere
Verschiedenheiten finden, teils muß man es nicht wollen.
Man muß seine Individualität frei gewähren lassen, mit
denen fortwandeln, die sich ihr anpassen und sich nach ihr
richten wollen, und die andern nur mit allgemeinem
Wohlwollen begleiten. – – –

Sie sind also auch von der schnellen, wunderartig
plötzlichen Erscheinung des Frühjahrs in diesem Jahr so
betroffen gewesen? Ich meine, ich hätte es noch nie so erlebt.

In einer einzigen Nacht stand ein großer alter Kirschbaum hier, der den Tag vorher noch nichts als nackte Reiser hatte, mit Blüten bedeckt da.

Die wehmütige Empfindung, gerade in dem Aufleben der Natur, ist sehr begreiflich, und ist wohl allen Menschen eigen, die tiefer empfinden und genauer auf sich achten. Sie hindert darum das frühe Teilnehmen an der erwachenden Natur garnicht. Sie sprießt vielmehr aus der Tiefe dieser Empfindungen selbst, denn jede wahrhaft tiefe Empfindung im Menschen wird von selbst wehmütig. Sehr natürlich. Der Mensch fühlt seine Schwäche, sein dem Wechsel und der Vergänglichkeit unterworfenes Dasein; und indem er nun in diesem, ihn scheinbar nur mit Unglück und Widerwärtigkeiten bedrohenden Dasein eine unendliche, ihn rund umgebende Güte erblickt, da die ganze Natur, gerade in diesem ersten Aufkeimen, überzuquellen scheint, um ihn mit Genüssen aller Art zu bereichern, so ist er darüber in seiner innersten Tiefe gerührt, was sich nur in wehmütiger Freude aussprechen kann. Eine andere Art der Wehmut, und eine schmerzlichere, kann auch, nach Beschaffenheit der verschiedenen Stimmungen, daher entstehen, daß man den Eintritt einer so großen Menge, wenn auch nicht nach menschlicher Art lebender Wesen, in erneuertes Dasein oder erneuerte Regsamkeit nicht ansehen kann, ohne zugleich an ihre Rückkehr in Winterschlaf und Tod zu denken, die ebenso plötzlich eintreten wird. Daß alles Leben nur ein der scheinbaren Vernichtung Entgegengehen ist, wird einem nie so klar, als in dem regelmäßigen Wechsel der Jahreszeiten. Die ganze Pflanzenwelt nun mit so harmlos zuversichtlicher Freude ins Leben treten zu sehen, als ahnte sie garnicht das winterliche Ersterben, hat ebenso etwas tief Rührendes, wie das Leben eines noch keine Gefahren ahnenden Kindes.

Leben Sie herzlich wohl. Unwandelbar mit der herzlichsten,

unveränderlichsten Zuneigung Ihr H.

Tegel, den 15. Mai 1825.

ɔ sehr ich auch die Natur liebe und gern in ihr weile, bin ich doch, seit ich hier bin, nicht sehr viel ins Freie gekommen. Wenn nicht Besuch kommt, was bei diesen kalten und regnichten Tagen nicht so häufig der Fall ist, pflege ich von sechs bis acht Uhr abends draußen zu sein. Ich ziehe den Abend dem Morgen besonders wegen des Sonnenuntergangs vor. Nicht leicht versäume ich diesen an irgend einem Tage zu sehen. Ich habe ihn immer werter gehalten als den Aufgang, obgleich das vielleicht nur daher kommt, daß man am Abend, nach vollendeten Geschäften, ruhiger und besser gestimmt ist, sich Natureindrücken zu überlassen. Den ganzen Tag über arbeite ich in meiner Stube, die aber nach der Mittags- und Abendseite die unmittelbare Aussicht nach dem Garten und hohen Bäumen hat. Dies Arbeiten in selbstgewählten Studien, unabhängigem Denken (denn meine eigentlichen Geschäfte kosten mir verhältnismäßig sehr wenig Zeit) kann ich eigentlich als mein Leben ansehen. Meine Ideen, und dies in Büchern, in Anschauungen, in Erfahrungen, wodurch sie genährt werden, beschäftigen mich eigentlich allein und ausschließend; und ich kann mit Recht sagen, daß ich mein sehr heiteres und glückliches Dasein, wenn nicht allein, doch größtenteils ihnen verdanke. Hat man sich einmal an dies Leben in Ideen gewöhnt, so verlieren Kummer und Unglücksfälle ihre Stachel. Man ist wohl wehmütig und traurig, aber nie ungeduldig noch ratlos. Ich knüpfe, weil ich einmal diese Gewohnheit gefaßt habe, dies Nachdenken immer an gelehrte Beschäftigungen, aber ich suche mich immer und an jedem Punkte darin zu freien Ideen zu erheben, die sich dann an alles, was nicht wirklich, und an alles, was in der Wirklichkeit echten und wesenhaften Glanz, Gehalt und Reiz hat, knüpfen. In dieser höheren Region werden die Ideen, die als gelehrte Beschäftigungen nur für wenige bestimmt scheinen, wieder sehr einfach und knüpfen sich an alles allgemein Menschliche an.

Ich freue mich zu denken, daß Sie diesen Brief, wie Sie es immer freut, zum Pfingstfest bekommen. Mit unwandelbaren Gesinnungen der Ihrige. H.

Tegel, den 16. Juli 1825.

es ruhige, schöne, meinem Alter und Neigungen angemessene Verhältnis können wir ungestört so lange fortsetzen, als wir miteinander im Leben fortwandeln; es ist von meiner Seite nichts da, was es unterbrechen könnte, und ich weiß nichts, was es von Ihrer Seite hindern könnte. Genügt Ihnen, wie ich denn sicher überzeugt bin, daß es Ihnen genügt, dies, so ist unser Verhältnis so klar und rein, wie es nur immer gedacht werden kann. Sie brauchen auch garnicht zu denken, daß Sie darin bloß die Empfangende sind; ich habe Ihnen oft gesagt, daß mir Ihre Briefe, Ihre natürlichen, weiblichen Äußerungen Ihrer Ergebenheit, Ihre Lebensbeschreibung recht große Freude machen und gemacht haben. Glaube ich, daß Sie mir eine besondere machen könnten, so haben Sie ja gesehen, daß ich es Ihnen frei und natürlich geäußert habe. Sagt das Ihnen nicht zu, so trete ich davon zurück, und gewiß ohne Erbitterung, ohne Klage, ohne, wie ich Ihnen sagte, irgend eine Empfindung, die Ihnen unangenehm sein könnte, bloß in dem Gefühle, daß nicht zwei Menschen ganz gleich denken können. Also auch so etwas müssen Sie, liebe Charlotte, nicht schwer aufnehmen. Es gibt schon sehr vieles, was auch das glücklichste Leben schwer machen kann, daß man es nicht willkürlich vermehren muß. Willkürlich ist nun zwar eine solche Mißstimmung nicht, aber man kann doch gegen sie arbeiten. Das erfordert freilich Selbstbeherrschung, aber darauf muß ich auch zurückkommen, daß die allen Menschen nötig ist. So glaube ich, liebe Charlotte, mich so

rein ausgesprochen zu haben, daß Ihnen wenigstens in mir nichts dunkel und rätselhaft bleiben kann. Nun muß ich noch eine Stelle Ihres Briefes berichtigen, wo Sie mich ganz mißverstanden haben, indem Sie sagen, daß ich nichts zu meinem Glück bedürfe als mich. Es ist das allerdings wahr. Aber das kann ich, wie streng ich mich untersuche, nicht tadeln, es ist vielmehr in mir die Frucht eines langen und darauf gerichteten Lebens gewesen. Ich lebe nämlich in Gefühlen, Studien, Ideen; diese sind es eigentlich, die machen, daß ich nichts Fremdes bedarf, und sie sind auf unvergängliche Dinge gerichtet, sie lassen mich nicht sinken, wenn mir Erwartungen fehlschlagen, wie ich es oft, wenn mir Unglücksfälle zustießen, erlebt habe. Nur wenn man in diesem Sinne nichts bedarf, kann man möglichst frei von Egoismus sein, denn da man für sich nichts fordert, kann man andern hilfreicher sein. Man genießt auch dann jede Freude mehr, gerade weil sie kein Bedürfnis ist, sondern eine reine, schöne Zugabe zum Dasein. Alles, was dem Bedürfnis ähnlich ist, hat die Eigentümlichkeit, daß man es viel weniger genießt, wenn man es hat, als es schmerzt, wenn man es entbehrt. Darum aber fühle ich (ich habe es ja mehr als einmal erfahren) den Verlust geliebter Personen wohl eher tiefer als andere, wenn auch mit mehr Fassung und Ruhe. Nur die Wehmut setze ich nicht dem Glücke entgegen, sondern teile das Glück in wehmütiges und heiteres, und setze jenes nicht gegen dieses zurück. So meinte ich das, was Sie anders verstanden, und wenn Sie den Inhalt meiner Briefe im ganzen durchgehen, werden Sie immer dies darin ausgesprochen finden. Dafür, daß einzelne Stellen anders erscheinen könnten, möchte ich nicht einstehen, da man nicht jedesmal alles begrenzen kann, doch glaube ich es kaum. Leben Sie nun herzlich wohl, rechnen Sie fest auf die Unveränderlichkeit meiner Gesinnungen, verscheuchen Sie vor allem jede unnütze Besorgnis, erheitern Sie sich. Denken Sie, daß Sie mir Freude damit machen, das tun Sie ja so gerne. Von Herzen Ihr H.

Burgörner, den 18. August 1825.

Ich bin seit einigen Tagen hier und habe mich schon sehr an dem Gefühle erfreut, das den Aufenthalt in der Provinz und in einer Gegend, wo man ganz und gar von größern Städten entfernt ist, begleitet. Ich finde mich immer sehr leicht darein und habe daran ein vorzügliches Gefallen. Es wandelt mich auch nicht die leiseste Neugierde an, und ich kann sehr gut selbst die Zeitungen entbehren. Ich pflege alsdann auch meine Beschäftigungen fast ganz einförmig einzurichten und so viel als möglich bei einem Ideengange zu bleiben. Ich habe von jeher eine große Neigung gehabt, mich in eine Sache zu vertiefen, und habe oft Gelegenheit gehabt, die Vorteile und Nachteile davon an mir selbst zu erfahren. Denn daß diese Vorliebe für eine und dieselbe oft wiederholte Beschäftigung, dies Grübeln über eine Idee auch seine beschränkenden und daher schädlichen Eigenschaften hat, läßt sich nicht leugnen. Die Vertiefung bringt im Grunde dieselbe Wirkung hervor als die Zerstreuung, sie läßt vieles nicht bemerken, manches ungeschickt betreiben. Der Unterschied ist nur freilich, daß der zerstreute Mensch sich in nichts zersplittert, und nichts findet, noch besitzt, an dem er zu haften vermöchte, daß aber der Vertiefte immer eins hat, was ihn für die Vernachlässigung des übrigen entschädigt. Am nachteiligsten empfinde ich diesen Hang, sich einer Sache, die dann meistenteils eine innere Idee ist, hinzugeben dann, wenn ich mich in der freien Natur befinde. Ich liebe sie unendlich, und der Genuß oft selbst einer einfachen Gegend, geschweige denn einer schönen, hat für mich mehr Reiz als fast alles übrige sonst. Aber auch der Eindruck, den die Natur macht, schließt sich immer wieder an den mich innerlich beschäftigenden Gedanken an, und verwandelt sich selbst in eine allgemeine Empfindung; dagegen entgehen mir eine ganze Menge Einzelheiten. Ich würde nie zum Naturbeobachter darum getaugt haben, und hätte sicherlich mitten unter Pflanzen und Steinen sehr vieles unbemerkt vorübergehen lassen, was ich zu anderer Zeit mit Bedauern inne geworden sein würde. Indes möchte ich darum diesen Hang zur Vertiefung nicht fahren lassen und ihn nicht bloß nicht mit dem entgegengesetzten Extrem vertauschen, sondern mich nicht einmal gern mit der Mittelstraße zwischen beiden Extremen, die man sonst wohl als die weisere zu preisen pflegt, begnügen. Man lernt doch das, dem man sich so ganz, so ausschließend, so in fester Beharrlichkeit widmet, besser kennen, und je länger man dabei verweilt, desto mehr scheint an ihm in der Betrachtung hervorzutreten. Man kann in der Tat nicht sagen, daß die Dinge der Welt dasjenige, was an ihnen zu sehen ist, offen daliegen haben. Der eine sieht, was dem andern entgeht, und es ist, als wenn der Blick, wenn er durch gehörige Vertiefung geschärft wird, erst selbst den Gegenstand erschlösse. Die einfachsten Sachen können darum denjenigen, der einmal diesen Hang hat, sehr lange Zeit, und nicht auf eine leere, nutzlose Weise beschäftigen. Vorzüglich finde ich immer, geht bei dieser anhaltenden Betrachtung, wenn sie nicht bloße Gedanken, sondern Gegenstände der Welt betrifft, dasjenige auf, was die Zeit an ihnen gearbeitet hat, die Spur der Vergangenheit in der Gegenwart, ja oft auch die leise Ahnung der Zukunft, welcher die Gegenwart entgegengeht. Darin liegt auch einer der höchsten Reize. Denn alles, was das Laufen und das ununterbrochene Fließen der Zeit versinnlicht, zieht den Menschen unendlich und unnennbar an. Sehr natürlich, da er selbst das Geschöpf der Zeit ist, da seine Schicksale auf ihr wie auf einem immer wogenden Meere schweben, da er nie weiß, ob er sich der Gegenwart sicher vertrauen darf, und ob nicht eine trügerische Zukunft seiner wartet. Das tiefere Eindringen in die Gegenstände, das man dem Hange zur Vertiefung dankt, wäre aber noch der mindeste Vorteil. Denn Sie könnten mir vielleicht mit Recht einwenden, daß es gar wenig Dinge gibt, die ein solches Eindringen verdienen. Das viel Wichtigere dabei ist der Gewinn, den der Geist in sich, aus diesem Sichsammeln auf einen Punkt, aus dieser Genügsamkeit mit wenigen Gegenständen, auf die er sich vereinzelt, zieht. Es entspringt notwendig daraus eine größere geistige Innigkeit, eine höhere Wärme, eine Liebe, mit der man das umfaßt, mit dem man sich gleichsam allein in der Welt fühlt. Dadurch wird auf den Charakter selbst gewirkt, oder vielmehr, da nichts Äußeres hinzutritt, sondern dieser Hang aus dem Charakter selbst hervorgeht, so entwickelt sich der Charakter dadurch und bildet sich zu einer höheren Würde und gehaltvolleren Schönheit aus. Denn es gibt Ideen, mit denen er gleichsam zusammengewachsen ist, die er nie aufgeben möchte, die ihn wie beständige Leiter, Freunde, Tröster begleiten, und diese Ideen, die so zu ihm treten, sind gerade immer die eigentümlichsten, diejenigen, die ein anderer oft garnicht, oft erst nach Jahren, verstehen und begreifen kann, was garnicht darin liegt, daß sie ihm, wie man es auszudrücken pflegt, zu hoch, zu verwickelt wären, sondern nur darin, daß sie so unzertrennbar mit einem andern Individuum verbunden sind. In Ideen dieser Gattung würde ich nie von dem Allerkleinsten, ohne vollkommene Änderung meiner früheren Überzeugung, zurückgehen; es kann nichts geben, was für dies Zurückgehen Entschädigung gewährte, und welches Opfer auch einer solchen zu tiefer Überzeugung gewordenen Idee gebracht werden müßte, so kann es nie, gegen sie selbst gehalten, zu groß sein. Die Festigkeit aber, die darin sich ausspricht, ist keine eigensinnige, sie entsteht nicht einmal allein aus Verstandesüberlegung. Denn ob sie gleich an sich freilich, wie die Überzeugung, von demjenigen, was von dieser Festigkeit begleitet ist, aus dem Verstande entspringt, so gesellt sich nun in einem Gemüte, das den Hang besitzt, eine Idee und einen sich mit ihr verbindenden Gegenstand ganz und gewissermaßen ausschließend zu umfassen, dazu Wärme, Empfindung und eigentliche Liebe. Das ganze Leben wird durch diese Stimmung innerlicher, und wo sie recht einheimisch geworden ist, dauert sie, wie ich in verschiedenen Perioden meines Lebens erfahren habe, auch in derselben Innerlichkeit mitten unter großen äußeren Bewegungen fort. Sie macht alsdann denjenigen, welcher sie besitzt, von allen Äußerlichkeiten unabhängig, überhaupt wird durch dieselbe das Bedürfnis, sich gerade mit einem äußeren Gegenstande zu verbinden, vermindert. Denn die Liebe, welche die bloße innere Idee erweckt, vertritt schon dessen Stelle. Wo aber etwas Äußeres mit der Idee zusammentrifft, da ist nun auch die Wirkung doppelt stark und dauernd. Die Ideen, welche so durch das Leben begleiten, sind auch natürlich zugleich dann die, welche am besten vorbereiten, das Leben auch entbehren zu können. Denn da das Leben vorzüglich nur durch sie Wert hat, sie aber fest mit den tiefsten Kräften des Gemüts und der Seele vereinigt sind, so kann ich mir wenigstens nicht denken, wie nicht mit ihnen gerade auch das Eigenste, was man besitzt, mit einem hinübergehen sollte. Es ist wohl zu hoffen und mit Vertrauen zu erwarten, daß sie klarer, heller, und in neuer vielfacherer Anwendung den Geist umgeben werden. –

Recht herzlich habe ich mich gefreut, in Ihrem Briefe zu erkennen und ausgedrückt zu finden, daß Sie wieder ruhig und heiter werden und aufs neue erkannt haben, daß ich nur beides zu befördern wünsche. Gewiß habe ich nur diese wohlwollenden Gesinnungen für Sie gehabt, wie ich vor einigen Jahren den Briefwechsel mit Ihnen wieder anfing. Ich glaube mir in meinen Gesinnungen stets gleich geblieben zu sein, und Sie können gewiß ferner darauf rechnen. Die Grundsätze, nach denen ich handle, stammen weder aus Eigensinn, noch sind sie eben so wenig auf eigene Wünsche berechnet. Sehr gefreut hat es mich auch, das volle feste Vertrauen, wie sonst bei Ihnen, zu diesen Ihnen mit liebevollem Anteil geweihten Gesinnungen gefunden zu haben. Halten Sie dies unverbrüchlich fest, liebste Charlotte, und nie wird etwas Störendes in unserem Verhältnis entstehen.

Daß Sie der Konsequenz gram und feind sind, wenn sie nichts als Eigensinn ist, und nur diesen edleren Namen annimmt, darin haben Sie ganz recht. Es ist dies dann nur eine tadelnswerte Scheinheiligkeit. Doch muß man nicht alles Eigensinn nennen, wovon man die Gründe nicht einsieht, oder was auf solchen Gründen beruht, für die man, wenn man sie auch kennt, keinen Sinn hat. Das wäre wieder auf der andern Seite und in einem andern Extreme gefehlt. Noch weniger könnte es Konsequenz genannt werden, wenn man bei Meinungen beharren wollte, die man selbst abgeändert hätte und nicht mehr, wie ehemals, für wahr hält; das wäre nichts als Rechthaberei, oder die Schwäche, nicht vor andern bekennen zu wollen, daß man früher unrecht gehabt hat. Wenn man das selbst fühlt, muß man auch keine Schwierigkeit darin finden, es vor andern einzugestehen. Ich halte garnichts davon, in seinen Grundsätzen, Meinungen und Empfindungen so ein für alle Mal abgeschlossen zu sein und zu denken, daß das nun alles darum so recht wäre, weil man es so lange dafür gehalten hat. Ich prüfe vielmehr immer alles aufs neue und würde es keinen Augenblick Hehl haben, wenn auch das, woran ich sehr gehangen hätte, mir plötzlich anders erschiene. Ich würde dann nicht nur selbst meine vorige Meinung ablegen, sondern es auch ohne allen Anstand bekennen. Gerade aber, wenn man so gestimmt ist, begegnet einem dies bei andern viel weniger, denn man ist dann an sich dem Nachdenken geneigt, und die Grundsätze und Meinungen, die man hat, gründen sich dann auch auf das Nachdenken, solche aber vertauscht man nicht leicht mit andern, wenn man auch sich neuen Prüfungen noch so offen erhält. Sie sagen, daß Sie in den letzten Wochen zu sehr ernsthaftem Nachdenken über sich geführt worden sind und Ihre Blicke sehr in die Tiefe Ihres Innern gerichtet haben. Sie werden dann dabei erfahren haben, wie wohltätig es ist. Mir kehrt aus solchen Selbstbetrachtungen, die ich für die höchste und beste Beschäftigung halte, alle Mal eine große und nicht leicht wieder zu zerstörende Heiterkeit zurück. Man findet entweder, daß der Zustand des Gemüts von der Art ist, wie man nur wünschen kann ihn zu erhalten, und hat nichts nötig gehabt, als ihn nur besser zu entwirren, mehr Licht und Klarheit in ihm zu genießen – und das ist gewiß der Fall bei Ihnen – oder man muß sich selbst anklagen und unzufrieden mit sich sein; dann ändert man seinen Sinn, nötigt das Gemüt zu dem, was es aus Irrtum, oder Schwäche, oder sonst einer Verkehrtheit versagte, und genießt gerade wieder in dem Gefühl, sich auf den rechten Weg zurückgebracht zu haben, einer neuen und nun wahrhaft befestigten Heiterkeit. Leben Sie herzlich wohl, bleiben Sie ruhig und heiter, und rechnen Sie auf die Gleichheit und Unveränderlichkeit meiner Gesinnungen. H.

166

Burgörner, den 6. September 1825.

s ist nahe an Mitternacht, da ich meinen Brief an Sie anfange, er kann aber, es ist heute Dienstag, erst am Freitag abgehen. Ich habe immer im Briefschreiben die Sitte, die ich aber nicht unbedingt loben will, mich im Schreiben nicht an die Posttage zu kehren, sondern meiner Neigung zu folgen. Bei vertraulichen Briefen, wie die unsrigen sind, ist das eigentlich nicht gut. Es ist natürlich, solche Briefe sobald als möglich in die Hände desjenigen zu wünschen, dem sie bestimmt sind. Aber mit andern Briefen, die Dinge betreffen, an denen das Gemüt keinen oder wenigen Teil nimmt, ist es nicht übel, sie einige Tage liegen zu lassen. Man kann dann noch vielleicht ändern.

Was Sie über den Einfluß des schnelleren oder langsameren Umlaufs des Bluts auf das Gemüt sagen, ist vollkommen wahr und darf bei Beurteilung anderer nicht aus der Acht gelassen werden. Indes ist es eine schöne Eigenschaft im Menschen, und ein ihm von dem Schöpfer ausschließlich vor den übrigen Erdengeschöpfen eingeräumter Vorzug, daß er immer fühlt, daß er durch den Gedanken und durch den Entschluß jeden körperlichen Einfluß, wie stark er sein möge, hemmen und beherrschen kann. Es sagt dem Menschen eine innere Stimme, daß er frei und unabhängig ist, sie rechnet ihm das Gute und das Böse an, und aus der Beurteilung seiner selbst, die immer stärker und strenger sein muß als die anderer, muß man jene ganz körperlichen Einflüsse völlig hinweglassen. Es sind zwei verschiedene

Gebiete, das der Abhängigkeit und das der Freiheit, und durch den bloßen Verstand läßt sich der Streit beider nicht lösen. In der Welt der Erscheinungen sind alle Dinge dergestalt verkettet, daß man, wenn man alle Umstände bis auf die kleinsten und entferntesten immer genau wüßte, beweisen könnte, daß der Mensch in jedem Augenblick gezwungen war, so zu handeln, wie er gehandelt hat. Dabei hat er aber doch immer das Gefühl daß er, wollte er in das hemmende Rad greifen und sich von dieser ihn umstrickenden Verkettung losmachen, es vermöchte. In diesem Gefühl seiner Freiheit liegt seine Menschenwürde. Es ist aber auch das, wodurch er gleichsam aus einer andern Welt in diese eintritt. Denn im Irdischen allein kann nichts frei, und im Überirdischen nichts gebunden sein. Der Widerstreit ist nur dadurch zu lösen, daß es eine Herrschaft des ganzen Gebiets der Freiheit über das ganze Gebiet der Abhängigkeit gibt, die wir nur im einzelnen nicht begreifen können, die aber die Verkettung der Dinge vom Uranfange so leitet, daß sie den freien Beschlüssen des Willens entsprechen muß.

Wie ich mir Ihren körperlichen Zustand denke, liebe Charlotte, so hängt er auch sehr von der Seele ab. Suchen Sie daher vor allem sich zu erheitern und von allen Seiten zu beruhigen. Es ist dies freilich leichter zu sagen als zu tun, aber viel vermag es doch, wenn man sich nur alles, was einem besorglich scheint, recht klar macht und vollständig auseinandersetzt, und alles in sich zurückruft, worin man mit dem Geschick zufrieden sein oder es vielleicht sogar dankbar preisen kann. Gelingt es dem Geist, die Krankheit oder Kränklichkeit ganz aus sich zu entfernen und bloß in den Körper zu bannen, so ist unendlich viel gewonnen, und so erträgt sich danach körperliches Übel mit Fassung und wirklicher, nicht scheinbarer Ruhe, und erträgt sich nicht bloß, sondern hat sehr oft auch noch etwas die Seele schön und sanft Reinigendes. Ich selbst bin zwar mehrere Male, und ein paar Mal sehr gefährlich, krank gewesen, aber an dauernder Kränklichkeit, eigentlich schwacher Konstitution, habe ich nie gelitten. Ich bin aber oft mit Personen umgegangen, Männern und Frauen, in denen dieser Zustand der tägliche war, und die nicht einmal irgend wahrscheinliche Hoffnung hatten, sich je anders als durch den Tod herauszuwickeln. Zu diesen Menschen gehörte Schiller vorzüglich. Er litt sehr, litt dauernd, und wußte, wie auch eingetroffen ist, daß diese beständigen Leiden nach und nach seinen Tod herbeiführen würden. Von ihm aber konnte man wirklich sagen, daß er die Krankheit in dem Körper verschlossen hielt. Denn zu welcher Stunde man zu ihm kommen, wie man ihn antreffen mochte, so war sein Geist ruhig und heiter, und aufgelegt zu freundschaftlicher Mitteilung und interessantem und selbst tiefem Gespräch. Er pflegte sogar wohl zu sagen, daß man besser bei einem gewissen, doch freilich nicht zu angreifenden Übel arbeite, und ich habe ihn in solchen, wirklich sehr unerfreulichen Zuständen Gedichte und prosaische Aufsätze machend gefunden, denen man diesen Ursprung gewiß nicht ansah.

Wenn sich Schwäche mit Wallung des Blutes, Unruhe oder gar Beängstigung vereinigt, und dies Leiden mehrere Jahre dauert, so begreife ich freilich wohl, daß es Überdruß am Leben überhaupt hervorbringen kann, diesem aber sollte man doch mit allen Kräften immer entgegen arbeiten. Ich will nicht einmal darauf zurückgehen, daß dies offenbar sogar gebotene Religionspflicht ist, aber das Leben ist schon, selbst wenn es am längsten währt, gegen die unendliche Zeit, wo man wenigstens keinen Begriff im voraus von der Art des Daseins hat, so kurz, daß man nicht mit seinen Wünschen die Schranken noch näher rücken, sondern sich vielmehr, so gut es irgend gehen will, darin betten muß, und gewiß ist es fast noch wichtiger, wie der Mensch das

Schicksal nimmt, als wie sein Schicksal ist. Es ist eine sprichwörtliche Redensart, daß jeder sich das seinige schafft, und man pflegt das so zu nehmen, daß er es sich durch Vernunft oder Unvernunft gut oder schlecht bereitet. Man kann es aber auch so verstehen, daß, wie er es aus den Händen der Vorsehung empfängt, er sich so hinein paßt, daß es ihm doch wohl darin wird, wieviel Mängel es darbieten möge.

Erhalten Sie mir Ihr liebevolles Andenken und seien Sie des meinigen unbezweifelt gewiß. Meine Gedanken begleiten Sie öfter, als Sie es wohl denken. Der Ihrige. H.

Tegel, den 17. Oktober 1825.

ewiß haben Sie in den letzten September- und ersten Oktobertagen auch die Schönheit des östlichen Sternenhimmels bemerkt. Drei Planeten und ein Stern erster Größe standen nahe beisammen, Mars und Jupiter im Löwen, die Venus später als Morgenstern nahe dem Sirius. Ich bemerke es nur, damit, im Fall Sie den herrlichen Anblick versäumt hätten, Sie ihn noch nachholen können. Am schönsten war es zwischen drei und vier Uhr morgens zu sehen. Ich bin mit meiner Frau fast alle Morgen aufgestanden, und wir haben lange am Fenster verweilt, und haben uns jedesmal nur mit Mühe von dem schönen Anblick losreißen können. Ich habe von meiner Jugend an sehr viel auf die Sterne und das Beschauen des gestirnten Himmels gehalten. Meine Frau teilte, wie die meisten, so auch diese meine Neigung mit mir, und so habe ich mein ganzes Leben hindurch, zu Zeiten mehr, zu Zeiten weniger, in sternhellen Nächten zugebracht. Selten ist aber ein Jahr und eine Jahreszeit so günstig dazu gewesen, als dieser wunderbar schöne, helle und reine Herbst. Ich kann nicht sagen, daß an den Sternen mich so die Betrachtung ihrer Unendlichkeit und des unermeßlichen Raumes, den sie einnehmen, in Entzücken setzt, dies verwirrt vielmehr nur den Sinn, und in dieser Ansicht der Zahllosigkeit und der Unendlichkeit des Raumes liegt sogar sehr vieles, was gewiß nur auf menschlicher, nicht ewig zu dauern bestimmter Ansicht beruht. Noch weniger betrachte ich sie mit Hinsicht auf das Leben jenseits. Aber der bloße Gedanke, daß sie so

außer und über allem Irdischen sind, das Gefühl, daß alles Irdische davor so verschwindet, daß der einzelne Mensch gegen diese in den Luftraum verstreuten Welten so unendlich unbedeutend ist, daß seine Schicksale, sein Genießen und Entbehren, worauf er einen so kleinlichen Wert setzt, wie nichts gegen diese Größe verschwinden; dann daß die Gestirne alle Menschen und alle Zeiten des Erdbodens verknüpfen, daß sie alles gesehen haben vom Anbeginn an, und alles sehen werden, darin verliere ich mich immer in stillem Vergnügen beim Anblick des gestirnten Himmels. Gewiß ist es aber auch ein wahrhaft erhabenes Schauspiel, wenn in der Stille der Nacht, bei ganz reinem Himmel, die Gestirne, gleichsam wie ein Weltenchor, herauf- und herabsteigen, und gewissermaßen das Dasein in zwei Teile zerfällt. Der eine Teil, wie dem Irdischen angehörend, in völliger Stille der Nacht verstummt, und nur der andere heraufkommend in aller Erhabenheit, Pracht und Herrlichkeit. Dann wird der gestirnte Himmel, aus diesem Gesichtspunkte angesehen, gewiß auch von moralischem Einfluß. Wer, der sich gewöhnt hat, in dergleichen Empfindungen und Ideen zu leben und oft darin zu verweilen, könnte sich leicht auf unmoralischen Wegen verirren. Wie entzückt nicht schon der einfache Glanz dieses wundervollen Schauspiels der Natur? Ich habe schon oft daran gedacht, daß Ihnen gerade, liebe Charlotte, ein kleines Studium der Astronomie besonders zusagen müsse; wenn Sie es wünschen, will ich Ihnen gern einige Anleitung geben und Ihnen Bücher nennen, die Ihnen behilflich sein können.

Sie fragen mich, ob ich allein oder mit den Meinigen in Burgörner gewesen bin? Wir waren noch in diesem Sommer mit allen unsern Kindern und noch andern Verwandten in Burgörner, so daß im ziemlich großen Hause kein Zimmer zu viel war. Es ist nie meine Art gewesen, in Briefen davon gern zu sprechen, und daher hatte ich auch vergessen, Ihnen zu sagen, ob ich allein gereist sei oder nicht. Ich halte einmal nichts vom Erzählen, Ereignisse und Begebenheiten scheinen mir nur der Gefühle und Gedanken wegen, die sie hervorbringen, interessant. Auch im Gespräch erzähle ich nie, wo ich nicht muß, und trage nichts in meiner Familie, was mich und andere betrifft, herum, um es mitzuteilen. Es hat mir immer eine gewisse Ideenarmut geschienen, wenn man schriftlich oder mündlich aufs Erzählen kommt, wiewohl ich's in andern nicht tadle. Ich bin auch nie der Meinung gewesen, daß es zur Freundschaft gehört, sich mitzuteilen, was einem Frohes oder Schmerzliches begegnet. Es mag dies wohl auch Freundschaft heißen und sogar sein, aber es gibt wenigstens Gottlob! eine höhere, auf Reinerem und Höherem beruhende Freundschaft, die dessen nicht bedarf und, weil sie mit etwas Edlerem beschäftigt ist, darauf nicht kommt.

Ich gehe noch einmal Ihren letzten Brief durch und verweile bei einer Stelle, die mir viel Vergnügen gemacht hat, und die ich mehr als einmal gelesen habe. An das zarte Verhältnis unserer dauerhaften Freundschaft knüpfen sich so manche schöne und, wenn man sie weiter verfolgt, höhere und selbst erhebende Ideen. Ich gehe zuerst davon aus, daß Sie mir diese Empfindungen von früher Jugend her gewidmet und zart gesondert erhalten haben bis ins Alter, ohne irgend eine Absicht, Wunsch oder Forderung daran zu knüpfen. Es gibt also schon hier, unter allem irdischen Wechsel, den Beweis von Dauer, Unvergänglichkeit, und man möchte sogar sagen Unendlichkeit; auf der andern Seite, von Festhalten des Unveränderlichen, von Würdigung des wahrhaft Wertvollen in würdiger Erfassung eines höhern Guts, in Wegweisung kleinlicher, engherziger Beschränkung. Denn gerade diese Engherzigkeit, der man so oft begegnet, und worin sich der, der sie nährt, meist

174

gefällt, beweist die sinnliche Unlauterkeit der Gefühle derer, die dergleichen Schranken bedürfen, um sich dahinter zu verstecken. Die wahre Liebe, die ihrer höheren Abstammung treu bleibt und gewiß ist, erwärmt gleich der Sonne, so weit ihre Strahlen reichen, und erhellt verklärend alles in ihrem lautern Glanz. Endlich erhebt eine solche Erscheinung die Seele in Hoffnung und Glauben. Begleiten uns schon hierin unserer Endlichkeit und Unvollkommenheit dauernde Treue und Liebe, besitzen wir schon hier unentreißbare Güter, die mit uns hinübergehen, die wir nicht zurücklassen werden, wie sollte uns nicht die Hoffnung beseelen und erheben, daß wir im Überirdischen in höherer Klarheit wiederfinden, was uns schon hier beseligen konnte als freie Himmelsgabe. Zählen und rechnen Sie, teure Charlotte, aber auch fest auf die gleiche und unwandelbare Gesinnung, womit ich Ihnen angehöre. Ihr H.

Berlin, den 8. November 1825.

ch hoffe gewiß, daß die Kupferstiche von Tegel Ihnen Freude gemacht haben werden. Sie sind so genau, daß sie ein sehr bestimmtes und deutliches Bild des Hauses geben müssen, wenn man sie durchgeht. Ich habe den Ort sehr gerne, bin aber doch im Grunde nicht viel da. In diesem Jahre verlebte ich kaum vier Monate dort. Im Winter habe ich mehrere Gründe, in der Stadt zu sein, obgleich meiner Frau und mir das Leben auf dem Lande auch dann sehr zusagen würde. Im Sommer nötigen oder veranlassen mich wenigstens die Angelegenheiten der andern Güter, auch diese zu besuchen. So kommt man, bei aller anscheinenden Freiheit, doch nicht immer dazu, das zu tun, was einem das Liebste wäre. An Tegel hänge ich aus vielen Gründen, unter denen doch aber der hauptsächlichste die Bildsäulen sind, teils Antiken in Marmor, teils Gipse von Antiken, die in den Zimmern stehen und die ich also immer um mich habe. Wenn man Sinn für die Schönheit einer Bildsäule hat, so gehört das zu den reinsten, edelsten und schönsten Genüssen, und man entbehrt die Gestalten sehr ungern, an denen sich das Vergnügen, wie unzählige Male man sie sieht, immer erneuert, ja steigert. So reizend auch Schönheit und Gesichtsausdruck an lebenden Menschen sind, so sind beide doch an einer vollendeten Statue, wie die antiken sind, so viel mehr, und so viel höher, daß es gar keine Vergleichung aushält. Man braucht, um das zu finden, gar keine besondern Kenntnisse zu besitzen, sondern nur einen natürlich richtigen Sinn für das Schöne zu haben, und sich

diesem Gefühl zu überlassen. Die Schönheit, welche ein Kunstwerk besitzt, ist natürlich, weil es ein Kunstwerk ist, viel freier von Beschränkung als die Natur, sie entfernt alle Begierde, alle auch auf noch so leise und entfernte Weise eigennützige oder sinnliche Regung. Man will sie nur ansehen, nur sich mehr und mehr in sie vertiefen, man macht keine Ansprüche an sie, es gilt von dieser Schönheit ganz, was Goethe so schön von den Sternen sagt: »Die Sterne die begehrt man nicht, man freut sich ihres Lichts.« Sie werden auf der Zeichnung des Hausflurs einige Statuen bemerken, unter anderen einen weiblichen Körper ohne Kopf und Arme. Dieser steht nicht mehr da, sondern ist jetzt mit andern Statuen in meiner Stube. Ich besitze ihn schon lange und hatte ihn auch in Rom immer bei mir. Es ist eine der vollendetsten antiken Figuren, die sich erhalten haben, und es gibt nicht leicht eine andere Bildsäule einen so reinen Begriff streng weiblicher Schönheit....

Sie wollen meine Meinung über Walter Scott und fragen mich, was Sie lesen sollen. Da weiß ich Ihnen aber schwer Rat zu geben. Ich lese schon an sich wenig Deutsch, und unter diesen meist solche wissenschaftliche Bücher, die doch nicht für Sie sein würden, ich bin also eigentlich darin ein schlechter Ratgeber. Einige habe ich auf dem Lande den Abend bei meiner Frau vorlesen hören, und sie haben mir viel Vergnügen gemacht. Ich empfehle Ihnen vor allen den Astrologen, den Kerker von Edinburg und Robin den Roten. Es ist eine schöne Lebendigkeit und eine sehr richtige Zeichnung und Durchführung der Charaktere in diesen Romanen, und sie haben noch das Anziehende, daß sich mehrere derselben genau an wirklich geschichtliche Ereignisse anschließen, und eine in große Details eingehende Schilderung von Sitten und Gebräuchen verschiedener Zeitalter enthalten. Auch Quintin Durward und Ivanhoe sind aber zu empfehlen. Geschichtsbücher würde ich immer als Lektüre vorziehen, und ich denke mir oft, daß, wenn ich einmal das Schicksal haben sollte, wie es Personen, die ihre Augen viel gebraucht haben, häufig geht, ganz schwache Augen zu bekommen oder ganz blind zu werden, wo das eigene Studieren nicht mehr geht, daß ich mir, sage ich, da würde lauter Geschichtsbücher vorlesen lassen. In der Geschichte interessiert nun einen mehr das Entferntere, andere mehr das Nahe. Wenn Ihnen das letzte das liebste wäre, so sind seit einigen Jahren eine Menge interessanter Memoiren in Frankreich erschienen. Ich habe äußerst wenige davon gelesen, aber doch viel davon gehört, und anziehend sind diese Schriften gewiß. – Ich wiederhole Ihnen von ganzem Herzen, liebe Charlotte, die Versicherung meiner herzlichen und immer gleichen Gesinnungen. Ihr H.

Berlin, den 25. Dezember 1825.

 ch habe seit Abgang meines letzten Briefes zwei von Ihnen empfangen, liebe Charlotte, einen vom 6., den andere vom 20. d. Mts., und danke Ihnen recht herzlich dafür. Es hat mich sehr gefreut, daß die Kupferstiche von Tegel Ihnen Freude gemacht haben, ich hatte das gewünscht und erwartet, aber nicht, daß Ihnen das Haus ein so stattliches Schloß scheint. Das alte Gebäude, aber kleiner als das jetzige, wie Sie sehen, war ein Jagdschloß des großen Kurfürsten, das nachher an meine Familie kam. Wegen dieses Besitzes, seiner Kleinheit, und da es noch ein mir nicht gehörendes Dorf Tegel gibt, heißt es in der Gegend das Schlößchen Tegel. Jetzt fangen die Leute an, es Schloß zu nennen. Ich habe das nicht gern. In Schlesien habe ich ein mehr als noch einmal so großes altes Schloß mit Turm und Gräben, ich nenne es aber das Wohnhaus. Das Tegelsche Haus aber ist bequem und eigentümlich. Das dankt es dem Baumeister, dem ich freie Hand gelassen. Mein größtes Verdienst bei dem Hause ist, daß ich nicht meine eigenen Ideen in den Bau gemischt habe.

Wir sind nun wieder am Schlusse eines Jahres. Schreiben Sie mir, ich bitte Sie, den 3. Januar, wo wir dann ein neues begonnen haben. Das jetzige ist mir heiter und glücklich, aber ungeheuer schnell verflossen, so daß es mir ist, als hätte ich lange nicht so viel darin getan als ich mir vorgesetzt hatte, und als auch eigentlich wohl ausführbar gewesen wäre. Daß ich die herzlichsten Wünsche für Sie, auch besonders beim Wechsel des Jahres hege, das wissen Sie, gute, liebe Charlotte. Möge vor allem Ihre, doch oft leidende, Gesundheit sich stärken und Ihre innere heitere Ruhe sich erhalten. Auf die Unveränderlichkeit meiner Teilnahme für Sie und aller Gesinnungen, auf die Sie so gütig Wert legen, können Sie mit Zuversicht immer rechnen. Ich möchte Ihnen immer nach allen meinen Kräften, wo sich Gelegenheit zeigt, mit Rat und Tat nützlich sein, und es würde mich ungemein freuen, wollten Sie sich mit mehr Vertrauen noch, als Sie tun, im Innerlichen und Äußerlichen an mich wenden. Sie werden mich in allem immer gleich finden.

Ich klagte erst über das schnelle Verfliegen der Zeit, und wie ich es sagte, so ist es in Absicht der Arbeiten, die mich beschäftigen, auch wahr. Sonst aber kann ich nicht sagen, daß mich diese Schnelligkeit beunruhigt, oder mir lästig ist. Ich scheue das Alter nicht, und den Tod habe ich, durch eine sonderbare innere Stimmung, vielleicht von meiner Jugend an, nicht bloß als eine so rein menschliche Begebenheit angesehen, daß sie einen, der über Menschenschicksale zu denken gewohnt ist, unmöglich betrüben kann, sondern eher als etwas Erfreuliches. Jetzt ist meine Rechnung mit der Welt längst abgeschlossen. Ich verlange vom langen Leben weiter nichts, ich habe keine weit aussehenden Pläne, nehme jeden Genuß dankbar aus der Hand des Geschickes, würde es aber sehr töricht finden, daran zu hängen, daß das noch lange so fortdauere. Meine Gedanken, meine Empfindungen sind doch eigentlich der Kreis, in dem ich lebe und durch den ich genieße, von außen bedarf ich kaum etwas, und diese Gedanken und Empfindungen sind zu sehr mein, als daß ich sie nicht mit mir hinübernehmen sollte. Niemand kann den Schleier wegziehen, den die Vorsehung gewiß mit tiefer Weisheit über das Jenseits gezogen hat. Aber gewiß kann die Seele nur gewinnen an innerer Freiheit, an Klarheit aller Einsicht in das Tiefste und Höchste, an Wärme und Reinheit des Gefühls, an Reichtum und Schönheit der umgebenden Welt. Ein einziger Blick in die unermeßliche Ferne des Sternhimmels bringt mir das mit einer inneren Stärkung, von der nur derjenige einen Begriff hat, dem sie zuteil geworden ist, vor das Gefühl, und so erscheint mir das Ende des Lebens, so lange es von Krankheit und Schmerz frei ist, die ja aber auch Kindheit und Jugend treffen, vielleicht der schönste und heiterste Teil.

Für diese Jahreszeit fürchte ich immer die zu große Anstrengung für Sie doppelt, bei den wenigen Tagesstunden. Schonen Sie, liebe Charlotte, Ihre Augen, arbeiten Sie nicht zu tief in die Nacht, schonen Sie sich überhaupt, und denken Sie daran, daß mich der Gedanke beunruhigt, daß gerade Sie, mit Fähigkeit und Bedürfnis im Höheren zu leben, sich für das Leben so abmühen. Sie klagen nicht darüber, und wenn Sie es täten, würde es mich vielleicht weniger rühren. – Auch wünsche ich, Sie könnten bald mit freierer Muße an Ihre Lebenserzählung denken, die mir so viel Freude macht. Es schien Ihnen, als Sie diese Hefte anfingen, als würden Sie nie endigen. Nun haben Sie doch aber schon Ihre ganze Kindheit geschildert, und so, wenn Sie mit Liebe zu der Arbeit fortfahren, wird sich auch nach und nach das Übrige daran reihen.

Sie sagen mir, daß Sie über manche Ihnen sehr wichtige Wahrheiten und Meinungen meine Ansichten haben möchten. Ich bin dazu mit Freuden immer bereit. Sagen Sie mir immer ohne Umstände, was in Ihrer Seele aufsteigt.

Denken Sie beim Schluß des Jahres meiner, und seien Sie versichert, daß ich mit der aufrichtigsten Teilnahme und Zuneigung Ihrer gedenke. Der Ihrige. H.

Berlin, den 14. Februar 1826.

ch danke Ihnen recht herzlich, liebe Charlotte, für Ihren langen und ausführlichen Brief vom 25. und 29. Januar. Er hat mir eine ganz besondere Freude gemacht, und mein Dank ist daher wirklich ein recht lebhaft empfundener. Ihre Blätter sprechen nicht allein wieder in gleicher Wärme die liebevollen Gesinnungen aus, auf die ich einen so großen Wert lege, sondern sie sind auch in der ruhigen Stimmung und Heiterkeit geschrieben, die ich besonders gern habe. Es ist dies auch nicht bloß eine Eigenheit meiner Gesinnung oder meiner Jahre, diese heitere Ruhe allem andern vorzuziehen, sondern es ist doch wirklich wahr, daß, wo sie gestört ist, die Harmonie des Lebens nicht mehr rein und voll erklingt. Ich meine nämlich die innere Harmonie, die die notwendige Bedingung des glücklichen Lebens, ja die wahre Grundlage desselben ist. Wo diese Störung durch Kummer, durch Unruhe, durch irgend ein inneres Leiden, welcher Art es sein möge, entsteht, begreift sich das von selbst. Aber ich möchte sagen, auch wo diese Ruhe durch Kummer und betrübende Ursache, durch Sehnsucht, durch Stärke eines Gefühls ins Schwanken gerät, ist der Seelenzustand, wenn er auch augenblicklich süß sein mag, doch nicht so schön, so erhebend, so der innersten und höheren Bestimmung, nach und nach, und so viel es dem Menschen hier gegeben ist, sich in die Ruhe und Unveränderlichkeit des Himmels einzuwiegen, angemessen. Alles Heftigere und Leidenschaftliche trägt mehr Irdisches an sich. Doch bin ich weit entfernt, darum selbst wahre Leidenschaft, wenn sie wirklich aus der Tiefe des Gemüts flammt und auf einen guten Zweck gerichtet ist, gewissermaßen zu verurteilen. Was ich ausspreche, mag auch mehr eine Abendansicht des Lebens sein, und überhaupt war ich nie leidenschaftlich und habe früh die Maxime gehabt, was davon die Natur in mich gelegt hatte, durch die Herrschaft des Willens zu besiegen, was mir auch, wenn auch mit Anstrengung, nicht mißlungen ist. Wie dem aber sei, so halte ich die Ruhe und die sie hervorbringende und aus ihr fließende Stimmung immer für wohltätiger und beglückender als eine bewegtere, welcher Art sie sei, und da ich den innigsten Anteil an Ihnen und Ihrem Glück nehme, so reicht mir das hin, am liebsten diese Stimmung in Ihren Briefen ausgedrückt zu finden. –

Sie bemerken, daß es mit dem Berufen doch nicht ohne allen Grund ist. Obwohl ich indes diesen Aberglauben nicht habe, ist er sehr alt und wohl unter den meisten Völkern verbreitet. Mich können Sie immer glücklich nennen, ohne daß ich daraus eine üble Ahnung ziehe. Ich erwähnte nur, daß mir der mir wohlbekannte Aberglaube dabei eingefallen wäre. Diesem Aberglauben liegt indes doch wohl eine tiefere Idee zugrunde. Das Preisen des Glücks, freilich noch mehr, wenn es der Beglückte selbst tut, ist wohl überall als ein Überheben über den unsteten Gang der menschlichen Dinge oder als etwas Anmaßendes, der Demut und Scheu Entgegenlaufendes, angesehen worden. Daran hat sich der Begriff geknüpft, daß diesem Überheben die Strafe nachfolgt, an die sich die häufige Erfahrung eines solchen Wechsels der Dinge gesellt hat. In furchtsamen, oder von solcher Scheu sich zu überheben durchdrungenen Gemütern hat das also ein Streben hervorgebracht, sein Glück lieber zu verbergen, wenigstens nicht laut werden zu lassen, das Schicksal nicht daran zu erinnern, daß es wohl Zeit sei, nun auch einen Wechsel eintreten zu lassen. In Beziehung auf andere hat sich der Begriff des Neides, der Schadenfreude hineingemischt, man hat befürchtet, es sei dies Anpreisen wohl nicht redlich gemeint, habe wohl gar die heimliche Absicht, eine Umwandlung herbeizuführen. Dadurch ist das

Anpreisen auch als ein Zaubermittel angesehen worden, und daher muß man wohl das allerdings alberne Verwahrungsmittel des »Unberufen« herleiten. Vor geläuterten, auch religiösen Ideen fällt das alles über den Haufen. Wer sein oder anderer Glück aus reiner Freude daran, mit Dankbarkeit gegen den Ursprung desselben, rühmt, ist gewiß Gott wohlgefällig und setzt sich dadurch, wenn dies nicht sonst in unerforschlichen Plänen liegt, keiner Umwandlung als Strafe aus. Vielmehr ist es eine schöne Empfindung, fremdes Glück ohne Neid zu preisen, und sich des eigenen als einer unverdienten Gabe zu freuen.

Nun leben Sie wohl, liebe Charlotte. Mit den Gesinnungen unveränderlicher Anhänglichkeit der Ihrige. H.

Berlin, den 13. März 1826.

Ich habe, liebe Charlotte, Ihre beiden Briefe vom 13. und 26. v. M. zur Beantwortung vor mir liegen. Sie können sich kaum vorstellen, wieviel Freude mir der ruhige und vertrauungsvolle Ton macht, der in beiden herrscht, und der ein treuer Ausdruck Ihrer Gesinnung und Seelenstimmung ist. Es hat mich auch sehr gefreut, zu sehen, daß es doch mit Ihrer Gesundheit leidlich zu gehen scheint. Bei Ihnen wirkt die einfache und regelmäßige Lebensart, die Sie führen, gewiß sehr zur leichteren Besiegung aller Krankheiten mit, und damit verbinden Sie eine Ausdauer, die man gewiß selten findet. Es ist unglaublich, wie viel es tut, wenn der ganze Körper in einer steten und immer ununterbrochen fortgesetzten Ordnung bleibt und von dem Wechsel der Eindrücke frei ist, der doch immer die körperlichen Funktionen mehr oder weniger stört. Durchgängige Mäßigkeit ist gewiß doch am Ende dasjenige, was den Körper am längsten erhält und am sichersten vor Krankheiten bewahrt. Bei Ihnen, liebe Charlotte, tritt nur ein Übermaß ein, wofür ich Sie so gern sicher wüßte, das nämlich der Arbeit. Ich habe mit lebhafter Freude gesehen, daß Sie darauf bedacht sind, sich mehr Hilfe und eigene Ruhe zu verschaffen. Sie haben aber sehr recht, und ich habe deutlich erkannt, daß auch der Teil der Arbeit, den Sie sich vorbehalten haben, noch über einzelne Kräfte ist. Wenn Sie durch dieselbe, wie Sie mir sagen, stets genötigt sind, bis tief in die Nacht, bis 1-2 Uhr, zu arbeiten, und doch um 6 Uhr morgens wieder auf zu sein, so ist das gewiß eine zu große Anstrengung. Ich bleibe zwar auch immer, bis auf wenige Ausnahmen, bis 1 Uhr nachts auf, und jetzt, wo ich Ihnen schreibe, ist es nahe an Mitternacht. Aber ich bin es aus langer Zeit gewohnt, stehe auch morgens vor 8 Uhr nicht auf und suche vor dem Schlafengehen in den letzten Stunden nur leichte, nicht anstrengende Beschäftigungen. Gewöhnlich schreibe ich nur Briefe und besorge meine Geschäfte. Eigentlich wissenschaftliche, oder sonst anstrengende Arbeit behalte ich mir immer für den Tag, meistenteils für den Morgen vor.

Es ist sehr lieb und gut von Ihnen, daß Sie meine Briefe des letzten Jahres wieder der Reihe nach durchgelesen haben. Es tut mir aber leid, daß Sie bei denen verweilt haben, die Ihnen mißfällig waren. Das war ohne Nutzen. Es war ein reines Mißverstehen, das wir beide können ganz ruhen lassen. Wichtiger und nach ihren Gesinnungen für mich beruhigend muß es Ihnen sein, daß sich in mir gegen Sie nichts von dem, was vorher war, geändert hat, daß sich nichts ändern wird, daß Sie meiner lebhaftesten Teilnahme und Anhänglichkeit immer gewiß sind. Ohne Ihnen dies als einen Vorwurf zu sagen, ist es doch gewiß, und ich sehe aus Ihren Briefen durchscheinen, daß Sie sich noch immer manchmal Sorge und Kummer deshalb ohne Ursache machen, das tut mir leid, ob ich die Gesinnung zu ehren weiß, da es die stille Heiterkeit hindert, die Sie doch jetzt haben könnten. Auf mich, meinen Anteil, meine Bereitwilligkeit, Ihnen zu helfen, können Sie rechnen und sicher rechnen, da in meinem Alter unmöglich mehr etwas Leidenschaftliches, was immer unsicher ist, liegen kann, und in meinem Charakter nichts Launenhaftes liegt, noch je gelegen hat. Wie ich gegen Sie bin, so bleibe ich. Auch sehe ich mit Rührung, daß Ihr Kummer noch immer zuweilen der ist, mir vielleicht in Ihren Äußerungen mißfällig gewesen zu sein. Nichts davon liegt in meiner Ihnen in der innigsten Teilnahme zugewendeten Seele. Wollen Sie mir aber einen Beweis geben, daß Sie mir gern einen Gefallen erzeigen, so lassen Sie diese Sache ruhen und erwähnen derselben nicht wieder. Sie können mir auch offen alles sagen, ich nehme am Kleinsten wie am Größten teil und werde Ihnen immer mit Ruhe, Vernunft und herzlicher Teilnahme in allen Dingen raten, sie mit Ihnen prüfen und Ihre innere Zufriedenheit, wie Ihr äußeres Wohlsein nach meinen Kräften befördern. In unserm Briefwechsel tue ich es mit Fleiß, daß ich Ihre Gedanken aufnehme, die meinigen entwickele und ausspreche, ob beide übereinstimmen oder nicht. Es ist das der Hauptvorzug eines Briefwechsels, der keinen äußeren Gegenstand betrifft, sondern nur Mitteilung von Gedanken und inneren Stimmungen enthält. Aber ich habe darum garnicht die Anmaßung, daß ich gerade immer recht habe, und selbst wo ich es glaube, fordere ich nicht, daß Sie es finden sollen; vielmehr ist mir jeder Widerspruch immer erwünscht. So, liebe Charlotte, sehen Sie mein Verhältnis zu Ihnen an, und gewinnen und bewahren Sie ungestörtes Vertrauen, Zufriedenheit und Heiterkeit, verbunden mit der Ruhe, die jedem Alter, vorzüglich aber, wie ich an mir selbst fühle, dem höheren so wohltätig ist. H.

Ottmachau, den 10. April 1826.

ch bin heute hier angekommen, liebe Charlotte, und habe
Ihren lieben Brief vorgefunden, der hier gewiß schon lange
gelegen hat. Denn obgleich ich den 29. März aus Berlin
abgereist bin, so habe ich mich, ehe ich hierher kam, an
mehreren Orten ausgehalten. Es würde mir recht angenehm
gewesen sein, wenn man Ihren Neffen zu mir gebracht
hätte. Ich habe es immer zum Grundsatz gehabt, daß man
in jedem Alter und jeder Lage sehr zugänglich sein muß,
und ich weise auch Unbekannte nie zurück. Man hat
gegenseitig Vorteile davon; ein lebender Mensch ist immer
ein Punkt, an den sich wieder anderes anschließt, und wo
man nicht berechnen kann, wo und wie es sich wieder zu
etwas Erfreulichem gestaltet. Leute aber, die sich mit
wissenschaftlichen Gegenständen beschäftigen, haben
immer, auch wenn sie im Anfange ihrer Laufbahn sind, ein
höheres Interesse als andere, und man geht mit ihnen leicht
auch in Dinge ein, die einem nach seiner eigenen
Lebensweise und Bildung fremd sind. Denn am Ende hängt
doch, wäre es auch nur in den höchsten und allgemeinsten
Punkten, alles, was mit Ideen ausgemessen werden kann,
zusammen, und die Berührung mit Personen verschieden
artiger Ausbildung, wenn diese nur irgendeinen
bedeutenderen Grad erreicht hat, wirkt vorzugsweise
belebend auf den Geist und verhindert die Einseitigkeit, der
man sonst selten, und selbst dann nicht entgeht, wenn man
auch im Leben sich mit Menschen aller Stände gemischt hat
und reich an wechselnden Erfahrungen gewesen ist.

Sie haben unrecht, liebe Charlotte, wenn Sie sagen, daß ich jetzt gegen Sie einen zu höflichen, gleichsam alles billigenden Ton annehme. Meinem Gefühle nach ist das nicht der Fall, und daß ich nicht jede Ihrer Meinungen teile, oder in alle Ihre Ideen eingehe, hat Ihnen noch mein letzter Brief bewiesen, wo ich ganz verschiedener Meinung mit Ihnen war. Dies zeigt Ihnen deutlich, daß ich Ihre Ansichten und Ideen prüfe. Mit den Gesinnungen der herzlichsten Anhänglichkeit der Ihrige. H.

Glogau, den 9. Mai 1826.

eine Reise, liebe Charlotte, hat sich über meine Erwartung verzögert, ich bin aber nun auf der Rückreise nach Berlin und schreibe Ihnen von hier, da ich früher, als ich dachte, hier angekommen bin, und doch nicht weiter reisen mag, sondern hier übernachten will. Es ist sehr lange her, daß ich keinen Brief von Ihnen erhalten habe. Es war mir, so leid es mir tat, unmöglich, Ihnen einen Ort anzugeben, wo mich Ihre Briefe mit Gewißheit gefunden hätten. Mein Aufenthalt war wechselnd, und obgleich ich vierzehn Tage in Ottmachau war, sah ich auch das nicht voraus, sondern meine Geschäfte zogen sich nur so von einem Tage zum andern hin. Jetzt bitte ich Sie, liebe Charlotte, mir den 23. dieses Monats zu schreiben, da trifft mich der Brief gewiß in Berlin, wohin Sie wie gewöhnlich adressieren. Ich hoffe, daß alsdann nicht wieder eine solche Unterbrechung unseres Briefwechsels stattfinden soll, da ich immer sehr ungern Ihre Briefe und Nachrichten entbehre. Ich fürchte, daß Ihnen das kalte und unfreundliche Wetter Übelbefinden zugezogen hat. Es war hier wenigstens – ich meine in Schlesien – sehr rauh und garnicht der Jahreszeit gemäß. Aus Berlin höre ich dieselben Klagen, aber seit drei, vier Tagen hat es sich geändert, und heute war ein warmer, schöner Sonnenschein, der mich von früh bis Abend im Fahren begleitet hat. Himmel und Erde boten einen sonderbaren Kontrast dar. Die Luft war ruhig, der Himmel blau, nur mit leichten Wolken hie und da bedeckt, die Sonne selten, nur auf Augenblicke, versteckt. Dagegen hatte die Erde keinen

so friedlichen Anblick. Ich mußte auf einer Fähre über die Oder gehen, und mein Weg führte mich auch stundenlang an dem Ufer des Stromes hin, den ich erst hier verlassen habe. Vorgestern und gestern war der Fluß ungewöhnlich gediegen, große Felder waren überschwemmt, Dörfer wurden ausgeräumt, die Menschen waren überall in Bewegung, der Flut zu wehren, die Dämme zu erhöhen und Vorkehrungen aller Art zu treffen. Menschen konnte nicht leicht ein Unglück begegnen, da die weite Wasserfläche, außer in der Strömung selbst, ruhig und still war. Es sah wunderbar aus, wie das Gebüsch aus dem Wasser hervorblickte. Seit dem Jahr 1813 hat man keine so große Flut hier gehabt. Die unfreundliche kalte Jahreszeit hat vermutlich den Schnee in den hohen Gebirgen vermehrt, den die Wärme einiger darauf folgenden Tage zu schnellem Schmelzen brachte. So erklärt man sich wenigstens hier das schnelle unbegreifliche Anschwellen des Wassers. Die Zeitungen erwähnen diese Überschwemmungen gewiß, und Sie werden darin davon lesen. Es ist aber wohl möglich, fällt mir ein, wie ich dies schreibe, daß Sie, liebe Charlotte, keine Zeitungen lesen. Ich würde dies wenigstens sehr begreiflich finden, schon wenn ich Sie nach mir beurteile. Ich habe wirklich seit dem 29. März, wo ich Berlin verließ, keine Zeitung angesehen, wenn ich ein paar Blätter ausnehme, die mir zufällig in die Hand gefallen sind. Mein Leben kann innerlich und äußerlich recht gut fortgehen, ohne daß ich in Berührung mit dem bin, was man Weltbegebenheiten nennt. Wenn die wirklich großen sich ereignen, und die Kunde davon gewiß ist, erfährt man es, ohne die Zeitungen zu lesen, und alle kleinen aufzusammeln, oder die großen von ihrem Entstehen an zu verfolgen, oder dem Schwanken der Nachrichten über sie Monate lang nachzugehen, hat kein erhebliches Interesse für mich und ermüdet bald meine Geduld. Auch in den Weltbegebenheiten und den Ereignissen, die ganze Staaten erleben, bleibt doch immer das eigentlich Wichtige dasjenige, was sich auf die Tätigkeit, den Geist und die Empfindung einzelner bezieht. Der Mensch ist einmal überall der Mittelpunkt, und jeder Mensch bleibt doch am Ende allein, so daß nur, was in ihm war und aus ihm ausgeht, auf ihn Wichtigkeit ausübt. Wie der Mensch im Leben auf Erden mitempfindend, wirksam, teilnehmend, immer sich gesellig entwickelnd, ist, so macht er den größeren Weg, der über die Grenzen der Irdischkeit hinausreicht, doch allein, und keiner kann ihn da begleiten, wenn auch freilich in allen Menschen die Ahnung liegt, jenseits des Grabes die wiederzufinden, die vorangegangen sind, und die um sich zu versammeln, die nach uns übrig bleiben. Kein gefühlvoller Mensch kann dieser Ahnung, ja dieses sichern Glaubens entbehren, ohne einen großen Teil seines Glückes, und gerade den edelsten und reinsten, aufzugeben, und auch die heilige Schrift rechtfertigt ihn. Ja, man kann ihn in einigen Schriftstellen als eine ausgemachte und zu den trostreichen Lehren des Christentums wesentlich gehörende Wahrheit aufgestellt finden. Allein, das ändert an dem, was ich erst sagte, nichts ab. Ich meinte nämlich, daß hier auf Erden alles, was sich auf andere, und im ganzen auf künstlich eingerichtete Institute bezieht, doch nur insofern dem Menschen wahren Gewinn bringt, als es in den einzelnen eingeht. Alles Erhöhen der Bildung, alles Verbessern der Dinge und der Einrichtungen auf Erden, alle Vervollkommnung der Staaten und der ganzen Welt selbst besteht nur in der Idee, insofern es sich nicht im einzelnen Menschen ausspricht, und darum nehme ich in allen, auch den größten Weltbegebenheiten immer den einzelnen, seine Kraft zu denken, zu empfinden und zu handeln, heraus. Die Allgemeinheit der Begebenheit macht nur, daß sie zugleich auf viele so wirkt, oder durch ein solches Wirken vieler entsteht, und die Größe der Begebenheit, daß sie außerordentliche und ungewöhnliche Kräfte in Bewegung setzt oder zu Urhebern hat. Dadurch verknüpft sich denn auch das Privatleben mit dem öffentlichen. Was man in diesem an dem einzelnen Menschen bemerkt, findet sich auch, nur anders, durch andere Triebfedern in Bewegung gesetzt, zu anderen Handlungen anregend, in jenen. Es ist nur der Schauplatz, der sich ändert, das Schauspiel, der Gegenstand, an dem man sich erfreut, ist derselbe. Sieht man so die öffentlichen Ereignisse an, so gewinnen sie, wenigstens in meinen Augen, ein höheres und lebendigeres Interesse. So aber können die Zeitungen sie eigentlich garnicht oder nur höchst selten liefern. – Bei dem, was ich vorher von dem Wiederfinden nach dem Tode sagte, fällt mir ein rührender Vers ein, den ich vor einigen Tagen beim Spazierengehen auf einem Dorfkirchhofe fand. Eine Frau, die Mutter und Großmutter gewesen war, war mit ihren Kindern und Enkeln redend und für sie betend eingeführt, und das Gebet schloß mit den Worten: »Behüt sie, Gott, vor Ungemach, und bringe sie mir stille nach!« Dieser Ausdruck hat etwas ungemein Naives und Ergreifendes. Ich vermute, daß die beiden Verse schon in älteren Gesangbüchern vorkommen, die in der Regel schönere und kräftigere Lieder als die neueren haben, und so sind sie Ihnen vielleicht bekannt. Ich habe eine eigene Neigung zu Kirchhöfen und gehe nicht leicht an einem vorüber, ohne ihn zu besuchen. Vor allem liebe ich sie, wenn sie mit großen und alten Bäumen bepflanzt sind, auch nur einer oder der andere solcher Bäume darauf steht. Das grünende Leben verbindet sich so schön mit dem schlummernden Tode. Die schönsten Kirchhöfe sah ich in dieser Art in Königsberg in Preußen. Sie haben ganze Reihen der schönsten, größten und kräftigsten Linden. Ich brachte einen Teil des Jahres 1809 in Königsberg zu und versäumte nicht leicht einen schönen Sommernachmittag, auf einem dieser Kirchhöfe herumzugehen. In Rom liegt der der Fremden, die nicht katholisch sind, auch sehr schön und hat auch eine antike Pyramide (auch ein Grabmal), die zufällig da steht.

Wenn ich nach Berlin komme, bleibe ich nur kurze Zeit da und gehe dann nach Tegel, teils weil ich den Ort liebe und von dem umgeben bin, was ich liebe, teils der ungestörten Ruhe wegen, in der ich dort wieder arbeiten kann. Auf der Reise und bei wechselndem Aufenthalt tut man immer wenig und hat nur eine solche Geschäftigkeit, bei der man für den Geist eigentlich immer untätig ist.

Leben Sie wohl, liebe Charlotte, mit herzlicher Teilnahme und unveränderlicher Anhänglichkeit der Ihrige. H.

Berlin, Ende Mai 1826.

ch bin sehr wohl, aber unendlich beschäftigt, da ich Arbeiten, die ich schon seit Jahren vorbereitet habe, endlich zu endigen denke. Ich habe mir für die nächsten Jahre einen regelmäßigen Plan darüber gemacht, und werde ihnen jetzt, wie ich es seit einigen Wochen tue, alle meine freie Zeit widmen.

Die Witterung ist so schön, wie sie selten bei uns, in unserm nördlichen Klima ist; man fühlt sich dann geistig wie körperlich heiter und mehr als gewöhnlich aufgelegt zu geistigen Beschäftigungen. Es ist gewiß ein beneidenswürdiger Vorzug der südlicheren Himmelsstriche, sich einer größeren Gleichheit der Temperatur zu erfreuen. In anderer Hinsicht ist diese Gleichheit der Natur wieder freudenloser und vielleicht gar in geistiger Hinsicht nachteilig. Die Ankunft des Frühlings ist keine solche reine und mit Ungeduld erwartete Begebenheit, da ihm der Winter garnicht so unähnlich ist. Dies wirkt natürlich auf die Seele, und wenn man annehmen kann, wie ich es wenigstens für sehr wahr halte, daß jede leidenschaftliche oder doch tiefere Empfindung ihren ursprünglichen Grund in Eindrücken der äußeren großen Natur, auch ohne daß wir es selbst im einzelnen bemerken, hat, so kann einen es wohl bedünken, daß die Sehnsucht garnicht so in der Seele und dem Gemüte südlicher Völker tiefe Wurzeln schlagen könne wie unter uns, wo seit unserer Kindheit jedes Jahr die große und tiefe, aus der dumpf verschließenden Starrheit des Winters nach dem neu sprießenden und grünenden Erwachen der Natur zurückführt. Dies muß dann aber, da nichts in der Seele allein steht, auch auf die ganze Empfindungsart zurückwirken, und so mag es entstehen, daß auch in unsern Dichtern alles mehr in kontrastierenden Farben, mehr mit Schattenmassen, die das Licht bekämpfen, ausgetragen wird, daß vieles freilich düsterer, finsterer ist, aber auch alles tiefer, ergreifender und bei jeder noch so kleinen Veranlassung mehr aus dem Licht der äußeren Natur in das Dunkel und in die Einsamkeit des inneren Gemüts zurückführend erscheint. Die Stärke der Empfindung und der Leidenschaft, die dort als Glut flammt, hat hier eine andere Art des Feuers, ein mehr innerlich geheim kochendes und langsam verzehrendes. Diese Empfindung, diese Sehnsucht wird noch dadurch vermehrt, daß wir in diesen wenig Reize darbietenden Himmelsstrichen auf jene immer wie auf ein Paradies hinblicken, das uns, wenigstens auf längeren und beständigen Wohnsitz, versagt ist. Das bringt in allen, hauptsächlich mit geistigen Dingen beschäftigten Menschen eine zweite große Sehnsucht hervor, die nur wenigen fremd ist. Denn wer sich hier auch noch so wohl fühlt und auch nie einen andern Himmelsstrich gesehen hat, kann doch nicht anders, als empfinden, daß es schönere gibt, und in jeder Art von der Natur reicher begabte. Es kann damit immerhin verbunden sein, daß er doch nicht seinen Aufenthalt mit einer Reise vertauschen würde, er kann in Dingen, die er wieder dort entbehren müßte, eine Entschädigung finden, allein darum ist das Anerkennen, daß ihm das minder Schöne zuteil geworden ist, immer gleich gewiß, und davon kann eine Sehnsucht, wenigstens auf Augenblicke, nicht getrennt sein. Auch ist sie in allen deutschen und englischen Dichtern und spricht sich gleich aus, wie der Zusammenhang Gelegenheit dazu darbietet. Es hat, wenn man das viel Größere mit dem viel Geringeren vergleichen dürfte, eine Ähnlichkeit mit der Sehnsucht nach einem mehr von sinnlichen Schranken befreiten Dasein, die in jeder höher gestimmten Seele wirklich vorhanden ist, ohne daß man doch darum gerade das Leben augenblicklich zu verlassen wünscht. – – – –

Die Einseitigkeit ist etwas ganz Relatives, und im Manne, der sich nach einer großen Menge von Gegenständen hinwenden soll, kann sie wohl zu fürchten sein. Frauen aber haben, wie man es recht eigentlich nennen kann, das Glück, vielen Dingen ganz fremd bleiben zu können, sie gewinnen meistenteils gerade dadurch, daß sie den Kreis ihres Erkennens und Empfindens zu kleinerem Umfang und größerer Tiefe zusammenziehen, und es ist also bei ihnen in der Art, wie beim Manne, Einseitigkeit nicht schädlich. Ich erinnere mich, früher zwei Frauen gekannt zu haben, die mit allen Mitteln versehen, sich in dem bewegtesten Leben zu regen, aus reiner Neigung und ohne Unglücksfälle eine solche Einsamkeit bewahrten, daß es auch dem einzelnen schwer wurde, ihnen zu nahen, und die dadurch gewiß nicht das mindeste an Interesse eingebüßt hatten. – – – –

Sie berühren mit Widerwillen manche Laster in gewissen Beziehungen und Folgen und wollen meine Ansichten darüber. Ich gestehe, daß ich die Ansicht nicht liebe und nicht sonderlich billigen kann, wo man die Sittlichkeit so in einzelne Tugenden zerlegt, welche man einzelnen Lastern gegenüberstellt. Es scheint mir eine durchaus verkehrte und falsche. Ich wüßte nicht zu sagen, wer unter den Hoffärtigen, Geizigen, Verschwenderischen, Wollüstigen mir der am meisten Verhaßte sei. Es kann es nach Umständen jeder sein; denn es kommt auf die Art an, wie es jeder ist. Ich gehe in meiner Beurteilung der Menschen garnicht darauf, sondern auf die Gesinnung, als den Grund aller Gedanken, Vorsätze und Handlungen, und auf die gesamte Geistes- und Gemütsstimmung. Wie diese pflichtmäßig oder pflichtwidrig, edel oder unedel ist, das allein entscheidet bei mir. Haben zwei oder drei Menschen in demselben Grade eine unedle, selbstsüchtige, gemeine Gemütsart, so ist es mir sehr einerlei, in welchem Laster sich diese äußert. Das eine oder andere kann schädlicher oder unbequemer sein, aber alle diese Untugenden sind dann gleich schlecht und erbärmlich. Und ebenso ist es mit den Tugenden. Es kann einer gar keine Unsittlichkeit begehen, manche Tugend üben, und dagegen ein anderer z. B. durch Stolz oder Heftigkeit oder sonst fehlen, und ich würde doch, wenn der letztere, was sehr gut möglich ist, eine höhere und edlere Gesinnung hegt, ihn vorziehen. In der Gesinnung aber kommt es auf zwei Punkte an, auf die Idee, nach und aus welcher man gut ist, und auf die Willensstärke, durch die man diese Idee gegen die Freiheit oder Leidenschaftlichkeit der Natur geltend macht. Die erbärmlichen Menschen sind die, die nichts über sich vermögen, nicht können, was sie wollen, und die, welche selbst, indem sie tugendhaft sind, niedrige Motive haben, Rücksichten auf Glück und Zufriedenheit, Furcht vor Gewissensbissen, oder gar vor künftigen Strafen. Es ist recht gut und nützlich, wenn die Menschen auch nur aus diesen Gründen nicht sündigen, aber wer auf Gesinnung und Seelenzustand sieht, kann daran keinen Gefallen haben. Das Edle ist nur dann vorhanden, wenn das Gute um des Guten willen geschieht, entweder als selbst erkanntes und empfundenes Gesetz aus reiner Pflicht, oder aus dem Gefühl der erhabenen Würde und der ergreifenden Schönheit der Tugend. Nur diese Motive beweisen, daß wirklich die Gesinnung selbst groß und edel ist, und nur sie wirken auch wieder auf die Gesinnung zurück. Tritt, wie das bei gutartigen Gemütern immer der Fall ist, die Religion dazu, so kann auch sie auf zweierlei Art wirken. Die Religion kann auch nicht in ihrer wahren Größe gefühlt, noch von einem niedrigen Standpunkte aus gewonnen werden. Wer Gott selbst nur in

Rücksicht auf sich dient, um wieder dafür Schutz, Hilfe und Segen von ihm zu erhalten, um gleichsam von ihm zu fordern, daß er sich um jedes einzelne Lebensschicksal kümmern soll, der macht doch wieder sich zum Mittelpunkt des Alls. Wer aber die Größe und väterliche Güte Gottes so mit bewundernder Anbetung und mit tiefer Dankbarkeit in sein Gemüt aufgenommen hat, daß er alles von selbst zurückstößt, was nicht mit der reinsten und edelsten Gesinnung übereinstimmt wie der Gedanke, daß, was Pflicht und Tugend von ihm fordern, zugleich der Wille des Höchsten und die Forderung der von ihm gegründeten Weltordnung ist, der hat die wahrhaft religiöse und gewiß tugendhafte Gesinnung. – – – –

Ihrer fortgesetzten Lebenserzählung sehe ich, nach dem, was Sie mir sagen, in den nächsten Tagen mit großer Freude entgegen. Leben Sie herzlich wohl. Mit unveränderlicher, anteilvoller Anhänglichkeit der Ihrige. H.

Tegel, den 10. September 1826.

:h habe, liebe Charlotte, Ihre Briefe, nebst dem mit Ungeduld erwarteten neuen Heft Ihrer Lebensgeschichte empfangen und danke Ihnen recht herzlich dafür. Es sind allerdings wenige Blätter, sie umfassen einen kurzen, aber inhaltreichen Zeitraum, aber ich habe sie nicht nur mit großem Interesse, sondern mit inniger Teilnahme gelesen.

Sie hatten mir schon einmal gesagt, daß, als ich Sie in Pyrmont kennen lernte, Sie eigentlich schon versprochen waren, nur noch nicht öffentlich. Es fiel mir damals sehr auf. Ich hatte, wie wir uns sahen, keine Ahnung davon. Die Art, wie diese Verbindung sich anknüpfte, hat etwas ganz Eigenes und Sonderbares. – Allein, was man in solchen Fällen auch denken und sagen mag, es scheint allerdings, wie Sie sehr richtig bemerken, ein ewiges Verhängnis im Zusammenhang zu walten, worin niemand dem Schicksal entgehen kann, was ihn für seine höhere Bestimmung entwickeln soll, worauf es doch eigentlich ankommt. Ich teile ganz Ihre Meinung, daß es nicht denkbar ist, daß die Vorsehung das, was wir Glück und Unglück nennen, einer Berücksichtigung würdige. So trostlos das auf den ersten Blick scheint, so erhebend ist es zugleich, einer höheren Ausbildung wert gehalten zu werden. Es ist in solchen Schicksalen, wie das Ihrige war und sehr früh begann, ein wunderbarer Zusammenhang. Auch wenn man nicht von andern gestoßen und getrieben wird, wenn man nicht einmal sich selbst recht deutlich machen kann, was einen innerlich stößt und treibt, nähert man sich doch einem Ziele, oder zieht eine Fügung über sich heran, von der man beinahe das Gefühl hat, es sei besser, man stieße sie zurück. Wirklich haben Sie auch weniger getan, sich in das Schicksal, das sich für Sie bereitete, zu verwickeln, als Sie nur sich haben aus Liebe zu Ihrer Freundin gehen lassen, und nicht entgegen gearbeitet. Es ist ungemein häufig der Fall, daß Verbindungen ohne alle Neigung, ja selbst gegen die Neigung, aus allerhand Gründen, mit Empfindungen eingegangen werden; die man oft garnicht in sich tadeln kann, die aber doch bei einem solchen Schritt nicht leitende sein sollten. In mir und nach meiner Weise kann ich mir das zwar wenig begreiflich machen. Mir wäre es durchaus unmöglich gewesen, auch nur den Gedanken einer solchen Verbindung zu fassen, wenn ich nicht wirklich die tiefe Überzeugung der Empfindung gehabt hätte, daß die, mit der ich mich verbände, die einzige sei, mit der ich ein solches Band eingehen könnte. Der Gedanke der Ehe, selbst auf eine recht gute und verträgliche Weise mit gegenseitiger Achtung und Freundschaft geschlossen, aber ohne das tiefe und das ganze Wesen ergreifende Gefühl, das man gewöhnlich Liebe nennt, war mir immer zuwider, und es wäre meiner ganzen Natur entgegen gewesen, sie auf eine solche Weise zu schließen. Es ist zwar wahr, daß die so, wie ich es da von mir sage, geschlossenen Ehen die einzigen sind, in welchen die Empfindungen bis zum Grabe im gleichen Grade, nur in den Modifikationen, welche Jahre und Umstände herbeiführen, dieselben bleiben. Es ist indes doch recht gut, daß diese Art, die Sache anzusehen, nicht die allgemeine ist, da sonst wenig Ehen zustande kommen würden. Auch gelingen so viele Ehen, die anfangs recht gleichgültig geschlossen werden, so daß sich dagegen nicht viel sagen läßt. In Ihrem Fall war es offenbar das Gefühl für Ihre Freundin, das Sie leitete, und das war allerdings ein edles und aus dem Besten und Reinsten im menschlichen Herzen sprießendes. Gerade das aber zeigt sich recht oft, daß die besten, edelsten, aufopferndsten Gefühle gerade die sind, die in unglückliche Schicksale führen. Es ist, als würden durch eine höhere und weise Führung die äußeren Geschicke absichtlich in Zwiespalt mit den inneren Empfindungen gebracht, damit gerade die letzteren einen höheren Wert erlangen, in höherer Reinheit glänzen, und dem, der sie hegt, eben durch Entbehrung und Leiden teurer werden sollten. So wohltätig die Vorsehung waltet, so kommt es ihr nicht immer und durchaus auf das Glück der Menschen an. Sie hat immer höhere Zwecke und wirkt gewiß vorzugsweise auf die innere Empfindung und Gesinnung.

Die Geschichte der geisterartigen Warnung ist sehr sonderbar – sie wurde Ihnen in dem Moment, wie Sie zuerst bestimmt Ihre Zustimmung zu einer Verbindung niederschrieben, die Sie in unendliche Leiden verwickelte. Noch sonderbarer, da sie zugleich eine Todesanzeige Ihrer Mutter war.

Daß Sie wirklich sich haben so rufen hören, ist nicht abzuleugnen. Es ist auch eben so sicher, daß kein sterblicher Mensch Sie gerufen hat in der totalen, abgeschiedenen Einsamkeit, worin Sie die warnende Stimme vernahmen. In sich haben Sie die Stimme gehört, wenn sie gleich Ihr äußeres Gehör zu vernehmen schien, und in Ihnen ist die Stimme erschallt. Es gibt gewiß viele, die das nur als eine Selbsttäuschung erklären würden, die denken, daß der Mensch auf natürlichen Wegen, ohne alle Verknüpfung des Irdischen mit dem Geisterreich, bloß durch die innere Bewegung, die in seinem Gemüt, seiner Einbildung, seinem Blut selbst waltet, so etwas äußerlich zu vernehmen glaubt. Daß es so sein kann, bisweilen so ist, möchte ich nicht leugnen, wohl aber, daß es nicht auch anders sein kann, und bei gewissen Menschen unter gewissen Umständen anders gewesen ist. Sie sagen: Ihrer Seele habe sich in späterer Zeit und nach und nach die Meinung bemächtigt, die Jung-Stilling in seiner Theorie der Geisterkunde (ich habe sie nicht gelesen) aufstelle, daß die uns Vorangegangenen, heller Sehenden, mit Liebe uns Umgebenden, uns oft gern Schützenden, warnend uns erkennbar zu werden suchten, und dies gern, um tiefere Eindrücke zu bewirken, an bedeutende und wichtige Ereignisse knüpften, wo es nur darauf allein ankomme, daß sie sich mit uns in Rapport zu bringen vermöchten, was allein davon abhänge, in welcher Entbundenheit der geistige Zustand von den äußeren Sinnen sich befinde. In diesem entbundenen Zustand, worin sich gewiß niemand eigenwillig bringen kann, glauben Sie vielleicht in jener Stimmung gewesen zu sein, wo Sie über alle gewöhnlichen Rücksichten hinaus Ihre Entschließungen niedergeschrieben haben. Diese Ihre Bemerkungen sind tief gedacht und empfunden. Es gibt unleugbar ein stilles, geheimnisvolles, mit irdischen Sinnen nicht zu fassendes Gebiet, das uns, ohne daß wir es ahnen, umgibt, und warum sollte da nicht auf Augenblicke der Schleier reißen und das vernommen werden können, wozu in diesem Leben keine vernehmbare Spur führt? Sie wurden hier in dem Augenblicke gewarnt, wie Sie einen bis dahin nur Ihnen bekannten Gedanken niederschreiben wollten, einen Federzug tun, der Ihr Leben, in vielfache und unglückselige Verwickelung ziehen sollte, Sie wurden mit der Stimme derer gewarnt, die bald nicht mehr sein sollte, und es wurde, wie Sie bemerken, um sicherer Sie zum Nachdenken zu führen, der Moment bedeutend bezeichnet, da Ihre Mutter gerade in demselben Moment acht Tage nachher starb. Das war offenbar nicht von dieser Welt. Es war eines der Zeichen, die selten, aber doch bisweilen kund werden von dem, was eine im Leben unübersteigbare Kluft von uns trennt. Ich danke Ihnen sehr, daß Sie dies nicht übergangen haben.

Für heute Adieu, liebste Charlotte. Mit unwandelbarem Anteil und Anhänglichkeit der Ihrige. H.

Tegel, im Oktober 1826.

e fragen mich, liebe Charlotte, wie ich das meinte, wenn ich
sagte, daß die Stimme, die Sie an jenem Novemberabend rief,
eigentlich in Ihnen erschallte, da Sie dieselbe doch deutlich
hinter sich vernahmen. Recht ordentlich zu erklären ist so
etwas eben nicht, ich möchte hierin auch meine Ansicht
nicht für die ausgemacht wahre ausgeben, aber ich habe
über alles, was man Geister und Geistererscheinungen
nennt, einen Glauben, der, wenn ich so sagen darf, den
Glauben und Unglauben daran gewissermaßen miteinander
vereinigt. Ich glaube, daß Menschen solche Erscheinungen
in Tönen und Gesichten und auf jede Weise haben können,
und daß dies garnicht Einbildungen einer bloß erhitzten
Einbildungskraft, Täuschungen und sozusagen wachende
Träume sind. Ich würde es kaum sonderbar finden, wenn
mir selbst etwas dieser Art begegnete. Ich halte also diese
Erscheinungen für etwas Wirkliches, durch eine
überirdische Macht Hervorgebrachtes, nur daß man freilich
sehr genau prüfen muß, ob in dem einzelnen Fall die
Erscheinung wirklich eine von der gewöhnlichen
Ideenverbindung verschiedene und keine bloße Abirrung
dieser Ideenverbindung, also bloße Vorstellung der
Phantasie war. Dagegen glaube ich nicht, daß solche Töne
oder Gesichte ebenso außer demjenigen vorgehen, welcher
sie vernimmt, als wie wenn ein leiblicher Mensch ruft oder
auftritt. Daher bin ich auch etwas ungläubiger gegen solche
Geschichten, wo ein Geräusch von mehreren gehört wird.
Sind es nur zwei, so kann die Gleichheit der innern

Seelenstimmung wohl gleichzeitige innere Erscheinungen hervorbringen. Für innerlich halte ich also Erscheinungen, von denen nicht wirkliche Beweise des Gegenteils da wären, aber so für innerlich, daß sie im Innern immer auch durch eine überirdische Macht eingeführt und geweckt werden, und daher der Mensch, der sie erfährt, weil ihn das Bewußtsein überirdischer Gegenwart und von nicht aus ihm kommender Einwirkung ergreift, sie notwendig außer sich setzt. Wie viel auch schon über diese Sache gestritten worden ist, so kann man doch nicht ableugnen, daß etwas wirklich Innerliches von dem, dem es begegnet, als durchaus äußerlich betrachtet werden kann, und der höheren überirdischen Macht ist die Hervorbringung einer Erscheinung ebenso möglich, wenn sie in der Tat eine gewissermaßen körperlich äußere, als wenn sie eine idealisch innere ist.

Der Gedanke einer verfolgenden Macht würde mir immer fremd sein. Ich habe mich niemals mit den Vorstellungen vertragen können, die eines solchen, allem Guten feindseligen, am Bösen Gefallen findenden Wesens Dasein annehmen. Im Neuen Testament halte ich die dahin einschlagenden Stellen nur für bildliche, sich an die Vorstellungen des Judentums anschließende Ausdrücke, für das Böse, das der Mensch, auch wenn er gut ist und sich ganz schuldlos glaubt, doch immer in sich zu bekämpfen hat. Es gibt unleugbar Personen, welchen mehr Widerwärtiges als Glückliches begegnet, und auch die sehr Glücklichen haben kürzere oder längere Perioden, wo der Verlauf der Umstände ihnen nicht zusagt, und sie gegen den Strom zu schwimmen genötigt sind. Dies liegt aber, auch wo es garnicht eigene Schuld oder Folge unrichtig berechneter Verfahrungsweise ist, in der natürlichen Verkettung der Umstände, wo das allgemein Notwendige oder Unvermeidliche dem Interesse des einzelnen zuwider ist. Sehr oft, und dies ist mir bei weitem wahrscheinlicher, kann es auch Fügung der mit weiser und immer wohltätiger Strenge heilsam züchtigenden und prüfenden Vorsehung sein; denn die Züchtigung überirdischer und übermenschlicher Weisheit setzt nicht gerade immer Schuld voraus. Es kann in den Wegen und Pfaden der über alle menschliche Vernunft hinausreichenden Einsicht liegen, auch ohne Verschulden, zur bloßen heilsamen Zurückführung auch den ganz Schuldlosen zu züchtigen. Auch ist der Beste, wenn er nur die Selbstprüfung mit gehöriger Strenge anstellt, nicht von Flecken rein, und es können in seinen bewußtlosen Empfindungen solche liegen, die ihn zur Schuld führen würden, wo aber der Schuld durch die heilsam angebrachte Züchtigung vorgebeugt wird. Der Mensch selbst ist zu kurzsichtig und sein Blick zu trübe, dies einzusehen, allein die in der Höhe waltende Macht durchschaut es und weiß es zu lenken und zum Besten zu kehren. Alles dies pflege ich mir zu sagen, oft ohne äußere Veranlassung, allein auch besonders da, wo, wie's auch mir geschieht, das Schicksal den Wünschen entgegenwirkt, und eine Periode der Widerwärtigkeit oder des wahren Unglücks eintritt. Ich werde dann vorsichtiger als sonst im Handeln, und ohne mich im geringsten beugen oder betrüben zu lassen; suche ich durchzusteuern, so gut es gehen will. Wenn ich sage, ohne mich zu betrüben, so meine ich damit nicht, daß mich die einzelnen Unfälle nicht betrüben sollten (was unvermeidlich ist), sondern nur, daß ich ihr Eintreten überhaupt, die Wendung vom Glück zum Gegenteil nicht als etwas Feindseliges, sondern als etwas Natürliches, mit dem Weltgang und der menschlichen Natur eng Verbundenes, oft sogar Heilbringendes nehme. Nach dieser in mir festgewordenen Ansicht kann ich an eine verfolgende oder gar nur neckende Macht nicht glauben. Ich gestehe, daß ich einen solchen Glauben nicht einmal bei andern dulden oder unangefochten lassen könnte. Es ist eine finstere, beengte Vorstellung, die der Güte der Gottheit, der Größe der Natur und der Würde der Menschheit widerspricht. Dagegen hat der Glaube an eine, unter Zuladung und Leitung der höchsten, untergeordnete, schützende Macht etwas Schönes, Beruhigendes und den reinsten und geläutertsten Religionsideen Angemessenes. Ich möchte ihn daher niemand rauben, der durch seine Natur angeregt wird, ihn zu haben und zu hegen. Mir ist er jedoch nicht eigen, und er gehört auf alle Fälle zu denjenigen religiösen Vorstellungen, die nicht allgemein geboten sind, sondern bei denen es auf die individuelle Neigung und Stimmung ankommt.

Es wird mich sehr freuen, wenn Sie Zeit und Stimmung haben, Ihre Lebenserzählung fortzusetzen. Leben Sie herzlich wohl und rechnen Sie fest auf die Dauer der Gesinnungen, die Ihnen immer von mir gewidmet bleiben. Ihr H.

Berlin, den 8. November 1826.

ır lieber Brief hat mir große Freude gemacht, weil er in den Inhalt meines letzten eingeht und demselben Gründe und Behauptungen entgegenstellt. Es ist sehr natürlich und begreiflich, daß unsere Ansichten bisweilen auseinander gehen müssen; es liegt das zuerst im Geschlecht, dann in der Lebensweise und den einmal angenommenen Gewohnheiten. Ein Mann, und noch mehr einer, der oft in Verhältnissen war, in denen er gegen Gefahr und Ungemach nur bei sich Schutz und Rat suchen konnte, muß mehr von der Selbständigkeit erwarten und mehr auf sie dringen. Er muß sich zutrauen, mehr ertragen, Schmerz und Unglück (von denen kein Mensch frei ist, und zu denen Geschäfte und für andere übernommene Verantwortlichkeit auch empfindlichere Gelegenheiten darbieten, als in einfacheren Lagen vorkommen können) mit mehr Gleichgültigkeit ansehen, um sie mehr durch sich selbst bezwingen zu können. Indes müssen Sie nie denken, daß dies die Teilnahme an fremdem Unglück schwächt, oder daß es hindert zu begreifen, daß jeder die verschiedenartigen Ereignisse des Lebens nach seiner Weise und seiner Eigentümlichkeit aufnimmt. Sind Sie aber auch in vielem von dem, was mein voriger Brief enthielt, anderer Meinung mit mir, so stimmen wir ganz in dem Wunsche überein, eine Anzeige des bevorstehenden Todes zu haben. Bis jetzt denke ich mir den Tod als eine freundliche Erscheinung, eine, die mir in jedem Augenblick willkommen wäre, weil, wie zufrieden und glücklich ich lebe, dies Leben doch immer beschränkt und rätselhaft ist, und das Zerreißen des irdischen Schleiers darin auf einmal Erweiterung und Lösung mit sich führen muß. Ich könnte darum stundenlang mich nachts in den gestirnten Himmel vertiefen, weil mir diese Unendlichkeit fernher flammender Welten wie ein Band zwischen diesem und dem künftigen Dasein erscheint. Ich hoffe, diese Freudigkeit der Todeserwartung soll mir bleiben, ich würde mich dessen, da sie tief in meiner Natur (die nie am Materiellen, immer nur an Gedanken, Ideen und reiner Anschauung gehangen hat) gegründet ist, sogar gewiß halten, wenn nicht der Mensch, wie stark er sich wähne, sehr vom augenblicklichen Zustande seiner körperlichen Gesundheit und selbst seiner Einbildungskraft abhinge. Ich wähne mich aber nicht einmal stark, sondern fordere nur unbedingt von mir, es zu sein. Ich würde daher, bliebe ich wie jetzt gestimmt, den Tod ohne Schrecken herannahen sehen, und mein Bemühen würde nur sein, mit Besonnenheit den Übergang in einen anderen Zustand, so lange es möglich ist, schrittweise zu verfolgen. Darum würde ich auch für mich einen langsameren Tod nicht für ein Unglück erachten, obgleich ein schneller sowohl für den Sterbenden selbst, als für die Zurückbleibenden Vorzüge hat. Ich trage mich auch seit einer Reihe von Jahren, und nach einer Begebenheit, die mich, als ich in Rom war, traf und sehr ergriff, mit dem Glauben, oder, wenn dies zu viel gesagt ist, mit der Ahnung, daß ich nicht anders sterben werde, als bis eine bestimmte Erscheinung es mir vorher verkündet. Wie das nun sein wird, will ich erwarten, aber erwünscht wäre mir, wie Ihnen, die Vorandeutung.

Die biblischen Stellen, die Sie anführen, waren mir, als ich sie nachschlug, wohl bekannt. Sie sind allerdings tröstend, weil sie Hoffnung gewähren, Vertrauen hervorrufen und auf Liebe, die sich erbarmt, zählen lassen. Ich muß aber doch, wenn ich meine innere Empfindung erschließe, sagen, daß gerade die von Ihnen angeführten Stellen nicht diejenigen sein würden, bei denen ich Trost suchen würde. Sie gehören in die Reihe der Verheißungen, Hoffnungen, und in dieser Art in der Zukunft zu leben, ist nie mein Sinnen und Trachten gewesen. Ich habe immer mehr gesucht, mich gleich selbst in der Gegenwart zu bearbeiten, daß daraus soviel mögliche innere Besiegung des Unglücks hervorgeht. Gerade in dieser Hinsicht aber ist das Lesen der Bibel eine unendliche und wohl die sicherste Quelle des Trostes. Ich wüßte sonst nichts mit ihr zu vergleichen. Der biblische Trost fließt, wenn auch ganz verschieden, doch gleich stark, auf eine doppelte Weise im Alten und Neuen Testament. In beiden ist die Führung Gottes, das Allwalten der Vorsehung, die vorherrschende Idee, und daraus entspringt in religiös gestimmter Gesinnung auch gleich die tiefe innere, durch nichts auszurottende Überzeugung, daß auch die Schicksale, durch welche man selbst leidet, doch die am weisesten herbeigeführten, die wohltätigsten für das Ganze und den dadurch Leidenden selbst sind. In dem Neuen Testament hernach ist ein solches überschwängliches Vorwalten des Geistigen und des Moralischen, es wird alles so einzig auf die Reinheit der Gesinnung zurückgeführt, daß was den Menschen sonst innerlich und äußerlich betrifft, wenn er jenem mit Ernst und Eifer nachstrebt, vollkommen in Schatten zurücktritt. Dadurch verliert auch das Unglück und jedes Leiden einen Teil seiner drückenden Einwirkung, und es schwindet auf jeden Fall alle Bitterkeit davon. Die unendliche Milde der ganzen neutestamentlichen Lehre, die Gott fast nur von der erbarmenden Seite darstellt, und in der überall die aufopfernde Liebe Christi für das Menschengeschlecht vortritt, lindert, wie ein wohltätiger Balsam, verbunden mit Christi Beispiel selbst, jeden Körper- und Seelenschmerz. Im Alten Testament kann sich dies allerdings nicht finden. Aber da erscheint wieder, und doch auch immer mehr tröstend als schreckend, die Allmacht und Allweisheit des Schöpfers und Erhalters der Dinge, die durch die Größe und Erhabenheit der Vorstellung über das einzelne Unglück hinaushebt. Leben Sie herzlich wohl. Mit den Gesinnungen, die, wie ich weiß, Sie lieben und die nie in mir ändern werden, Ihr H.

Tegel, den 6. Dezember 1826.

ch habe, liebe Charlotte, Ihren inhaltreichen Brief vom 19. v. M., den Sie am 21. geschlossen haben, bekommen und mit großem Interesse gelesen und danke Ihnen recht herzlich dafür.

Sie bemerken in Ihrem Briefe, daß vor dem Erscheinen Christi ein Umgang zwischen der Gottheit und einigen gleichsam bevorrechteten Personen stattgefunden, durch das Christentum aber jeder, der in seinen Schoß aufgenommen sei, ein näheres Verhältnis zu dem höchsten Wesen erhalten habe. Ich halte dies für ungemein richtig. Zwar möchte ich nicht sagen, was eigentlich von jener engeren und persönlichen Gemeinschaft der Erzväter mit Gott, wie sie das Alte Testament schildert, zu halten sei. Diese Erzählungen des ersten Teils der Schrift haben in jeder Rücksicht, welches auch ihr Ursprung sein möge, eine so ehrwürdige Heiligkeit, daß man dem Zweifel an der Wahrheit keinen Raum gibt, wohl aber ungewiß bleiben kann, was Eigentümlichkeit der Vorstellungs- und Darstellungsweise, bildlicher oder eigentlicher Ausdruck sei. Denn bei so alten Überlieferungen, und die sich doch auch wiederum vermutlich Jahrhunderte lang mündlich fortgepflanzt haben, ehe sie aufgezeichnet worden sind, läßt sich der wahre Sinn von der äußeren Einkleidung schwer und wenig unterscheiden. Das aber ist eine gewisse und tröstliche und im höchsten Grade heilsame Wahrheit, daß durch das Christentum alle Segnungen der Religion eine durchaus allgemeine Wohltätigkeit erlangt haben, daß alle innere und äußere Bevorrechtung aufgehört, und jeder ohne Unterschied Gott so nahe zu stehen glauben kann, als er sich ihm durch seine eigene Kraft und Demut im Geist und in der Wahrheit zu nähern vermag. Es ist überhaupt in allem, im Religiösen und Moralischen, der wahrhaft unterscheidende Charakter des Christentums, die Scheidewände, die vorher die Völker wie Gattungen verschiedener Geschöpfe trennten, hinweggeräumt, den Dünkel, als gäbe es eine von der Gottheit bevorrechtete Nation, genommen, und ein allgemeines Band der Nächstenpflicht und Nächstenliebe um alle Menschen geschlungen zu haben. Hier ist nun nicht mehr von bildlichen Darstellungen und nicht mehr von Wundern die Rede. Es herrscht hier die geistige Gemeinschaft, welche die einzige ist, deren der Mensch wahrhaft bedarf, und zugleich diejenige, der er immer durch Vertrauen und Wandel teilhaftig werden kann. Ich gestehe daher auch, daß ich nicht in die Idee eingehen kann, als wäre oder als könnte nur noch jetzt eine engere Gemeinschaft zwischen Gott und einzelnen sein, als die allgemeine, der schlichten Lehre des Christentums angemessene, in die jeder durch Reinheit und Frömmigkeit der Gesinnung tritt. Es wäre ein gefährlicher Stolz, sich einer solchen anderen und besonderen teilhaftig zu glauben, und das Menschengeschlecht bedarf dessen nicht. Frömmigkeit und Reinheit der Gesinnung und Pflichtmäßigkeit des Handelns, selbst schon Streben nach beiden, da das vollendete Erreichen keinem gelingt, sind alles, den Menschen, einzeln und in der Gesamtheit, Notwendige, und alles dem höchsten Wesen, wie wir es uns denken müssen, Wohlgefällige. – Schreiben Sie mir, liebe Charlotte, den 26. Dezember nach Hadmarsleben bei Halberstadt. Hadmarsleben ist ein Gut meiner Frau, wo ich mich einige Tage aufhalten werde. Mit der herzlichsten und unveränderlichsten Teilnahme der Ihrige. H.

Rudolstadt, den 2. Januar 1827.

as neue Jahr hat begonnen, und ich wünsche Ihnen, liebe Charlotte, von ganzem Herzen Glück dazu. Mögen Sie es heiter, sorglos und vor allem in ungestörter Gesundheit durchleben. Ich hoffe, daß die Erfüllung dieser Wünsche wahrscheinlich ist.

Ein Jahr scheint ein so kleiner Abschnitt des Lebens, und ist es auch gewissermaßen, da Tage, Wochen und Monate so unglaublich schnell verschwinden. Es ist aber doch wieder ein so wichtiger Abschnitt, da auch der längst Lebende nicht so viele dieser Abschnitte zusammensetzt. Es fängt auch freilich mit jedem Tage gewissermaßen ebenso gut, als mit dem ersten Januar, ein neues Jahr an, aber es ist dennoch nicht abzuleugnen, daß das Schreiben einer neuen Jahreszahl immer etwas in sich trägt, das den Bedächtigen und gern Überlegenden in Nachdenken versetzt. Es ist überhaupt sehr meine Art, mich von Epoche zu Epoche zusammenzufassen und irgend etwas Neues in meinen Vorsätzen zu beginnen, und ich habe oft gefunden, daß es immer seinen Nutzen hat, wenn auch nicht immer alle Vorsätze in Erfüllung gehen oder durchaus dauerhaft sind. Es gibt auch mehr oder minder günstige Jahre, und das beweist sich, wie ich oft im Leben bemerkt habe, manchmal an gewissen Anzeichen, wenn sie auch augenblicklich unbedeutend und vorübergehend scheinen, in den ersten Tagen, wo die neue Jahreszahl beginnt. Sie werden das vielleicht etwas abergläubig finden, aber es ist es doch nicht so ganz und so sehr. Die Unfälle, die den Menschen betreffen, kommen weit mehr, als man es denken sollte, aus ihm selbst. Es gibt ein geheimes und unbemerktes Einwirken des Menschen auf die Dinge, was man ihm nicht Schuld geben kann, weil es nicht innerhalb seines Bewußtseins liegt, aber was doch von ihm kommt. Ist nun die Stimmung innerlich eine ungünstige, düstere, von Heiterkeit fern, so bringt sie auch so etwas im Äußeren hervor; wenn man das Leben nicht leicht, oder doch wenigstens ruhig und gleichmütig mit einer gewissen Kälte, als wäre einem Glück und Unglück ziemlich gleich, aufnimmt, so stellt es sich nicht bloß insofern noch drückender und lastender, daß man es schwerer empfindet, sondern es begegnet einem, meiner Erfahrung nach, auch mehr Widerwärtiges. Auf große Dinge mag das, wie ich wohl glauben will, keinen Einfluß haben, aber auf die kleineren, die doch auch überwunden sein wollen, scheint es mir nicht abzuleugnen zu sein.

Ihren lieben Brief werde ich erst in mehreren Tagen empfangen, es tut mir immer sehr leid, auch habe ich gern einen Brief von Ihnen bei mir, wenn ich selbst schreibe; aber meine Reise hat sich gegen meinen Willen verlängert. Ich bitte Sie, mir jetzt so zu schreiben, daß Ihr Brief den 25. oder nur wenige Tage später in Berlin eintrifft. Leben Sie wohl, beste Charlotte. Mit der herzlichsten und unveränderlichsten Teilnahme der Ihrige. H.

Berlin, den 28. Januar 1827.

ch habe, liebste Freundin, Ihre beiden Briefe richtig empfangen, obgleich den ersten vom 20. Dezember v. J. sehr spät, da ich meinen Reiseplan nicht so, wie ich ihn machte, ausgeführt habe, und garnicht nach Hadmarsleben gekommen bin. Er ist mir hierher nachgeschickt worden. Nun bleibe ich bis zur Mitte des Sommers hier und in Tegel, und unser Briefwechsel ist bis dahin gegen Störungen dieser Art gesichert. Es hat mich sehr gefreut zu sehen, daß Ihre Gesundheit wenigstens leidlich ist, und daß die Veränderlichkeit der Witterung und der viele Sturm, der sonst reizbaren Konstitutionen zu schaffen macht, Ihnen nicht sehr nachteilig geworden ist. Ich liebe den Winter zwar garnicht, und habe von Kindheit an für die angebliche Schönheit eines Wintertages keinen Sinn gehabt. Die Kälte ist mir insofern gleichgültig, als ich mich ihr nie anders als so verwahrt aussetze, daß sie mir nichts anhaben kann, und als ich mir sogar im Zimmer den traurigen und einförmigen Anblick des Schnees durch Gardinen verschließe. In der Stadt ist es mir überhaupt heimlicher, wenn ich von meinem Zimmer aus nichts davon erblicke. Es ist da nur die Nacht schön, wo der Mensch und das gewöhnliche Treiben des Gewühls verschwinden und der gestirnte Himmel den Anblick der reinen Natur gibt. Am Tage freut der Anblick aus dem Fenster nur auf dem Lande. Diese Gewohnheit, mich in der Stadt auf den Genuß der Nacht zu beschränken, habe ich schon sehr früh gehabt. Schon als ganz junger Mensch saß ich, so oft ich die Stadt bewohnen mußte, die

Tage über, wenn ich nicht in Gesellschaft war, in meinem Zimmer, durchstrich aber fast regelmäßig, sogar im strengen Winter, mehrere Stundenlang des Nachts die einsamen Straßen. Es freut mich ungemein, daß Sie die gleiche Neigung mit mir für den gestirnten Himmel haben. Wem dieser innere Sinn nicht erschlossen ist, entbehrt eine sehr große, und eine der reinsten und erhabensten Freuden, die es gibt.

Sie bemerken sehr richtig, daß ein Wintertag doch auch seine Freuden habe. Einförmig ist der Schnee freilich, aber auch rein und wie ein Bild unberührter Fleckenlosigkeit, wenn er frisch gefallen und noch unbetreten ist. In der Schweiz sehen jene weißen Decken an den hohen Gebirgen, die nicht leicht ein Menschenfuß erreicht, sehr schön aus. Ihr Vergleich mit einem Leichentuch ist mir aufgefallen. Er war mir neu. Aber wenn nun der Schnee ein Leichentuch wäre, ist es keine unerwünschte Erinnerung. Die Natur liegt wie in Todesstarrheit im Winter, und wenn die große Natur in ihrem regelmäßig wiederkehrenden Laufe die Erinnerung an den Tod herbeiführt, erscheint er dem Geist und der Einbildungskraft nur wie eine notwendige Verwandlung, eine Enthüllung eines neuen, vorher nicht geahnten Zustandes.

Ich muß mich neulich nicht deutlich ausgedrückt haben, wenn Sie, liebe Charlotte, glauben, ich hätte gewissermaßen bestritten, daß die allwaltende Vorsehung die Schicksale der Menschen auch ganz im einzelnen leite. Auch nach meiner festen Überzeugung kann darauf der Mensch mit Sicherheit bauen, es liegt in der Idee des Weltschöpfers und Welterhalters, es geht aus vielen Stellen der Bibel, des Alten und Neuen Testaments, hervor und ist nicht nur eine sichere und fest gegründete, sondern auch tiefe und trostreiche Wahrheit, über welche kein Zweifel bleibt, und Sie haben gewiß recht, wenn Sie sagen, der Glückliche bedarf den Glauben, um nicht übermütig zu werden, der nicht Glückliche aber als Halt, und der Unglückliche um nicht zu erliegen. Wenn auch jeder auf seine Weise sich diese göttliche Teilnahme und Fürsorge denkt, so sind das nur unbedeutende Verschiedenheiten der individuellen Ansicht. Die Hauptsache bleibt immer, daß eine Allweisheit und Allgüte die Ordnung der Dinge regiert, zu der wir gehören, daß unsere kleinsten und größten Schicksale darin mit verwebt sind, daß daher alles, was geschieht, gut und uns, sei es auch schmerzhaft, wohltätig sein muß, endlich daß sein Wohlgefallen an uns, und wo nicht aus andern gleich weisen Gründen Ausnahmen eintreten, auch der Segen oder Unsegen, der uns trifft, von der Pflichtmäßigkeit unserer Handlungen, noch mehr aber von der Reinheit unserer Gesinnung abhängt. Darin können unsere Meinungen nicht voneinander abweichen. Was ich sagte, bezog sich nur auf das, was Ihr früherer Brief enthält, wo Sie anzunehmen schienen, daß die Gottheit gleichsam einen Unterschied unter den Menschen zu machen scheine und manche durch eine strengere Schule leite. Sie hatten dies nicht einmal als Ihre Meinung ausgesprochen, sondern nur als eine der versuchten Erklärungsarten der von Ihnen erwähntenErscheinungen. In die Ansicht nur könnte ich nie einstimmen, daß die Gottheit sich um einige weniger kümmert als um andere. Gott kann, und das liegt in der Sache selbst, sein Wohlgefallen mehr auf die richten, die dadurch, daß sie ihm anhängen, eine größere Liebe, Innigkeit und Reinheit des Gemüts beweisen, aber eine ungleiche Verteilung seiner leitenden, sorgenden, belohnenden und strafenden Fürsorge läßt sich nicht, weder mit den Begriffen von seiner Allmacht, noch mit denen von seiner Gerechtigkeit in Vereinigung bringen. Im Alten Testament kommt allerdings von Auserwählten Gottes vielleicht auch in diesem Sinne vor, allein diese Stellen hängen auch zum Teil mit der jüdischen Idee des auserwählten Volkes Gottes zusammen, und dann braucht auch dieser Begriff der Auserwählung nicht gerade jenen ausschließenden Sinn, sondern nur den zu haben, daß die Auserwählten diejenigen waren, welche sich durch ihre Herzensreinheit und Frömmigkeit am meisten der Liebe Gottes würdig gemacht und sein Wohlgefallen auf sich gezogen hatten. Im Neuen Testament kommen Stellen, aus denen man auf eine ungleiche Sorge Gottes in den waltenden Fügungen seiner Vorsehung schließen könnte, wohl nicht vor. Wenn es bei einer oder der andern dies Ansehen haben sollte, sie ist wohl anders zu erklären. Der tröstende Gedanke aber bleibt fort und fort, daß Gott auch widrige und schmerzliche Schicksale nur aus Liebe sendet, um unsere Gesinnungen zu läutern. So, liebe Charlotte, habe ich die Sache verstanden, die in ein paar unserer Briefe von uns besprochen worden ist, und so sollte ich denken, stimmte sie auch mit Ihren Ansichten und Überzeugungen vollkommen überein.

Tegel, den 18. März 1827.

ie kennen schon meine Neigung, bisweilen auf dem Lande zu sein, und so wird es Sie nicht wundern, wenn ich Ihnen von Tegel jetzt schreibe. Ich bin indes nur auf ein paar Tage hier und habe die Stadt eigentlich noch nicht verlassen. Wenngleich die Witterung rauh ist, so hindert mich das nicht, alle Tage spazieren zu gehen, nämlich hier, und so lange und so oft ich hier bin.

Der See, der in meinen Besitzungen ist, ist natürlich jetzt wieder ganz frei von Eis. Das ist immer ein Schauspiel, an dem ich mich sehr erfreue, dies Befreitwerden des Wassers von den Banden, die ihm im Winter seine schöne Beweglichkeit rauben und es dem festen Lande gleich machen. Man fühlt ordentlich die wiedergegebene freie Bewegung mit und ist der rauhen Starrheit gram, welche das zarte, hingleitende Element, so tief sie ihren Einfluß auszuüben vermag, um den schönsten Teil seiner eigentümlichen Natur bringt. Man sagt gewöhnlich, das Wasser trennt die Länder und Orte, aber es verbindet sie eher, es bietet eine viel leichter zu durchschneidende Fläche dar als das feste Land, und es ist ein so hübscher Gedanke, daß, wie weit auch die Ufer voneinander entfernt sind, die Welle, die mir die Füße bespült, in kurzer Zeit am gegenüberstehenden Gestade sein kann.

Mit Vergnügen lese ich in Ihrem Briefe, daß Sie mit dem Plan einer kleinen Reise nach Offenbach beschäftigt sind, und bitte Sie, doch ja Ihren Vorsatz nicht aufzugeben; auch glaube ich, daß Sie, liebe Charlotte, einmal einer Erholung bedürfen, oder eine solche wenigstens sehr wohltätig auf Sie wirken würde. Ich empfinde recht wohl, daß Sie darum auf keine Weise unzufrieden mit Ihrer Lage, oder Ihrer Beschäftigung überdrüssig sind. Allein es ist doch in den Menschen so. Wenn sie eine lange Zeit hindurch dieselbe Sache, auch ohne Widerwillen, sogar mit Vergnügen getrieben haben, so bemächtigt sich ihrer dennoch eine durch die Einförmigkeit bewirkte Ermüdung, und neue, auch nur auf eine kurze Zeit genossene Gegenstände geben den Gedanken und der Empfindung eine neue Spannung, die gewöhnlich auch auf den Körper zurückwirkt. Die Wahl von Offenbach finde ich sehr angemessen, da Sie dort eine innig mit Ihnen verbundene, liebe, vertraute Freundin haben; es ist ein angenehmer Ort in einer sehr hübschen Gegend, auch nicht sehr weit von Ihnen entfernt. Ich war sehr oft da, zum erstenmal in demselben Jahre, wo ich Sie in Pyrmont sah, im Jahre 1788. Ich besuchte die dort als Schriftstellerin bekannte Frau von Laroche, die ich auch viele Jahre später dort wieder sah, als ich mit meiner Frau und Familie von Paris zurückkam. Sie war eine geistreiche und noch im hohen Alter unendlich lebendige Frau und hatte etwas ganz besonders Angenehmes und Liebenswürdiges, wenn man sie mitten im Kreise ihrer Kinder und Enkel sah. Ein Sohn, wenig älter als ich, lebt noch hier in Berlin in sehr genauer Freundschaft mit mir, ist glücklich verheiratet und in jeder Rücksicht ein trefflicher Mensch. – Ich wünsche von Herzen, daß Sie das Vorhaben ausführen.

Berlin, den 10. April 1827.

ch habe Ihren Brief, liebe Charlotte, den Sie nach meinem Wunsch am 3. abgeschickt haben, richtig erhalten und danke Ihnen herzlich dafür. Der heitere, zufriedene Ton, der darin von der ersten bis zur letzten Zeile herrscht, hat mir eine ganz besondere Freude gemacht. Es scheint mir aber, als wären Sie schon seit längerer Zeit viel gleichförmiger gestimmt als im Anfang unseres brieflichen Umgangs. Es ist sehr gütig und liebevoll von Ihnen, und gereicht mir zur Freude, daß Sie es dem Einfluß zuschreiben, den Sie mir so willig gestatten. Das Verdienst ist auf Ihrer Seite; Ihre Seele ist so klar und empfänglich wie Ihr Gemüt, und so sind Sie jeder Überzeugung und jeder Wahrheit immer offen. Ich liebe die Heiterkeit ungemein. Es ist nicht gerade die laute, die sich wie genießende Fröhlichkeit ankündigt, sondern die stille, die sich so recht und ganz über die innere Seele ergießt. Ich liebe sie in anderen und mir vorzüglich der größeren Klarheit wegen, die in der Heiterkeit immer die Gedanken haben, und die für mich die erste und unerläßliche Bedingung eines genügenden Daseins im Leben für sich und im Umgange mit anderen ist. Die Wehmut führt auch bisweilen eine und oft noch größere Klarheit mit sich. Man sieht und empfindet die Dinge in ihrer Nacktheit, wenn das Gemüt so tief in sich bewegt ist, daß der Schleier zerreißt, der sie sonst verhüllt. Aber es ist dies, wie ich es nennen möchte, eine schmerzliche Klarheit, die teuer erkauft werden muß, und sie zeigt die Gegenstände auch nur im Augenblicke und vorübergehend, wie man auch

augenblicklich in die Tiefe des Himmels schaut, wenn der Blitz die Wolken zerreißt. Davon ist die leichte Klarheit ruhiger Heiterkeit himmelweit verschieden. Diese zeigt die Dinge teils, als gingen sie fremd vor einem vorüber, teils als besitze man Stärke genug, sich nicht von ihnen bewegen zu lassen. Auf beide Weisen geht die Masse der Ereignisse wie ein Schauspiel vorüber, und das ist eigentlich die des Menschen würdigste Art, sie anzusehen, ohne lange bei ihnen zu verweilen oder sich gar in sie zu vertiefen, immer eingedenk, daß es ein ganz anderes und würdigeres geistiges Gebiet gibt, in dem der Mensch wirklich sich heimatlich zu fühlen bestimmt ist. Wenn man das Fremde so nimmt, und dasjenige, was Anteil der Freundschaft und Zuneigung nur in der Tat zur Wirklichkeit macht, die sich auf keine Weise mehr als Schauspiel behandeln läßt, nicht mehr bloß die Phantasie und den Gedanken in Anspruch nimmt, sondern warm und lebendig das Herz ergreift, so behandelt man das Leben vielleicht auf die unter allen zweckmäßigste Art. Es ist mir für die Erhaltung und Fortdauer Ihrer Heiterkeit, liebste Charlotte, sehr lieb, daß Sie sich mit dem Plane Ihrer kleinen Reise beschäftigen. Es würde Ihnen diese Beschäftigung selbst zur Entschädigung dienen, im Fall sich der Ausführung des Projekts etwas entgegenstellte. Ich kann mir aber das nicht denken, da die Sache so ungemein einfach ist. Was Sie mir in Ihrem letzten Briefe über Offenbach sagen, hat mir viel Vergnügen gemacht. Ich wußte nicht, daß der Isenburger Hof das ehemalige Haus der Frau von Laroche war. Es ist sehr hübsch und sehr natürlich von Ihnen, daß Sie alles lebhaft bei Ihrem Dortsein und Wohnen in dem Hause interessierte, so daß Sie bei allen Details verweilten, da die Schriften der Laroche, wie Sie mir sagen, Ihnen in der Jugend nicht nur großes Vergnügen gewährten, sondern bildend auf Sie wirkten. In gut gearteten Gemütern bewahrt und erhält sich dann eine dankbare Anhänglichkeit. Gerade der Garten, von dem Sie reden, ist das einzige, dessen ich mich deutlich erinnere. Ich sah die Frau von Laroche zum letzten Male darin, als ich im Jahre 1801 mit meiner Frau und Familie aus Paris zurückkam. Es war eine Laube im Garten, in der wir saßen. Sie erinnern mich an das, was Goethe in seiner Biographie, Wahrheit und Dichtung, von der Familie Laroche sagt, wo er bei seiner Rückkehr von Wetzlar nach Frankfurt dort mehrere Tage einkehrte und freundschaftlich aufgenommen war. Sie sind, wie es scheint, nicht ganz zufrieden mit Goethe und der Art, wie er die würdige Frau und die übrigen Familienmitglieder darstellt.

Leben Sie für heute herzlich wohl, und schreiben Sie mir doch den 24. d. M. Mit der herzlichsten und immer unveränderlichen Teilnahme Ihr H.

Berlin, den 2. Mai 1827.

ausend Dank, liebe Charlotte, für Ihren mir sehr erwünscht
gewesenen Brief vom 24. v. Mts. Ich habe es immer sehr
gern, wenn ich, indem ich einen Brief schreibe, einen zur
Beantwortung vor mir habe. Wenn auch unser Briefwechsel
selten etwas enthält, worauf eigentlich eine Antwort
erforderlich wäre, so ist doch ein Briefwechsel seiner Natur
nach immer eine Erwiderung, und man schreibt weniger
gern, wenn der Faden für den Augenblick abgerissen ist
und von neuem angeknüpft werden muß. Das begegnet mir
nun durch Ihre liebevolle Aufmerksamkeit nie, sondern
unsere Briefe wechseln sich regelmäßig ab. Ich bin
überzeugt, daß, wenn manche Menschen wüßten, daß wir
uns so regelmäßig schreiben, ohne über wissenschaftliche
oder Geschäftsgegenstände zu reden, noch uns Tatsachen
mitzuteilen, sie gar nicht begreifen würden, was man sich
sagen könne, wenn man sich scheinbar nichts zu sagen hat.
Recht wenige Menschen haben einen Begriff und einen Sinn
für die Mitteilung von Gedanken, Ideen und Empfindungen,
wenn es ihnen auch auf keine Art an Verstand, Geist und
Regsamkeit für alle Gefühle fehlt, für welche der Mensch
empfänglich zu sein pflegt. Es gehört zum Gefallen an
solchen Mitteilungen noch mehr, nämlich die Neigung, das,
was man selbst denkt und fühlt, gern außerhalb des eigenen
Seins im andern zu erblicken. Bei einem Umgange, wie es
der zwischen uns beiden ist, ist es nicht eben der Wunsch,
etwas in den andern zu verpflanzen, Meinungen in ihm zu
begründen, zu befestigen oder zu zerstören, wenigstens

fühle ich keinen solchen Hang und solches Bemühen in mir. Aber was ich deutlich fühle, ist ein großes und in der Liebe zu gefaßten Meinungen selbst: gegründetes Verlangen, was ich über Gegenstände inneren Bewußtseins meine und empfinde, mit den Erfahrungen und der Vorstellungsweise anderer zu vergleichen. Es kommt einem nun gewissermaßen in sich gesicherter vor, was man mit dem Vorteilen und dem Denken anderer zusammen hält, und wenn es keinen andern Grund gegenseitiger Mitteilung im Menschengeschlecht gäbe, so wäre schon dies gewiß ein hinlänglicher. Es hat auch gewissermaßen das Schreiben darin einen Vorzug vor dem mündlichen Gespräch. Es vereinigt die Vorzüge des letzteren mir denen des einsamen Nachdenkens, die doch gleichfalls unverkennlich sind. Man hat für alles, was die Mitteilung der Gedanken und Empfindungen betrifft, den andern nicht minder gegenwärtig, als wenn man persönlich beieinander ist, und zu der Sammlung und dem Festhalten der eigenen Gedanken trägt doch unfehlbar das Alleinsein, und selbst, daß man den Faden seiner Gedanken ruhig ausspinnen kann, ehe ein anderer dazwischentritt, bei.

Es ist mir sehr erfreulich gewesen zu sehen, daß es Ihnen lieb war, meinen Brief gerade in den Feiertagen zu erhalten. Es war das meine Absicht. Ich weiß, daß Sie sich in den Festtagen Muße, Ruhe und Erholung erlauben, die Sie, gute Charlotte, so oft ersehnen – und ihrer so selten teilhaftig werden, – ich weiß auch, daß Ihnen das Pfingstfest; besonders lieb ist in seiner geistigen Bedeutung, und nun erkenne ich mit Vergnügen, daß so die Tage in Heiterkeit still an Ihnen vorübergegangen sind, und mein Brief und dessen Beantwortung Ihre zufriedene, heitere Stimmung vermehrt hat. Ich gestehe Ihnen, daß Ihre einfache Zufriedenheit mir stets erfreulich, oft rührend ist. Sie geht aus Ihrem Innern hervor, wodurch sich das Äußere gestaltet. Ich teile ganz

Ihre Meinung, daß die Einrichtung bestimmter Ruhetage, selbst wenn sie garnicht mit religiöser Feier zusammenhinge, eine für jeden, der ein menschenfreundliches, auf alle Klassen der Gesellschaft gerichtetes Gemüt hat, höchst erfreuliche und wirklich erquickende Idee ist. Es gibt nichts so Selbstisches und Herzloses, als wenn Vornehme und Reiche mit Mißfallen, oder wenigstens mit einem gewissen verschmähenden Ekel auf Sonn- und Feiertage zurückblicken. Selbst die Wahl des siebenten Tages ist gewiß die weiseste, welche hätte gefunden werden können. So willkürlich es scheint und bis auf einen Punkt auch sein mag, die Arbeit um einen Tag zu verkürzen oder zu verlängern, so bin ich überzeugt, daß sechs Tage gerade das wahre, den Menschen in ihren physischen Kräften und in ihrem Beharren in einförmiger Beschäftigung angemessene Maß ist. Es liegt noch etwas Humanes auch darin, daß die zur Arbeit dem Menschen behilflichen Tiere diese Ruhe mitgenießen. Die Periode wiederkehrender Ruhe über die Maße zu verlängern, würde ebenso unhuman als töricht sein. Ich habe dies sogar einmal an einem Beispiel in der Erfahrung gesehen. Da ich in der Revolutionszeit einige Jahre in Paris war, so habe ich dort es erlebt, daß man auch diese Einrichtung, sich an die göttliche Einsetzung nicht kehrend, dem trocknen und hölzernen Dezimalsystem untergeordnet hatte. Der zehnte Tag erst war es, was wir einen Sonntag nennen, und alle gewöhnliche Betriebsamkeit ging neun Tage lang fort. Wenn dies eigentlich sichtbar viel zu viel war, so wurde von mehreren, so viel es die Polizeigesetze erlaubten, der Sonntag zugleich mitgefeiert, und so entstand wieder zu vieler Müßiggang. So schwankt man immer zwischen zwei Äußersten, wie man sich von dem regelmäßigen und geordneten Mittelwege entfernt.

Wenn dies nun aber bloß nach schon vernunftgemäßen und

weltlichen Betrachtungen hiermit der Fall ist, wie anders stellt sich noch die Sache nach den religiösen Beziehungen dar; dadurch wird die Idee, wie der Genuß der Feiertage, zu einer Quelle geistiger Heiterkeit und wahren Trostes. Die großen Feiertage sind überdies mit so merkwürdigen Geschichtsereignissen verbunden, daß sie dadurch eine besondere Heiligkeit erhalten. Es ist gewiß die angemessenste Feier dieser Tage, in der Bibel selbst, in allen vier Evangelisten, die Erzählung derjenigen, auf welche sich das Fest bezieht, zu lesen, wie Sie mir schreiben, daß Sie zu tun pflegen seit vielen Jahren. In den Evangelisten ist namentlich die Übereinstimmung in der Erzählung ebenso merkwürdig als die Art, wie die Erzählung der einzelnen voneinander abweicht. Die Übereinstimmung bürgt für die Treue und Wahrheit, und in ihr liegt das Gepräge des Geistes, in dem alle diese unmittelbaren Zeugen, die Christus selbst sahen und begleiteten, schrieben. Allein dieser Geist, ob er gleich ein Geist der Einheit war, der alle beseelte, hinderte doch nicht, daß sich nicht die eigentümliche Echtheit und Schönheit jedes einzelnen Erzählers hätte gehörig entfalten und darstellen können. Wirklich kann man, wenn man gewohnt ist, die vier Evangelisten oft zu lesen, nicht leicht verkennen, von welchem eine Stelle ist, wenn man nur irgendeine solche auswählt, in der sich das Charakteristische einigermaßen zeigen läßt. Es scheint mir auch aus Ihrem letzten Briefe, wie ich schon öfter bemerkt zu haben glaube, daß Sie dem Evangelium Johannis den Vorzug geben. Dieser Ausdruck ist zwar nicht passend, da in diesen Schriften mit Recht alles gleich geachtet werden muß. Allein es ist doch natürlich, daß der eine Erzähler das Herz und die Empfindung auf eine andere Art als der andere anspricht, und alsdann läßt sich auch nach Individualitäten ein Unterschied im Eindruck festsetzen. Ich teile ganz Ihre Meinung hierüber. Es ist gerade im Johannes, wenn man es so nennen darf, etwas vorzüglich Seelenvolles.

In dem, was Sie über das Glück sagen, haben Sie mich doch einmal mißverstanden, wie das ja auch bei den meisten und großen Übereinstimmungen unter uns manchmal nicht anders sein kann. Was ich darüber denke, wende ich übrigens nur für mich an. Ich finde es für mich tröstend und ausreichend. Ich liebe es, auf mir selbst zu stehen, und entbehre lieber, als ich an Hoffnungen hänge, die auch fehlschlagen können. Jeder mag darin seine Weise haben. Mit innigster Teilnahme Ihr H.

Tegel, den 23. Mai 1827.

e haben mir, liebe Charlotte, mit Ihrem Brief vom 12., 13.
und 14. d. M. eine große Freude gemacht, für welche ich
Ihnen herzlich danke. Ich habe mit großem Vergnügen
daraus ersehen, daß Sie wohl und heiter sind und das
schöne und wirklich ungewöhnlich schöne Frühjahr
genießen. Sie wundern sich nicht mit Unrecht, daß ich
dieses Jahr später, als es die Jahreszeit zu erlauben schien,
hierher gegangen bin. Indes pflege ich gewöhnlich erst im
Juni die Stadt zu verlassen. Es ist jetzt sehr schön hier, und
eigentlich war es vor acht Tagen noch schöner. Es blühte da
der lila oder spanische Flieder, der gerade hier in großer
Menge und Schönheit ist; er gibt für Auge und Geruch dem
Garten immer einen großen Reiz. Ich entbehre das indes
wenig, denn ich kann nicht sagen, daß ich gerade auf
einzelne Blumen sehr viel hielte. Die ganze Gartenkunst läßt
mich ziemlich gleichgültig. Ich suche die großen Bäume,
und ziehe noch mehr die eines freien Waldes den gepflanzten
vor, und mein Vergnügen am Landleben ist mehr das freie
und weite Herumgehen in einer angenehmen Gegend, als
das Bekümmern um Pflanzungen und Blumenanlagen. Dies
weite Herumgehen und die Freude an Bäumen habe ich nun
hier sehr. Um mein Haus unmittelbar herum sind schöne,
alte und doch noch in voller Kraft stehende Bäume in
bedeutender Menge, und will ich weiter gehen, so habe ich
dicht hinter meinem Park einen großen, dem König
gehörenden Wald. Die Bäume haben darin etwas so Schönes
und Anziehendes, auch für die Phantasie, daß, da sie ihren

Ort nicht verändern können, sie Zeugen aller Veränderungen sind, die in einer Gegend vorgehen, und da einige ein überaus hohes Alter erreichen, so gleichen sie darin geschichtlichen Monumenten und haben doch ein Leben, sind doch wie wir, entstehend und vergehend, nicht starr und leblos wie Fluren und Flüsse, von denen sonst das im vorigen Gesagte in gleichem Maße gilt. Daß man sie jünger und älter und endlich nach und nach dem Tode zugehend Geht, zieht immer näher und näher an sie an. Gewiß aber ist es, um diesen Eindrücken offen zu bleiben, notwendig, von Kindheit an oft und anhaltend auf dem Lande gewesen zu sein. Nur auf diese Weise verschwistern sich Gedanken und Empfindungen mit den uns in der Natur umgebenden Gegenständen. Sonderbar aber ist es, daß meine Liebhaberei nur auf die Bäume geht, die, da sie keine eßbare Frucht tragen, gewissermaßen wilde heißen können. Obstbäume haben höchstens in der Blüte einen Reiz für mich. Es gibt zwar sehr große, und deren Wuchs in der Tat malerisch ist. Aber sie sagen mir nichts, ohne daß ich mir weiter einen Grund davon angeben könnte. Es liegt indes vermutlich darin, daß man die Obstbäume gewöhnlich nahe an Gebäuden findet, oder daß sie doch immer die Kunst und Sorgfalt des Menschen verraten, da die Seele und die Einbildungskraft die freie Natur fordert, an welcher der Mensch nichts gemodelt und nichts geändert hat. Es ist schon schlimm genug, daß so oft Bäume, die wirklich auf große Schönheit Anspruch machen können, durch Menschenhände und ewiges Behauen ganz um ihren freien und großartigen Wuchs gebracht werden. So ergeht es z. B. den Weiden. Sie werden, wenn man sie frei und ungehindert wachsen läßt, zu starken, hohen und malerisch schönen Bäumen. Noch in meiner Kindheit gab es in Berlin selbst drei solche wirklich wundervolle Bäume, die aber auch jetzt nicht mehr vorhanden sind. Aber ich sehe, daß ich zwei volle Seiten über meine Liebhaberei an Bäumen geschrieben habe. Wüßte ich nicht, wie gut Sie sind, liebe Charlotte, so müßte ich fürchten, Sie zu ermüden, so aber rechne ich darauf, daß Sie gern lesen, was ich schreibe, meist meinen Ideen gern folgen und sie in sich fortspinnen. Mir ist es ein sehr angenehmes Gefühl, mich so vor Ihnen ganz zwanglos gehen zu lassen, und zu Ihnen zu reden wie zu mir selbst. Aber ich habe Ihnen noch das eine und andere heute zu sagen, so werden Sie diesmal noch einen längeren Brief als gewöhnlich erhalten.

Ihr letzter Brief hat mir darin besonders Freude gemacht, daß Sie meine Meinung teilen in dem, was ich über den Wert einer schriftlichen Mitteilung, wie wir sie in unserm Briefwechsel aufgenommen, sagte. Auch haben Sie darin vollkommen recht, daß ein solcher brieflicher Umgang, der nie unterbrochen wird, zu einer gegenseitigen tieferen Kenntnis des Charakters führt. Wenn es gewiß nur wenige sind, die an einem Briefwechsel, wie der unsrige ist, Gefallen finden würden, so möchten ihn auch vielleicht wenig Frauen führen können. Es sind dazu doch Individualitäten erforderlich, die nicht jedermanns Sache sind, vor allen auch eine Innerlichkeit des Lebens. Ich kenne Frauen, denen niemand Geist absprechen kann, noch absprechen wird, sie besitzen viele und selbst gelehrte Kenntnisse. Im Gebiete der Wissenschaften ist ihnen wenig fremd; sie haben alles gelesen, was in die neuere und frühere Zeit fällt, und selbst die Schriften und Schriftsteller der Vorzeit sind ihnen bekannt, und ihre Unterhaltung ermüdet, und ihre Briefe sind kaum zu lesen. Man fragt wohl, woran das liegt, und die Antwort ist nicht leicht. Gewiß aber ist die Sprache ein Haupterfordernis, und sie ist nicht allen verliehen und in der Tat mehr angeboren als angebildet. Sie haben die Sprache wohl das Kleid der Seele genannt. Es ist das eine ungemein richtige Bezeichnung, die mir sehr gefallen hat. Ihnen, liebe Charlotte, ist die Sprache vor vielen anderen geworden, und wenn auch, wie Sie wohl gesagt haben, Sie mit der neuen, modernen Lektüre unbekannt geblieben sind, zu der Ihnen keine Zeit übrig blieb, indem Sie auch nicht durch Ihre Neigungen dahin gezogen wurden, so hat Ihnen das garnicht geschadet, vielleicht ist das Eigentümliche Ihnen dadurch gerade mehr erhalten. Ich selbst bin auch ganz unbekannt mit diesen Büchern. Es ist aber unverkennbar, daß Sie bei früherer, größerer Muße nur unsere besten Schriften gelesen, ja mit ihnen gelebt haben, so hat sich Charakter und Denkweise zugleich mit Sprache und Stil gebildet. Leben, Wärme und Feuer ist in Ihrer Sprache, die dabei immer einfach und natürlich und nie gesucht oder schwülstig ist. Ich habe Ihnen schon oft Ähnliches gesagt, ohne mich einer Schmeichelei schuldig zu machen. Die Tatsache hegt in jedem Ihrer Briefe und in jedem Heft Ihrer Biographie. Es hat mich garnicht überrascht, daß Sie mir sagen, wie Sie schon sehr früh die Neigung gehabt, in »ernsthafte« Korrespondenz zu treten, die nicht Erzählung von erlebten Begebenheiten, sondern Betrachtungen, Gedanken und dergleichen enthalte. Jede Gelegenheit dazu haben Sie schon als Kind mit einer Art Leidenschaft ergriffen, und Ihre empfangenen Briefchen, wohl geordnet, mit Wichtigkeit bewahrt. Früh schon, wohl mit zwölf Jahren, wären Ihnen manche Briefe übertragen, z. B. in der Familie, auch die Krankenberichte an den verwandten Hausarzt. Überhaupt bemerken Sie, wären Ihnen unter allen Beschäftigungen die mit Crayon und Feder die liebsten gewesen, ob Ihnen doch auch eine vielleicht seltene Kunstfertigkeit in weiblicher Arbeit angeboren sei; gewiß angeboren meinen Sie, da Sie nie in irgend etwas Unterricht bekommen oder auch bedurft haben, da der scharf unterscheidende Blick Ihres Auges hinreichend gewesen, Sie zu belehren. (Diese Fähigkeit, bemerken Sie, wäre in dem letzten Teil Ihres Lebens von der größten Wichtigkeit für Sie geworden.) Ob nun dies Talent oder Kunstfertigkeit Sie auch erfreut habe und Ihnen viel Lob gewonnen, hätten Sie sich doch noch lieber Ihrem kleinen Schreibtisch zugewendet und Auszüge aus allen Büchern gemacht, mit denen Sie nach und nach bekannt geworden.

Ich rufe Ihnen, liebe Charlotte, diese Selbstschilderungen aus einem Heft Ihrer Biographie nicht ohne Absicht zurück. Die frühe Übung im Schreiben mag beigetragen haben, Ihnen eine ungewöhnliche Leichtigkeit, Fertigkeit, Gewandtheit, Richtigkeit und Gefälligkeit des Ausdrucks zu geben, nicht weniger aber sind auch die intellektuellen Kräfte erforderlich, die als Grundlage jenen den Wert geben.

Durch alle diese, sich stets erneuernden Bemerkungen ist schon mehr als einmal der Gedanke in mir erregt, den ich Ihnen heute aussprechen will, über den Sie lachen werden, der aber mein Ernst ist. Hören Sie mich denn aufmerksam an, liebe Charlotte. Ich weiß, wie Sie in jener, nun schon lange vergangenen Zeit, nach den Ihnen leider unersetzt gebliebenen Vermögensverlusten, ganz niedergebeugt waren. Ich habe es nicht vergessen, wie Sie damals mit sich, Verhängnis und Entschlüssen kämpften und endlich, da Sie etwas ergreifen mußten, die Kunstarbeit wählten, mit der Sie Ihre Neigung in einige Harmonie zu bringen dachten. Ich habe nicht vergessen, wie Sie nun unermüdet allen Fleiß und Nachdenken anwendeten und sich so eine seltene Geschicklichkeit gewannen, so daß Ihre Fabrikate den ausländischen gleichgestellt, sehr gesucht und versendet wurden. So gelang es Ihrer Anstrengung und Ausdauer, sich eine unabhängige Selbständigkeit zu schaffen, die Ihnen noch die Freiheit gab, nach Ihrer Neigung ein halb ländliches Leben zu führen. Es macht Ihnen viel Ehre und erregt meine volle und wahre Achtung. Nicht allein das Talent weiß ich zu würdigen, mehr noch die Charakterseiten, die dazu erfordert werden.

Gern möchte ich Sie indes in einer freieren Lage und in Beschäftigungen wissen, worin Sie bei zunehmenden Jahren weniger angestrengt, mehr sich selbst lebten: das müßte, denke ich, zu erreichen sein. Ja, teure Charlotte, ich möchte Sie so gern aus Ihrer sehr angestrengten Lebensweise herausgehoben wissen und weiß zugleich, daß, was für viele andere paßt, doch nicht für Sie ist.

Sie haben sehr oft in Ihren Briefen des schönen Verhältnisses gedacht, worin Sie von Kindheit an, durch alle wechselnden Schicksale Ihres Lebens, bis an sein Grab, zu Ewald gestanden; Sie denken mit gerührter Dankbarkeit des Einflusses, den er auf Sie gehabt, und der unendlichen Teilnahme, die er Ihnen in Rat und Tat durch ein langes Leben trostvoll bewiesen. Hat er nie die Idee in Ihnen geweckt, Vorteil aus Ihrer Feder zu ziehen? Wie viele Frauen taten und tun das, die vielleicht weniger dazu berechtigt sind als Sie. Denken Sie nur an Therese Huber, deren Sie schon mehrmals mit Liebe erwähnt haben, die Ihnen durch gemeinschaftliche Freunde näher bekannt war. Es war wirklich Notwendigkeit, was sie bestimmte zum Schreiben. Anfangs war sie gewiß weniger dazu befähigt als Sie. Sie wenden mir hier vielleicht ein, Therese Huber arbeitete an der Seite ihres Mannes, unter seinem Schutz, Forthilfe und Korrektur. Wenn Sie einen solchen Entschluß fassen auf meinen Rat, so ist es billig, daß ich Ihnen hilfreich bin. Schreiben Sie Ihre Ansichten, Gedanken, Betrachtungen über freigewählte Gegenstände. Ihre eigenen Schicksale und mancher, die Ihnen näher standen, bieten Ihnen gewiß Stoff genug, mehr noch Ihr reiches, inneres Leben, das auch in der sehr einfachen und angestrengten Lebensweise sich nie erschöpfte. Die Schilderungen innerer Seelenzustände gelingen Ihnen ganz vorzüglich.

Denken Sie meinem Vorschlage nach, prüfen Sie Ihre inneren Kräfte, seien Sie nicht zu bescheiden und sagen mir, mit dem Vertrauen, das Sie mir ja immer und unwandelbar so gütig zeigen, und worauf meine Teilnahme an allem, was Sie angeht, auch gerechten Anspruch hat, Ihre Meinung.

Und nun leben Sie herzlich wohl, liebe Charlotte, ich erschrecke selbst über die Länge meines Briefes, aber Sie finden darin einen Beweis der innigen Teilnahme, womit ich Ihnen angehöre und unwandelbar angehören werde. Ihr H.

Tegel, den 12. Juni 1827.

ır lieber Brief, am 5. d. M. zur Post gegeben, hat mir, wie alle Ihre Briefe, wieder viel Freude gemacht, und ich danke Ihnen herzlich dafür, liebe Charlotte.

Ich weiß nicht, ob Sie in Ihrer Gegend auch so viele Gewitter haben. Neulich dauerte hier eins die ganze Nacht hindurch, und ich erinnere mich, nie so schöne und mannigfaltige Donner gehört zu haben. Alle Arten des fernen und langsamen und dann beschleunigten Rollens und der Schläge, die mit Krachen immer die Höhe verraten, kamen hintereinander vor. Ich saß, wie ich gewöhnlich tue, bis nach ein Uhr an meinem Schreibtisch beschäftigt, ging aber noch während des Gewitters zu Bette und schlief ein, als es noch in voller Stärke war. Ich liebe unter allen Naturerscheinungen die Gewitter vorzugsweise. Ob sie gleich freilich oft großen Schaden anrichten und schmerzliche Verluste herbeiführen, so sind sie doch auch durch Kühlung und den Regen, den sie gewähren, höchst wohltätig. Hier in Tegel kommen sie selten recht herauf, weil der sehr große See das ist, was die Leute eine Wetterscheide nennen. Haben sie aber den Übergang über den See gemacht, so ist es ein Beweis, daß sie groß genug waren, um den Abgang an Elektrizität, welche die Wassermasse ihnen nimmt, ertragen zu können, und dann pflegen sie sich nachher noch lange zu halten. Sie sagen mir in Ihrem Brief, daß Sie im letzten strengen Winter einige Akazien verloren haben, die Sie zum Schirm vor der Sonne in Ihrer Gartenstube hatten pflanzen lassen, und betrauern den Verlust der so schön herangewachsenen Bäume. Das glaube ich Ihnen gern und verstehe es ganz. Es ist nicht nur verdrießlich, Bäume zu verlieren, sondern es kann sogar schmerzlich sein, wenn man sich an einen Baum gewöhnt hat. Durch den Frost habe ich keinen Baum verloren, aber der Sturm hat mir eine Akazie entwurzelt und einen Ahorn gespalten. Beides waren alte, wunderschöne Bäume. Die Akazie habe ich nirgends größer gesehen. Sie hatte einen sehr dicken Stamm und weit verbreitete Äste. Im Grunde aber bleibt die Akazie selten gesund, wenn sie ein Alter, wie diese gewiß hatte, von 45 bis 50 Jahren erreicht. Auch diese war schon einmal gespalten, ich hatte aber durch eine, angelegte starke Klammer ihr wieder Festigkeit gegeben. Der Sturm hat sie langsam niedergebeugt und die Wurzeln mit aus der Erde gerissen. Der Ahorn war noch größer und schöner, aber leider so gespalten, daß ich den ganzen Baum habe müssen abhauen lassen. Nun ist eine Lücke entstanden, die man, wenn man nicht die Ursache weiß, für absichtlich hält, da sie gerade vom Hause eine hübsche Aussicht auf den See gibt, die mir aber leid tut, so oft ich hinblicke. Die Bäume sind darin eigentlich unglücklich, zu allem Wind und Wetter, allen Verunglimpfungen der Vögel und Insekten, der Beschädigungen durch Menschen garnicht zu gedenken, geradezu still halten zu müssen und sich nicht vom Fleck rühren zu können. Tieren steht es doch frei, einen Schutz zu suchen, und doch kann man sich kaum erwehren, die Bäume auch als empfindende Wesen anzusehen. Lebende sind sie offenbar. Ihr Neigen sieht oft wie eine Klage aus, daß sie so unbeweglich dastehen müssen; der Sturm ist ohnehin die unerfreulichste, ja man kann wohl sagen, fürchterlichste Naturerscheinung. Schon daß er eine so furchtbare Gewalt unsichtbar ausübt und man gar nicht einmal begreift, wie er plötzlich entsteht und sich wendet, macht ihn viel schauerlicher als die anderen Naturerscheinungen, die mehr in die Augen fallen. Bei Stürmen denke ich noch allemal mit größerer Teilnahme, wie Sie darunter leiden, da Sie mir wohl gesagt haben, daß Ihr Gartenhaus so wenig Sie sichert.

Sie haben es sich schon wieder müssen gefallen lassen, daß ich mich in meiner Liebe für die Bäume habe gehen lassen, aber Sie sind zu gut und unendlich gut und sagen mir sehr freundlich, daß Ihre eigenen Empfindungen für meine Lieblinge der freien Natur sehr gesteigert seien und Sie jetzt die belaubten Mitbewohner Ihres kleines Gebiets mit größerer Liebe betrachten als früher. Das sind so schöne und zart weibliche Äußerungen, daß ich sie mit Vergnügen gelesen habe und Ihnen recht innig dafür danke, liebe, gute Charlotte.

Sie sprechen in Ihrem Brief davon, daß ich wohl in diesem Sommer nach Schlesien gehen würde und dies Ihnen minder lieb sei, weil es Ihnen eine so weite Entfernung dünke. Ich gehe aber leider, obgleich ich Schlesien nicht berühren werde, in diesem Sommer noch weiter. Ich begleite nämlich meine Frau ins Bad nach Gastein. Dies Bad liegt hinter Salzburg und ist also nahe an 120 Meilen von hier. Wir gehen aber erst im Juli fort, und ich werde Ihnen in meinem nächsten Briefe, den ich noch vor meiner Abreise von hier schreiben werde, sagen, wohin ich Sie bitten werde, die Briefe an mich zu richten. Ich werde auch bei dieser Gelegenheit einmal wieder München besuchen, wo ich seit sehr langen Jahren nicht war. Unsere Abwesenheit wird bis in den September hinein dauern, da mit der Hin- und Rückreise schon bedeutende Zeit verloren geht und der Aufenthalt in München hinzukommt. Gastein ist eine der interessantesten Gegenden Deutschlands. Ich habe es zwar noch nicht selbst gesehen, da im vorigen Jahr meine Frau ohne mich da war, aber ich kenne Salzburg, und dort fängt das Gebirge an, von dem das Bad Gastein gewissermaßen die letzte und äußerste Schlucht ist. Gastein wird vom Norden Deutschlands wenig besucht, von Österreich und Bayern aber, und selbst aus Italien sehr viel. Dennoch sind alle Anstalten zum Wohnen und Leben dort sehr schlecht, und man denkt auch wenigstens nur sehr langsam darauf, sie zu verbessern. Da ich Tegel sehr liebe, so gehe ich eigentlich immer ungern weg. Doch ist das überwunden, wenn man im Wagen sitzt, und in vieler Rücksicht freue ich mich auf diese Monate. Ich habe sehr lange keine Berge und überhaupt keine wahrhaft große, schöne Natur gesehen, und so versetzt man sich immer gern in eine solche. Das Gasteiner Wasser gehört übrigens zu den wirksamsten, die man kennt. Was aber die Gesundheit betrifft, so gehören die Badereisen zum Teil auch zu den Moden der Ärzte. In meiner Kindheit und ersten Jugend war es höchst selten, daß jemand, wenn er auch bedeutend leidend war, sich in Bewegung setzte, um seine Gesundheit durch ein Bad wieder herzustellen. Jetzt sind die Menschen beweglicher geworden und finden mehr Vergnügen an dem Hin- und Herwandern, wissen sich auch, obgleich alles jetzt kostbarer ist, die Mittel dazu zu schaffen, und so entsteht in jedem Sommer eine eigentliche Auswanderung nach den Bädern. Doch glaube ich, daß es auch hier mehr Mode ist als anderswo, und z. B. bei Ihnen und in Ihrer Gegend.

+ + +

Sie schreiben, liebe Charlotte, in Ihrem letzten Brief viel von Gewittern, indem Sie auf etwas antworten, was ich in einem meiner Briefe darüber gesagt hatte. Ich bekam Ihre lieben Blätter gerade bei einem heftigen Gewitter. Daß es Ihnen ist, als könnten Sie den Wunsch hegen, gerade durch einen Blitz zu sterben, bin ich weit entfernt zu tadeln, ich finde es, wenn man den Tod leicht gegenwärtig hat, sehr natürlich und würde den Wunsch ohne Anstand selbst teilen. Es ist ein so reiner, garnicht verstümmelnder, kaum verletzender Tod, und wenn man auch immer, welche Todesart einem auch bestimmt sein mag, durch eine höhere Fügung stirbt, so ist es doch in der Einbildungskraft nicht auszutilgen, was Sie auch von Ihren Kinderjahren sagen, daß dieser Tod als

247

einer angesehen wird, der gleichsam unmittelbar vom Himmel kommt. Unter den Elementen gibt es kein reineres und schöneres Feuer, als das bloß durch die elektrische Naturkraft entstehende. Man wird auch bei dieser Todesart in einem so majestätischen Schauspiel hinweggenommen, daß darüber das Gewaltsame verschwindet. Kein durch äußere Umstände herbeigeführter Tod ist dem natürlichen so nahe kommend als dieser. Unstreitig aber sehen die vom Gewitter Erschlagenen weder den Blitz, noch hören sie den Donner. Es kann nur eine Sekunde sein, wo Leben und Bewußtsein dahin sind. Es ist indes sonderbar, daß Personen, die sich vor dem Gewitter fürchten, gerade bei dem Donner am meisten in Schrecken zu geraten pflegen: wenn man den Donner hört, ist alle Gefahr vorüber. Wieviel man ihnen das sagen mag, es hilft nichts. Es liegt das gewiß darin, daß der Donner durch sein furchtbares Krachen und langsam steigendes Rollen die Nerven erschüttert und damit alle ruhige und verständige Überlegung raubt, oder wenigstens schwächt. Es mag überhaupt die Gewitterfurcht nicht immer sowohl Furcht und ängstliche Besorgnis vor der drohenden Gefahr, sondern öfter eine Wirkung des Blitzes und des Donners auf reizbare Nerven sein. Es ist aber überhaupt eine nicht so leicht zu beantwortende Frage: ob vorzuziehen ist, schnell hinweggerufen zu werden, oder langsam zu sterben und das Bewußtsein seines Todes zu haben. Ich setze freilich dabei immer voraus, daß auch der langsame Tod ein schmerzloser sei. Selbst theologisch hat man die Frage aufgeworfen. Der Grund, den man sich dabei gedacht hat, ist wohl kein anderer gewesen, als daß man Zeit haben soll, sich auf den Tod vorzubereiten, damit man nicht unbußfertig sterbe. Davon, gestehe ich, würde ich wenig halten, und bin ohne Ihre Erklärung darüber gewiß, daß wir gleicher Meinung sind. Die Vorbereitung zum Tode muß das ganze Leben sein, so wie das Leben selbst, und wirklich von seinem ersten Schritte an, eine Annäherung zum Tode ist. Allein wenn ich auch in diesen Grund nicht eingehen kann, so läßt sich sonst, wenigstens im individuellen Gefühl, manches zugunsten eines voraussehenden, mit Bewußtsein verknüpften Todes sagen. Es hat immer etwas sehr Gewaltsames, so plötzlich hinweggerufen zu werden, auch wenn es ein bloßer Schlagfluß ist, und in der Tat noch so sanft. Dann aber liegt noch etwas Menschliches darin, sich dem Gefühl des Todes nicht entziehen zu wollen, ihn kennen zu lernen, bis auf den letzten Hauch das scheidende Leben in sich zu beobachten.

Leben Sie recht wohl, liebste Charlotte, und suchen Sie sich gegen den Ihnen so nachteiligen Einfluß der Hitze zu verwahren. Ihre Meinung, immer durch Aderlässe sich zu erleichtern, beunruhigt mich. Sie können dadurch nur geschwächt werden, und noch mehr bei Ihrem Mangel an Eßluft. Der Ihrige. H.

Bad Gastein, den 5. August 1827.

er Ort hier liegt schon den höchsten Bergen Deutschlands
sehr nahe. Man befindet sich selbst hier im Bade 2000 Fuß
über der Meeresfläche. Das Tal ist überaus lieblich und
schön. Von Salzburg hierher geht eine sehr große, sehr
bequem angelegte Straße. Doch ist das Tal sehr enge. Im
Grunde dankt man dies Tal nur dem Lauf des Flusses,
welcher darin sein Bett hat. Von Salzburg aus ist es den
größten Teil des Weges über die Salza, einige Meilen von hier
aber die Ache, die in die Salza fließt. Sehr selten aber kann
der Weg neben dem Fluß in der Talebene hinlaufen.
Meistenteils hängt er hoch an dem Felsen und geht nur da
hinunter, wo er sich mittels einer Brücke auf die andere Seite
des Flusses schlägt. An den Felsen hinlaufend, ist er mit
hohen Mauern, mitunter nur auch mit hölzernen Pfeilern
gestützt. Dieser Weg dauert aber nur bis in das Bad. Hier
streckt sich eine Bergkette quer vor. Von hier weiter kann
man nur mit ganz kleinen Landwagen noch etwa eine
Stunde weit fahren, nachher nur mit Lasttieren oder reitend
übers Gebirge kommen. Dies macht eben den schönen
Anblick des Ortes, da man, wenn man mit dem Gesicht
gegen das Ende des Tales steht, mehrere Stufen von Bergen
übereinander sieht, deren unterste mit dunkeln Tannen
bewachsen und die obersten mit Schnee bedeckt sind.
Unmittelbar an diesem Berge liegt das Haus, wo wir mit
anderen Badegästen wohnen, und das ein vom letzten
Erzbischof von Salzburg gebautes Schloß, aber weder
prächtig noch groß ist. Über diese das Tal beschließende

Bergreihe fällt nun die Ache, und bildet einen in seiner
ganzen Länge sehr hohen, aber eigentlich aus mehreren
einzelnen Fällen bestehenden Wasserfall. Die ganze Höhe
beträgt 630 Fuß. Von beiden Seiten ist er von steilen Felsen
eingeschlossen, über die aber an einigen Stellen der Schaum
in der Ferne sichtbar hervorspritzt. Die Lage des Schlosses
ist darin wunderbar und für mich sehr angenehm, daß die
Hinterseite so nahe an dem Felsen und dem Gebirge liegt,
daß man keine volle zwei Schritte Raum hat. Die Vorderseite,
die nach dem Orte zu liegt, hat hingegen eine hohe Treppe,
die vom Platz in das untere Stockwerk führt. Hinten herum
gehen Treppen und kleine mit Geländern versehene Pfade
den Berg hinauf, neben dem Wasserfall hin; dieser ist kaum
zwanzig Schritte vom Hause entfernt, und macht ein
großes, donnerartiges Getöse, das die Badegäste vom
Augenblick ihrer Ankunft bis zur Abreise nicht einen
Moment verläßt. Vielen, besonders nervenschwachen
Personen ist dieser Lärm sehr zuwider, sie machen weite
Spaziergänge, um sich auf Augenblicke davon zu befreien,
können nicht schlafen und haben ein großes Wesen damit.
Mir tut er nichts, vielmehr habe ich ihn gern. Ich bewohne
das Zimmer, dem er am nächsten ist, und arbeite und schlafe
vortrefflich. Das einzige Unbequeme ist, daß, wenn man
Besuch hat, man, um sich vor dem Rauschen zu verstehen,
viel lauter, als sonst angenehm ist, reden muß. Die kleinen
Felsenwege hinter dem Schloß führen auf eine über den
Wasserfall weg an seinen höchsten Punkt gehende Brücke.
Man hat dieser sehr unrichtig den Namen der
Schreckensbrücke gegeben. Sie ist angenehm und gewährt
einen lieblichen und ewig den Blick anziehenden Anblick,
hat aber im geringsten nichts Schreckliches. Geht man über
diese Brücke, so steigt man noch eine Zeitlang zur Seite der
eben ihrem Fall zustürzenden Ache und gelangt dann in ein
viel freieres Tal als das hiesige, das von noch höheren Bergen
umgeben ist. Es ist meiner Empfindung nach bei weitem

nicht so malerisch als das hiesige, aber man kann eine große Strecke lang ohne zu steigen fortgehen, weshalb ich es gern zu Spaziergängen wähle, auf denen ich mich mehr mit mir als mit der Gegend beschäftigen will. In dem Teile des eigentlichen Bades, das der Vorderseite des Schlosses gegenüberliegt, sind sehr schöne Pfade und Gänge aller Art, aber kein Platz, wo man nur 200 Schritte ohne hinauf oder hinab zu steigen gehen könnte. Für Personen, die an den Füßen leiden, ist das schlimm, da es ihnen leicht an Bewegung mangelt. Indes wird auch die Bewegung hier garnicht als notwendig zur Kur angesehen. Man legt sich vielmehr gleich nach dem Bade auf eine oder zwei Stunden ins Bett, und es wird für zuträglich gehalten, wenn man schläft. Die ersten Tage, ehe man die Wallung und Aufregung des Bades gewohnt wird, will das nicht gelingen, jetzt aber schlafe ich immer. Ich bade nämlich schon um vier Uhr morgens. Man bleibt gewöhnlich eine Stunde im Bade. Die Quelle ist sehr heiß, wohl 40 Grad Hitze; man läßt es früh ein, damit es abkühlen kann; 27 bis 28 Grad ist die gewöhnliche Badewärme. Getrunken wird das Wasser auch, doch ist das Baden die Hauptsache. Einigen bekommt auch das Trinken nicht. Ohne den Wasserfall wäre das Tal seiner größten Schönheit beraubt. Ich kann stundenlang dabeistehen und dies Treiben, Kochen und Sprudeln mit ansehen, in dem sich das Wasser bis zu bloßem Schaum verarbeitet. An den weniger jähen Stellen rollt es dann in länglichen, grünen Wölbungen fort, deren Säume nur mit Schaum eingefaßt sind, und überall ist eine Eile, eine Emsigkeit, als gelte es das Leben, das ruhige und stille Tal zu erreichen. Ich habe in der Schweiz und Italien viel größere und eigentlich auch schönere Wasserfälle gesehen, der hiesige gehört doch nur zu den kleineren. Aber seine Länge und die Verschiedenheit, bald senkrecht steiler, bald bloß einer mehr und minder schiefen Fläche ähnlicher Abhänge, gibt ihm wieder eine Mannigfaltigkeit, welche jene nicht haben. Ich bin in meiner Erzählung sehr ausführlich gewesen, weil ich weiß, daß es Ihnen an sich interessant sein wird, noch mehr aber, weil ich gewiß bin, daß Sie mich gern mit Ihren Gedanken begleiten und darum gern ein anschauliches Bild von einem Ort empfangen, der, soviel ich weiß, noch wenig beschrieben ist. Sie sehen zugleich, die Sie meine Neigung, mich an einer schönen Gegend zu erfreuen, kennen, daß mir die Zeit recht angenehm hingeht.

Auf der Herreise besuchte ich auch München und blieb vier Tage dort. Es ist von Kunstschätzen sehr viel und unendlich Schönes da zu sehen. Der König hat sehr viel antike Statuen und Gemälde zusammengekauft und läßt Gebäude mit königlicher Pracht aufführen, um sie darin aufzustellen. Dem Klima nach ist allerdings, wie Sie sagen, München keine angenehme Stadt. Im Sommer kann man das zwar nicht eben merken, allein es liegt auf einer sehr hohen Fläche und hat daher nicht bloß einen sehr strengen Winter, sondern auch sehr scharfe und unangenehme Winde. Vorzüglich klagt man über die Frühjahre und Herbste. Die unmittelbare Gegend rund herum ist auch nicht schön, sondern eher häßlich zu nennen. Bloß der englische Garten gewährt einen angenehmen Spaziergang und ist eine wirklich schöne Anlage.

Leben Sie recht wohl. Mit herzlicher Freundschaft und Teilnahme Ihr H.

Tegel, den 21. September 1827.

ﬢre beiden Briefe vom 4. und 15. d. M. sind mir, liebe Charlotte, richtig zugekommen und ich danke Ihnen recht herzlich dafür. Sie haben mir beide besondere Freude gemacht, da sich die Gesinnungen, die Sie mir schenken, darin gerade auf die angenehmste und mir gefälligste Art aussprechen. Es war mir auch eine erfreuliche Überraschung, daß mir der erste dieser Briefe unerwartet kam, also eine liebe Zugabe außer der Regel, weshalb Sie gewiß nicht um Verzeihung bitten dürfen. Ich erbitte mir nur Ihre Briefe auf einen bestimmten Tag, weil Sie das gern haben. Wenn ich neulich äußerte, daß es mir lieber sei, auf den Tag, nicht früher und nicht später, den Brief zu erhalten, so sagt das nicht, daß mir nicht immer einer mehr, welchen Tag er eintreffen möge, angenehm sei.

Was mir am erfreulichsten in Ihrem Briefe ist, ist vor allem das, was Sie mir über Ihre immer zunehmende Heiterkeit und Zufriedenheit sagen. Es ist das ein sicheres Zeichen, daß Ihre Seele jetzt in einer Stimmung ist, die aus einer Ihnen ziemlich zusagenden äußeren Lage und Schicksalen hervorgeht. Erhalten Sie sich so viel als möglich darin, liebe Charlotte. Der Mensch kann immer sehr viel für sein inneres Glück tun, und was er äußeren Ursachen sonst abbetteln müßte, sich selbst geben. Es kommt nur auf die Kraft des Entschlusses und auf einige Gewöhnung zur Selbstüberwindung an. Diese aber ist die Grundlage aller Tugend sowie aller inneren, größeren Gesinnung. Sie sagen in Ihrem Briefe vom 15. September: »Ich weiß, daß alles, was mich eigentlich jetzt beglückt, so bleibt, wie es ist.« Gewiß, liebe Charlotte, dürfen Sie nicht fürchten, daß ich je anders gegen Sie werden würde, als ich jetzt bin. Sie befolgten es einmal, und obgleich auch damals Ihre Besorgnis unbegründet war, konnte sie dennoch damals eher entstehen. Es sind seitdem über zwei Jahre verflossen, und Sie haben gesehen, wie unnötig Ihre Besorgnisse waren, und nicht die leiseste Umänderung eingetreten ist, und das Verhältnis unter uns dadurch zu dem geworden ist, was Ihnen das liebste ist, und die Gestalt angenommen hat, die Ihnen am meisten zusagt. In mir ist eine Änderung wahrhaft unmöglich. Ich nehme den herzlichsten Teil an Ihnen und Ihrem Schicksal, wünsche Ihr Glück, trage gern zu Ihrer Freude bei, gebe gern Ihren Wünschen nach, wo es sich so tun läßt und so geschehen kann, daß ich nicht aus meinem inneren Kreise herausgehe. Für mich erwarte ich nichts, Sie können Ihrem Charakter und Ihren Gesinnungen nach mich nie täuschen, aber ich kann auch von niemandem getäuscht werden, da ich von keinem auf etwas Anspruch mache, mich keinem mit Erwartungen nähere, sondern mein inneres Bedürfnis so mit meinem eigenen inneren Vermögen in Gleichgewicht gesetzt habe, daß sich das erstere nie nach außen zu wenden braucht. Ich kann mit Wahrheit sagen, daß ich nie auf Dank rechne, sondern das, was ich für andere tue, wenn es mir nicht gewissermaßen gleichgültig erscheint, aus Ideen und Grundsätzen fließt, die für mich einen von der Wirkung auf den andern ganz unabhängigen Wert haben. Ich werde auch nie durch etwas gereizt. Was mein Wesen ausmacht, ist abgeschlossen in sich und unabhängig von allen solchen das Leben so vieler kleinlich bewegenden Zufälligkeiten. Ich tadle diese darum nicht; sie haben ihre Weise und ich die meinige. Aber die meinige ist die sicherere und beglückendere. Dabei ist mir jede Anerkennung, jede mir erwiesene Teilnahme, jede mir geäußerte Gesinnung erfreulich, und ich bin gern dankbar. Ich schätze sie besonders als ein Zeichen dessen, was in der Seele derer ist, die sie hegen. Wird nun eine solche anhängliche, treue, verehrende Gesinnung seit langer und sehr langer Zeit, wie in Ihnen, liebe Charlotte, fortgetragen, so steigt natürlich der Wert derselben. Es freut mich daher immer, zu sehen, wie Sie erkennen, daß der nie sich verleugnende Ernst und die in sich geschlossene Festigkeit meiner Ideen, meine Unabhängigkeit von äußeren Dingen, meine Gewohnheit, mein Glück mir nur selbst aus meinem Innern zu schöpfen, über Ihnen schweben, wie Sie gern daran herauf blicken und Ihre Ideen dadurch berichtigt sehen, wo sie einer Berichtigung bedürfen. So wird es auch gewiß ferner und immer bleiben. Mein inniger Anteil, meine Bereitwilligkeit, meine Freude, Ihnen nützlich und erfreulich zu sein, werden Ihnen stets unwandelbar bleiben. Ich bitte Sie, mir den 2. Oktober und nicht später zu schreiben. Der Herbst ist wunderschön; ob er gleich immer unsere sicherste und beste Jahreszeit ist, scheint es mir doch, daß er in diesem Jahr sich selbst übertrifft. Leben Sie recht wohl. Mit der herzlichsten Teilnahme Ihr H.

Tegel, den 8. Oktober 1827.

 ch habe, liebe Charlotte, Ihren Brief vom 2. Oktober vor
einigen Tagen erhalten, und er hat mich aufs neue erfreut,
und ich danke Ihnen herzlich dafür.

Was sagen Sie zu diesem prachtvollen Wetter? Man kann
unmöglich es so ungerührt an sich vorübergehen lassen.
Indes liebe ich an unserem nördlichen Klima das, daß die
Jahreszeiten sich voneinander unterscheiden, und nicht in
Gleichförmigkeit ineinanderfließen. In südlichen Ländern ist
das nicht so, der Frühling trennt sich nicht bestimmt wie
bei uns vom Winter, er ist mehr nur der noch mildere Teil
desselben. Gerade aber der Übergang aus der Erstarrtheit
und der Dumpfheit des Winters in die heitere Lauigkeit des
Frühlings macht einen tiefen und anregenden Eindruck auf
das Gemüt. Verbunden mit dem Herbst, durch den hindurch
die Natur in die Gebundenheit des Winters übergeht,
schließt sich der Wechsel und die Folge dieser drei
Jahreszeiten an die großen Ideen an, die dem Menschen
immer die nächsten sind, das Erstarren im Tode und das
Auferstehen zu neuem Leben. Was man um sich sieht und
empfindet, und was einer in der inneren Tiefe seines Gemüts
denkt, stellt unter ganz verschiedenen Formen immer diesen
Wechsel und diese Übergänge vor. Am lebendigsten aber tut
es die Natur im Wechsel der Jahreszeiten, in allem Begraben
des Samens in die ihn mütterlich verdeckende Erde, und
dem Wiederhervorkeimen aus derselben und vielen anderen
Erscheinungen, die man symbolisch und allegorisch also

deuten und darauf beziehen kann. Es ist der große Gedanke der Natur selbst, die nur dadurch besteht, daß sie sich ewig wieder erneuert. Wäre man immer recht durchdrungen von dieser Idee, so würde man sehr oft seinen Handlungen, Empfindungen und Gedanken eine andere Richtung geben, als man jetzt oft tut. Man würde nämlich fühlen, daß alles darauf hinausgeht, eine gewisse Reife zu erlangen, mit welcher allein jener Übertritt aus dem gebundenen und unvollkommenen Zustande in den freieren und vollkommeneren gedacht werden kann. Denn man kann sich doch das Sterben und wieder zu neuem Dasein Erstehen nicht als bloß zufällig geschehend, oder auf irdische Ereignisse berechnet, vorstellen. Das Verlassen dieses Lebens steht gewiß, es geschehe früh oder spät, in unmittelbarer Beziehung auf das innere Wesen des Dahingehenden und ist immer ein Zeichen, daß nach der Erkenntnis, der nichts verborgen ist, eine fernere Entwickelung auf dieser Erde dem Scheidenden nicht mehr vorteilhaft war. Ebenso kann auch der Tod nicht auf alle gleiche Wirkungen haben den, welcher im Leben mehr und höher zu geistiger Stärke gereift war, nicht so als den führen und stellen, der darin zurückgeblieben. Der Tod und das neue Leben ergreifen nur immer das für sie Gereifte. So muß also auch der Mensch diese Reife in sich befördern, und die Reife für den Tod und das neue Leben ist nur eine und eben dieselbe. Denn sie ist eine Trennung vom Irdischen, eine Gleichgültigkeit gegen irdischen Genuß und irdische Tätigkeit, ein Leben in Ideen, die von aller Welt entfernt sind, ein Sichlosreißen von dem Sehnen nach Glück, es ist mit einem Wort die Stimmung, daß man unbekümmert um die Art, wie man hier vom Schicksal behandelt wird, nur auf das Ziel sieht, dem man zustrebt, daß man also Stärke und Selbstverleugnung übt und wachsame Herrschaft über sich selbst. Daraus entsteht die heitere, furchtlose Ruhe, die, nichts Äußeres bedürfend, sich wie ein zweiter Himmel, ein geistiger, neben dem körperlichen in unbewölkter Bläue über den so in sich gestimmten Menschen ausbreitet.

Tegel, den 26. Oktober 1827.

ntschuldigen Sie sich nie, liebe Charlotte, wenn Sie einmal einen Posttag später schreiben, als ich Ihnen meinen Wunsch nach einem Briefe ausgedrückt hatte. Sie sind immer so pünktlich und aufmerksam, daß ich gewiß bin, daß dann ein Hindernis eintrat, das Sie nicht beseitigen konnten. Auch bestimme ich ja nur die Tage, weil Sie es wünschen.

Sie haben sehr recht, in Ihrem letzten Briefe zu sagen, daß der 18. Oktober, den man gleich nach dem Ereignis, welches damals so ungeheuer schien, ewig feiern wollte, jetzt schon beinahe vergessen ist. Wahrhaft als ein Erinnerungstag gefeiert wird er noch in Hamburg, aber ich glaube, auch nur da. Es liegt indessen in der Natur der Dinge, daß ein Ereignis das andere treibt, und daß es kaum möglich ist, eins auf sehr lange festzuhalten. Man empfindet die wohltätigen Folgen noch dankbar im Innern der Brust, man gedenkt der wundervollen Fügung des Schicksals, wodurch die menschlichen Pläne an einem so denkwürdigen Tage ein solches Gedeihen gewannen, aber der frohe, über alles hinweghebende, sich im allgemeinen Jubel ergießende Sinn erstirbt; was kurz nach der Gegenwart als eine ganz außerordentliche Begebenheit, ein wahres Wunder erschien, tritt nun in den gewöhnlichen Lauf der Begebenheiten zurück. Wenn das auch nicht recht sein mag, so ist es doch natürlich, und ist, so lange die Welt steht, so gewesen. Ich kann es selbst nicht so sehr tadeln. Alles, was man Staats-

und Weltbegebenheiten nennt, hat in allen äußeren Dingen die größte Wichtigkeit, stiftet und vernichtet im Augenblick das Glück, oft das Dasein von Tausenden, aber wenn nun die Welle des Augenblicks vorübergerauscht ist, der Sturm sich gelegt hat, so verliert sich, ja so verschwindet oft spurlos ihr Einfluß. Viele andere ganz geräuschlos die Gedanken und Empfindung stimmende Dinge sind da oft weit mehr von tiefem und dauerndem Einfluß. Der Mensch kann sich überhaupt sehr frei halten von allem, was nicht unmittelbar in sein Privatleben eingreift, und dies ist eine sehr weise Einrichtung der Vorsehung, weil so das individuelle Glück unendlich mehr gesichert ist. Gerade auch je mehr der Mensch sich in seine Individualität einschließt, desto mehr geht aus ihr hervor, was segensvoll auf das Gemüt und das innere Glück vieler wirkt. Diese Betrachtungen verrücken zwar sehr die gewöhnlich über das, was wichtig und unwichtig ist, herrschenden Ideen; das für das Wichtigste Gehaltene wird fast zur Gleichgültigkeit herabgesetzt und dem Unscheinbaren große Bedeutung beigemessen. Sie sind aber darum doch nicht minder wahr, und werden auch gewiß so von allen empfunden, welchen das äußere Weltleben nicht allen inneren Sinn abgestumpft hat. Auch die verschiedenen Epochen des Lebens verändern hierin die Ansicht sehr. Dem Jugend- und früheren Mannesalter sagt alles mehr zu, was auf einen größeren Schauplatz versetzt; im Alter fällt der falsche Glanz von den Dingen, aber sie erscheinen darum nicht ohne Bedeutung, hohl und leer. Man lernt nur das Reinmenschliche in ihnen suchen und schätzen und dies bewährt sich ohne Wandel, so lange man Kraft behält, sich mit ihm in Berührung zu setzen.

Im Dezember 1827.

r stehen wieder am Schlusse eines Jahres. Der Monat, in
dem das Jahr zu Ende geht, wir haben schon oft in unseren
Briefen dabei verweilt, hat immer etwas zugleich Feierliches
und Anregendes für mich. Man sagt sich wohl tausendmal,
daß die Jahreseinteilungen etwas ganz Unbedeutendes und
Unwesentliches sind, und in der Tat ginge die Zeit eben so
leer und ebenso bewegt, wie sie jeder ergreift und wie sie
jeder aufnimmt, hin, wenn man ganz vergäße, welche
Woche, welcher Monat und welches Jahr es wäre. Allein
diese trocken vernünftige Philosophie verliert sich doch im
Leben, und wer nur irgend Empfindung in sich trägt, geht
immer ganz anders vom 31. Dezember zum 1. Januar, als
von zwei anderen aufeinander folgenden Tagen über. Es ist,
als wenn der Mensch versucht, durch die Zeiteinteilungen
der Flüchtigkeit der Zeit Einhalt zu tun, wenigstens ihren
ununterbrochenen und ungeschiedenen Lauf zu
unterbrechen. Sie selbst zwar geht immer fort, aber der
Mensch fleht wie auf einer schmalen Grenze zwischen der
Vergangenheit und Zukunft still, er sammelt sich, nimmt in
seinen Gedanken den zuletzt verflossenen Zeitabschnitt
zusammen und umspannt den nächstfolgenden mit neuen
Vorsätzen, Entwürfen, Hoffnungen und Besorgnissen. Ich
möchte die Veranlassungen, dies zu tun, nie aufgeben. So
wenig man ihrer eigentlich bedarf, so willkommen ist es,
gewahr zu werden, daß sie einen mahnen. Denn eine
Mahnung liegt ganz eigentlich in der Zeit, sie straft mit der
Unwiederbringlichkeit der Schritte, die sie einmal getan; sie

drängt zugleich auf die Gegenwart mit der Ungewißheit der Zukunft, und zwischen dieser Unwiederbringlichkeit und Ungewißheit steht der Mensch beständig, immer mit dem Gefühl, das Versäumte nie zurückführen zu können und nicht vorauszusehen, ob es die Zukunft nachzuholen gestatten wird. Dann halte ich auch sehr viel auf das Charakteristische gewisser, ja jeder Epoche des Lebens. Jedes Jahrzehnt bringt seine Sitten, Gewohnheiten, Schicklichkeiten mit, jedes seine Genüsse und seine Entbehrungen, und die Weisheit ist nur, das nicht zu verwechseln, nicht in ein Alter überzutragen, was einem andern angehört.

Ich habe, wie Sie, liebe Charlotte, wissen, eine eigene Liebe für die sternhellen Winternächte, und es freut mich nicht allein, daß Sie auch diese Neigung, wie so viele andere mit mir teilen, sondern auch, daß Sie mir oft gesagt haben, daß ich Sie noch mehr dahin geführt, und Ihnen meine Anleitungen nützlich waren. Ja, es macht mir oft Freude zu denken, daß sich unsere Blicke wohl oft in einem Planeten oder anderen Gestirn begegnen in den tiefdunkeln, hellen, schönen Winternächten, die wir jetzt haben, da Sie, wie Sie mir wohl gesagt haben, aus Ihrer Wohnung einen freien weiten Horizont nach allen Seiten haben. Die Freude daran ruht wirklich bei mir mit aus Gewohnheit. In meiner Jugend, als ich zwanzig Jahre und darüber war, ging ich ganze Nächte hier, und wo ich war, auf den Straßen herum. Wenn ich dann so die Gestirne hinziehen und ihre Stellungen verändern sehe, fällt mir immer ein, daß es nur die Abteilungen der Zeit sind, von denen ich eben sprach, die uns an jene fernen Welten heften, durch die wir ihre gegenseitigen Stellungen zu Bestimmungspunkten in uns und für uns zu einer Epoche in ihrem Gange machen.

Das Versenken in diese Ferne, das Sichverlieren in dieser Menge der Weltkörper, die sich dem Auge selbst wie ein einziges Lichtmeer darstellen, macht mich ganz eigentlich glücklich und fesselt mich, daß ich mich stundenlang nicht davon losreißen kann. Ist der Jupiter eben sichtbar, suche ich ihn immer zuerst auf und erfreue mich an seinem hellen, milden, weißen Lichte; dann verfolge ich die so unendlich fernen Fixsterne und habe es gern, wenn das Auge zuletzt sich in dem für unser Auge ungeschiedenen Glanzschimmer der Milchstraße verliert. Selbst das bloße Schauen in die tiefe Nacht, wo gerade sternlose Räume sind, ist schön, zumal gerade jetzt, wo die mondlosen Nächte so ganz und unaussprechlich dunkel und finster sind, überhaupt ist es bewunderungswürdig, welchen Genuß der anhaltend verweilende Anblick ganz einfacher Gegenstände in der Natur macht. Gewiß haben auch Sie bisweilen am Wasser gesessen, bloß um die Blicke und die Gedanken darin recht zu versenken. Für mich ist es einer der belohnendsten Genüsse, und der kleinste Bach, der stillste Teich, der sonst unbedeutendste See reicht dazu hin. Es ist das reine, klare, unbewegte Element, das diese Kraft ausübt. Es ist mir immer sehr begreiflich gewesen, wie man sich einbilden konnte, daß Wassernixen den am Ufer Sitzenden herabzögen. Es zieht wirklich hinab, und es ist einem bisweilen dabei, als könnte man nur so niedersteigen, um da ewig zu ruhen, als müßte man es. Es ist in diesem Gefühl gar kein Unwille mit der Erde, kein Überdruß an dem, was sie bietet, es ist die reine Luft am feuchten Element. Es ist überhaupt ein Vorurteil, wenn man meint, daß das Vergnügen an der Natur gerade eine schöne Gegend erfordere. So unleugbar es ist, daß diese den Reiz unendlich erhöht, so ist der Genuß überhaupt nicht daran gebunden. Es sind die Naturgegenstände selbst, die, ohne auch für sich auf Schönheit Anspruch zu machen, das Gefühl anziehen und die Einbildungskraft beschäftigen. Die Natur gefällt, reißt an sich, begeistert, bloß weil sie Natur ist. Man erkennt in ihr eine unendliche Macht, größer und wirksamer als alle menschliche, und doch nicht furchtbar. Denn es ist, als strahlte einem jeder Naturgegenstand immer etwas Mildes und Wohltätiges entgegen. Denn der allgemeine Charakter der Natur ist Güte in der Größe. Wenn man auch wohl von schauderhaften Felsen, schrecklich schönen Gegenden spricht, so ist die Natur niemals furchtbar. Man wird bald mit der wildesten Felsenschlucht vertraut und heimisch in ihr, und empfindet, daß sie dem, der einsiedlerisch zu ihr flüchtet, gern Ruhe und Frieden beut.

Die gedrückte und schwermütige Stimmung, deren Sie erwähnen, tut mir sehr leid, und es rührt mich, wie unverkennbar sie durchscheint, daß Sie dabei so wenig und kurz verweilen, um sie mir zu entziehen. Ich weiß und fühle sehr wohl, daß in einem nicht sorgenfreien, eher sorgenvollen Leben unangenehme, verdrießliche Vorfälle widrige Störungen hervorbringen und der nach Ruhe schmachtenden und der Ruhe so innig bedürfenden Seele schmerzlich entgegentreten – aber es sind diese Stimmungen dennoch den Wolken zu vergleichen, die auch bald licht und hell, bald dicht und finster getürmt einherziehen. Es läßt sich auch da nicht immer sehen, woher sie kamen, wohin sie ziehen, aber die Sonne verscheucht sie. Die Sonne für das Gemüt ist der Wille. Allein, wenn dies sehr leidet, reicht er nicht aus. Wir bedürfen dann Glauben. Glaube kann uns allein über das kleinliche tägliche Leben und irdische Treiben erheben, der Seele eine Richtung aufs Höhere geben und auf Gegenstände und Ideen, die allein Wert und Wichtigkeit haben. Es gibt etwas, das Ihnen nicht fehlt, ja, das Ihnen, liebste Charlotte, innewohnt, das Sie auch gewiß höher achten als alles, was man äußerlich und innerlich Glück zu nennen pflegt. Es ist der Friede der Seele. Er wird nach Verschiedenheit der menschlichen Richtungen auf sehr verschiedenen Wegen gewonnen und erhalten. Der im äußeren Glück und selbst Glanz Lebende bedarf dieses

Friedens ebensosehr als der mit Kummer und Sorgen Beladene. Aber er erlangt ihn schwerer. Denn jeder Friede ist ein einfaches Gefühl, das in verwickelten Verhältnissen schwerer gewonnen wird. Es beruht freilich auf Ruhe und Reinheit des Gewissens, damit allein aber ist es nicht errungen. Man muß sich zufrieden mit seinem Schicksale empfinden, sich mit Ruhe und Wahrheit sagen, daß man das Schicksal nicht anklagt, sondern wenn es glücklich ist, mit Demut, und wenn es unglücklich ist, mit Ergebung und mit wahrem Vertrauen in Gottes weise Führung empfängt. Da die schwerere, sorgenvollere Lage auch das Verdienst erhöht, sich ohne Klage zu finden und sich in ihr zu erhalten, oder aus ihr herauszuarbeiten, so gelangt man auf diesem Wege zur harmonischen Übereinstimmung mit dem Geschicke, wie es auch sein möge. Sie, liebe Charlotte, wissen und üben das alles selbst. Sie brauchen nur in sich und mit Vertrauen auf Ihre innere Kraft davon Gebrauch zu machen, und Sie werden gewiß die schwere und niederbeugende Stimmung, über die Sie jetzt klagen, überwinden, wenn sie nicht anders einen äußeren Grund hat, den ich nicht kenne, der aber freilich sehr einwirkend sein kann und von mancherlei Art. Wie sehr wünsche ich, daß alles, was Sie in Wahrheit oder in der Vorstellung drückt, im alten Jahr zurückbleibe und das neue heiter und froh beginne. Mit diesen herzlichen Wünschen Ihr H.

Berlin, Januar 1828.

er Abschnitt eines Jahres hat immer eine gewisse Feierlichkeit, meiner Empfindung nach mehr und ganz anders als ein Geburtstag. Dieser bezieht sich immer nur auf eine Person, und für den, der ihn sonst erlebt, ist er nur ein Abschnitt im Abschnitte des ganzen Jahres. Für alle eine Erneuerung der Epochen ist nur das erneuerte Jahr selbst, und es erregt daher auch eine allgemeine Teilnahme. Das Jahr selbst, das abgeschiedene und das neu eintretende, wird wie eine Person betrachtet, von der man Abschied nimmt und die man begrüßt. Jedes Jahr hat seine eigenen geschichtlichen Ereignisse, die sich in die Reihe der individuellen Schicksale verweben, selbst wenn man gar keinen Teil daran nimmt, da man sich beinahe unwillkürlich daran erinnert, bei diesem oder jenem nur einen selbst betreffenden Vorfall gerade auch von diesem oder jenem öffentlichen Ereignis gehört zu haben. Es ist aber auch keine Einbildung, daß die Jahre glücklich oder unglücklich für die Menschen sind, und daß man es ihnen gleichsam ansieht, wie sie sich in dieser Hinsicht gestalten werden. Ich meine damit nicht große Unglücksfälle, aber so das kleine Mißraten aller Unternehmungen, das Fehlschlagen der frohen Erwartungen, die man sich auf diese oder jene Weise gebildet hatte, in der Art, wie es auch Tage so gibt, wo man z. B. in allem ungeschickt ist, alle Augenblicke etwas fallen läßt, sagt, was man nicht sagen soll, und wie es so oft in Träumen geschieht, niemals zu dem kommt, was man in der Absicht hat. Alles das liegt freilich weniger noch im

Schicksal als im Menschen, der sich immer selbst sein Schicksal macht. Es kommt wohl oft von den ersten Eindrücken her, die man beim Beginnen des Jahres bekommt, und die gleich das Vertrauen auf sein Glück schwächen, oder gar Furcht vor Unglück oder wenigstens Besorgnisse erwecken. Bisweilen ist es auch bloß phantastisch. So halte ich viel von der Jahreszahl. Wenn sie viele ungerade Zahlen enthält, hat man bei aller Vernunft eine Art Scheu davor. Wenn dagegen so schöne gerade Zahlen wie in 1828 sind, so flößt das eine gewisse freudige Sicherheit ein. Man schließt sich in das Jahr mit heiterem Mute ein, wie in ein Fahrzeug, das schon durch sein Ansehen verspricht, einen sicher an das Ufer des nächsten Jahres zu bringen. Wenn ich sagte, daß jeder sich selbst sein Schicksal macht, so ist das ein altes Sprichwort, freilich ein heidnisches, das aber auch, christlich genommen, einen richtigen Sinn hat. Es ist nämlich hier von dem inneren Schicksal die Rede, von der Empfindung, mit der man das Äußere aufnimmt, und das hat der Mensch in seiner Gewalt. Er kann immer Ergebung, Fassung, Vertrauen auf wohltätige höhere Macht in sich erhalten, und wenn es ihm noch daran fehlt, in sich hervorbringen. Wenn der Mensch nicht darin allein von sich selbst abhinge, so gäbe es keine Freiheit.

Indem die Vorsehung die Schicksale der Menschen bestimmt, ist auch das innere Wesen des Menschen dabei in Einklang gebracht. Es ist eine solche Harmonie hierin, wie in allen Dingen der Natur, daß man sie auch gegenseitig auseinander ohne höhere Fügung erklären und herleiten könnte. Gerade dies aber beweist um so klarer und sicherer diese höhere Fügung, die jener Harmonie das Dasein gegeben.

In der letzten Hälfte des Märzes werde ich eine größere Reise machen und wohl erst in sechs Monaten zurückkommen.

Meine jüngste Tochter ist, wie Sie wissen, an Herrn von Bülow verheiratet, und dieser ist jetzt preußischer Gesandter in London. Er ist schon seit mehreren Monaten dort und meine Tochter will ihm nun mit ihren drei kleinen Mädchen nachgehen. Dahin nun werde ich, meine Frau und meine älteste Tochter sie begleiten. Wir gehen über Paris und halten uns dort einige Wochen auf, dann gehen wir nach London über und bleiben dort etwa anderthalb Monate. Von da reisen wir, ich, meine Frau und älteste Tochter, wieder über Paris und dann über Straßburg und München nach Gastein und brauchen dort die gewöhnliche Badekur. Ende September können wir auf diese Weise wieder hier sein. Ich mache die Reise sehr gern, und das einzige, was mir daran unlieb ist, ist die Notwendigkeit, schon in der Mitte des August wieder in Gastein sein zu müssen. Ich liebe zwar Gastein sehr und bin gern da, aber ich würde diesmal die Zeit lieber länger in London zubringen und dann auch später hierher zurückkommen. So setzt mir das Bad zu bestimmte Grenzen in meinem Aufenthalt. Paris und London sehe ich mit großer Freude wieder. Wenn ich nicht auf dem Lande bin, bin ich am liebsten in den größten Städten. Mitten im Gewühl ist man wieder in der Einsamkeit. Solch eine Reise scheint sehr groß und ist es auch der Meilenzahl nach, aber am Ende ist die Zahl der Tage, die man im Wagen zubringt, doch so groß nicht. Nachts werden wir nie fahren, und so ist es viel weniger unbequem, als es auf den ersten Anblick scheint. Das Wetter kann freilich im März noch kalt und unangenehm sein, doch ist in Deutschland der April gewöhnlich gut, und sollte der Mai Nücken von Rauheit haben wollen, so sind wir dann schon im milderen Frankreich. Meinen Schwiegersohn finden wir in London schon in einem ganz eingerichteten Hause, und so entgehen wir den Unbequemlichkeiten, die man sonst in einer fremden Stadt erfährt. Paris nenne ich nicht fremd. Ich habe es mit meiner

Frau und Kindern in den früheren Jahren meiner Heirat einige Jahre hindurch bewohnt. Es sind mir zwei Kinder dort geboren und eins gestorben. Nachher war meine Frau einige Monate ohne mich dort, und ich während des Krieges zweimal ohne sie. Jetzt sind es freilich elf Jahre, daß ich nicht nach Paris gekommen bin, und als ich das letztemal, es war bei Nacht, herausfuhr, dachte ich bei mir, daß ich nie wieder hinkommen würde. Mit demselben Gefühl sah ich die felsigen Ufer von England, als ich es im Jahre 1818 verließ. Das Schicksal hat es sonderbar gefügt, daß ich nun wieder ganz unerwartet dahin komme, und daß mein Schwiegersohn die Stelle bekleidet, die ich damals hatte. Er bleibt vermutlich lange dort, und so wird mir das eine Veranlassung werden, auch öfter hinzureifen. Täte ich es aber je allein, so würde ich nicht den weiten Weg über Paris, sondern gewiß den kurzen über Hamburg nehmen. Man ist alsdann in wenig Tagen in London und kann in drei Wochen hin- und herreisen und beinahe vierzehn Tage in London zubringen. Wie wir es mit unserm Briefwechsel einrichten, will ich Ihnen in meinem nächsten Briefe schreiben. Sein regelmäßiger Gang wird nicht dadurch unterbrochen werden. Natürlich brauchen die Briefe längere Zeit, um anzukommen, aber dies ist vorzüglich nur das erstemal unangenehm und fühlbar. Hernach bleibt, welche die Entfernung sei, der Zwischenraum derselbe. Ich werde es übrigens so einrichten, daß Sie Ihre Briefe ganz wie gewöhnlich hierher schicken. Hier ist ohnehin ein Mensch, der mir die Briefe, wo ich bin, nachsendet. Auch die meinigen werden Sie in der Regel wohl von hier aus bekommen, so wird alles im gewohnten Geleise bleiben. Bei meinem Wiederkommen nach Paris und London fällt mir ein, daß irgendwo sehr hübsch gesagt ist, daß man immer nur die Orte gern besucht, die man schon von früher her kennt. Das ist aus sehr richtiger Beobachtung geschöpft, es ist wirklich so und macht den Empfindungen des Menschen

Ehre. Man behandelt Orte wie Menschen und kehrt nur zu den schon bekannten gern zurück. Die Freude, die Sie in Ihrem stillen Leben am Sternhimmel haben, macht mir wiederum Freude, da sie durch die meinige mehr erhöht und vermehrt ist; gern beantworte ich Ihre Fragen, so viel ich es selbst kann. Daß Ihnen früher die Zahllosigkeit der Gestirne, das Unendliche des Weltraums, mit einem Wort, die Unermeßlichkeit der Schöpfung furchtbar erschien, habe ich sonst kaum begreifen können, und es freut mich, daß sich diese Empfindung in Ihnen verloren hat. Die Größe der Natur schon ist eine erhebende, heitere, die ich gerade zu den am meisten beglückenden rechnen möchte. Noch mehr aber ist es die Größe des Schöpfers. Wenn man auch zugeben könnte, daß sie als Größe niederdrückend wäre, so würde sie wieder erhebend und beglückend sein durch die unermeßliche Güte, die sich zugleich für alle Geschöpfe darin ausspricht. Überhaupt ist es doch nur die physische Macht und Größe, welche als gewissermaßen niederdrückend Furcht einflößen kann. So unendliche physische Macht aber auch diejenige ist, welche sich in der Schöpfung und dem Weltall verherrlicht und darstellt, so ist sie doch noch weit mehr eine moralische. Diese aber, das wahrhaft Erhabene, erweitert immer das Innere, macht freier atmen und erscheint allemal in Milde, als Trost, Hilfe und Zuflucht. Man kann mit Wahrheit sagen, daß diese schaffende allmächtige Größe überall sich in gleicher, gleiche Bewunderung auf sich ziehenden Stärke sehen läßt. Aber man kann mit Wahrheit behaupten, daß am Himmel in den Gestirnen sie in einfacheren Verhältnissen erscheint. Sie drängt sich der Phantasie mehr auf, es ist alles nur durch Zahl und Maß zu ergründen, und es flieht doch wieder durch seine Unendlichkeit alle Zahl und alles Maß. Gerade weil man an den Himmelskörpern lauter Verhältnisse findet, die sich auf mathematische zurückbringen lassen, kennt man die Räume des Himmels in einigen Stücken besser als die Erde und ihre Geschöpfe. Schreiben Sie mir, liebe Charlotte, den 26. d. M., und seien Sie überzeugt, daß alles, was Sie mir sagen, großes Interesse für mich hat und mir immer willkommen ist. Leben Sie herzlich wohl und zählen Sie auf meinen unwandelbaren, unveränderlichen Anteil. H.

+ + +

Das Leben ist eine Gabe, die immer so viel Schönes für einen selbst, und wenn man es nur will, so viel Nützliches für andere enthält, daß man sich wohl in der Stimmung erhalten kann, es nicht nur in Heiterkeit und innerer Genugtuung fortzuspinnen, sondern daß man auch aus wahrer Pflicht alles tun muß, was von einem selbst abhängt, es zu verschönern und es sich und andern nützlich zu machen.

Der Ernst und selbst der größte des Lebens ist etwas sehr Edles und Großes, aber er muß nicht Hörend in das Wirken im Leben eingreifen. Er bekommt sonst etwas Bitteres, das Leben selbst Verleidendes.

Wenn man auch das Ende des irdischen Daseins garnicht fürchtet, wenn man ihm sogar mit mehr als gewöhnlicher Heiterkeit entgegensieht, muß man dem Gedanken daran doch keinen auf irgendeine Weise störenden Einfluß auf das Leben einräumen.....

Wir reisen nach Paris über Weimar und Frankfurt a. M. Weimar ist die nähere und in Wegen und Wirtshäusern die bessere Straße. Wir bleiben übrigens wegen des Hofes, mit dem wir sehr bekannt sind, einige Tage dort.

Berlin, den 21. März 1828.

s freut mich, Ihnen, liebe Charlotte, sagen zu können, daß sich unser Reiseplan so geändert hat, daß wir über Kassel gehen werden. Unser Plan ist, am 31. von hier abzureisen, und hiernach können wir am 2. April in Kassel sein. Eine Nacht bleiben wir dort auf jeden Fall, ob den folgenden Tag und also zwei Nächte, weiß ich noch nicht. Überhaupt ist kein Plan gewiß, wenn man mit mehreren reist.

Ich freue mich sehr, Sie zu sehen. Es wird freilich nur auf eine oder zwei Stunden sein können, aber es ist immer schön, sich wiederzusehen. Komme ich früh genug an, so komme ich noch denselben Abend zu Ihnen; ist es zu spät, so komme ich den folgenden Tag, wenn es auch vielleicht erst am Abend sein sollte; komme ich früh genug und bleibe doch den folgenden Tag, so sehe ich Sie beide Tage, Ich glaube nicht, daß mich eine Antwort auf diesen Brief noch hier finden kann, sonst wäre es mir sehr lieb, wenn Sie mir noch einige Zeilen herschrieben.

Leben Sie herzlich wohl!

Unterwegs.

ch glaubte gestern noch bis 5 Uhr noch einmal zu Ihnen zu kommen, aber es kam mir etwas dazwischen. Hätten Sie näher gewohnt, hätte ich Sie dennoch, auf eine halbe Stunde gesehen. So war es unmöglich. Sie in Ihrem Hause gesehen zu haben, hat mir große Freude gemacht und hat mir einen sehr angenehmen Eindruck hinterlassen. Ich schreibe Ihnen, liebe Charlotte, gewiß bald aus Paris und hoffe auch dort einen Brief von Ihnen zu finden.

Paris, den 23. April 1828.

Ich habe bei meiner Ankunft hier, liebe Charlotte, Ihren Brief vom 26. v. M. gefunden und darin Ihre Sorgfalt erkannt, mir Ihre Wohnung zu bezeichnen. Noch lebhafter als für diese Sorgfalt aber danke ich Ihnen für den lebendigen Ausdruck der Freude, der in Ihrem Briefe herrscht. Ich bin hernach Zeuge dieser Freude selbst gewesen, und Ihre Freude, die dieser Brief ausdrückt, hat mir dieselbe noch lebhafter zurückgerufen. Sie ist mir ein neuer, sehr angenehmer Beweis Ihrer Gesinnungen gewesen, oder vielmehr ich habe, da mir bisher nur immer Ihre Briefe diese Gesinnungen aussprachen, sie nun in ihrer lebendigen, noch unendlich mehr erfreuenden Äußerung gesehen. Es ist mir sehr viel wert, selbst bei Ihnen gewesen zu sein, es hat mir einen anschaulichen Begriff Ihres Lebens gegeben, noch außer der Freude, Sie wiedergesehen zu haben. Das Leben, wie Sie es sich dort eingerichtet haben, ist sehr hübsch und spricht für den Geist und die Weise, die Sie hineinlegen. Sie genießen einer freundlichen und heiteren Einsamkeit, und alles in Ihrem kleinen Hause, aber garnicht so kleinen Garten, spricht einen gleich beim Hereinkommen so an, daß einem wohl darin wird. Und doch habe ich beides nur bei rauhem Wetter und ohne Frühlings- und Sommerschmuck gesehen. Wie viel muß der Garten durch beides gewinnen, wo Sie dann im vollen, dichten Grün wohnen. Ich kann mir Sie jetzt in allen Momenten denken, da ich alle die Plage gesehen habe, worin Sie Ihr Leben zubringen, und ich finde es eine sehr hübsche Einrichtung, daß Sie das geräumige und freundliche Zimmer unten, in dem wir waren, von Ihrer Arbeit abgesondert halten und es nur besuchen, wenn Sie mit jemand sind oder frei allein sein wollen. Eine Stube nimmt immer für den, der sie bewohnt, die Farbe dessen an, was gewöhnlich darin vorgeht, und man sollte mehr darauf denken, sich einen Ort aufzubewahren, der einen bloß an das erinnern kann, was man frei von anderer Beschäftigung oder Zerstreuung darin gedacht oder empfunden hat. Wie man dann nur die Wände erblickt, erscheinen dieselben Gedanken und Empfindungen wieder, an die sich andere anreihen. Es ist ebenso auf dem Lande mit Spaziergängen. Mir wenigstens geht es immer so, daß ich nach kurzem Aufenthalt in einer Gegend sie mir zu verschiedenen Gedanken und Gefühlen bestimme, und je länger man sie in dieser Bestimmung braucht, desto mehr erwachen diese Gefühle und Gedanken mit ihnen. Aber auch oben, wo Sie arbeiten, sind ihre Zimmer hübsch und bequem, wenn auch klein. Diese Kleinheit kann auch nichts Drückendes da haben, wo man gleich in einen freien und großen Garten hinaus kann. In der Stadt wäre das viel anders. Ihre ganze Einrichtung, in der sichtbar so viel Verstand, Ordnung und Genügsamkeit herrscht, hinterläßt darum einen noch viel angenehmeren und erfreulicheren Eindruck, weil es sichtbar ist, daß Sie sich dieses Dasein selbst geschaffen haben und es erhalten; ich hoffe auch gewiß, daß Ihre besonnenen Einrichtungen ferner von glücklichem Erfolg sein werden, ob zugleich die Idee immer bei mir wiederkehrt, daß Sie ein weniger angestrengtes Leben bei Ihnen zusagender größeren Muße genießen möchten. Ich brauche Ihnen nicht zu sagen, welchen lebhaften und aufrichtigen Anteil ich an der Erfüllung dieses Wunsches nehmen würde. – – – –

Unsere Reise ist zwar recht glücklich gewesen, insofern als sich kein sonderlich unangenehmer Zufall beigemischt hat. Aber wir sind von Kassel aus viel langsamer gereist als bis dahin. Worüber wir uns sehr zu beklagen gehabt haben, war das Wetter. Unterwegs, namentlich zwischen Kassel und Frankfurt, war es wahrhaft winterhaft. Auf einer langen Reise mit Frauen und Kindern ist das beschwerlich. In Frankfurt hielten wir uns drei Tage auf, diese Verzögerung war aber nicht willkürlich diesmal, sondern nötig. Teils war es meiner Frau und den Kindern notwendig auszuruhen, teils waren Reparaturen am Wagen vorzunehmen. Der längere Aufenthalt in Frankfurt war mir verdrießlich, weil er immer so viele Tage dem hiesigen entriß, sonst hatte ich ihn nicht ungern, denn ich habe Frankfurt immer geliebt, und es gibt wirklich nur sehr wenige Städte in Deutschland, welche die Vergleichung damit ertragen können. Es zeichnet sich hauptsächlich durch zwei Vorzüge aus. Einmal hat es so äußerst hübsche Umgebungen. Ich rede hier nicht bloß von den schön angelegten Pflanzungen, die die Stadt umgeben, sondern von der Gegend selbst. Das Taunus-Gebirge gewährt von mehreren Punkten einen höchst reizenden Anblick, und der Fluß kommt dazu. Ich bin immer mit großer Freude dort spazieren gegangen. Dann aber bringt auch die Stadt den Eindruck hervor, daß die Bewohner fast im allgemeinen eines großen oder wenigstens hinreichenden Wohlstandes genießen. Der wahre, große Reichtum, der sich daselbst befindet, ist nicht so, wie oft an andern größeren Orten, von Armut und schreiendem Elend begleitet. Das gehört aber sehr dazu, wenn einem an einem Orte wohl werden soll. Man fühlt an jedem immer, bis auf einen gewissen Punkt, mit der ganzen Volkszahl, und es ist einem nicht behaglich, wenn man in dieser Not und Armut in zu großem Kontrast mit dem Wohlstande antrifft.

Von Frankfurt bis Saarbrück aus haben wir wieder größere Strecken Weges zurückgelegt und sind am vierten Tage noch vor der hier gewöhnlichen Stunde des Mittagessens, die allgemein sechs Uhr ist, angekommen. Das Reisen durch Frankreich ist nicht mit großen Annehmlichkeiten verbunden. Die Wege sind jetzt zum Teil schlecht und sehr schlecht, im ganzen mittelmäßig und nirgends recht gut. Gute Wirtshäuser findet man nur in den größten Provinzialstädten, wie Lyon usw. Der Anblick des Landes und der Bewohner hat von der Seite, von der wir kamen, garnichts Anziehendes und Fesselndes. Die Gegenden sind vielmehr höchst gewöhnlich und bieten nicht einmal große Fruchtbarkeit oder Stärke der Vegetation dar. Was mir aber immer am meisten in Frankreich mißfallen hat, ist der Anblick der Dörfer gewesen. Sie lassen sich garnicht mit unseren deutschen vergleichen. Sie bestehen entweder aus wenigen Häusern, die auf einmal, ohne daß man es erwartet, an einer, oft an beiden Seiten des Weges einander gegenüberstehen, und die von keinem Baume, von keinem Garten umgeben oder angekündigt sind, oder sie gleichen unseren kleinen Marktflecken und haben nicht das mindeste Ländliche. Die Bewohner sind nicht anders. Sie haben entweder ein sehr ärmliches oder städtisches Ansehen. Vorzüglich sind die Frauen und Mädchen garnicht hübsch und anziehend. Allerdings trägt aber auch ihr Anzug dazu bei, sie weniger anmutig erscheinen zu lassen, vor allem die schweren und ungeschickten Holzschuhe. Dieser wenig reizende Anblick des Landvolkes und seiner Wohnungen nimmt der Annehmlichkeit des Reisens in Frankreich sehr viel, und wird von allen Reisenden bemerkt.

Hier in Paris hingegen befinde ich mich sehr wohl. Ich führe hier ein meinem gewöhnlichen ganz entgegengesetztes Leben. Ich gehe den ganzen Tag herum oder fahre, und bin im eigentlichsten Verstande nur eine Stunde nach dem Aufstehen, einige vor dem Schlafengehen und bisweilen, obgleich auch selten, den Mittag zu Hause. Da ich so verschiedene Male, zum erstenmal schon 1789, hier war, so habe ich sehr viele Bekanntschaften, und es fehlt nicht, daß sich nicht immer neue dazu gesellen. Dann sind auch eine Menge Dinge zu besehen, und so vergeht der Tag, wie lang er scheinen mag. Es wird Ihnen wunderbar vorkommen, daß mir ein Leben nicht eher zuwider ist, von dem ich zu Hause aus Wahl gerade das Gegenteil führe, allein ich habe in den verschiedenen Perioden meines Alters so verschieden gelebt, daß ich das jetzige Leben nicht weniger neu nennen kann. Es ist auch überhaupt nicht meine Art, so an einer Weise zu hängen. Mir ist ziemlich jede lieb, in die ich geworfen werde oder selbst übergehe, und ich befinde mich immer körperlich und geistig gleich wohl dabei.

Paris hat sich in den dreizehn Jahren, daß ich es nicht gesehen habe, ungemein verschönert. Es sind viele einzelne schöne neue Gebäude, ja ganze Straßen und Quartiere entstanden. Der Wohlstand, der Luxus, die Volksmenge hat zugenommen, die Bewegung, die schon immer so groß war, ist dadurch größer geworden. Auch in Wissenschaften und Künsten ist das Leben und alles Interessante gestiegen. Eine solche Stadt ist mit keiner bei uns zu vergleichen. Auch die größten deutschen haben dagegen etwas Kleinstädtisches. Wenn man einmal nicht auf dem Lande wohnt, ist allerdings eine solche Stadt jeder anderen vorzuziehen.

Ich hoffe jetzt, bald einen Brief von Ihnen, liebe Charlotte, zu bekommen. Mit der innigsten und aufrichtigsten Teilnahme Ihr H.

London, den 20. Mai 1828.

r sind gestern nachmittag hier angekommen, liebe Charlotte, und sind alle vollkommen wohl. Ich hoffe, Sie haben meinen Brief vom 23. April aus Paris richtig empfangen; ich habe seitdem den Ihrigen, am 8. geschlossenen erhalten und danke Ihnen herzlich dafür.

Seit ich Ihnen aus Paris schrieb, ist es uns recht gut ergangen. Wir haben Paris den 15. d. M. verlassen und sind am 19. von Calais gerade nach London übergeschifft. Man macht die Überfahrt jetzt in Dampfbooten, es gibt selbst für Reisende keine anderen mehr. Es ist auch eine sehr bequeme Manier. Die Schiffe sind groß, haben außer der Anstalt für den Dampf auch Segel, die sie, wenn der Wind günstig ist, auch gebrauchen, und man kommt meistenteils, wie es unser Fall war, in weniger als zwölf Stunden von Calais bis London über. Es war das schönste Wetter, was man denken kann. Die ersten Stunden war die See, da der Wind lebhaft ging, ziemlich hoch, und das Schiff schwankte sehr. Die meisten Personen wurden krank, und viele legten sich zu Bett. Ich habe nie eine unangenehme Empfindung auf dem Wasser, sondern bin immer auf dem Verdeck geblieben und habe mich des wundervoll schönen Anblicks des Meeres erfreut. Vorzüglich groß und schön war der Sonnenaufgang, der mich umsomehr anzog, als ich ihn wirklich noch nie auf dem Meere gesehen hatte. Wir segelten nämlich schon um drei Uhr morgens ab. Hier wohnen wir bei meinem Schwiegersohn und sind also sehr angenehm im

Schoße unserer Familie. London überrascht immer aufs neue durch seine Größe, seine Volkszahl und die daraus entstehende merkwürdige Bewegung. Es hat weniger schöne freie Ansichten als Paris, das durch die großen öffentlichen und vielen Privatgärten hier und da ein ordentlich ländliches Ansehen hat. Aber es erregt als Stadt, als an einem Orte zusammengeflossene und sich in beständiger Mannigfaltigkeit und doch im höchsten Wohlsein regende Volksmasse, eine größere Bewunderung.

Wir werden nahe an zwei Monate hier bleiben und dann unsere Rückreise antreten. Allerdings war es und ist es eine große, und unter den Umständen, wie wir sie machten, anstrengende Reise. Aber den Hauptzweck haben wir erfüllt, meine Tochter mit den Kindern an den Ort ihrer Bestimmung gebracht. Das übrige wird ja auch gut gehen.

Es tut mir leid, daß Sie diesen Brief mit einiger Verspätung erhalten werden. Ich kann ihn nicht anders als über Berlin gehen lassen, es ist zu weitläufig, Ihnen das zu erklären, es ist aber so. Schreiben Sie mir auf die gewöhnliche Weise. Ihr H.

London, Juni 1828.

ı Ihrer gänzlichen Beruhigung noch etwas über meinen Gesundheitszustand. Ich begreife nicht recht, was Sie, liebe Charlotte, deshalb besorgt gemacht hat. Daß ich älter geworden bin, seit wir uns in Frankfurt sahen, liegt in der Natur und dürfte Sie nicht wundern. Ich bin bis auf diesen Tag auf der ganzen Reise durch meinen Körper an nichts gehindert worden. Mein Körper fügt sich ohne irgendeine Unbequemlichkeit in alle abweichenden Lebensweisen. Man ißt hier nie vor halb acht Uhr zu Mittag, es wird aber oft auch acht und bisweilen neun Uhr. Ich frühstücke, da man hier im Hause spät aufsteht, um halb zehn Uhr, und nur Kaffee, ohne dazu zu essen, und dazwischen und dem Mittagessen nehme ich nichts. Sie brauchen also gewiß nicht besorgt meinetwegen zu sein.

Unser Aufenthalt hier nähert sich seinem Ende. Wir schiffen uns zwischen dem 10. und 15. Juli wieder ein. Es tut mir sehr leid, nicht länger bleiben zu können, aber mehrere zusammentreffende Umstände, vor allem unsere Badereise und die Notwendigkeit, den 15. August in Gastein zu sein, erlauben es nicht. Sonst fehlt es hier nicht an interessanten Gegenständen, um eine viel längere Zeit sich angenehm zu beschäftigen. Es gibt eine große Menge der schönsten und merkwürdigsten Kunstsachen hier, ein unglaublicher Reichtum von Statuen und Gemälden, auch in Privathäusern, die einzeln auszusuchen viel Zeit fordern. In Paris ist das viel leichter, da man alles an wenig Orten beisammen findet. Außerdem ist auch sehr viel für Wissenschaften und Sprachen zu tun, vorzüglich für die letzteren, da hier aus allen Weltteilen Menschen zusammenkommen. Endlich ist jetzt gerade die Zeit der meisten Gesellschaften, so daß man ohne Ende mittags und abends ausgebeten ist.

Den 16. Juli.

Ich reise übermorgen von hier ab und gehe wieder über Paris, wo ich mich aber nur acht Tage aufhalten werde. Dann gehe ich nach Gastein und mache vielleicht nur noch einen Aufenthalt in München, wenn der König gerade dort sein sollte, da ich diesen wieder zu sehen wünsche. Ich bin mit meinem Aufenthalte hier sehr zufrieden und nehme wenigstens die Beruhigung mit hinweg, liebe Charlotte, ihn so gut benutzt zu haben, wie es unter den Umständen nur immer möglich war. Ich habe keine Sache ganz versäumt, und diejenigen, welche ein besonderes Interesse für mich hatten, habe ich vollkommen erschöpft. Auch sind wir alle vollkommen wohl. Die Gesundheit meiner Frau hat sich sogar verbessert. Sie ist garnicht in Gesellschaft gegangen, da man hier immer erst um halb acht Uhr und oft später zu Mittag ißt und also die Abend-Gesellschaften nicht vor elf Uhr angehen. Aber sie hat alles gesehen, was Interesse für sie hatte. Das Parlament geht jetzt zu Ende, und die Leute fangen schon an, aufs Land zu gehen, wo sie nun bis zum März künftigen Jahres bleiben. Denn man richtet sich hier nicht nach der Jahreszeit, sondern einzig nach den öffentlichen Geschäften. Auch macht die Jagd, daß jeder gern den ganzen späten Herbst über auf dem Lande bleibt. London wird dann sehr leer, und es gibt dann fast keine Gesellschaften mehr. Die keine Landsitze haben, schämen sich dessen ordentlich und verhängen wohl gar ihre Fenster gegen die Straße, um die Leute glauben zu machen, daß sie auf dem Lande sind. Das Landleben ist aber größtenteils nur ein Verpflanzen der Gesellschaft von der Stadt aufs Land. Dort hat jeder Besitzer eine Menge von Besuchen und macht Einladungen auf mehrere Tage. Auch sind die Engländer auf dem Lande offener und mitteilender als im Getümmel der Geschäfte und den Zerstreuungen der Stadt.

Dem Gottesdienste habe ich hier mit meiner Frau einigemal beigewohnt, er ist mir aber weniger erbaulich erschienen als bei uns. Es werden wohl zwei volle Stunden, ehe die Predigt angeht, mit Ablesen von Stücken aus der Bibel, Hersagen des Glaubens usw. zugebracht. Bei diesem Ablesen wiederholen diejenigen, welche dem Altar am nächsten sind, vorzüglich die Kinder, welche in der Religion unterrichtet werden, die letzten Worte jedes Verses. Dieses hat natürlich etwas sehr Einförmiges und ist auf die Länge wahrhaft ermüdend. Gesang der Gemeinde ist sehr wenig und ebensowenig Orgelspiel, nur kurz und bald wieder abbrechend fallen Gesang und Orgel ein. Die Predigt ist ebenfalls kurz, etwa eine halbe Stunde. Die wir hörten, war äußerst kalt und durchaus nicht, was man erbaulich nennen kann. Wie man mir sagt, ist dies der Ton und die Art der meisten Prediger hier. Dann hat noch das Äußere etwas sehr Störendes. Nur eine Reihe Bänke, etwa der vierte Teil der Kirche, ist für jedermann frei. Die anderen sind verschlossen, gehören aber nicht einzelnen Personen, wie bei uns eigentümlich, wenigstens nicht alle. Nun stehen, wenigstens bis die Predigt angeht, zwei Frauen mitten in der Kirche, mit dem Gesicht gegen die Tür gewandt. Diese weisen jedem, der kommt und es wünscht, einen Platz in verschlossenen Bänken an und empfangen dann, wenn sie die Leute wieder herauslassen, ein kleines Geschenk. Ob sie dies ganz behalten oder etwas davon abgeben, weiß ich nicht. Immer aber ist es widrig, den größten Teil des Gottesdienstes über zwei Personen ohne alle Aufmerksamkeit darauf und mit etwas ganz Weltlichem beschäftigt zu sehen. Freilich ist das Herumgehen mit dem Klingelbeutel bei uns etwas noch mehr Störendes. Indes ist es auch in mehreren Kirchen, wenigstens im Preußischen, abgeschafft.

Etwas ganz Neues für mich waren die Zusammenkünfte der Quäker. Ich hatte, wie ich sonst hier war, sie zu sehen versäumt. Jetzt bin ich in einer gewesen. Der Saal war vor einigen Jahren angebaut, sehr bequem und reinlich, aber ohne alle, auch die geringste Verzierung oder Ausschmückung. Das Licht fiel von oben ein, und weiter hatte der Saal keine Fenster. Die Versammlung war sehr zahlreich, die Männer auf einer Seite, die Frauen auf der anderen. Die Quäker haben, wie Sie gewiß wissen, keine Prediger. Wer Mut und inneren Beruf in sich fühlt zu reden, der steht auf und tut es. Sonst herrscht in der Versammlung eine Totenstille. Wer spricht, tut das entweder von der Stelle aus, wo er ist, oder geht auf einen etwas erhöhten Platz, auf dem aber mehrere zugleich stehen können und der garnicht einer Kanzel gleicht. Als wir darin waren, war es die zwei Stunden, die die Versammlung dauerte, fast ohne alle Unterbrechung still. Indes sprach doch ein Mann und zwei Frauen. Sie sagten nur einzelne, aber selbst, und wie es schien, im Augenblick gemachte Gebete, von ganz kurzen Betrachtungen begleitet. Was sie aber sprachen, war in sich sehr gut, von vielen Sprüchen aus der Bibel begleitet und mit großer Innigkeit und Herzlichkeit vorgetragen. Erst am Ende meines Briefes sage ich Ihnen, liebe Charlotte, meinen herzlichsten Dank für den Ihrigen, den ich zu seiner Zeit richtig empfangen habe, und der wie alle so viel Freundschaftliches, Gutes und Liebes enthält. Sie können unausgesetzt fest überzeugt sein, daß diese Gesinnungen für mich den größten Wert haben und immer behalten werden.

Leben Sie nun herzlich wohl und erhalten mir Ihre liebevollen Gesinnungen, ich verbleibe mit denselben Ihnen wohlbekannten unveränderlich Ihr H.

Salzburg, den 14. August 1828.

ch schreibe Ihnen wieder aus Deutschland, liebe Charlotte, und aus der Gegend, die man wohl die schönste von Deutschland nennen kann. Wenigstens kenne ich keine, die man als schöner rühmen könnte. Die Lage ist wirklich prachtvoll, eine lachende, fruchtbare Ebene, von der man überall die Ansicht majestätischer Gebirge hat und in der selbst einige wie hingeschleuderte Felsenpartien liegen. Diese sind wirklich merkwürdig, und ich sah nirgends sonst ähnliche dieser Art. Es sind nicht einzelne Felsstücke bloß, noch weniger einzelne gipfelige Berge, sondern hohe, lange und verhältnismäßig schmale Felsmassen, die auf ihrer Oberfläche eine mit fruchtbarer Erde bedeckte, mit Gärten und Häusern geschmückte Ebene bilden.

Unsere Reise von London bis hierher war sehr glücklich, nur hat das Wetter uns garnicht begünstigt. Bloß einzelne heitere und sonnige Tage, sonst meistenteils Sturm und Regen. Kam ein schöner Tag, so war er gleich von so schwüler Hitze und so stechender Sonne, daß sich ein Gewitter zusammenzog und wieder Kühle und Regen herbeiführte. In London, Paris und Deutschland war dasselbe unerfreuliche Wetter. Indes ist das nun vorüber, und meine Wünsche gehen nur dahin, daß es besser mit dem Wetter während des Gasteiner Badeaufenthalts sei. In der Mitte hoher Gebirge und auf einem so hohen Standpunkte, wo das Haus, in dem man wohnt, wenigstens so hoch als der Gipfel des Brocken liegt, sind milde Sonne und liebliche warme Luft mehr als bloß angenehme Zugaben zum Dasein. Unsere Überfahrt von London nach Calais war wieder sehr glücklich, nur ging die See sehr hoch, und so machte das Schwanken des Schiffs viele Kranke. Ich litt keinen Augenblick, sondern ergötzte mich eher am Schaukeln. In Paris verlebte ich noch eine sehr angenehme Woche. Ich würde recht gern einmal ein ganzes Jahr dort zubringen, und da meine Frau den Aufenthalt dort auch liebt, so richte ich es vielleicht einmal so ein. Der Weg durch das südliche Deutschland über Straßburg ist sehr schön und bequem, und wenn wir fortfahren, Gastein zu besuchen, so ließe es sich sehr gut machen, nach dem geendigten Badeaufenthalte eines Jahres nach Paris zu gehen und zu dem des folgenden Jahres von da zurückzukehren. Doch kommt zwischen solche Pläne leicht vieles – und so ist es bis jetzt mehr Idee als Plan. In Straßburg ist eine sehr hübsche Mischung von französischer und deutscher Art. Die Natur ist deutsch in Gegend und Menschen. Das wird man gewahr, wie man den Elsaß von dem schönen Bergrücken von Zabern übersieht. Es ist einer der schönsten Anblicke, die man haben kann. Lieblich geformte Hügel und Berge, schön mit Gebüsch und Wald bekränzt, und auf den Gipfeln mehrere Gemäuer alter Burgen, ganz wie man sie so oft in Deutschland sieht, wie sie aber Frankreich gänzlich fremd sind. Die Physiognomien bieten auch ganz deutsche Gesichtszüge dar, und ebenso ist auch das Benehmen der Menschen im ganzen. Damit ist nun das französische Wesen verbunden und gleichsam darauf gepfropft. Ich finde diese Mischung interessant und angenehm zugleich. Von einer anderen Seite betrachtet, könnte man auch vielleicht anders darüber urteilen, und gerade über die Vermischung das Verdammungsurteil aussprechen. Denn es ist freilich nun weder echte Deutschheit, noch wahres französisches Wesen in ihnen. Das fühlt sich am meisten in der Sprache. Sie sind wohl aus dem einen heraus, aber nicht völlig ins andere hinein gekommen. Nach dem Elsaß und wohl noch mehr ist Schwaben ein liebliches Land, in den Gegenden wie den Menschen. Wenn die Schwaben wie zu einem Sprichwort in Deutschland geworden sind, so ist das einer Art Naivetät zuzuschreiben, die der spöttisch Urteilende leicht von einer lächerlichen Seite als Einfalt darstellen kann. Mehr und bös ist's auch wohl mit dem Spottnamen nicht gemeint. An sich sind die Schwaben vielleicht die lebhafteste, leicht beweglichste und phantasiereichste unter den deutschen Völkerschaften.

Es freut mich, daß Sie sich fortwährend gern mit dem Sternenhimmel beschäftigen, wie ich es beklage, daß mein Auge nicht mehr dafür ausreicht. Ich gebe sehr ungern einen Genuß auf, der mich so oft gestärkt und erhoben hat, und eines Glases bediene ich mich nicht gern. Schreiben Sie mir, liebe Charlotte, den 2. September nach Bad Gastein über Salzburg, nachher nach Berlin.

Leben Sie recht wohl, mit dem lebhaftesten Anteil der Ihrige. H.

Bad Gastein, den 14. September.

n einfach ruhig zufriedenes Stilleben, wie Sie es genießen und sich nach Ihrer Neigung geschaffen haben, ist eigentlich das Höchste, was der Mensch besitzen kann. Es ist meiner innersten Empfindung nach nicht nur dem nach außenhin mannigfach bewegten Leben vorzuziehen, sondern auch wirklicher innerer, aber nur augenblicklich erscheinender Freude wenigstens gleichzusetzen. Die Stille und Ruhe gönnen dem inneren Sein eine tiefere Macht und ein freieres Walten, und es ist immer, meiner aus langer Erfahrung geschöpften Überzeugung nach, besser, wenn das Innere nach außen, als wenn umgekehrt das Äußere nach innen strömt. Es scheint zwar wohl, als könnte sich das Innere nur von außenher bereichern und befruchten; allein dies ist ein trügerischer Schein. Was nicht im Menschen ist, kommt auch nicht von außen in ihn hinein; was von außen in ihn eingeht, ist nichts als ein zufälliger Anhalt, an dem sich das Innere, aber immer aus seiner nur ihm angehörenden eigentümlichen Fülle entwickelt. So wie ein tiefer und reicher Gehalt inwendig vorhanden ist, so kommt es niemals so viel auf den äußeren Anlaß der Entwicklung an. Jeder, auch der kleinste, ist hinreichend, da hingegen bei mangelndem inneren Gehalt auch der reichlichste äußere Zufluß wenig oder nichts hervorbringen würde. Ich habe dies oft in Absicht von wissenschaftlichen Kunstkenntnissen gesehen. Bei Männern ist weniger zu bemerken, da sie diese Kenntnisse sehr oft wieder nur zu äußeren Zwecken anwenden und man weiter nun nichts

gewahr wird, oder danach fragt, wie dieselben auf ihr Inneres gewirkt haben. Aber bei Frauen ist das anders, und da sind mir mehrere vorgekommen, die wirklich recht viele und in gewisser Art sogar gelehrte Kenntnisse hatten, aber in ihrem Geist und Gemüte, also in ihrem ganzen Innern darum nicht mehr gebildet, wenigstens nicht mehr bereichert waren, als wenn ihnen das alles gefehlt hätte. So sehr kommt es darauf an, daß das Innere dem äußeren Objekt, welches es in sich aufnimmt, auch selbständig entgegenwirke....

Wir reisen den 17. d. M. von hier, halten uns aber, wenn nichts dazwischen kommt, noch einige Tage in Franken auf. Es ist daher wahrscheinlich, daß wir erst im Anfang Oktober nach Berlin und Tegel zurückkommen. Schreiben Sie mir nach Berlin wie gewöhnlich. So werden alsdann die sechs Monate abgelaufen sein, wo ich einen so wechselnden Aufenthalt gehabt habe. Leben Sie recht wohl und rechnen Sie fortdauernd mit Gewißheit auf meine unveränderliche Teilnahme. Ganz der Ihrige. H.

Tegel, den 16. Oktober 1828.

s mag wohl ein Jahr her sein, daß ich Ihnen, liebe Charlotte, nicht von hier aus schrieb. Ich freue mich aber desto mehr, es heute zu tun, und danke Ihnen recht herzlich, daß Sie mich in Ihrem lieben Brief, den ich hier fand, so herzlich beglückwünschen zu der Heimkehr in die schöne, liebliche Heimat. Ja, liebe Charlotte, Sie haben recht, darin eine eigene Freude zu sehen, und es erhöht in der Tat die meinige, daß Sie dieselbe so liebevoll mitempfinden.

Es freut mich sehr, daß fortwährend die Sterne Ihnen eine wohltuende, erheiternde Beschäftigung gewähren, um so mehr, da Sie mir sagen, daß Sie doch oft in einer mehr als wehmütigen Stimmung sich befinden.

Am Himmel werden Sie sich bald orientieren, da Sie einen schönen und weiten Horizont von allen Seiten haben und in Ihren Beobachtungen fortfahren. Außer dem Buche von Bode, das ich Ihnen einmal empfohlen habe, kann ich Ihnen für das Erkennen der Sterne einen Rat geben, der Ihnen gewiß nützlich sein wird. Man muß nämlich den Himmel nach einer gewissen Methode durchgehen und sich große Abteilungen machen. Zuerst müssen Sie suchen, die Sterne recht genau und fest zu erkennen, die bei uns niemals untergehen und nur vor der Helligkeit des Tages verschwinden, sonst aber ihren ganzen täglichen Kreis vor unseren Augen vollenden würden. Sie stehen bekanntlich nur, wie Sie wissen, im Norden und drehen sich um den Polarstern und die beiden Bären herum und sind leicht zu erkennen, da man sie an jedem sternenhellen Abend sieht, und sie zu denselben Stunden in allen Jahreszeiten dieselbe Stelle haben. Zu diesen gehört auch die Capella, deren Sie erwähnen. Zweitens müssen Sie die zwölf Sternbilder des Tierkreises aufsuchen. Man sieht in jeder Jahreszeit immer nur sechs auf einmal am Himmel. Bliebe man eine ganze Nacht auf, so gehen natürlich einige unter und andere kommen herauf. Allein einige werden dann immer vom Tage überholt. Wenn man nur eins recht fest kennt, sind die andern sehr leicht zu finden, da sie wie in einem großen Gürtel um den Himmel herumliegen, man also die Richtung, in der man suchen muß, nicht verfehlen kann, wenn man sich vorher mit der Ordnung und Folgenreihe, vor- und rückwärts, recht bekannt gemacht hat. Die im Winter, im Januar und Dezember, so zwischen sieben und neun Uhr erscheinen, sind schöner als diejenigen, die man zu gleicher Zeit im Sommer sieht. Der Löwe ist ein sehr schönes Gestirn, ist aber jetzt erst in späten Stunden sichtbar. Die Planeten erscheinen immer nur in demselben Gürtel und können diejenigen, die noch nicht recht geübt sind, manchmal sehr irre machen. Allein man lernt sie doch auch bald unterscheiden; kennt man einmal recht fest die nie untergehenden nördlichen Gestirne und die Tierkreiszeichen, so ist es dann leicht, sich für die noch übrigen Gestirne zurechtzufinden. Denn nun macht man sich mit denen bekannt, die zwischen dem Tierkreis und den nie untergehenden Gestirnen, und dann mit denen, die zwischen dem Tierkreis und dem südlichen Horizont auf- und untergehen. Bodes Anleitung zur Kenntnis des gestirnten Himmels hat das Angenehme, daß sie Karten für jeden Monat enthält, auf denen man natürlich die Sterne leichter findet, da jede Karte genau so ist, als der Himmel zu einer dabei angegebenen Stunde an dem Tage, oder wenigstens in dem Monat gerade ist.

Sie sagen sehr richtig, daß das Betrachten des gestirnten Himmels von der Erde abzieht und die Seele mit höheren Ahnungen, Sehnen und Hoffen erfülle, tröste und erhebe. Das tut es im höchsten Grade. Wenn man diese unendliche, unzählige Menge von Gestirnen betrachtet und bedenkt, so scheint es zwar ein ordentlich schaudernder Gedanke, daß eine so ungeheure Menge im Weltall herumschwimmt. Der Mensch fühlt sich darin gleichsam wie erdrückt. Allein die Ordnung und Harmonie, in denen alle Bewegungen vor sich gehen und alle Zeiten hindurch vor sich gegangen sind, ist ein wohltätiges, tröstendes Zeichen einer höheren Macht, einer geistigen Herrschaft, die wieder beruhigt und die Besorgnis tröstend aufhebt. Mit unveränderlicher Teilnahme Ihr H.

Berlin, den 16. November 1828.

e klagen auch darüber, liebe Charlotte, daß es oft ist, als könne man im Schreiben garnicht fort; Augen, Hand und Feder sind wie im Bündnis gegen alles Gelingen der Handschrift. Man gibt sich Mühe, nimmt sich vor, recht langsam zu schreiben, damit es nur deutlich werde, aber alle Vorsätze scheitern, und es ist närrisch, daß man dann immer kleiner und kleiner schreibt. Mir geht es oft so, als ob ich gar keine großen Buchstaben machen könnte, und ich denke dann, wieviel Nachsicht Sie und alle haben müssen, die mich lesen wollen. Wirklich war Ihr letzter Brief auch weniger hübsch und gut, als Sie sonst tun, geschrieben. Die Handschrift war nicht undeutlich, aber man sah ihr die Beschwerde an.

Aber mit mehr Bedauern habe ich gesehen, daß Sie sehr bekümmert und sorgenvoll waren. In solchen Gemütszuständen, liebe Freundin, muß man immer die äußeren Veranlassungen scheiden von der inneren Anlage des Gemüts zu Heiterkeit und Ruhe, oder zu Besorgnis und Schmerz. Das Innere ist immer das Mächtigste. Auch wahres, selbst erschütterndes Unglück wird leichter und schwerer aufgenommen, je nachdem die Seele schon von lichteren und düsteren Ideen erfüllt ist. Bei Ihnen scheint mir das gerade jetzt noch mehr der Fall, und da bitte ich Sie inständig, dem entgegen zu arbeiten. Ich rechne es schon zu diesen dunklen Stimmungen, daß Sie, ohne doch krank zu sein, bald zu sterben glauben. Sie sagen zwar, und gewiß mit voller Wahrheit, daß Ihnen gerade die Todesgedanken freudige und Ihrer Neigung zusagende sind, und niemand kann dies besser begreifen als ich. Ich habe nie die mindeste Furcht vor dem Tode gehabt, er wäre mir in jedem Augenblick willkommen. Ich sehe ihn als das an, was er ist, die natürliche Entwickelung des Lebens, einen der Punkte, wo das unter gewissen endlichen Bedingungen geläuterte und schon gehobene menschliche Dasein in andere, befriedigendere und erhellendere gelangen soll. Was menschlich ist, in dem Ausbildungsgange des Lebens liegt, was alle Menschen miteinander teilen, das kann der irgend Weise nicht fürchten, er muß es vielmehr begünstigen und lieben, gleichsam mit Wißbegierde, so lange die Besinnung ihm beiwohnt, auf den Übergang achten, versuchen, wie lange er das fliehende Hier noch zu halten vermag. Ich hörte bisweilen sagen, der Tod müsse gewiß von einem wohltätigen und angenehmen Gefühl begleitet sein, und das ist mir selbst, wenn auch manchmal das Gegenteil stattzufinden scheint, glaublich. Die Schmerzen pflegen zu weichen, alle Unruhe sich zu legen, und fast immer haben Tote, ehe die Züge entstellt und verzogen werden, etwas Ruhiges, Friedliches, selbst oft etwas Erhebendes und Verklärtes. Bei alledem muß man es doch eine düstere Gemütsstimmung nennen, wenn man sich dem Tode nahe glaubt. Der Tod ist immer ein Ausscheiden aus aller bekannten Heimat, ein Gehen ins Neue und Fremde. So trafen äußere unerwünschte Umstände schon bei Ihnen auf ein wenigstens sehr ernst bewegtes Gemüt. Suchen Sie, teure Charlotte, denn auch hier da die Heilmittel, wo Sie sie schon oft fanden, in Ihrem Innern, in Ihrem Gottvertrauen, was Sie nie im Stich ließ. Es wird Sie aufs neue retten, und Trost und Hilfe erscheinen, wenn Sie sie auch noch nicht sehen. Immer schütten Sie Ihr beklommenes Herz mir aus, immer werden Sie dieselbe Teilnahme in mir finden, die keiner Veränderung fähig ist. Ganz der Ihrige. H.

Den 16. Dezember 1828.

s wird mich sehr freuen, eine Fortsetzung Ihrer
Lebenserzählung zu bekommen. Sie wissen, daß ich auch an
Ihrem vergangenen Leben einen warmen und innigen
Anteil nehme, und daß außerdem schon jede recht
individuelle Schilderung für mich einen hohen Reiz hat, der
mich anzieht und verweilen läßt. Ich fühle aber sehr gut,
daß eine solche Schilderung aufzusetzen und aus den
Händen zu geben, eine große und schwer zu überwindende
Schwierigkeit hat. Es kommen doch im Leben der Menschen
immer Dinge vor, die gerade in den besten und
feingesinntesten Gemütern eine gewisse Scheu, sie
auszusprechen, hervorbringen. Ich meine damit garnicht
solche, die man sich gleichsam zu gestehen scheute, weil
man fürchtet, deshalb ungünstig beurteilt zu werden. O
nein, es gibt Dinge, die garnicht dieser, sondern ganz
entgegengesetzter Natur sind, und deren man sich eher
rühmen könnte, die aberdoch ein gewisses Zartgefühl über
die Lippen gehen zu lassen und gar durch die Feder dem
Papier anzuvertrauen verbietet oder schwer macht. Es
kommen auch Dinge vor, die andere in ein nachteiliges Licht
stellen, und die man also, wie sehr es auch ihre Urheber
verdient haben möchten, ungern ans Licht bringt. So wie
man aber von dem Grundsatz abgeht, bei einer
Lebenserzählung nur bloß und einfach die Erinnerungen
seines Gedächtnisses abzuschreiben und gänzlich darauf
Verzicht zu leisten, zu beurteilen, was wohl gesagt werden
kann, und was verschwiegen oder verhüllt werden muß, so

ist der Reiz einer wahren Naturschilderung dahin. Es ist nicht die einfache, nicht die vollständige, und mithin nicht die wahre Geschichte. Es ist keine Erzählung der Vergangenheit, sondern eine aus dem Standpunkt des späteren Lebens gemachte Beschreibung derselben. Man glaubt wohl, die moralische und geistige Wahrheit, um die es eigentlich zu tun sei, verliere nichts, wenn man zwar hier und da eine Tatsache nur halb oder allgemein erzählt, allein ganz treu und wahr die Wirkung schildert, die diese Tatsache auf die Empfindung und das Gemüt hervorgebracht habe. Wenn z. B. jemanden ein verletzendes Wort gesagt worden sei, so komme es nicht darauf an, dies selbst zu wiederholen. Man könne es vielmehr ganz füglich verschweigen, wenn man nur den Eindruck des Wortes auf den, der es hören mußte, beschreibt. Dies ist aber durchaus falsch. Denn es hört nun aller Maßstab der ganzen Szene auf, den der Art und dem Grade nach bloß das Wort selbst, einfach ausgesprochen, geben kann. Ich sage Ihnen das so ausführlich, weil ich mit Ihnen recht offenherzig und nicht bloß obenhin über die Fortsetzung Ihrer Lebenserzählung sprechen möchte. Ich kann Ihnen nicht raten, dieselbe weiter als zu dem Punkte fortzusetzen, wo Sie sicher sind, alles und jedes, wie es Ihnen Ihr Gedächtnis gibt, ohne die mindeste und leiseste Retizenz niederzuschreiben. Dies war in dem Teile, den Sie mir bis jetzt schickten, nicht nur möglich, sondern Ihnen nach Ihrem Charakter selbst leicht, und ich bin sicher, daß Sie in diesem so gehandelt haben. Sie konnten es, ohne irgendein eigenes oder fremdes Gefühl zu verletzen. Es ist möglich, daß dies auch ferner der Fall sei, allein ich kann mir auch sehr gut das Gegenteil denken. Dann würde ich es ganz natürlich finden, daß Sie den Schmerz der Erinnerung scheuen und vernarbte Wunden nicht aufreißen wollen; mir aber würde durch den Gedanken eines solchen mir gebrachten Opfers alle Freude genommen, die mir bisher durch den Empfang jedes Ihrer

Hefte geworden. Wenn von Biographie die Rede ist, habe ich nun einmal den Begriff nur von historischer Wahrheit, von dem ich, bei dem großen und innigen Anteil, den ich an Ihnen nehme, auch mit dem besten Willen nicht abgehen könnte. An sich aber halte ich es für gut und heilsam, sein eigenes Leben so buchstäblich durchzugehen, und das Zartgefühl, das Retizenzen hervorbringt, für ein falsches, obgleich unendlich natürliches und daher verzeihliches. Indes mißtraue ich hier meinem eigenen Gefühle, da ich bei weitem mehr ein glückliches Leben, in einer ganz genügenden Lage, geführt habe; man könnte dann leicht dahin kommen, den unrichtigen Maßstab an andere zu legen, wovor ich mich immer gehütet habe. Noch einmal also, liebe Charlotte, wiederhole ich das schon oft Gesagte, folgen Sie Ihrem Gefühl; leidet dies nicht bei der Arbeit, so rechnen Sie immer mit Gewißheit darauf, daß Sie mir eine große Freude dadurch machen, aber nur auch unter der Bedingung, daß Sie ganz und ohne alle Retizenz wahr schreiben können. Sie können zu mir auch, wie man im Sprichwort sagt, wie in ein Grab sprechen. Ihre Hefte liegen wohlverwahrt in meinem Pult und können nach meinem Tode nur ins Feuer, ungelesen, gehen. In meiner Lage habe ich Gelegenheiten, dies zu veranstalten, die durch keinen Zufall irgendeiner Art vereitelt oder umgangen werden können. Ich halte es für Pflicht, Sie über diesen Punkt auch fest zu beruhigen, es ist schon Pflicht der Dankbarkeit für die vertrauensvolle, innige, rücksichtslose Hingabe, die Sie mir seit einer langen Reihe von Jahren bewiesen und offen gezeigt haben.

Das Jahr ist am Abscheiden, und wie ich gern verweile bei so viel schönen Genüssen, die es gewährte, worunter ich auch Ihr Wiedersehen rechne, so scheide ich nicht ohne sehr trübe Ahnung dessen, was das kommende bringen kann – und ich erkenne mit wehem Gefühl, daß es ähnlich in Ihrem

Gemüte ist. Möge die Vorsehung von Ihnen, gute Charlotte, neue Prüfung abwenden! Das ist mein herzlicher Wunsch.

Seit unserer Rückkunft ist meine Frau bedeutend an mehreren zusammenkommenden Übeln krank; es ist wenigstens kein Zeitpunkt der Besserung mit Wahrscheinlichkeit vorauszusehen. Dies stört meine innere Lage in diesem Winter sehr.

Ich bitte Sie, mir den 30. d. M zu schreiben. Leben Sie recht wohl und rechnen Sie immer auf meine Ihnen bekannten Gesinnungen der Zuneigung und lebhaften Teilnahme. Ganz der Ihrige. H.

Berlin, März 1829.

ır Brief hat mich in einer Zeit gefunden, die ich zu den traurigsten meines Lebens rechnen kann. Mit meiner Frau geht es zwar etwas leidlicher, allein der Zustand ist von einem Tage zum andern immer mehr von der Art, daß er über den endlichen Ausgang keinen Zweifel übrig läßt.

In solchen Momenten, die zu den ernstesten des Lebens gehören, bedarf man es, sich in sich zurückzuziehen und die Fassung da zu suchen, wo die Quelle aller Stärke und aller inneren Ausgleichung mit dem Schicksal ist.

Berlin, den 31. März 1829.

:h kann Ihnen, liebe Charlotte, heute nur wenige Zeilen schreiben. Ich habe den tiefen Schmerz erfahren, dem ich, wie Ihnen mein letzter Brief sagte, entgegensah. Meine Frau ist am 26. d. M. früh gestorben und gestern in Tegel beerdigt worden. Sie hatte ein viermonatiges Krankenlager erduldet und viel gelitten, wenn sie auch von heftigen Schmerzen ziemlich befreit blieb. Ihr klarer, heiterer, dem Tode und dem Leben eigentlich gleich zugekehrter Sinn war ihr unverrückt geblieben. Ihre letzten Stunden waren ruhig, sanft und durchaus schmerzlos. Sie behielt bis zum letzten Atemzug ihre volle Besinnung und sprach noch wenige Augenblicke vor ihrem Verscheiden mit fester, unbewegter Stimme mit uns, ihren beiden älteren Töchtern und mir. Ihre Worte waren eben so einfach, als der Ton ruhig, in dem sie sie sprach. Je näher der Augenblick des Todes kam, je ruhiger und friedlicher wurden ihre Züge. Auch nicht das leiseste Zucken der Lippen entstellte sie. Ihr Tod war ein allmähliches übergehen in einen tiefen Schlaf.

+ + +

Später.

ch habe einen ganz unerwarteten, neuen und sehr bitteren Verlust erlitten. Ein sehr genauer Freund von uns, der alle Abende seit Jahren, wenn wir in der Stadt waren, bei uns zubrachte und auf dem Lande oft bei uns war, ist nach einer sehr kurzen Krankheit gestorben. Er hatte noch mit mir am Grabe meiner Frau gestanden, und gestern war ich bei seinem Leichenbegängnisse. Sein Verlust betrübt mich sehr und ich werde ihn schmerzlich vermissen.

Berlin, den 18. Mai 1829.

nsere Briefe, liebe Charlotte, haben sich gekreuzt. Mein Brief wird Ihnen gezeigt haben, daß ich ihrem Wunsch, Nachricht von mir zu erhalten, zuvorgekommen bin. Und weil Sie es gern sehen, sage ich Ihnen zuerst, daß meine Gesundheit ganz gut ist. Im höheren Alter, wie ich mich darin befinde, hat man immer hie und da eine kleine Unbequemlichkeit und nach langen Wintern leicht Rheumatismen. An solchen Kleinigkeiten leide ich natürlich auch bisweilen, allein das geht vorüber. Wenn meine Briefe nichts von Krankheit sagen, können Sie mit Sicherheit annehmen, daß ich gesund bin. Von meinem Befinden und überhaupt von mir zu reden, ist mir im hohen Grade zuwider. Mich freut eine liebevolle Teilnahme, wenn ich, wie bei Ihnen, liebe Charlotte, überzeugt bin, daß sie aus aufrichtiger und wahrhaft teilnehmender Brust, aus innig teilnehmendem Herzen entspringt. Aber sie würde mir peinlich werden, wenn ich sie gewissermaßen in Anspruch nehmen, sie an einzelnen Beispielen wahrnehmen müßte. Sie ist mir ein schöner Genuß, wenn ich sie mit überhaupt als in den Gesinnungen liegend denke, die Sie mir seit so langer Zeit mit so großer Treue schenken, und auf deren Beständigkeit ich immer mit Sicherheit rechnen kann.

Ich schrieb Ihnen neulich von dem Tode eines vertrauten Freundes, in dem ich sehr viel verloren habe. Jetzt blühen nun schon Frühlingsblumen auf seinem Grabe, wie auf dem meiner Frau. So geht die Natur ihren ewigen Gang fort und kümmert sich nicht um des in ihrer Mitte vergänglichen Menschen. Mag auch das Schmerzhafteste und Zerreißendste begegnen, mag es sogar eine unmittelbare Folge ihrer eigenen, gewöhnlichen Umwandlungen oder ihrer außerordentlichen Revolutionen sein, sie verfolgt ihre Bahn mit eiserner Gleichgültigkeit, mit scheinbarer Gefühllosigkeit.

Diese Erscheinung hat, wenn man eben vom Schmerz über ein schon geschehenes Unglück oder von Furcht vor einem drohenden ergriffen ist, etwas wieder schmerzlich Ergreifendes, die innere Trauer Vermehrendes, etwas, das schaudern und starren macht. Aber so wie der Blick sich weiter wendet, so wie die Seele sich zu allgemeinen Betrachtungen sammelt, so wie also der Mensch zu der Besonnenheit und Ergebung zurückkehrt, die seiner wahrhaft würdig sind, dann ist gerade dieser ewige, wie an ihr Gesetz gefesselte Gang der Natur etwas unendlich Tröstendes und Beruhigendes. Es gibt dann doch auch hier schon etwas Festes, »einen ruhenden Pol in der Flucht der Erscheinungen«, wie es einmal in einem Schillerschen Gedichte sehr schön heißt. Der Mensch gehört zu einer großen, nie durch einzelnes gestörten noch störbaren Ordnung der Dinge, und da diese gewiß zu etwas Höherem und endlich zu einem Endpunkte führt, in dem alle Zweifel sich lösen, alle Schwierigkeiten sich ausgleichen, alle früher oft verwirrt und im Widerspruch klingenden Töne sich in einen mächtigen Einklang vereinigen, so muß auch er mit eben dieser Ordnung zu dem gleichen Punkte gelangen. Der Charakter, den die Natur an sich trägt, ist auch immer ein so zarter, kein auch die feinste Empfindung verletzender. Die Heiterkeit, die Freude, der Glanz, den sie über sich verbreitet, die Pracht und Herrlichkeit, in die sie sich kleidet, haben nie etwas Anmaßendes oder Zurückstoßendes. Wer auch noch so tief in Kummer oder Gram versenkt ist, überläßt sich doch gern den Gefühlen, welche die tausendfältigen Blüten des sich verjüngenden Jahres, das fröhliche Zwitschern der Vögel, das prachtvolle Glänzen aller Gegenstände in vollen Strahlen der immer mehr Stärke gewinnenden Sonne erwecken. Der Schmerz nimmt die Farbe der Wehmut an, in welcher eine gewisse Süßigkeit und Heiterkeit selbst ihm garnicht fremd sind. Sieht man endlich die Natur nicht wirklich als das All, als das die Geister- und Körperwelt vereinigende Ganze an, nimmt man sie nur als den Inbegriff der dem Schöpfer dienenden Materie und ihrer Kräfte, so gehört nicht der Mensch, sondern nur der Staub seiner irdischen Hülle ihr an. Er selbst, sein höheres und eigentümliches Wesen, tritt aus ihren Schranken heraus und gesellt sich einer höheren Ordnung der Dinge bei. Sie sehen hieraus ungefähr, wie mich der zwar langsam erscheinende, aber schöne Frühling ergreift, wie ich ihn genieße; wie er sich mit meinen innersten Empfindungen mischt. Es gibt Ihnen zugleich ein Bild meines Innern selbst. Mein Leben kann keine wahrhaft freudigen Eindrücke, nur wehmütige und traurige in diesem Augenblick erfahren, und wenn ich in diesem Augenblick sage, so tue ich das nur, weil ich nie gern etwas von der Zukunft sage, weil ich von aller Affektation immer frei gewesen bin, und, wenn eine wahrhaft fröhliche Stimmung in mich zurückkehrte, ich gar kein Hehl haben würde, es zu sagen, und kein Bedenken, mich ihr zu überlassen. Eigentlich glaube ich aber allerdings, daß meine jetzige Stimmung auch meine künftige sein wird. Ich habe nie begriffen, wie die Zeit einen Schmerz um einen Verlust soll verringern können. Das Entbehren dauert durch alle Zeit fort, und die Linderung könnte nur darin liegen, daß sich die Erinnerung an den Verlust schwächte, oder man sich gar im Gefühl des Alleinstehens enge an ein anderes Wesen anschlösse, was, hoffe ich, mir ewig fern bleiben wird, wie es jeder edeln Seele fern bleibt. Es ist mir aber auch sehr recht, daß es in mir bleibe so wie es ist. Ich habe für mich nie das Glück in freudigen, das Unglück nie in schmerzhaften Empfindungen gesucht, das, was die Menschen gewöhnlich Glück oder Unglück nennen, nie so angesehen, als hätte ich ein Recht zu klagen, wenn statt des Genusses des ersteren das letztere mich beträfe. Ich bin eine lange Reihe von Jahren an der Seite meiner Frau unendlich glücklich gewesen, größtenteils allein und ganz durch sie, und wenigstens so, daß sie und der Gedanke an sie sich in alles das mischte, was mich wahrhaft beglückte. Dies ganze Glück hat der Gang der Natur, die Fügung des Himmels mir entzogen, und auf immer und ohne Möglichkeit der Rückkehr entzogen. Aber die Erinnerung an die Verstorbene, das, was sie und das Leben mit ihr in mir gereift hat, kann mir kein Schicksal, ohne mich selbst zu zerstören, entreißen. Es gibt glücklicherweise etwas, das der Mensch festhalten kann, wenn er will, und über das kein Schicksal eine Macht hat. Kann ich mit dieser Erinnerung ungestört in Abgeschiedenheit und Einsamkeit fortleben, so klage ich nicht und bin nicht unglücklich. Denn man kann großen und tiefen Schmerz haben und sich doch darum nicht unglücklich fühlen, da man diesen Schmerz so mit dem eigensten Wesen verbunden empfindet, daß man ihn nicht trennen möchte von sich, sondern gerade, indem man ihn innerlich nährt und hegt, seine wahre Bestimmung erfüllt. Die Vergangenheit und die Erinnerung haben eine unendliche Kraft, und wenn auch schmerzliche Sehnsucht daraus quillt, sich ihnen hinzugeben, so liegt darin doch ein unaussprechlich süßer Genuß. Man schließt sich in Gedanken mit dem Gegenstande ab, den man geliebt hat und der nicht mehr ist, man kann sich in Freiheit und Ruhe überall nach außen hinwenden, hilfreich und tätig sein, aber für sich fordert man nichts, da man alles hat, alles in sich schließt, was die Brust noch zu fühlen vermag. Wenn man das verliert, was einem eigentlich das Prinzip des gedankenreichsten und schönsten Teils seiner selbst gewesen ist, so geht immer für einen eine neue Epoche des Lebens an. Das bis dahin Gelebte ist geschlossen, man kann es als ein Ganzes überschauen, in seinem Gemüt durch Erinnerung festhalten und mit ihm fortleben; Wünsche aber für die Zukunft hat man nicht mehr, und da man durch diese Erinnerung eine beständige geistige Nähe gewissermaßen genießt, in allen seinen Kräften sich gehoben empfindet, behält auch das Leben, das ja die Bedingung aller dieser Empfindungen ist, noch seinen Reiz. Ich empfinde keine Freude der Natur schwächer als sonst, nur die Menschen meide ich, weil die Einsamkeit mir inneres Bedürfnis ist.

Tegel, den 12. Juni 1829.

ch danke Ihnen sehr, liebe Freundin, für Ihren letzten Brief, den ich mit großem und gewohntem Anteil gelesen habe. Ich danke Ihnen besonders für das, was Sie in Rücksicht auf mich und meine Gefühle sagen. Sie sehen aus meinen Briefen, daß ich ruhig und besonnen bin. Ich lebe, und das kann nur mit jedem Jahr ausschließlicher zunehmen, im Andenken der Vergangenheit, mit dem Glück, das die Gegenwart nicht mehr gibt. In diesem Andenken bin ich reich, und insofern zufrieden, als ich fühle, daß dies gerade das Glück ist, das dieser Periode meines Lebens entspricht. Außer diesem Andenken suche ich nichts, sehe mich nicht in diesem Leben nach Ersatz, Trost, Beruhigung um. Ich fordere nichts und bedarf von dieser Seite nichts. Gegen meine Kinder bin ich wie sonst. Es hat sich nichts in meinen Gefühlen für sie geändert, als daß ich Mitleid mit ihrem Schmerz über den gleichen Verlust empfinde. Mich enger an sie anschließen, mehr für sie sorgen, kann ich nicht, da ich das immer so viel getan, als ich vermochte. Alle übrigen Verhältnisse bleiben mir gerade dasselbe, was sie mir gewesen sind, und ich bin gewiß nicht weniger teilnehmend, hilfreich, aufgelegt mit Rat und Tat beizustehen als früher. So, liebe Charlotte, müssen Sie sich mein Inneres denken, und Sie sehen, daß Sie auf keine Weise besorgt um mich zu sein brauchen. Was ich erfahren, liegt im natürlichen Laufe der Dinge. Die zusammen die Lebensbahn gehen, müssen sich an einem Punkt scheiden; es ist glücklicher, wenn die Zwischenzeit sehr kurz ist, in der sie einander folgen. Allein aller Verlust von Jahren ist kurz gegen die Ewigkeit. In mir geht nichts anderes vor, als daß mein Inneres sich ungekünstelt, unabsichtlich, ohne durch Vorsätze oder Maximen geleitet zu sein, bloß sich seinem Gefühl überlassend, mit der Lebens- oder Schicksalsperiode, wie Sie es nennen wollen, ins Gleichgewicht setze, in die ich unglücklicherweise früher getreten bin, als es der gewöhnliche Gang des Lebens erwarten ließ. An einem solchen Gleichgewicht darf es dem Menschen, meiner Empfindung nach, nie fehlen, das Streben danach sollte ihm wenigstens immer eigen sein. Es ist dies gar keine Klugheitsregel, kein Bemühen, sich heftige Empfindungen zu ersparen. Das Setzen ins Gleichgewicht wird oft nur dadurch erreicht, daß man viel Schmerz, physischen und moralischen, in sein Dasein mit aufnimmt, aber es besteht darin die wahre Demütigung unter die Fügung des Geschickes, die ich in mir immer als die erste und höchste Pflicht des Menschen betrachte. Gehe ich nun in meine gegenwärtige Lebensepoche zurück, so kann in ihr ein gewisses Anschließen an Personen und an die Welt nicht mehr liegen, aber das wohltätig aus sich Hinausgehen, die Geneigtheit, Anteil zu nehmen und in jeder möglichen Art zu geben, sind gewissermaßen in dem Grade größer, als man minder geneigt zum Empfangen, wenigstens die Seele garnicht gerade darauf gerichtet ist.

Es freut mich sehr, daß Sie nicht aufhören, sich mit den Sternen gern und anhaltend zu beschäftigen. Der Himmel und der Eindruck, den er auf das Gemüt durch seinen bloßen Anblick macht, ist so verschieden von der Erde in allen Gefühlen und Vorstellungen, daß, wer nur an der Natur des Erdbodens Gefallen findet, die Hälfte, und gerade die wichtigste Hälfte der ganzen Naturansicht entbehrt. Ich sage darum nicht, daß sich der Schöpfer größer, weiser oder gütiger am Firmament offenbart als auf der Oberfläche der

Erde. Seine Macht, Weisheit und Güte leuchten aus jedem Wesen ebenso wie aus dem größten Weltkörper hervor. Allein der Himmel erweckt unmittelbar im Gemüt reinere, erhabenere, tiefer eindringende und uneigennützigere, weniger sinnliche Gefühle. Leben Sie recht wohl. Ich bleibe mit der unveränderlichsten Teilnahme und Freundschaft der Ihrige. H.

Tegel, Juli 1829.

aß ein Unglück das andere, aber auch ein Glück das andere nach sich zieht, ist zu einer sprichwörtlichen Redensart geworden, so daß ihm wohl eine gewisse Wahrheit zugrunde liegen muß, wenigstens eine hinreichende, um die Erscheinung zu einer Volkserfahrung in Masse zu machen. Eine genaue Untersuchung hält die Sache schwerlich aus. Gewiß kommen Glück und Unglück eben so oft einzeln. Durch ein sehr und tief das Gemüt ergreifendes Schicksal wird nur die Aufmerksamkeit mehr auf ähnliche Ereignisse gespannt, was ich für einen Hauptgrund halte. Wäre es anders und jene Gesellung gleicher und gleicher Schicksale wirklich in der Natur und der Natur der Sache gegründet, so müßte eine geheime Verbindung zwischen der inneren menschlichen Gemütsstimmung und dem äußeren menschlichen Geschicke bestehen und obwalten, eine schmerzliche Stimmung ein schmerzliches Geschick, eine freudige ein freudiges herbeiführen. Insofern ein weltlicher, menschlich zu begreifender, wenn auch in allen seinen einzelnen Fäden nicht zu erklärender Zusammenhang zwischen jenem Inneren und Äußeren möglich ist, glaube ich vollkommen daran, daß so eins das andere herbeiführt. Allein wo das, nach menschlicher Art zu reden, nicht einzusehen ist, da zweifle ich, daß der Schmerz wie durch eine geheimnisvolle Kraft, gleichsam wie ein geistiger Magnet, Stoff neuer Schmerzen an sich ziehe. Auch zerfällt die Sache in sich, da ja sonst auf ein einmal eingetretenes Unglück kaum je eine freudige Begebenheit folgen könnte,

was doch durch die Erfahrung widerlegt wird. In gutgearteten Seelen ist ein wahrer Schmerz, was auch seine Ursache sein möge, immer ewig, und wenn man behauptet, daß die Zeit oder andere Umstände ihn minderten, so sind das Worte, die nur für die schwächliche Empfindung Geltung haben, die der gehörigen Kraft, das einmal Empfundene dauernd festzuhalten, ermangelt. Die glücklichsten Begebenheiten ändern darin nichts. Auch können in dem wunderbaren menschlichen Gemüt Schmerz und Empfindung eines in anderer Hinsicht glücklichen Daseins gleichzeitig nebeneinander fortleben. Der Schmerz um verlorene Kinder in glücklich, lange nachher fortgeführten Ehen ist ein lebendiges, sich oft erneuerndes Beispiel davon. Auch muß es so sein. Der Mensch muß beständig sein und das Schicksal wechselnd erscheinen. Denn in sich hat auch das Schicksal seine, wenngleich von uns nicht eingesehene und nicht erkannte Beständigkeit.

Bad Gastein, den 20. August 1829.

ch bin überzeugt, daß Sie mir, nach Ihrer gewöhnlichen Güte und Freundschaft und nach Ihrer so oft erprobten Pünktlichkeit, genau an dem Tage geschrieben haben, an dem ich Sie bat, Ihren Brief auf die Post zu geben. Dennoch habe ich noch keinen erhalten. Es liegt dies an dem so sehr langsamen Postenlauf. Bis Salzburg gehen die Briefe vermutlich ohne so großen Aufenthalt und bringen nur die der Weite des Wegs angemessene Zeit zu. Allein von da geht die Post nur zweimal wöchentlich hierher. Hat nun ein Brief das Unglück, gerade den Tag nach dem Abgange anzukommen, so bleibt er unbarmherzigerweise liegen. Es hat mir sehr leid getan zu denken, daß Sie auf diese Weise sehr lange ohne Brief von mir sein werden. Mein letzter war, soviel ich mich erinnere, vom 29. Juli, er muß also in den ersten Tagen dieses Monats in Ihren Händen gewesen sein. Der heutige aber kann erst kurz vor Ende August Sie erreichen.

Ich bin seit Sonntag, den 16. d. M., wieder in den bekannten Bergen und bewohne dieselben Zimmer wie in den vorigen Jahren. Es ist mir das ganz besonders lieb und eine angenehme Überraschung, welche mir der Zufall bereitet hat. Das Wetter war seit meiner Ankunft hier sehr günstig, nur einen Tag regnete es ununterbrochen mehrmals. Auf den noch garnicht weit entfernten, nur etwas höheren Bergen liegt freilich Schnee. Aber er glänzt freundlich im warmen Sonnenschein, und es hat auch etwas Erfreuliches, den Wechsel des Jahres so mit einem Blick zu übersehen. Die Sonne ist, wo sie trifft, sehr heiß und ordentlich brennend, da die Strahlen auch von den Felsen zurückprallen. Aber vor der Hitze darf man hier niemals bange sein. Die ganze Gegend ist schattig, die vielen großen und kleinen Wasserfälle wehen einem überall eine frische Kühlung zu, und man muß die Sonne, und wenn es nur irgend kühl ist, die warmen Stellen mit Mühe aufsuchen. Hat man aber eine gewisse, doch nur sehr mäßige Höhe erreicht, so befindet man sich in einem ganz ebenen, freien, sonnenbeschienenen, nur von sehr hohen Bergen umgebenen Tale. Dies ist mein gewöhnlicher Nachmittags-Spaziergang. Kurz vor Tisch pflege ich, doch nur bei heiterem und freundlichem Wetter, einen kürzeren auf die Gloriette zu machen. Ich habe Ihnen so oft von Gastein aus geschrieben, daß ich dieses Ortes gewiß schon gedacht und Ihnen die Lage geschildert habe. Ich will Sie daher nicht mit einer Wiederholung ermüden. Es ist dort eine höchst überraschende, theatralische, dekorationsartig malerische Aussicht, die aber des hellen Glanzes der Sonnenstrahlen auf den schneeweißen Wasserfall bedarf. Bei dunklem Wetter ist es ohne Anmut.

Ich bin in acht Tagen, also da die Entfernung doch von 110 Meilen ist, nicht gerade langsam hierher gereist.

Eine solche Reise hat eine gewisse Ähnlichkeit mit dem Lesen eines geschichtlichen Buches. Wie in diesem eine Reihe von Zeiten, so durchläuft man reisend eine Reihe von Gegenden. In Absicht auf den Menschen, der doch in aller Weltbetrachtung immer der wichtigste, am meisten den Ernst und die Anstrengung der Beobachtung in Anspruch nehmende Gegenstand ist, trifft bei beiden Fällen der Umstand ein, daß der einzelne in einer gewissen Masse verschwindet, die individuelle Existenz keinen Wert zu haben scheint gegen die Bestimmung des größeren und kleineren Ganzen, zu dem sie gehört. Dagegen fühlt nun doch der Betrachter, der Lesende oder Reisende, ganz vorzugsweise sein Ich. Er kann auch mit größter Anspruchlosigkeit es sich nicht ableugnen, daß dies für ihn der Mittelpunkt aller Bestrebungen sein muß. Ich meine nicht, um sich äußere Güter, Genuß und Glück zu verschaffen, aber womit gerade oft das freiwillige Aufgeben alles Genusses und Glückes verbunden sein kann, um das Heil seiner Seele zu besorgen. Ich bediene mich mit Absicht dieses Ausdrucks, um keine Art auszuschließen, die der Mensch bei seiner geistigen Veredlung wählen kann. Denn er kann durch immer reichere und reinere Entwicklung seiner Ideen, durch immer angestrengtere Bearbeitung seines Charakters, sich zu einer höheren Stufe der Geistigkeit erheben, oder zu der gleichen auf dem kürzeren Wege stiller Gottseligkeit gelangen.

Wenn man die Welt weltlich betrachtet, so tritt vor zwei sich aufdrängenden gewaltigen Massen das Individuum ganz in den Schatten zurück oder wird vielmehr in einem großen Strome fortgerissen. Dieser Eindruck entsteht nämlich, wenn man den Zusammenhang der Weltbegebenheiten und wenn man den Wechsel des sich auf der Erde ewig erneuernden Lebens ins Auge faßt. Was ist der einzelne in dem Strome der Weltbegebenheiten? Er verschwindet darin nicht bloß wie ein Atom gegen eine unermeßliche, alles mit sich fortreißende Kraft, sondern auch in einem höheren, edleren Sinne. Denn dieser Strom wälzt sich doch nicht, einem blinden Zufall hingegeben, gedankenlos fort, er eilt doch einem Ziele zu, und sein Gang wird von allmächtiger und allweiser Hand geführt. Allein der einzelne erlebt das Ziel nicht, das erreicht werden soll, er genießt, wie ihn der Zufall, worunter ich nur hier eine in ihren Gründen nicht erforschbare Fügung verstehe, in die Welt wirft, einen größeren oder kleineren Teil des schon in der Tat erreichten Zweckes, wird dem noch zu erreichenden oft hingeopfert und muß das ihm dabei angewiesene Werk oft plötzlich und in der Mitte der Arbeit verlassen. Er ist also nur Werkzeug und scheint nicht einmal ein wichtiges, da, wenn der Lauf der Natur ihn hinwegrafft, er immer auf der Stelle ersetzt wird, weil es ganz widersinnig zu denken wäre, daß die große Absicht der Gottheit mit den Weltbegebenheiten durch Schicksale schwacher einzelner auch nur um eine Minute könnte verspätet werden. In den Weltbegebenheiten handelt es sich um ein Ziel, es wird eine Idee verfolgt, man kann es sich wenigstens, ja man muß es sich so denken. Im Laufe der körperlichen Natur ist das anders. Man kann da nichts anderes sagen, als daß Kräfte entstehen und so lange auslaufen, als ihr Vermögen dauert. So lange man bei einzelnen stehen bleibt, scheint darin ein Mensch gar sehr von anderen verschieden, verschieden an Tätigkeit, Gesundheit und Lebensdauer. Sieht man aber auf eine Masse von Geschlechtern, so gleicht sich das alles aus. In jedem Jahrhundert erneuert sich das Menschengeschlecht etwa dreimal, von jedem Lebensalter stirbt in einer gewissen Reihe von Jahren eine gleiche Zahl. Kurz, es ist deutlich zu sehen, daß eine nur auf die Masse, auf das ganze Geschlecht, nicht auf den einzelnen berechnete Einrichtung vorherrscht. Wie man sich auch sagen und wie fest und tief man empfinden mag, daß darin einzig und ausschließlich allweise und allgütige Leitung waltet, so widerstrebt doch nichts so sehr der Empfindung des einzelnen, zumal wenn sie eben schmerzlich bewegt ist, als dies gleichsam rücksichtslose Zurückwerfen des fühlenden Individuums auf eine nur wie Naturleben betrachtete Masse. Darum fand man es so empörend, wie einmal kurz nach der französischen Revolution kalt berechnet wurde, daß die Zahl aller vor den Gerichtshöfen gefallenen Opfer nur immer einen ganz geringen Teil der Bevölkerung Frankreichs ausmache. Dazu kommt noch, daß in dieser Betrachtung der Mensch sich mit allem übrigen Leben, auch dem am meisten untergeordneten, vermischt. Sein Geschlecht vergeht und erneuert sich nicht anders als die Geschlechter der Tiere und Pflanzen, die ihn umgeben. Diese Betrachtungen, die ich die weltlichen nannte, verschlingen also das individuelle Dasein, und da man ihre innere Wahrheit nicht absprechen kann, so würden sie das Gemüt in öde und hilflose Trauer versenken, wenn nicht die innere Überzeugung tröstlich aufrichtete, daß Gott beides, den Lauf der Begebenheiten und den der Natur, immer so richtet, daß, die Existenz überirdischer Zukunft mitgerechnet, das Glück und das Dasein des einzelnen darin nicht nur nicht untergeht, sondern im Gegenteil wächst und gedeiht. Die wahre Beruhigung, der wahre Trost, oder vielmehr das Gefühl, daß man gar keines Trostes bedarf, entstehen erst, wenn man die weltlichen Betrachtungen ganz verläßt und zur Beschauung der Natur und der Welt von der Seite des Schöpfers übergeht. Der Schöpfer konnte den Menschen nur zu seinem individuellen Glück ins Leben setzen, er konnte ihn weder dem blinden Wechsel eines nach allgemeinen Gesetzen fortschreitenden Lebensorganismus hingeben, noch einem idealischen Zwecke eines lange vor ihm entstandenen und weit über ihn hinaus fortdauernden Ganzen opfern, dessen Grenzen und Gestalt er niemals zu überschauen imstande ist. Jeder einzelne zum Eintritt ins Leben Geschaffene sollte glücklich sein, glücklich nämlich in dem tieferen und geistigen Sinne, wo das Glück ein inneres Glück, gegründet auf Pflichterfüllung und Liebe ist. In diesem Sinne regiert und leitet die Gottheit ihn und würdigt ihn ihrer Obhut. In ihm, in dem einzelnen liegt der Zweck und die ganze Wichtigkeit des Lebens, und mit diesem Zwecke wird der Lauf der Natur und der Begebenheiten in Einklang gebracht. Nirgends ist diese Vatersorge Gottes für jedes einzelne Glück so schön, so wahrhaft beruhigend ausgedrückt als im Christentum und im Neuen Testament. Es enthält die einfachsten, aber auch rührendsten und das

Herz am tiefsten ergreifenden Äußerungen darüber. Ich bitte Sie, liebe Charlotte, mir jetzt nicht eher wieder zu schreiben, als ich es Ihnen anzeigen werde. Es könnte nichts helfen, wenn ein Brief von Ihnen während meiner Abwesenheit in Tegel ankäme.

Leben Sie herzlich wohl, ich bleibe mit unveränderter Freundschaft und Teilnahme der Ihrige. H.

Regensburg, den 10. September 1829.

ie sehen, liebe Charlotte, schon an der Überschrift dieses Briefes, daß ich auf der Rückreise von Gastein begriffen bin und ein bedeutendes Stück des Weges zurückgelegt habe. Ich reise aber sehr langsam und mache sehr kleine Tagereisen, weil es mein Grundsatz ist, daß man unmittelbar nach einer Badekur sich besonders in acht nehmen muß, um nicht mutwillig wieder die gute Wirkung zu zerstören. Man kann sich viel eher anstrengen, wenn man erst in das Bad reist. Das Bad muß dann auch das wiedergutmachen, – ich glaube, daß ich noch im Reste des Jahres eine heilsame Nachwirkung davon erfahren werde.

Im höchsten Grade hat es mich geschmerzt, liebe Charlotte, aus Ihrem Briefe zu ersehen, daß Sie von einer plötzlichen Augenschwäche befallen worden sind, und diese mit Schmerzen verbunden ist. Beinahe möchte ich aber das Letzte tröstlich nennen. Soviel ich weiß, sind Schmerzen immer nur mit vorübergehenden Augenkrankheiten verbunden, niemals mit denen, die zu den beiden gefährlichsten, dem grauen und schwarzen Star führen. Mit meinen Augen steht es schlimmer und besser als mit den Ihrigen. Schmerzen habe ich garnicht, bisher niemals, ich mag sie anstrengen oder nicht. Überhaupt habe ich von dem, was man Anstrengung bei Augen nennt, keinen rechten Begriff. Die meinigen sind nicht um ein Haar besser, wenn ich auch wie in Gastein wochenlang nicht viel lese und schreibe, es namentlich nie bei Licht tue, und sie werden nicht schlimmer, wenn ich viel und auch bei Licht arbeite. Mit der Zeit wird sich das vielleicht ändern, aber bis jetzt ist es so, wie ich Ihnen da sage. Allein auf dem rechten Auge habe ich einen schon sehr ausgebildeten grauen Star. Es leistet mir beim Lesen oder Schreiben gar keine Hilfe mehr, und wenn das andere ebenso wäre, so könnte mir mein Gesicht zu nichts mehr dienen, als ganz nahe Gegenstände allenfalls zu erkennen. Dies Übel ist seit vielen Jahren langsam entstanden, nimmt aber seit einigen schneller zu. Was ich mit dem Gesicht ausrichte, tue ich mit dem linken Auge, aber auch das ist schwach und wird es immer mehr. Ich kann auf die Dauer nichts ohne Brille weder lesen noch schreiben, und die Brille, die mir sonst sehr scharf schien, reicht jetzt kaum mehr hin. Wenn ich, wie ich weder wünsche noch glaube, noch lange, ich meine noch acht oder zehn Jahre, leben sollte, so darf ich mir kaum schmeicheln, daß mich meine Augen bis zum Grabe begleiten werden. Eher ist es möglich, daß ich sie, oder doch eins, durch eine Operation wieder erhalte. Ich habe mich sehr oft mit dem Gedanken beschäftigt, daß ich blind werden und bleiben könnte. Denn die Operation gelingt nicht immer. Ich glaube jetzt in mir so vorbereitet zu sein, daß mich dies Ereignis nicht außer Fassung bringen würde. Ich würde es, glaube ich, mit der Ergebung ertragen, mit der der Mensch alles Menschliche dulden muß. Ich würde so viel von meiner Tätigkeit retten, als ich nicht schlechterdings aufgeben müßte, und wenn der Mensch tätig sein kann, ist um sein Glück schon geringere Sorge. Aber die Vorstellung eines Unglücks ist noch immer etwas ganz anderes als das Unglück selbst, wenn es mit der furchtbaren Gewißheit seiner Gegenwart eintritt, und für das größte Unglück, das mich an meiner Person treffen könnte, halte ich Blindheit allerdings. Es ist aber sehr möglich, daß alle jetzige Fassung und Vorbereitung mächtig erschüttert werden und mich ganz verlassen könnte, wenn es käme, daß einmal der Tag erschiene, der mir kein Licht mehr brächte. Man muß auf nichts so wenig vertrauen, und an nichts so unablässig arbeiten, als an seiner Seelenstärke und seiner Selbstbeherrschung, die beide die einzigen sicheren Grundlagen des irdischen Glücks sind. Der Himmel scheint aber den Blinden zum Ersatz eine eigene Fassung und milde Duldsamkeit in die Seele zu flößen.

Tegel, den 30. September 1829.

Ich habe vor ein paar Tagen, liebe Charlotte, Ihren am
25. September beendigten Brief empfangen und sage Ihnen
meinen herzlichsten Dank dafür. Es hat mich sehr gefreut
zu sehen, daß es mit Ihren Augen bedeutend besser geht,
und daß Sie einfache Mittel gefunden haben, die Ihnen
wohltätig sind. Meinetwegen bitte ich Sie recht sehr, nicht
besorgt zu sein. Ich selbst bin es nicht. Was in der Natur der
Dinge liegt und das Schicksal herbeiführt, darüber wäre es
töricht und unmännlich zugleich, seine Ruhe und sein
inneres Gleichgewicht zu verlieren. So lange ich meine
natürlichen Seelenkräfte behalte, wird mir das nicht
begegnen. Ich werde einsehen, daß körperliche Organe
durch den Gebrauch schwächer werden und anderen
Zufällen unterworfen sind, und es wird mir nicht
einkommen zu erwarten, daß die Vorsehung diesen
natürlichen Lauf der Dinge für mich hemmen sollte. Wäre es
einmal anders in mir, so wäre das ein trauriges Zeichen, daß
mir nicht die Kraft mehr beiwohnte, die jeder vernünftige
Mann besitzen muß.

Sie bemerken sehr richtig, daß man viele Fälle hat, wo ein
anfangender grauer Star auf einem gewissen Punkt stehen
bleibt, ohne je zu eigentlicher Blindheit zu führen, und das
ist schon eine große Wohltat. Denn man muß in diesen
immer sehr traurigen Zuständen doch noch immer
unterscheiden, was es mehr und was es weniger ist, und die
eigentliche Blindheit enthält eigentlich ein doppeltes Leiden,

erstlich, daß man unfähig wird, eine Menge von Dingen zu tun, zu denen das Gesicht unentbehrlich ist, und dann, daß man, des Lichtes beraubt, in Finsternis versetzt ist. Dies Letzte halte ich bei weitem für das Schlimmste. Denn die bloße Empfindung des Lichts, auch von dem Wahrnehmen aller Gegenstände gänzlich abstrahiert, hat etwas unendlich Wohltätiges und Erfreuliches und gehört in vieler Beziehung auch zu dem heiteren und fruchtbringenden inneren geistigen Leben. Das Licht ist wenigstens unter allen uns bekannten Materien die am wenigsten körperliche. Es hängt, ohne daß man selbst sagen kann, wie das zugeht, mit dem Leben selbst zusammen, und Leben, Licht und Luft sind wie verwandte, immer zusammengedachte, das irdische Dasein erst recht möglich machende Dinge. Wunderbar ist es auch, daß die Finsternis selbst den Reiz, den sie offenbar hat, verlieren muß, wenn sie zur beständigen Begleiterin des Lebens wird. Jedoch ist es nicht zu leugnen, daß die Finsternis der Nacht eine süße Ruhe gegen das Licht des Tages gewährt. Allein die angenehme Empfindung beruht nur darauf, daß der Tag vorangegangen ist, und daß man sicher ist, daß er nachfolgen wird. Nur der Wechsel ist wohltätig. Unaufhörliches Tageslicht ermüdet. Das fühlt man schon, wenn man im Sommer nördliche Länder bereist, wo die Dämmerung die ganze Nacht hindurch währt. Ich wenigstens habe das nie angenehm gefunden. Allein die ewige Finsternis muß etwas viel Traurigeres haben, als daß man den Begriff durch bloße Ermüdung erschöpfend ausdrücken könnte. Es ist wohl eine Stille, aber auch eine zurückstoßende Öde. Man wird durch den Mangel äußerer Zerstreuung in sich zurückgedrängt und kann doch viel weniger durch sich selbst handeln und tätig sein. Weit das Unangenehmste würde für mich das Aufhören der Mitteilung durch Briefe sein, die nicht bloß und lediglich Geschäfte beträfen. Denn wer könnte es aushalten, anderen vertrauliche Briefe zu diktieren oder sich vorlesen zu lassen?

Der Briefwechsel beruht seinem Wesen nach ganz und gar auf gänzlich unmittelbarer Mitteilung, und ich würde jeden gleich abschneiden, wenn ich, was ich nicht hoffe, jemals das Unglück hätte, wirklich zu erblinden. Überhaupt ist es wunderbar, daß, meinem jetzigen Gefühl nach, ein solcher Zustand mich mehr von der Gesellschaft anderer abziehen als ihr zuführen würde. Ich kann es mir selbst nicht ganz erklären, da es natürlich scheint, die Zeit alsdann doppelt gern mit Gespräch auszufüllen. Es kommt vielleicht daher, daß ich, ohne selbst sagen zu können, warum, sehr ungern mit Blinden zusammen bin. Da ich fühle, daß dies eine gewissermaßen ungerechte Empfindung ist, so überwinde ich mich da, wo die Gelegenheit vorkommt, aber der Zwang, den ich mir antue, hebt die Widrigkeit des Gefühls nicht auf. Der Anblick kranker, auch nur glanzlos starrer, selbst verbundener Augen wirkt körperlich auf mich. Ich kann machen, daß ich der Empfindung nicht Raum gebe, aber ich kann nicht hindern, daß sie nicht entstehe und fortdauere. Schon ein Schirm vor den Augen anderer, besonders bei Frauen, ist mir unangenehm. Auch die Gewohnheit ändert darin nichts. Ich bin jahrelang wöchentlich mit Blinden zusammen gewesen, der Eindruck blieb aber immer derselbe. Daß ich nun, selbst blind, nicht mit andern sein möchte, ist nur eine Rückwirkung desselben Gefühls, wenn sie auch nicht dasselbe empfinden als ich, so kann ich doch nicht hindern, daß ich mich nicht außer mich selbst versetze und mich, andern gegenüber, mir selbst vorstelle. Leben Sie herzlich wohl. Ich wünsche sehr, daß es mit Ihren Augen besser gehen möge. Mit unwandelbaren Gesinnungen der Ihrige. H.

Tegel, den 24. Dezember 1829.

ᴐ spät im Jahre, liebe Charlotte, habe ich Ihnen noch nie von hier aus geschrieben. Ich war seit langen Jahren immer in der Stadt um diese Zeit. Nur in früheren, glücklicheren Epochen meines Lebens brachte ich auch den Winter auf dem Lande zu. Was ich damals im heiteren Zusammensein tat, wiederhole ich jetzt allein. Das ist der Gang des menschlichen Schicksals. Es ist heute hier, und da so kleine Entfernungen keinen Unterschied machen, gewiß auch bei Ihnen ein äußerst kalter Tag. Doch war ich aus. Ich gehe alle Tage gerade so spazieren, daß ich die Sonne untergehen sehe. Ich versäume den Moment nicht gern, und die halbe Stunde vor- und nachher sind mir im Sommer und Winter die liebsten des Tages. Der Mond wartet dann oft schon, wenn die Sonne ihn nicht mehr überstrahlt, seinen Glanz wieder zu gewinnen. Heute ging die Sonne so in Nebel gehüllt unter, daß man statt ihrer Scheibe nur einen mattgelben Duft sah. Wenn ich immer betrachtende Ruhe liebte und mich ihr auch oft da hingab, wo ich mich im Gedränge von Menschen und Gewühl von Geschäften befand, so versenkt mich meine jetzige Einsamkeit noch mehr darin. Ich habe zu nichts anderem Neigung. Meine wissenschaftlichen Beschäftigungen sind damit verwandt, und ich fühle mit jedem Tage mehr, wie das reine und besonnene Nachdenken über sich selbst das Innere zusammenschließt und den Frieden gibt, der gewiß immer das Werk Gottes ist, den aber doch, gerade nach Gottes deutlich zu erkennen gegebenem Willen, der Mensch nicht wie eine äußere Gabe von ihm erwarten, sondern durch die eigene Anstrengung seines Willens aus sich selbst schöpfen soll. Ich bin in jeder Epoche meines Lebens sehr gefaßt auf den Augenblick gewesen, der uns wieder daraus abruft. Ich bin es jetzt mehr wie je, wo ich dessen beraubt, was mir in jedem Augenblicke Genuß und die heiterste Freude gab, nun auf den kalten Ernst des Lebens zurückgewiesen bin. Ich glaube auch mit ziemlicher Gewißheit vorauszusehen, daß ich die mir vielleicht noch bestimmten Jahre wie die jetzt verflossenen Monate zubringen werde. Nur sehr bedeutende Dinge könnten mich zu einer Umänderung bringen. Bei kleineren würde ich's schon zu machen wissen, daß die Umänderung nur scheinbar wäre. Ich sehe daher mein Leben jetzt von der Seite an, daß es ein Vollenden, ein Abschließen der Vergangenheit ist. Es ist aber in meiner Art zu empfinden gegründet, daß mich dies nicht zur Beschäftigung mit dem Tode und dem Jenseits, sondern gerade zu den Gedanken, die auf das Leben gerichtet sind, bringt. Ich halte das auch nicht für eine Eigenheit in mir, sondern ich glaube, es müßte überhaupt so sein. Wenn man an den Tod zu denken empfiehlt, so ist das eigentlich nur gegen den Leichtsinn gerichtet, der das Leben wie eine immer dauernde Gabe ansieht. Davon ist ein in sich gesammeltes Gemüt schon von selbst frei, übrigens aber weiß ich nicht, ob anhaltende Beschäftigung mit dem Tode und dem, was ihm folgen wird, der Seele heilsam sei. Zwar möchte ich nicht darüber absprechen, da es mehr Sache des Gefühls als der Untersuchung durch bloße Vernunftgründe ist. Ich glaube es aber nicht. Die aus dem Vertrauen auf eine Allgüte und Allgerechtigkeit entspringende Zuversicht, daß der Tod nur die Auflösung eines unvollkommenen, seinen Zweck nicht in sich tragenden Zustandes und der Übergang zu einem besseren und höheren ist, muß dem Menschen so gegenwärtig sein, daß nichts sie auch nur einen Augenblick verdunkeln kann. Sie ist die Grundlage der inneren Ruhe und der höchsten Bestrebungen und eine unversiegbare Quelle des Trostes im Unglück. Aber das Ausmalen des möglichen Zustandes, das Leben mit der Phantasie darin, zieht nur vom Leben ab und setzt nur scheinbar etwas Besseres an die Stelle, da allerdings die Gegenstände erhabener sind, nach denen man trachtet, man sie aber doch so, wie man es da versucht, nicht zu fassen vermag. Gott hat auch deutlich gezeigt, daß er eine solche Beschäftigung nicht wohlgefällig ansieht, denn er hat den künftigen Zustand in einen undurchdringlichen Schleier gehüllt und jeden einzelnen in gänzlicher Unwissenheit gelassen, wann der Augenblick ihn ereilen wird, – ein sicheres Zeichen, daß das Lebende dem Leben angehören und darauf gerichtet sein soll. Wozu mich also die Gewißheit, sich in dem letzten Lebensabschnitt zu befinden, mahnt, ist ein auf das Leben gerichtetes Bestreben, das Bestreben, das Leben abzurunden, ein inneres Ganzes daraus zu machen. In den Stand gesetzt zu sein, dies zu tun dadurch, daß man nicht mitten aus dem Treiben des Lebens hinweggerissen wird, sondern einen Zeitraum der Muße und Ruhe behält, ist eine Wohltat der Vorsehung, die man nicht ungenützt vorübergehen lassen muß. Ich meine damit nicht, daß man noch etwas tun, etwas vollenden solle. Was ich im Sinne habe, kann jeder in jeder Lage. Ich meine, an seinem Inneren arbeiten, seine Empfindungen in vollkommene Harmonie bringen, sich selbständiger und unabhängiger von äußeren Einflüssen zu machen, sich so zu gestalten, wie man sich in den ruhigsten und klarsten Geistesmomenten gestaltet sehen möchte. Dazu geht jedem, wieviel er auch an sich getan haben möge, viel ab, daran ist längere Dauer, als vielleicht die Dauer des Lebens verstatten wird. Dies aber nenne ich den eigentlichen Lebenszweck, dieser aber gibt auch dem Leben immer noch Wert, und wenn mich irgendein Unglück, wie es jeden, wie glücklich er scheine, betreffen kann, dahin bringen sollte, das Leben nicht mehr zu diesem Zwecke zu schätzen, so würde ich mich selbst mißbilligen und die Gesinnung in mir ausrotten. Allein auch über einen solchen Lebenszweck kann man nicht unfruchtbar mit seinen Gedanken brüten. Er muß nur die der Seele gegebene Richtung sein, nur das, wie sich die Gelegenheit darbietet, urteilende, billigende, zurechtweisende Prinzip. Das Leben ist zugleich eine äußere Beschäftigung, eine wirkliche Arbeit in allen Ständen und allen Lagen. Es ist nicht gerade diese Beschäftigung, diese Arbeit selbst, die einen großen Wert besitzt, aber es ist ein Faden, an den sich das Bessere, die Gedanken und Empfindungen anknüpfen, oder das, woneben sie hinlaufen. Es ist der Ballast, ohne den das Schiff auf den Wellen des Lebens keine sichere Haltung hat. So sehe ich auch im Grunde hauptsächlich nur meine wissenschaftlichen Beschäftigungen an. Sie sind vorzugsweise dazu gemacht, weil sie an sich mit Ideen in Verbindung stehen. Ich bin hierüber ausführlich gewesen, um Ihnen einen Begriff zu geben, was ich meine Einsamkeit und meine Freude daran nenne. Sie ist ursprünglich keine freiwillige, sondern eine durch das Schicksal herbeigeführte. Der von zweien Zurückgebliebene ist allein, und es ist dann eine natürliche und zu billigende Empfindung, daß man auch fortwährend allein bleiben will. Dann aber begünstigt auch die Einsamkeit jenes Nachdenken über sich selbst, jene Arbeit an sich, jenes Abrunden und Schließen des Lebens, von dem ich eben sprach. Endlich kommen die Studien hinzu, denen man auch ihre Stelle gönnen muß. Darum gehe ich nur sehr selten zu meinen Kindern in die Stadt und freue mich, wenn sie hierher kommen. Die Leute bedauern erst meine Abwesenheit, das ist die Höflichkeit; dann finden sie dies Zurückziehen in meinem Alter und in meiner Lage natürlich, das ist die Wahrheit. Überdruß am Leben, Stumpfheit an seinen Freuden, Wunsch, daß es enden möge, haben an meiner Einsamkeit keinen Teil.

Ich habe Ihnen, liebe Charlotte, zwei Briefe geschrieben, die bei Abgang des Ihrigen noch nicht angekommen waren. Ich hoffe eine Antwort auf diese zu erhalten. Ich bitte Sie, wenn Sie können, mir noch in diesem Jahre zu schreiben. Zu dem, welches wir neu beginnen, nehmen Sie meine herzlichsten Wünsche. Möge der Himmel Ihnen wieder Heiterkeit und Ruhe verleihen! Was ich dazu beitragen kann, will ich mit herzlicher Freude tun, wo und wie es mir möglich ist. Leben Sie nun recht wohl! Gedenken Sie meiner mit freundschaftlicher Liebe und rechnen Sie mit Zuversicht auf meine aufrichtige, unveränderliche Teilnahme an allem, was Sie betrifft. Ihr H.

Tegel, den 26. Januar 1830.

e müssen, liebe Charlotte, zwei Briefe von mir bekommen haben, die noch unbeantwortet sind, einen vom 9. und einen vom 21. Januar. Ihr letzter war nicht auf meine Bitte, sondern aus eigener Bewegung geschrieben, und meinen Brief vom 9. werden Sie vermutlich zu spät empfangen haben, um ihn an dem darin genannten Tage zu beantworten. Da ich aber weiß, daß Ihnen meine Briefe Freude machen, und ich gerade einige Zeit frei habe, so will ich Ihnen schreiben, ohne erst eine Antwort abzuwarten. Vielleicht bekomme ich dieselbe auch noch, ehe ich den Brief schließe, da heute noch eine Gelegenheit aus der Stadt herkommt. Es liegt mir sehr daran, zu wissen, wie es Ihnen geht, und ob Sie die Ruhe und Heiterkeit wiedergewinnen, die ich Ihnen so sehr wünsche. Noch erfreulicher sollte es mir sein, wenn mein Anteil und meine Ratschläge in der Tat wirksam dazu beitrügen. Das Wahre und Eigentliche müssen Sie zwar selbst dazu tun. Denn es bleibt immer ein sehr wahrer Ausspruch, daß das Glück im Menschen selbst liegt. Das Freudige, was ihm der Himmel verleiht, beglückt nur, wenn es auf die rechte Art aufgenommen wird, und das Bittere und Herbe, das das Schicksal ihn erfahren läßt, steht es in seiner Gewalt sehr zu mildern.

Wo es auch gar keinen Trost zuläßt, wie es denn allerdings solche Unglücksfälle gibt, hat Gott noch die Wehmut zu einer Art Vermittlerin zwischen dem Glück und dem Unglück, der Süßigkeit und dem Schmerz geschaffen. Sie macht den Schmerz zu einem Gefühl, das man nicht verlassen mag, an dem man hängt, dem man sich überläßt mit dem Bewußtsein, daß er nicht zerstörend, sondern läuternd, veredelnd in jeder Art und auf jede Weise erhebend wirkt. Es ist ein Großes, wenn der Mensch die Stimmung gewinnt, alles, was ihn betrifft, bloß weil es menschlich ist, weil es einmal im irdischen Geschick liegt, dagegen anzukämpfen, aber zugleich so aufzunehmen, wie es sich in der Bestimmung des Menschen, sich immer reifer und mannigfaltiger zu entwickeln, am besten vereint. Je früher man zu dieser Stimmung gelangt, desto glücklicher ist es. Man kann dann erst sagen, daß man das Leben wirklich erfahren hat. Und um des Lebens willen ist man doch auf der Welt, und nur was man in seinem Gemüt durch das Leben errungen hat, nimmt man mit hinweg. Es ist ein sehr großes Glück, wenn man all sein Denken und Empfinden an einen Gegenstand setzt. Man ist dann auf immer geborgen, man begehrt nichts mehr vom Geschick, nichts mehr von den Menschen, man ist sogar außerstande, etwas anderes von ihnen zu empfangen als die Freude an ihrem Glück. Man fürchtet auch nichts von der Zukunft Man kann nicht ändern, was nicht zu ändern ist; aber das eine, das Hängen an einem Gedanken, einem Gefühl, wenn es auch durch den grausamsten Schlag, der einen Menschen betreffen kann, nur zu dem Hängen an einer Erinnerung würde, das bleibt immer. Wer das stille Hängen an einem Gedanken erreicht hat, besitzt alles, weil er nichts anderes bedarf und verlangt. Noch beruhigender und beglückender ist natürlich ein solches Hängen an einem, wenn das eine nichts Irdisches, sondern das Göttliche selbst ist. Aber auch im Irdischen ist solch ein treues, die ganze Seele einnehmendes Hängen an einem Gefühl immer von selbst auf das gerichtet, was im Irdischen selbst nicht irdisch ist. Denn das bloß Irdische ist nicht fähig, die Seele so auf sich zu heften. Der Probierstein der Echtheit des Gefühls ist nur, daß es von aller Unruhe frei, mit keiner Art des Begehrens gemischt sei, daß es nichts verlange, nichts fordere, keine andere Sehnsucht kenne, als in der Art, wie es ist, fortzudauern. Darum ist das Gefühl für Verstorbene ein so süßes, so reines, so der Sehnsucht hingegebenes Gefühl, das bis ins Unendliche fortwährt, ohne sich je zu zerstören, in deren Wachstum selbst die Seele ohne Unterlaß Kraft gewinnt, sich ihr in einer süßen Wehmut zu überlassen. Sobald das Gefühle für das Göttliche sind, sind es unstreitig die reinsten und von aller irdischen Beimischung am meisten geläuterten. Sie haben zugleich das Eigentümliche, daß sie der Erde nicht entfremden und doch allem Drohenden und Schmerzlichen, was die Erde auch oft hat, den Stachel und den Wermut benehmen. Da der Gedanke an die Verstorbenen mit allem dem zusammenhängt, was sie im Leben umgab, so sind sie, statt vom Leben abzuführen, vielmehr immerfort Verknüpfungsmittel mit demselben; es gibt in jeder Lage noch immer Gegenstände, an welchen man sich die Verstorbenen als teilnehmend und noch mit dem Leben verknüpft denkt. Diese knüpfen auch den Zurückbleibenden noch an das Leben, aber es ist eine Verknüpfung, die dem Leben das Schwere benimmt, da man sich doch nicht mehr ganz als ihm angehörend betrachtet. Wenn die liebsten Gedanken alle jenseits des Lebens sind, wenn das Leben keinen hat, der diesen die Wage halten könnte, so kann, was man sonst im Leben zu fürchten pflegt, einem irgend gegen irdische Schicksale Gewaffneten nicht sonderlich furchtbar erscheinen. Zeit und Ewigkeit verknüpfen sich im Gemüte zu einer Ruhe, die nichts mehr stört. Ich habe mir immer, ehe ich noch die Erfahrung selbst gemacht hatte, gedacht, daß es so sein müßte. Ich habe es nie für möglich gehalten, daß es für einen wahren Verlust auch nur einen scheinbaren Ersatz geben könnte. Jetzt empfinde ich das wirklich, da das Los mich getroffen hat. Ja, ich werde mit großer Freude gewahr, daß sich die wahre und richtige Einwirkung, die solcher Verlust haben muß, mit der Zeit immer vollkommener und richtiger entfaltet, wie die irdische Nacht tiefer wird, je länger sie währt. Die Freude, die man am nächtlichen Dunkel hat, und für die ich immer sehr empfänglich gewesen bin, ist dieser Empfindung ähnlich.

Man ist allein und will allein sein, man gewahrt äußerlich nichts, und innerlich regt sich ein doppeltes Leben. Der Tag ist gewesen und der Tag wird wiederkehren.

Es ist ein schrecklicher Winter in diesem Jahr, und noch durchaus keine Aussicht, daß er sich bald milder lösen will. Wenn man die viele Not bedenkt, die er mit sich führt, so ist das sehr beklagenswert. Allein sonst ist mir keiner so leicht geworden. Dies liegt in der Ruhe und Unabhängigkeit der Einsamkeit, worin ich lebe. Ich gehe alle Tage spazieren, allein außerdem verlasse ich die aneinander stoßenden drei Zimmer, die ich allein bewohne, nie, und der Anblick der unberührten Schneeflächen und des unendlichen Glanzes, den die Sonne, deren Auf- und Untergang ich von meinen Fenstern aus sehe, und abends Mond und Venus und die anderen Sterne über die Schneefläche und den gefrorenen See ausstrahlen, ist unbeschreiblich. – Ich bitte Sie, Ihren nächsten Brief am 2. Februar oder, wenn das nicht möglich ist, doch noch in der ersten Woche des Februar abgehen zu lassen. – Leben Sie recht herzlich wohl und bleiben Sie meiner aufrichtigen und innigen Teilnahme versichert. Ganz der Ihrige. H.

Tegel, den 14. April 1830.

Ich bin sehr besorgt um Sie gewesen, liebe Charlotte. Ihr längeres Stillschweigen hat mich diesmal nicht beunruhigt. Ich war gewiß, daß Sie nicht krank sein konnten. Ich habe Sie so bestimmt gebeten, mir in diesem Fall zu schreiben, daß ich gewiß darauf rechnen konnte, daß Sie es getan haben würden. Ich erriet aber die Ursache Ihres Nichtschreibens und sehe nun aus Ihrem Briefe, daß ich ganz richtig vermutet hatte. Es war eine zu natürliche, Ihrer Empfindungsart zu angemessene Empfindung, als daß sie nicht hätte in Ihnen aufsteigen sollen. Ihr jetziger Brief aber hat mir die größte Freude gemacht, besonders wegen der ruhigen Stimmung, die darin herrschend ist, und die ich, da sie Ihnen notwendig die wohltätigste sein muß, so sehr liebe, um deren Erhaltung ich Sie dringend bitte. Auch Lebenslust und Lebensfreude an den dem Leben bleibenden Genüssen kann erst auf dieser Grundlage im Gemüt emporsprießen. Die Ruhe ist die natürliche Stimmung eines wohlgeregelten, mit sich einigen Herzens. Äußere Ereignisse können sie bedrohen und das ruhigste Gemüt aus den Angeln heben. Ein großes weicht zwar auch da nicht, allein obgleich es Frauen gibt, welche diese Stärke mit der größten und lebendigsten Regsamkeit der Empfindung und der Einbildungskraft verbinden, so kann man das bewundern, aber nicht fordern. In einem Manne aber ist es Pflicht, es läßt sich verlangen, und er verliert gleich bei allen richtig Urteilenden an Achtung, wie hierin in ihm ein Mangel sichtbar wird. – – – –

Meine Gesundheit ist fortwährend gut. Sogar von kleinen Übeln bin ich frei. Das Alter erscheint mit den Jahren allmählich, aber mit einer Krankheit oder einem großen Unglücksfall, den nichts je wieder gut machen kann, plötzlich. Das letzte ist mein Fall gewesen. Hätte ich den Verlust nicht erlitten, den ich erfahren, so möchte es noch mehrere Jahre so fortgedauert haben. Aber durch die große Änderung, welche dieser Verlust in mir hervorbringen mußte, und die mit jedem Tage nur fühlbarer wird, bei der plötzlichen Vereinzelung nach einem achtunddreißigjährigen gemeinschaftlichen Leben, und selbst in der Abwesenheit ununterbrochenen gemeinschaftlichen Denken und Empfinden, war es natürlich, daß die Änderung auch körperlich eintrat. Indes ist das sehr leicht zu ertragen, zumal solange die Gesundheit so unangegriffen wie bei mir jetzt bleibt. Ich kann daher, wenn Sie auch nicht immer darin einstimmen, nur dabei bleiben, daß mir das Alter lieb ist. Es ist ein natürlicher menschlicher Zustand, dem Gott seine eigenen Gefühle geschenkt hat, die ihre eigenen Freuden in sich tragen. Wenn ich durch einen Zauberstab machen könnte, daß ich die mir noch übrigen Jahre mit jugendlicher Kraft und Frischheit verleben, oder so wie jetzt bleiben könnte, so wählte ich das erste gewiß nicht. Die jugendliche Kraft und Frischheit paßt nicht zu greifenden Gefühlen, und diese in einem langen Leben erworbenen und erlangten Gefühle möchte ich doch für nichts auf Erden aufgeben. Was Sie von meiner Stimmung sagen, unterschreibe ich insofern, als sie allerdings eine seltene und den tiefsten und gerührtesten Dank erheischende Gabe des Himmels, nicht menschliches Verdienst ist. Wenigstens rechne ich sie mir nicht zu. Ich verdanke sie größtenteils der, welche auch jetzt die unmittelbare Quelle derselben ist. Denn wenn man einem durchaus reinen und wahrhaft großen Charakter lange zur Seite steht, geht sie wie ein Hauch von ihm auf uns über.

Ich würde mir selbst jenes Besitzes unwert erscheinen, wenn ich jetzt anders sein könnte, als innerlich in abgeschlossener Ruhe in der Erinnerung lebend, und äußerlich, wo sich die Gelegenheit darbietet, nützlich und wohltätig beschäftigt.

Ich wünsche, daß meine Briefe Sie ruhig, heiter stimmen, Ihnen wie eine Erholung, eine Erquickung erscheinen. Leben Sie herzlich wohl und rechnen Sie mit vertrauender Zuversicht auf meine ununterbrochene freundschaftliche Teilnahme. H.

Tegel, den 6. bis 9. Mai 1830.

ch sage Ihnen, liebe Charlotte, meinen herzlichen Dank für
Ihren am 27. April abgegangenen Brief, den ich richtig
empfangen habe. Mit meinem Befinden geht es sehr gut, und
ich empfinde weder Folgen des nassen Frühjahrs noch des
strengen Winters. Dennoch machen sich die Folgen im
allgemeinen sehr fühlbar. Eine Menge von Leuten leiden
hier an kaltem Fieber. Ich habe für den Sommer meine
Lebensart etwas geändert. Ich stehe jetzt regelmäßig um
sechs Uhr auf. Dafür gehe ich aber auch immer vor,
spätestens um Mitternacht zu Bett. Die Morgenstunden
haben mehr Reiz für mich, und so schreibe ich Ihnen, liebe
Freundin, heute in der Frühe. Es ist das erste, womit ich
heute den Tag beginne. Auf meinen Schlaf hat weder das
frühe noch späte Aufstehen einigen Einfluß. – – Die Nacht
hat etwas unglaublich Süßes. Die heiteren Ideen und Bilder,
wenn man solche haben kann, wie ich ehemals oft erfahren,
nehmen einen sanfteren, schöneren, in der Tat seelenvollen
Ton an, dabei ist es, als ob man sie inniger genösse, da in
der Stille nichts, nicht einmal das Licht sie stört.
Kummervolle und wehmütige Erinnerungen und Eindrücke
sind dagegen auch milder und mehr von der Ruhe
durchströmt, die jede Trauer leichter und weniger
zerreißend macht. Man kann auch dem Kummer ruhiger
nachhängen, und ein tiefes Gemüt sucht doch nicht den
Kummer zu entfernen, am wenigsten zu zerstreuen,
sondern sucht ihn so mit dem ganzen Wesen in Einklang zu
bringen, daß er Begleiter des Überrestes des Lebens bleiben

kann. Ich kann mich jetzt schon auf die langen Winternächte freuen und habe, was ich hier sage, im vorigen Winter oft erfahren. Bedenkt man auf der anderen Seite wieder, wie freudig und schön das Licht ist, so gerät man in ein dankbares Staunen, welch einen Schatz des Genusses und wahren Glückes die Natur allein in den täglichen Wechsel gelegt hat. Es kommt nur darauf an, ein Gemüt zu haben, ihn zu genießen, und das liegt doch in jedes Menschen eigener Macht. Alle Dinge, die einen umgeben, schließen für den Geist und die Empfindung Stoff zur Betrachtung, zum Genuß und zur Freude in sich, der ganz verschieden und unabhängig ist von ihrer eigentlichen Bestimmung und von ihrem physischen Nutzen; je mehr man sich ihnen hingibt, desto mehr öffnet sich dieser tiefere Sinn, die Bedeutung, die halb ihnen, die sie veranlassen, halb uns, die wir sie finden, angehört. Man darf nur die Wolken ansehen. An sich sind sie nichts als gestaltloser Nebel, als Dunst, Folgen der Feuchtigkeit und Wärme, und wie beleben sie, von der Erde gesehen, den Himmel mit ihren Gestalten und Farben, wie bringen sie so eigene Phantasien und Empfindungen in der Seele hervor.

Tegel, den 29. Mai 1830.

:h habe, liebe Charlotte, Ihren Brief vom 16. d. M. vor einigen Tagen empfangen und so wie Sie es vorausgesehen haben, doppelte Freude daran gehabt, weil er in einem so ruhigen und heiteren Tone geschrieben ist. Ich wünsche nichts mehr, als daß Sie in demselben und der ihm entsprechenden Stimmung bleiben mögen, und Sie können es gewiß, wenn Sie sich nicht selbst trübe und irrige Vorstellungen machen, sondern vielmehr der Ruhe nachstreben, welche das Gemüt unabhängig von äußeren Ereignissen macht. Ohne diese nur durch innere Bearbeitung seiner selbst zu erlangende Ruhe bleibt man immer ein Spiel des Schicksals und verliert und gewinnt sein inneres Gleichgewicht, wie die Lage um einen her nur freudvoller oder leidvoller ist. Das gänzliche Unterlassen alles Spazierengehens ist und bleibt doch eine Entbehrung eines großen Vergnügens, wenn sich auch der Körper daran gewöhnt; ich habe das selbst an mir erfahren. Der Mangel der Bewegung hat mir nie geschadet, aber entbehren tut man viel. Man genießt die Natur auf keine andere Weise so schön als bei dem langsamen, zwecklosen Gehen. Denn das gehört namentlich zum Begriff selbst des Spazierengehens, daß man keinen ernsthaften Zweck damit verbindet. Seele und Körper müssen in vollkommener und ungehemmter Freiheit bleiben, man muß kaum einen Grund haben, auf eine oder die andere Seite zu gehen. Alsdann befördert die Bewegung die Idee, und man mag etwas Wichtiges denken oder sich bloß in Träumen und Phantasien gehen lassen, so gewinnt es durch die Bewegung des Gehens besseren Fortgang, und man fühlt sich leichter und heiterer gestimmt. Noch vor kurzem ist es mir geschehen, daß mir durch einen Spaziergang gelang, was sich sehr lange nicht hatte gestalten wollen. Ich hatte oft vergebens an etwas gearbeitet, und plötzlich beim Herumgehen draußen kam es mir ganz von selbst, daß ich beim Nachhausekommen es nur aufzuschreiben brauchte. Ich gehe aber niemals des Morgens aus. Daran tue ich vielleicht Unrecht, aber es hängt bei mir mit so vielen kleinen Gewohnheiten zusammen, daß ich darüber nicht hinauskommen kann. Ich genieße daher nur den Anblick des Grün aus den Fenstern, wo dann die Lichter der Frühsonne im Laube einen wundervoll herrlichen Wechsel des Hellen und Dunkeln gewähren.

Ich habe kürzlich Goethes zweimalige Reise nach Italien oder vielmehr, da es keine eigentliche Reisebeschreibung ist, seine Briefe von daher gelesen. Sie schrieben mir in derselben Zeit von der Jacobischen. Ich habe diese Reise nie gelesen, wohl aber den Reisenden gekannt und sein Buch loben hören. Er studierte mit mir zugleich in Göttingen und ging, wenn ich nicht irre, auch mit Ihrem Bruder um. Er war ein guter Mensch und sehr fleißig, doch vermied ich seinen Umgang, da er für meine Neigung in zu viele Studentengesellschaften verwickelt war. Was Sie mir aus seiner Reise über die Pracht der Kirchen und des Gottesdienstes sagen, ist sehr wahr. Es ist, wie Sie bemerken, und wie es auch mir erscheint, eine lobenswürdige Sitte, daß man jedem Gelegenheit gibt, in jedem Moment, wo er Stimmung dazu hat und fühlt, an einen Ort gehen zu können, wo er Stille und Einsamkeit oder zu seiner Stimmung passende Verrichtungen findet, einen Ort, der ihm schon an und für sich, sobald er ihn betritt, Ehrfurcht und dazu eine gewisse Linderung einflößt. Unsere evangelischen Kirchen werden viel zu sehr als Orte, die zum Predigen bestimmt sind, angesehen, und auf die religiöse Erhebung des Gemüts in Gebet und Nachdenken wird zu wenig gedacht. Die Goetheschen Briefe aus Italien lehren nicht gerade Italien und Rom kennen. Sie sind ganz und garnicht beschreibend. Man muß mit den Gegenständen durch eigene Ansicht oder durch andere Reisen bekannt und bereits vertraut sein, um nur die Bemerkungen darüber ganz zu verstehen. Aber sie malen sehr hübsch und interessant Goethe selbst und zeigen, was Rom und Italien sind, durch den Eindruck, den sie auf Goethe gemacht haben. Insofern gehören sie zu den merkwürdigsten Schilderungen. Dann erkennt man auch daraus, welche unglaubliche Sehnsucht Goethe Jahre hindurch hatte, Italien und vor allem Rom zu sehen.

Ich reise morgen früh ab und gehe zunächst nach Breslau. Leben Sie herzlich wohl und seien Sie meiner unveränderlichen Teilnahme gewiß. Von Herzen Ihr H.

Tegel, den 7. September 1830.

hr am 31. v. M. abgegangener Brief hat mir, liebe Charlotte, sehr viel Freude gemacht, weil er in einer ruhigen, wirklich erfreulichen Stimmung geschrieben ist. Ich danke Ihnen sehr dafür. Ich lebe nun wieder ganz in meinen alten Gewohnheiten. Mein Befinden ist sehr erwünscht, und ich wüßte nicht, worüber ich zu klagen hätte. Wenn Sie aber von meiner kräftigen Gesundheit reden, so bedarf es doch einer Einschränkung. Meine Gesundheit ist gut, weil sie mich nicht leiden macht, und vorzüglich, weil ich sie durch die Regelmäßigkeit meines Lebens erhalte und befördere, übrigens sieht man mir das Alter viel mehr an als anderen Menschen von gleichen Jahren, und ich bin auch weniger rüstig, als es meinem und einem weit höheren Alter gemäß ist. Auch abwesend können Sie das an meiner Handschrift sehen, deren Ungleichheit und Mangel an Festigkeit garnicht von den Augen, sondern allein von der Hand herkommt. Das ist allerdings Folge der Jahre, aber daß es so früh und so plötzlich gekommen ist, ist allein Folge des Todes meiner Frau. Wenn man, wie es mein Fall war, so verheiratet war, wie man es einzig sein konnte und sein mußte, so ist die Trennung dieses Bandes nicht der bloß geänderte Zustand, sondern ein durchaus neuer. Ich klage nicht, ich weine nicht, der Tod einer Person, und noch dazu in höheren Jahren, ist ein natürliches, ein menschliches, ein unabänderliches Ereignis; ich suche nicht Hilfe oder Trost — denn der Kummer, der nach Hilfe oder Trost verlangt, ist nicht der höchste und kommt nicht aus dem Tiefsten des

Herzens. Ich bin auch garnicht unglücklich, ich bin vielmehr auf die einzige Art glücklich und zufrieden, auf die ich es sein kann, aber ich bin anders als sonst, ich hänge mit dem Menschen und der Welt nur insofern zusammen, als ich Ideen daraus schöpfe, oder als ich durch äußerliches Wirken nützen kann, sonst habe ich keinen anderen Wunsch, als allein zu sein. Jede Störung meiner Einsamkeit, jeder, auch nur Stunden dauernde Besuch ist mir höchst unangenehm, wenn ich auch den Menschen, die mich besuchen, gut bin. Ich tue nichts dazu und suche nichts darin, es hat aber seit einem Jahre sehr zugenommen, und ich schließe daraus, daß es nicht vergehen wird. Sie können denken, daß ich in Berlin, wo ich so lange lebte, unter vielen Bekannten einige Männer und Frauen der engsten Vertraulichkeit habe. Ich pflegte sie wöchentlich, auch öfter zu sehen. Seit dem unglücklichen Verluste habe ich sie kaum drei- oder viermal gesehen. Sie fühlen und begreifen mich, und eine natürliche Diskretion hält sie ab, mich ohne ausdrückliche Einladung zu besuchen. Ich lade aber niemand ein, sondern überlasse das meinen Kindern. Ist jemand bei ihnen, so brauche ich nicht länger dabei zu sein, als ich Lust habe. Ich erzähle Ihnen das, weil Sie gern einen Begriff meines Zustandes haben. Mit meinen Augen geht es aber nicht schlimmer. Besser kann es natürlich auch nicht gehen. Vielmehr, da man in allen Dingen klar sehen muß, sage ich mir, daß die Schwäche mit den Jahren auch zunehmen muß, und daß leicht eine Zeit kommen kann, wo ich das Lesen und Schreiben ganz aufgeben werde. Bei Licht stelle ich es schon sehr ein. Ich sitze oft abends allein zwei bis drei Stunden, ohne scheinbar etwas zu tun. Ich kann aber nicht sagen, daß diese Zeit mir unnütz und noch weniger unangenehm verstriche. Das Träumen in Bildern und Erinnerungen hat etwas sehr Süßes, und strengt man sich an, ernsthafter und in gewisser Folge zu denken, so nützt es für die Arbeit des folgenden Tages. Ich ziehe dies einsame Sitzen einem

Gespräch weit vor. Oft indes und in den früheren Abendstunden lasse ich mir vorlesen. – Heute war ein selten schöner Tag, eine milde, angenehme Luft, kein Wind, ein reiner, blauer, schöner Himmel, aber sehr herbstlich ist es bei uns schon, ich weiß nicht, ob auch bei Ihnen. Das Laub ist schon so gelb, und wenn man eine ganze Allee hinunter sieht, bemerkt man auch, daß die Bäume nicht mehr die Blätterfülle wie im Sommer haben. Es ist unglaublich, wie schnell die Zeit hingeht. Eine Woche, ein Monat sind vorbei, und ehe man sich umsieht, das ganze Jahr. Es scheint garnicht der Mühe wert, eine so alte und allgemein anerkannte Sache noch zu wiederholen. Allein mir ist es wirklich, als wäre mir diese Empfindung nie sonst in gleichem Grade lebendig gewesen. Es mag daher kommen, daß ich die Zeit mehr nach Arbeit als nach sonst einer Ausfüllung messe, und da ist mir immer die Zeit, in der etwas zustande kommen soll, unzureichend zu demjenigen, was man darin erwartet. Kein Tag bringt ganz hervor, was er soll, und aus diesen Lücken der einzelnen Tage entsteht ein großes Defizit im ganzen. Ich habe darum den Winter nicht so ganz ungern, weil man doch, selbst in meiner, das ganze Jahr hindurch sehr ruhigen, mußevollen und freien Lage, immer im Winter mehr und angestrengter arbeitet.

Sie erwähnen der neuesten unruhigen Auftritte. Seit Sie schrieben, haben sich diese sehr vervielfältigt und sind sogar in unsere Nähe gekommen. Es ist schmerzlich mit anzusehen, wie Leidenschaft, wilde Roheit und Übermut den Frieden bedrohen, dessen man so lange genoß. Indes wird sich auch das wieder beruhigen. Die Dinge der Welt sind in ewigem Steigen und Fallen und in unaufhörlichem Wechsel, und dieser Wechsel muß Gottes Wille sein, da er weder der Macht noch der Weisheit die Kraft verliehen hat, ihn aufzuhalten und ihn zum Stillstand zu bringen. Die große Lehre ist auch hier, daß man seine Kräfte in solchen

Zeiten doppelt anstrengen muß, um seine Pflicht zu erfüllen und das Rechte zu tun, daß man aber für sein Glück und seine innere Ruhe andere Dinge suchen muß, die ewig unentreißbar sind.

Leben Sie recht wohl, erhalten sie sich heiter und seien Sie meiner aufrichtigen und unveränderlichen Teilnahme versichert. H.

Tegel, den 6. Oktober 1830.

ch habe, liebe Charlotte, Ihren Brief vom 28. v. M. erhalten und danke Ihnen sehr dafür. Es war hier seit acht bis zehn Tagen außerordentlich schönes Wetter, ich habe es recht genossen und bin die Nachmittage meistenteils ganz draußen gewesen. Ich fahre fort so wohl und gesund zu sein, daß, wenn ich auch auf alles einzelne an mir acht geben wollte, ich nicht wüßte, worüber ich zu klagen hätte. Es ist vielleicht unrecht, das so zu preisen und das Schicksal gleichsam herauszufordern und gewissermaßen das Glück zu berufen. Größtenteils ist das Aberglaube, aber doch nicht ganz. Wenn das Rühmen mit etwas Gutem mit einer vermessenen, inneren Zuversicht oder mit großer und ängstlicher Bangigkeit vor dem Umschlagen verbunden ist, so schlägt es wirklich leicht um. Man nenne es eine Strafe Gottes, oder man glaube, daß es ein für allemal in der sittlichen Weltordnung so eingerichtet sei, daß das sich überhebende wieder gedemütigt werden muß, so ist die Sache nicht abzuleugnen. Die Erfahrung lehrt sie, sie liegt im Glauben aller uns bekannten Zeitalter und Nationen, viele haben sie in denkwürdigen Sprichwörtern, auch in Erzählungen, überlieferten und erdichteten, niedergelegt. Auf mich findet das indes keine Anwendung. Ich spreche gegen Sie mein Wohlsein und meine Gesundheit aus, weil ich weiß, daß es Sie freut und Ihnen eine Beruhigung ist und Trost, und weil das Aussprechen die natürliche Regung eines gegen das Schicksal dankbaren Gemüts, ja selbst ein Dank ist, ohne daß man etwas hinzufügt. Ich hege dabei

keine Vermessenheit; ich habe, und gerade jetzt, wo viel Äußeres wankend werden kann, das klare Bewußtsein, daß alles, was jetzt die äußere Lage eines Menschen ruhig, sorgenlos, genußreich und selbst beneidenswert macht, sich, ohne daß man es ahnt, umwenden kann; viel leichter noch die Gesundheit in höheren Jahren. Ich habe aber darüber nicht die mindeste Ängstlichkeit. Ich genieße alles dankbar, was von außen kommt, aber ich hänge an nichts. Ich lebe durchaus nicht in Hoffnungen, und da ich nichts von der Zukunft erwarte, so kann sie mich auch nicht täuschen. Ich muß offenherzig gestehen, daß ich, wäre es auch unrecht, nicht an einer Hoffnung jenseits des Grabes hänge. Ich glaube an eine Fortdauer, ich halte ein Wiedersehen für möglich, wenn die gleich starke gegenseitige Empfindung zwei Wesen gleichsam zu einem macht. Aber meine Seele ist nicht gerade darauf gerichtet. Menschliche Vorstellungen möchte ich mir nicht davon machen, und andere sind hier unmöglich. Ich sehe auf den Tod mit absoluter Ruhe, aber weder mit Sehnsucht noch mit Begeisterung. In der Gegenwart suche ich mehr Tätigkeit als Genuß. Im Grunde ist aber dieser Ausdruck unrichtig. Der Genuß entsteht durch die Tätigkeit, beide sind also immer verbunden. Es gibt allerdings auch Genuß, der wie eine reine Himmelsgabe uns zuströmt. Den kann man aber nicht suchen, und es ist beklagenswert, wenn sich die Sehnsucht auf einen solchen heftet. Aber der große Genuß, das große Glück, das wahrhaft durch keine Macht entreißbare, liegt in der Vergangenheit und in der gewissen Betrachtung, daß das große Glück zwar ein großes, schätzenswürdiges Gut, aber daß doch die Bereicherung der Seele durch Freude und Schmerz, die Erhöhung aller edeln Gefühle der wahre und letzte Zweck ist, übrigens alles in der Welt wechselnd und seiner Natur nach vergänglich ist. Durch diese Ansicht versinkt das Leben in der Vergangenheit nicht in ein dumpfes Brüten über vergangene Freuden oder empfundene

Leiden, sondern verschlingt sich in die innere Tätigkeit, welche das Gemüt in der Gegenwart beschäftigt. So ist es in mir, und da die Gefühle, auf welchen mein Leben beruht, jetzt alle in die Vergangenheit entrückt sind, auf eine zwar von Wehmut begleitete, aber ein so süßes und so sicheres, von Menschen und Schicksalen so unabhängiges Glück gebende Weise, daß nichts es zu entreißen, ja selbst nur zu schwächen vermag.

Ich bitte Sie, Ihren nächsten Brief am 26. d. M. zur Post zu geben; wenn Sie früher schreiben, ist mir Ihr Brief immer und an jedem Tage willkommen.

Leben Sie herzlich wohl. Mit aufrichtiger und unveränderter Teilnahme der Ihrige. H.

Tegel, den 6. November 1830.

Ich habe, liebe Charlotte, Ihren am 26. v. Mts. abgegangenen Brief vor einigen Tagen empfangen und danke Ihnen herzlich dafür. Er ist in einer so ruhigen Stimmung geschrieben, daß er mir dadurch doppelt erfreulich geworden ist. Denn ich bin überzeugt, daß gerade diese Stimmung auch für Sie die beglückendste ist. Der schöne Herbst ist aber auch recht gemacht, der Seele und dem Gemüt so viel Heiterkeit und eine so lebendige Farbe zu geben, als ein jeder nach seinem inneren Zustande in sich aufzunehmen fähig ist. Ich denke, ich erinnerte mich nie eines so schönen und beständigen Oktobers und beginnenden Novembers. Im vorigen Jahre lag um diese Zeit schon Schnee, der dann auch den ganzen Winter liegen blieb. Jetzt ist die Luft milde wie im Sommer, und kaum daß hier und da ein Regentag das wolkenlose Blau des klaren Himmels unterbricht. Gestern leuchteten schon die Steine sehr hell, als ich vom Spaziergange zurückkam, und auch heute war es noch lange nach Sonnenuntergang sehr schön. Die Monatsrosen sind in der reichsten, üppigsten Blüte. Es ist wirklich etwas Ungewöhnliches in dieser Witterung, als wollte der Himmel der Erde eine Entschädigung für den letzten langen Winter angedeihen lassen. Wie sehr ich mich aber auch freue über das schöne Wetter, so liebe ich doch eigentlich den Herbst nicht. Die Entblätterung der Bäume hat etwas so Trauriges und gibt der Natur, die erst überall Fülle, Reichtum und Üppigkeit ist, den entgegengesetzten Charakter der Dürftigkeit. Die

360

herbstlichen Bäume haben auch für mein Gefühl etwas noch mehr Widerwärtiges als im Winter. Dann ist die Zerstörung wenigstens vorüber, im Herbst aber stellt sie sich noch im Werden selbst dem Auge dar. Die armen Bäume sehen so vom Winde gezaust und mißhandelt aus, daß man Mitleid, wie mit Menschen, mit ihnen haben möchte. Im früheren Herbst lieben viele Leute die mannigfaltigen Farben, welche dann das Laub annimmt. Ich habe das oft rühmen hören. Ich selbst aber habe nie Gefallen daran finden können und hätte diese Farbenpracht gern der Natur geschenkt. Wie viel schöner ist das allgemeine Grün des Sommers, und man hätte sehr unrecht, dieses einförmig zu nennen. Es hat vom Zarten und Hellen an bis zum tiefsten Dunkel so mannigfaltige Nüancen, daß auch der Wechsel und die Schattierungen das Auge erfreuen. Diese Farbennüancen sind aber milde und fein und nicht so grell als die herbstlichen Farben.

Die Versicherungen, die Sie mir geben, daß Sie nicht unruhig, nicht bekümmert sind, haben mich sehr gefreut, und ich glaube Ihnen gern. In dem Sinne, in welchem Unruhe und Unzufriedenheit zu tadeln sind, schreibe ich sie Ihnen auch nicht zu. Daß Sie bewegt und leicht gerührt sind, ist natürlich und schön. Auch Müdigkeit am Leben begreife ich sehr, obgleich ich dies Gefühl nie gehabt habe. Allein selbst ohne unglücklich zu sein, kann das Leben leicht Müdigkeit einflößen, ich möchte sagen, es muß es sogar, sobald es dem Menschen aufhört als ein Fortschreiten in irgendeiner Art zu erscheinen und ihm zu einem Rundgange wird, auf dem nun nichts Neues mehr erscheint. Auf diese Weise fühlt man das Nichtige, was das Leben sogleich hat, als man es mit dem höchsten Geistigen vergleicht, was aber verschwindet, solange man es als eine Stufe zu höherem Fortschreiten ansehen kann.

Ich weiß nicht, liebe Charlotte, ob zu einer geistigen

Beschäftigung, wie ich Ihnen riet, es so vieler und so absichtlicher Zurüstungen bedürfe. Wie ich Ihnen zuerst davon schrieb, war wenigstens das mein Gedanke nicht. Zu dieser Beschäftigung gehört gerade Freiheit, und die wird durch so planmäßig angelegte Lektüre gehemmt. Mir scheint eine ganz entgegengesetzte Methode viel einfacher. Wozu soll man gerade wissen und lernen? Es ist viel besser und viel wohltätiger, zu lesen und zu denken. Das Lesen soll nämlich bloß den Stoff zum Denken hergeben, weil man doch einen Gegenstand haben muß, einen Faden nämlich, an dem man die Gedanken aneinander reiht. Hierzu braucht man aber beinahe nur zufällig ein Buch, wie es sich findet, in die Hand zu nehmen, kann es auch wieder weglegen und mit einem anderen vertauschen. Hat man das einige Wochen getan, so müßte es einem an aller geistigen Lebendigkeit und Regsamkeit fehlen, wenn man dann nicht von selbst auf Ideen geriete, die man Lust hätte weiter zu verfolgen, Dinge, über die man mehr zu wissen verlangte; so entsteht dann ein eigen gewähltes Studium, nicht ein durch fremden Rat gegebenes. So, dächte ich, hätte ich es alle Frauen machen sehen, die gern in ihrem Innern ein reges geistiges Leben führten. Sehen Sie nun zu, da wir die Sache jetzt besprochen und von manchen Seiten überlegt haben, welchem Vorschlage Sie folgen wollen. Schon das bloße Nachdenken über die Wahl einer Beschäftigung ist selbst eine Beschäftigung, und die Vorbereitungen gewähren schon einen Teil des Nutzens der Sache selbst. Ich werde Ihnen gern bei allem, soviel ich kann, behilflich sein.

Ich bitte Sie, Ihren nächsten Brief am 23. d. M. auf die Post zu geben. Ich wünsche von Herzen, daß Sie gesund bleiben mögen, und wenigstens nichts Äußeres Ihre Ruhe störe. Erhalten Sie sich dann auch die innere, und seien Sie von meiner unveränderlichen Teilnahme und Freundschaft überzeugt. Ihr H.

Tegel, den 4. Januar 1831.

a ich jetzt wenige Briefe selbst schreibe, so fiel es mir auf, als ich die Jahreszahl hinkritzelte, denn wirklich nur Kritzeln kann ich mein jetziges Schreiben nennen, daß ich dies in diesem Jahre zum ersten Male tue. Nehmen Sie also auch, liebe Charlotte, meinen herzlichen Glückwunsch an. Möge nichts Äußeres, Widerwärtiges Ihnen zustoßen, und mögen Sie immer die nötige Stärke haben, sich die innere Ruhe zu erhalten, wenn sie, wie man bei menschlichen Schicksalen nie eine sichere Bürgschaft hat, einmal bedroht würde. Nach der Art, wie die Menschen, vorzüglich die höheren Stände, leben, hat, genau genommen, der Jahreswechsel seine wahre Bedeutung verloren. Im Grunde fängt mit jedem Tag ein neues Jahr an. Nur die Jahreszeiten machen einen wirklichen Abschnitt. Diese aber haben bei uns kaum auf mehr als unsere Annehmlichkeit und Bequemlichkeit Einfluß. Mir ist aber demohngeachtet ein neues Jahr immer eine Epoche, die mich aufs neue in mir selbst sammelt. Ich übergehe, was ich getan habe, etwa noch tun möchte, ich gehe mit meinen Empfindungen zu Rate, mißbillige oder billige, befestige mich in alten, mache neue Vorsätze und bringe so gewöhnlich die elften Tage des Jahres müßig und arbeitslos hin. Ich lächle dann selbst, daß ich die guten Vorsätze mit Müßiggang verbringe, aber es ist nicht sowohl Müßiggang als Muße, und diese ist bisweilen heilsamer als Arbeit. Worauf aber diese periodischen Betrachtungen immer und gleichmäßig zurückkommen, ist die Freude, daß ein Jahr mehr sich an das Leben angeschlossen hat. Es ist

dies keine Sehnsucht nach dem Tode, diese habe ich schon darum nicht, weil ja Leben und Tod, unabänderlich miteinander zusammenhängend, nur Entwickelungen desselben Daseins sind, und es also unüberlegt und kindisch sein würde, in demjenigen, was moralisch und physisch seinen Zeitpunkt der Reife haben muß, durch beschränkte Wünsche etwas ändern und verrücken zu wollen. Es ist auch nicht, ja noch viel weniger Überdruß am Leben. Ich habe dieselbe Empfindung in den genußreichsten Zeiten gehabt, und jetzt, da ich gar keiner äußeren Freude mehr empfänglich bin, wenigstens keine suche, aber still in mir und der Erinnerung lebe, kann ich noch weniger dem Leben einen Vorwurf zu machen haben. Aber der Verlauf der Zeit hat in sich für mich etwas Erfreuliches. Die Zeit verläuft doch nicht leer, sie bringt und nimmt und läßt zurück. Man wird durch sie immer reicher, nicht gerade an Genuß, aber an etwas Höherem. Ich meine damit nicht gerade die bloß trockene Erfahrung, nein, es ist eine Erhöhung der Klarheit und der Fülle des Selbstgefühls, man ist mehr das, was man ist, und ist sich klarer bewußt, wie man es ist und wurde. Und das ist doch der Mittelpunkt für des Menschen jetziges und künftiges Dasein, also das Höchste und Wichtigste für ihn. Das wird Ihnen, liebe Charlotte, mehr und besser zeigen, wie ich es meine, wenn ich das Alter der Jugend vorziehe. Mein eigentlicher Wunsch wäre aber, daß ich allein alt würde und alles um mich her jung bliebe. Damit würden dann auch die anderen zufrieden sein und gegen diese Selbstsucht keine Einwendung machen. Ganz im Ernst zu sprechen, obgleich auch das mein Ernst ist, ich meine nur in dem Ernst zu sprechen, den auch andere dafür nehmen würden – so bin ich weit entfernt zu verkennen, daß die Jugend im gewissen und im wahren Sinne eigentlich nicht bloß schöner und anmutiger, sondern auch in sich mehr und etwas Höheres ist als das Alter. Eben weil wenig einzelnes entwickelt ist, wirkt das Ganze mehr als solches;

auch entwickelt das Leben nicht immer alle Anlagen, oft nur wenige, da ist dann die Jugend wirklich mehr. Auch liegt da in beiden Geschlechtern ein großer Unterschied. Dem Manne wird es viel leichter, den Schein und selbst die Wirklichkeit zu gewinnen, als sei er im Alter mehr und viel mehr geworden. Man schätzt in ihm viel mehr die Eigenschaften, die wirklich dem Alter mehr angehören, und erläßt ihm die Frische und den Reiz der jüngeren Jahre. Er kann immer Mann bleiben und selbst mehr werden, wenn er auch die körperliche Kraft sehr einbüßt. Bei Frauen ist das nicht ganz der Fall, und die Strenge der Willensherrschaft, die Höhe der freiwilligen Selbstverleugnung, durch die das weibliche Alter sich eine so jugendliche Kraft erhalten kann, haben nur wenige den Mut sich anzueignen. Allein auch in Frauen bewahrt das Alter vieles, was man in ihrer Jugend vergebens suchen würde, und was jeder Mann von Sinn und Gefühl vorzugsweise schätzen wird.

Über Ihre Beschäftigung mit Palästina freue ich mich sehr. Es ist Ihnen gewiß wohltätig, nicht ewig mit derselben Arbeit beschäftigt zu sein und nicht, wenn Sie dieselbe verlassen, sich wieder bloß Selbstbetrachtungen zu überlassen, sondern sich mit einem äußeren, den Geist anziehenden Gegenstand zu beschäftigen. Man kehrt durch einen solchen dennoch mittelbar in sich zurück.

In dem, was Sie über den Unterschied zwischen der neueren Geschichte und dem Altertum sagen, stimme ich Ihnen vollkommen bei. Man befindet sich auf einem ganz anderen Boden im Altertum. Es erging zwar den Menschen in jenen fernen Jahrhunderten auch wie uns jetzt. Aber die Verhältnisse waren natürlicher, einfacher, und wurden, was die Hauptsache ist, frischer aufgenommen, ergriffen, behandelt und umgestaltet. Auch ist die Darstellung würdiger, hinreißender und vor allem poetischer, die Poesie war damals noch wahre Natur, nicht eine Kunst, sie war noch nicht geschieden von der Prosa. Dies poetische Feuer, diese Klarheit anschaulicher Schilderung verbreitet sich nun für uns über das ganze Altertum, das wir nur durch diesen Spiegel kennen. Denn allerdings müssen wir uns sagen, daß wir wohl manches anders und schöner sehen, als es war. Ich will damit nicht geradezu sagen, daß die Art, wie die Dinge erzählt werden, unrichtig sei. Das nicht. Aber das Kolorit ist ein anderes. Wir sehen die Menschen und ihre Taten in anderen Farben. Auch fehlen uns eine Menge kleiner Details, wir sehen nicht alle, oft nur die hervorstechenden, wenn auch nicht mit Fleiß ausgewählten Züge. So wird alles überraschender und kolossaler.

Ich vermute, daß Sie bei dem schönen, gelinden und oft sonnigen Wetter auch täglich Ihren Garten besuchen. Ich lasse keinen Tag ohne Spaziergang vorübergehen. Die Sonne aber entgeht mir bisweilen, da ich mich in meinen Spaziergängen nicht nach ihr richte. Ich gehe immer Sommers und Winters am Nachmittag, und die Sonne versteckt sich hier in diesen Tagen um Mittag in Nebel.

Meine Gesundheit, denn ich sehe, daß ich noch nicht von ihr gesprochen, ist sehr gut. Ich habe bis jetzt in diesem Winter nicht einmal einen Schnupfen gehabt. Ich könnte also nur über Altersschwächen klagen; diese sind aber natürlich, und ich ertrage sie, ohne mich über sie zu wundern.

Ich bitte Sie, liebe Charlotte, Ihren nächsten Brief am 25. d. M. zur Post zu geben. Leben Sie nun recht wohl und rechnen Sie immer auf meine unveränderliche Teilnahme. H.

Tegel, den 6. April 1831.

ch habe diesmal, liebe Charlotte, keinen Brief von Ihnen seit meinem letzten bekommen, habe also keinen zu beantworten vor mir. Der Grund Ihres Nichtschreibens könnte in Ihren Augen liegen, was mich sehr schmerzen sollte, dann hätten Sie aber doch wohl einige Zeilen geschrieben; auch wenn Sie krank geworden, würden Sie es mir gewiß gesagt haben. Die natürlichste Vermutung über die Gründe Ihres Stillschweigens scheint mir daher die, daß Sie gefürchtet haben, mir gerade in den Wochen zu schreiben, wo der Verlust mich traf, in den seitdem meine Seele einzig versenkt ist. Ich danke Ihnen in der Tiefe meiner Seele für diese Zartheit. Ihr Brief würde mir zwar gleiche Freude gemacht haben als alle anderen. Man feiert die Toten nicht würdig durch verringerte Teilnahme an den Lebendigen, oder wenn man sich entzieht, ihnen hilfreich zu werden, und am wenigsten paßt das für die, welche ich betraure. Aber die Empfindung in Ihnen ist so natürlich, sie entspricht so sehr Ihrem Gefühl und Ihren Gesinnungen, ist so edel und zart, daß sie mich lebhaft gerührt hat.

Ich bin den ganzen März hindurch nur einen Tag in Berlin gewesen und habe hier, teils allein, teils mit meinen Kindern, einer beneidenswürdigen Ruhe genossen. Auch war das Wetter nur selten unfreundlich, und es hat mich nicht gehindert, täglich auszugehen. Jetzt beginnt der Frühling sehr schön, und ich denke mir, daß auch Sie dies jugendliche Erwachen der Natur in Ihrem Garten genießen. Ich weiß nicht, ob Sie auch wohl darauf geachtet haben, was ich in sehr verschiedenen Klimaten, auch in Spanien und Italien, gefunden habe, daß, wenn die Tage auch noch so regnerisch sind, sich der Himmel aufhellt um die Zeit des Sonnenunterganges. Meist hört der Regen auf eine halbe

Stunde vor und nach Sonnenuntergang. Dies ist auch die gewöhnliche Zeit meiner Spaziergänge. Die Wolkenerscheinungen sind dann die größten, schönsten und glänzendsten, und seit meiner Kindheit machen sie den größten Teil meiner Freude an der Natur aus. Wie man auch darüber nachdenken mag, ist es schwer zu sagen, worin der Reiz eigentlich besteht. Gewiß ist es nicht das sinnliche Farbenspiel, wie schön und prachtvoll es auch ist, allein. Das mannigfache Schauspiel am Himmel regt die Seele tiefer und lebendiger an, als es jeder irdische Reiz tun könnte. Daß es vom Himmel kommt, zieht wieder zum Himmel hin. Freilich allemal wehmütig, aber doch groß und im Tiefsten ergreifend ist das allmähliche Verglühen der Farben, das Ersterben des Glanzes, der zuletzt, noch ehe er der Dunkelheit Platz macht, von einem falben Grau überzogen wird. Ich kann mich dabei nie erwehren, an etwas Ernsteres und Wichtigeres zu denken. Es gibt zwar vorzüglich in den höher und innerlich Gebildeten, aber mehr oder minder doch in allen, eine Menge von Gedanken, die nie zu einer Tat werden, nie ins wirkliche Leben treten, sondern still und nur dem bewußt, der sie hat, im Busen verschlossen bleiben. Es entspringt aber aus ihnen, und oft viel mehr als aus Reden und Taten, Freude und Leid, Glück und Elend. Ihr Hin- und Herfluten im Gemüte, die Bewegung, in die sie versetzen, läßt sich in vielem jenen farbig flammenden Himmelserscheinungen vergleichen. Für den Ernst des äußeren Lebens sind sie wirklich, sich mit ihm nicht mengend, luftige Wolkengebilde. Sie verschwinden auch wie diese und lassen in der Seele eine Kühle und Leere zurück, die sich dem Grau der Dämmerung und dem Dunkel der Nacht vergleichen läßt. Sind sie aber darum dahin? Kann das, was das Gemüt so bewegt, so aus seinem innersten Grunde erschüttert hat, ganz wieder untergehen? Dann könnte der ganze Mensch selbst vielleicht auch nur eine vorübergehende Wolkenerscheinung sein. Sie werden mir

371

einwenden, daß es auf jeden Fall, wie alles, was einmal im Gemüt gewesen ist, auf dieses, auf den Geist und Charakter zurückwirkt und in dieser Zurückwirkung fortlebt. Allein das ist doch nicht genug. Es müßte doch von bestimmten Seelenbewegungen auch etwas Bestimmtes ausgehen. Diese Gedanken ergreifen mich meistenteils, wenn ich den Himmel am Abend oder vor oder nach einem Gewitter ansehe. Ich habe aber, wenn ich es gleich nicht erklären und beweisen kann, ein festes Ahnungsgefühl, daß jene Gedankenerscheinungen auf irgendeine Weise wieder aufflammen und einen Einfluß ausüben, der bedeutender ist als gewöhnlich so hochgeachtete Reden und Handlungen. Der Mensch muß sich nur ihrer würdig erhalten, auf der einen Seite nicht trocken und nüchtern, auf der anderen Seite nicht schwärmerisch und wesenlos werden, vor allen Dingen aber selbständig sein, die Kraft besitzen, sich selbst zu beherrschen, und den inneren Gang seiner Gedanken allem äußeren Genuß und Treiben vorziehen.

Indem ich auf das Geschriebene zurücksehe, muß ich Sie, liebe Charlotte, ordentlich um Verzeihung bitten, Ihnen so allgemeine Dinge und Betrachtungen zu schicken. Aber es ist dies neben dem Andenken an die Vergangenheit, die nie für mich zurückkehren kann, das einzige, worin ich lebe. Solche Ideen schließen sich an meine wissenschaftlichen Berührungen an, und so haben Sie den ganzen Kreis, worin ich lebe, wenn ich in mir sein kann, und aus dem ich nur halb und geteilt herausgehe, wenn mich Pflicht oder freiwillige Sorge für andere herausruft. Diese Art zu sein hat sich ohne mein Zutun in mir gestaltet. Ich bin mir bewußt, daß ich sie nicht absichtlich hervorgerufen habe. Ich würde auch nicht entgegenarbeiten, wenn ich plötzlich fühlte, daß es anders in mir würde, daß ich wieder Lust an den Dingen hätte, die mich vor jenem Schlage erfreuten, daß ich mich wieder freiwillig ins Leben mischte, daß ich anderer Freude fähig sei, als die ich aus mir selbst und der Vergangenheit schöpfe, so würde ich mich frei darin gehen lassen, wenn ich mir auch selbst gestehen müßte, daß diese Änderung meine innere parteilose Billigung nicht erhalten könnte. Ich denke nicht einmal daran, ob meine jetzige Stimmung mich bis ans Ende meiner Tage begleiten, oder ob die Zeit, wie die Leute so und nicht ganz mit Unrecht sagen, auch meine Gefühle abstumpfen und abändern wird. Ich bin hierin nicht bloß allem Affektierten, sondern auch allem Absichtlichen feind. Kann das Gefühl, das ich, seit ich eine solche Verbindung kannte, immer gehabt habe, daß es eine innere Verbindung zwischen Menschen gibt, deren Auflösung dem Zurückbleibenden alle Fähigkeit, alle Neigung und allen Wunsch nimmt, anderswoher Glück und Freude zu schöpfen, als aus sich selbst und dem Andenken, kann, sage ich, dies Gefühl untergehen, so möge es plötzlich verschwinden oder nach und nach ersterben. Im Reiche der Empfindungen muß nichts länger leben, als es innere Kraft zu leben hat. Bis jetzt ist es nur immer in mir gewachsen, und ich verdanke ihm alles, was ich seit jener gewaltsamen Zerreißung an innerer Stärke, Beruhigung und wirklicher Heiterkeit genossen habe, und was mir kein Mensch auf Erden, selbst meine Kinder nicht, ohne jenes Gefühl hätten geben können. Ich empfinde die Wohltätigkeit dieses Gefühls auch an der größeren Klarheit und Sicherheit meiner Ideen und Empfindungen. Denn, wenn ich auch zu manchen äußeren Geschäften weniger geschickt sein mag als sonst, so fühle ich dagegen deutlich, daß meine Ideen in jeder Rücksicht lichtvoller und fester geworden sind.

Ich bestimme Ihnen heute keinen Tag zum Schreiben, da mein Wunsch und meine Bitte dahin geht, daß Sie mir so bald schreiben mögen, als Sie können. Mit unveränderlicher Teilnahme und Freundschaft der Ihrige. H.

Tegel, den 6. Mai 1831.

mittelbar nach dem Abgang meines letzten Briefes an Sie, liebe Charlotte, empfing ich den Ihrigen und ersah daraus, daß ich die Ursache Ihres verzögerten Schreibens richtig erraten hatte. Bald darauf erhielt ich auch Ihren zweiten Brief.

Ich habe Sie längst befragen wollen, liebe Charlotte, ob Sie je Schillers Leben von Frau von Wolzogen gelesen haben. Wo nicht, so rate ich Ihnen, das Buch ja bald zu lesen. Ich glaube nicht, daß es ein zweites so schön geschriebenes, so geistvoll gedachtes und so tief und zart empfundenes Buch gibt. Ein Mann könnte garnicht so schreiben, wenn er auch sonst vorzüglich von Kopf und Gemüt wäre. Unter allem, was ich bisher von Frauen gelesen habe, weiß ich nichts damit zu vergleichen. Außerdem sind viele Briefe von Schiller in dem Werke, und unter diesen vortreffliche. Das Buch wird Ihnen Freude machen.

Was ist Poesie? – sagen Sie und setzen hinzu, ich denke, man muß sie empfinden. – Ich bin ganz Ihrer Meinung. Wer recht lebendig empfindet (denn empfunden muß und kann es eigentlich nur werden), daß etwas poetisch ist, bedarf nicht der Erklärung, und wer kein Gefühl dafür hat, dem kann alle Erklärung durch Worte nicht helfen. Insoweit es möglich ist, hat es gewiß Schiller getan, der mehr als irgend jemand die Gabe besaß, in Worte zu kleiden, was in seiner eigentümlichen Natur dem Ausdruck widerstrebt. Beispiele erklären es schon besser. Nehmen wir zwei gleichzeitige

Dichter, die Sie gleich gut kennen, Gellert und Klopstock. Beide sind miteinander zu vergleichen, weil sie beide geistliche Stoffe behandelt haben, weil sie gewiß beide von gleich edler Frömmigkeit und gleich reiner Tugendliebe beseelt waren, und endlich auch, weil sie eine große und tiefe Wirkung auf die Gemüter und die Herzen ihres Zeitalters hervorgebracht haben. Aber gewiß sind Sie meiner Meinung, daß in Klopstock ein ungleich höherer Schwung ist, daß man bei seinen Worten mehr denkt, von ihnen mehr hingerissen wird. Gellerts Verse sind nur gereimte Prosa, Klopstock war durchaus eine poetische Natur. – Ich bitte Sie, Ihren nächsten Brief am 24. abzusenden. Leben Sie herzlich wohl. Mit der aufrichtigsten Teilnahme und Freundschaft der Ihrige. H.

Tegel, den 3. Juni 1831.

ꞃr Brief vom 22. bis 25. vor. Monats ist mir allerdings so spät
zugekommen, daß mich sein Ausbleiben wunderte. Ich
wußte diesmal garnicht, welcher Ursache ich Ihr
Stillschweigen zuschreiben sollte. Doch hatte ich keine
Besorgnis vor Krankheit, weil ich mich darauf verlasse, daß
Sie mir, liebe Charlotte, in einem solchen Fall immer, wenn
auch noch so wenige Worte sagen werden. Desto mehr habe
ich mich jetzt gefreut, einen ausführlichen Brief zu erhalten.
Wenn ich dies sage, meine ich nur, daß ich die Blätter von
Ihrer Hand immer gern lese, und immer, was Sie betrifft, es
sei erfreulich, oder es sei das Gegenteil, mit wahrer und
aufrichtiger Teilnahme mitgeteilt erhalte. Denn sonst konnte
mich das, was Sie mir darin über den neuen Verlust, der Sie
betroffen, und die Stimmung, in welche Sie dieser Trauerfall
versetzt hat, nur schmerzlich berühren. Auch ganz ohne die
Familie zu kennen, hat der Todesfall dieser jungen Person
etwas ungemein Rührendes. Er ist sichtbar eine Folge des
Todes der Schwester und der, aus Liebe für die
Dahingegangene, zu beschwerlich in der Besorgung der
Kinder und des Hauswesens übernommenen Anstrengung.
Beides vereinigt hier alles, was das Bedauernswürdige des
Falles vermehren kann. Sie sagen, daß ein so früher Tod
beneidenswert sei, der eine schöne, reine, frische Blüte
bricht, ehe der rauhe Nord sie erstarrt, und Sie kommen
auch in einer andern Stelle Ihres Briefes hierauf zurück. Ich
erinnere mich sehr wohl, das gleiche Gefühl vor vielen
Jahren bei dem Tode meines ältesten Sohnes, eines damals

zehnjährigen Knaben, gehabt zu haben. Er starb in Rom, wo er auch an einem schönen Orte unter nun großen schattigen Bäumen begraben liegt. Er war ein wunderschönes, verständiges, gutes Kind und ging aus einer plötzlichen und schnell endenden Krankheit in vollem Frohsein und voller Heiterkeit hinüber. Ich erkenne daher sehr die Wahrheit jenes Gefühls, allein das Leben hat doch auch seinen Wert, selbst wenn es der Freuden weniger gibt oder gegeben hat. Es stärkt die Kraft, es reift das Gemüt, und ich kann mir wenigstens die Überzeugung nicht nehmen, daß das Wichtigste für den Menschen der Grad der inneren Vollkommenheit ist, zu dem er gedeiht. Dazu aber trägt das Leben selbst in seinen Stürmen, und seinen rauhen Stürmen, mächtig bei. Alle diese Betrachtungen sind aber nur bis auf einen gewissen Punkt trostreich und beruhigend. Der Verlust geliebter Personen bleibt in sich unersetzlich, und der Kummer und Gram darum lindert sich, wie ich sehr gut weiß und empfinde, durch keine Betrachtungen, eher noch in manchen Fällen und bei manchen Gemütern durch den ruhigen Verlauf der Zeit. Da Sie schon sehr einsam leben, so begreife ich noch mehr und fühle noch lebhafter, wie dieser unerwartete Verlust Sie auf einmal noch viel schmerzlicher trifft. Wenn die Aufrichtigkeit und die Wärme meiner Teilnahme dazu beitragen kann, Ihrem Kummer Linderung zu gewähren, so zählen Sie mit Sicherheit auf beide. Sie kennen meine Gesinnungen für Sie, Sie wissen, daß dieselben vom ersten Augenblicke an, wo Sie sich nach einer bedeutenden Reihe von Jahren an mich wandten anteilvoll und wohlwollend gewesen sind, ob gleich ich in der ganzen Zwischenzeit nichts von Ihnen wußte, und unsere Jugendbekanntschaft nur das Werk weniger Tage war. Dieser Ihnen aus dem reinen Wunsche, wohltätig und erheiternd auf Sie, Ihre Stimmung und Ihr Leben einzuwirken, gewidmete Anteil wird Ihnen bleiben, und Sie können sich versichert halten, daß er sich bei jedem kleineren und größeren Vorfall Ihres Lebens aufs neue beweisen wird. Je mehr ich in mir selbst lebe, je mehr ich in dem Zustand bin, nichts von außen empfangen zu wollen, je freier ich mich in die Lage versetzt habe, ohne alle Rücksicht jede Gemeinschaft, außer der mit meinen Kindern, zurückzuweisen, desto freier, reiner und forderungsloser ist auch mein Anteil an denen, von welchen ich weiß, daß sie ihn gütig aufnehmen und daß er ihnen Freude macht. Ich sehe und empfinde die Ereignisse des Lebens jetzt mehr in anderen als in mir selbst, ich bin ruhig und in Erinnerungen und Betrachtungen, wenn auch oft wehmütig, dennoch heiter. Meine Freunde und Bekannten, die das wissen, lassen mich gewähren und stören mich in diesem abgeschlossenen Kreise nicht; aber mein Anteil an Ihnen und Ihrem Schicksal ist gleich groß.

Über meine Gesundheit kann ich Ihnen nur Gutes sagen. Ich kann über keine Kränklichkeit, nur über die Schwächlichkeiten klagen, die Sie längst kennen. Sie rühmen, liebe Charlotte, meine feste Hand und freuen sich darüber. Ihr Urteil hierin ist auch mir darum um so wichtiger, als Sie die erste waren, die mich auf die Schwäche und das Zitterhafte meiner Hand aufmerksam machte. Ich wunderte mich damals darüber, wie einer, der etwas von sich erfährt, was er selbst nicht gewußt hat, ich bemerkte aber, daß Ihre Bemerkung ganz richtig war. Ich habe seit dem Winter etwas gebraucht, was das Zittern der Glieder und die Schwäche der Hand heben soll. Gegen das erste hat es sichtbar geholfen, vielleicht auch gegen das letzte, doch glaube ich das eigentlich nicht. Was Ihnen den Eindruck gemacht, schreibe ich mehr der Methode zu, die ich angenommen habe, wie die Kinder auf Linien zu schreiben, dies hält die Züge und die Hand mehr in Ordnung. Mein Arzt schließt aus der Wirkung der verordneten Mittel, daß die Ursache der Schwäche im Rückgrat liegt, und rät zum

Gebrauch eines kräftigen Seebades. Ich werde also in diesem Sommer nicht Gastein, sondern Norderney gebrauchen. Sie wissen wohl, daß dies eine Insel ist, welche der Stadt Aurich in Ost-Friesland gegenüber liegt. Meine älteste Tochter wird mich begleiten, und ich werde eine Reise auf eines meiner Güter damit verbinden.

Leben Sie herzlich wohl; mit dem innigsten Anteil der Ihrige. H.

Oschersleben, den 3. Juli 1831.

ch sehe aus Ihrem Briefe, daß Sie Ihren Reiseplan aufgegeben haben, und kann das nur billigen. Solange man noch in seinen häuslichen Gewohnheiten ruhig ist, fühlt man in diesen wohl eine gewisse ermüdende Einförmigkeit, die auf eine Reise mit Vergnügen hinblicken läßt. Wenn aber der Zeitpunkt kommt, sich loszureißen, so fühlt man alles Beschwerliche und Unerfreuliche, das nicht heimisch scheint, und lernt erst den Wert der gewöhnlichen Existenz in alledem erkennen, was einen alle Tage umgibt. Ich selbst habe mich diesmal höchst ungern zur Badekur entschlossen und hätte es nicht getan, wenn ich nicht glaubte, daß ohne die Kur die Schwächlichkeiten, an denen ich leide, und die doch meine freie Tätigkeit hemmen, zu sehr anwachsen könnten. Interesse finde ich an der Reise garnicht. Einige Menschen in den Orten, durch die ich reise, sehe ich allerdings gern wieder, aber das wiegt doch die vielen anderen Unbequemlichkeiten, und besonders den Zeitverlust, nicht auf. Zu dem allen kommt die Ungewißheit der Zeiten.

Sie reden in Ihrem Briefe über den Wert des Lebens und äußern, daß ihn die geschwächten Kräfte des Alters noch mindern. Wenn man von dem Glückswert des Lebens spricht, so gebe ich gern zu, daß man ihn nicht immer hoch anschlagen kann. Ich behaupte sogar, daß alle, die ungefähr in meinem Alter sind, von der jetzigen Zeit wenig oder nichts Erfreuliches zu erwarten haben können, denn in allem, was das menschliche Leben äußerlich angeht, trüben sich die Aussichten, verwirren sich die Begriffe bis zu den verschiedensten Meinungen, und die Jahre, die ich noch zu leben habe, werden nicht hinreichen, dies zu lösen. Ist es aber recht und erlaubt, den Wert des Lebens wie den eines andern Guts zu schätzen? Das Leben ist dem Menschen von Gott gegeben, um es auf eine ihm wohlgefällige pflichtgemäße Weise anzuwenden und im Bewußtsein dieser Anwendung zu genießen. Es ist uns allerdings zum Glück gegeben. Dem Glück ist aber immer die Bedingung gestellt, daß man es zuerst, und wenn die mancherlei Tage Prüfungen mit sich führen, allein in der mit Selbstbeherrschung geübten Pflicht finde. Ich frage mich daher nie, welchen Wert das Leben noch für mich hat, ich suche es auszufüllen und überlasse das andere der Vorsehung. Die Schwächung, welche die Kräfte durch das Alter erfahren, kenne ich sehr wohl aus eigener Erfahrung, aber ich möchte darum nicht zurücknehmen, was ich Ihnen neulich schrieb, daß der Zweck des Lebens eigentlich der ist, zu der höchsten, dem inneren Geistesgehalt des Individuums, von dem die Rede ist, den Umständen und der Lebensdauer angemessenen Erkenntnisreife zu gedeihen. Es gibt allerdings Fälle, wo das Alter alle Geisteskräfte vernichtet. So war es mit Campe, der die letzten fünf Jahre seines Lebens hindurch bloß vegetierte, und von dem man kaum sagen konnte, daß er wieder zum Kindesalter zurückgekehrt war. Über diese Fälle ist nichts zu sagen. Der Mensch hört in ihnen menschlich auf zu sein, ehe er physisch stirbt. Sie sind aber glücklicherweise selten. Die gewöhnlichen Altersschwächen gehen mehr den Körper an, und im Geiste bleibt die Kraft des Entschlusses, seine Schnelligkeit und Ausdauer, das Gedächtnis, die Lebendigkeit der Teilnahme an äußeren Begebenheiten. Das in sich gekehrte Denkvermögen und das Gemüt bleiben nicht nur in den meisten Fällen ungeschwächt, sondern sind reiner und minder getrübt durch Verblendung und Leidenschaften. Gerade aber diese Kräfte sind es, die am besten und sichersten zu der oben erwähnten Reife der Erkenntnis führen. Sie wägen in den höheren Jahren, die keine Ansprüche mehr an Erfolge des Glücks und Veränderung der Lage machen, am richtigsten den wahren Wert der Dinge und Handlungen ab und knüpfen das Ende des irdischen Daseins an die Hoffnung eines höheren an; sie läutern die Seele durch die ruhige und unparteiische Prüfung dessen, was in ihr im Leben vorgegangen ist. Niemand muß glauben, mit dieser stillen Selbstbeschäftigung schon fertig zu sein. Je mehr und anhaltend man sie vornimmt, desto mehr entwickelt sich neuer Stoff zu derselben. Ich meine damit nicht ein unfruchtbares Brüten über sich selbst, man kann dabei tief mit seinen Gedanken in der Zeit und der Geschichte leben, aber wenn man dies tut, was nicht notwendig ist, meine ich nicht das Ziehen jedes Gedankenstoffes in den Kreis der Irdischkeit, sondern in den höheren, dem der Mensch vorzugsweise in seinen spätesten Jahren angehört. Denn dieser zweifache Kreis ist dem Menschen sichtbar angewiesen. In dem einen handelt er, ist er geschäftig, trägt er im Kleinsten und Größten zu den Menschenschicksalen bei, davon aber sieht er niemals das Ende, und darin ist nicht er der Zweck. Er ist nur ein Werkzeug, nur ein Glied der Kette, sein Faden bricht oft im entscheidendsten Moment ab, der des Ganzen läuft fort. In dem andern Kreise hat der Mensch das Irdische, nicht dem Erfolg, sondern nur der Idee nach, die sich daran knüpft, zum Zweck und geht mit diesem Streben über die Grenzen des Lebens hinaus. Dieses Gebiet ist nur dem einzelnen, aber jedem Menschen für sich angewiesen. Die Nationen, das Menschengeschlecht im ganzen, strömen bloß im Irdischen fort. Jeder Mensch dreht sich, wenn er auf sich achtet, immer in diesen beiden Kreisen herum, aber dem Alter ist der höhere und edlere mehr eigen, und nicht ohne Grund befallen den Menschen Altersschwächen, er widmet sich, dadurch gemildert und beruhigt, jenen höchsten Betrachtungen.

Ich bitte Sie, Ihren nächsten Brief am 20. Juli zur Post zu geben und nach Norderney über Aurich zu adressieren. Ich habe diesen Brief im Hause meines Pächters angefangen und schließe ihn heute, den 6. Juli, in Zelle. Meine Reise ist, wie es eine so unbedeutende Reise natürlich ist, ohne alle Abenteuer gewesen. Mit unveränderlicher Teilnahme der Ihrige. H.

Norderney, den 26. Juli 1831.

s kommt mir ordentlich wunderbar vor, liebe Charlotte, nachdem ich Ihnen mehrere Sommer von den Gebirgen von Gastein aus geschrieben, es nun von den niedrigen Dünen und der flachen Küste der Nordsee zu tun. Es interessiert Sie aber wohl auch, imstande zu sein, sich einen Begriff von dem Seebade und meinen Umgebungen zu machen. Zuerst werden Sie, nach Ihrer Teilnahme an mir, von meinem Befinden zu hören wünschen. Bis jetzt kann ich Ihnen nur das Beste davon sagen, und da ich schon heute das vierzehnte Bad genommen, so hoffe ich, daß mein Befinden ferner gut bleiben wird, obgleich man freilich von Erfolg und Wirkung einer Badekur erst urteilen kann, wenn sie beendet ist. Aber das Gefühl der allgemeinen Belebung und Erfrischung, die Freiheit des Kopfes und die Leichtigkeit in allen Gliedern, unmittelbar wenn man aus der See kommt, habe ich bis jetzt vollkommen. Das Übrige und Wesentlichere hoffe ich um so mehr, als meine Forderungen an die Kur höchst mäßig sind. Ich bin vollkommen zufrieden, wenn das Übel, um dessenwillen der Arzt wollte, daß ich dies Bad nehmen sollte, im nächsten Jahre nicht zunimmt. Ich bin nicht so betört und nicht so unbescheiden gegen das Schicksal, an eine wirkliche Heilung zu denken. In höheren Jahren muß man sich darauf gefaßt machen, gewisse Unbequemlichkeiten in seine Existenz als unvermeidlich und unabänderlich aufzunehmen. Der menschliche Organismus und die im Laufe der Zeit natürliche Vergänglichkeit lassen das nicht anders zu, und

die Unbequemlichkeiten, an denen ich leide, sind überdies, gegen die anderer Menschen gehalten, so leidlich, daß ich doppelt strafbar sein würde, dadurch ungeduldig gemacht zu werden.

Die Luft wird hier, selbst bei heiterem Sonnenschein, auch in diesem Monat unaufhörlich durch frische Seewinde abgekühlt, die das Meer bald nur lieblich kräuseln, bald in hohen Wellen bewegen. Dieser Anblick des Meeres ist für mich hier dasjenige, was dem Aufenthalt seinen eigenen Reiz gibt. Ich besuche den Strand gewöhnlich jeden Tag mehr als einmal außer dem Baden und oft auf Stunden. So einfach die Bewegung des Meeres scheint, so ewig anziehend bleibt es, ihr zuzusehen. Man kann es nicht mit Worten ausdrücken, was einen gerade daran fesselt, aber die Empfindung ist darum nicht weniger wahr und dauernd. Viel trägt gewiß die Unermeßlichkeit der Erscheinung, der Gedanke des Zusammenhanges des einzelnen Meeres, an dessen Küste man steht, mit der ganzen, Weltteile auseinander haltenden Masse bei. Diese malt sich wirklich, kann man sagen, in jeder einzelnen Welle. Das Dunkle, Unergründliche der Tiefe tut auch das ihrige hinzu, und nicht bloß das der Tiefe, sondern auch das Unerklärliche, Unverständliche dieser wilden und unermeßlichen Massen der Luft und des Wassers, deren Bewegungen und Ruhe man weder in ihren Ursachen, noch in ihren Zwecken einsieht, und die doch wieder ewigen Gesetzen gehorchen und nicht die ihnen gezogenen Grenzen überschreiten. Denn die bewegtesten Wellen des Meeres laufen in spielenden Halbkreisen schäumend auf dem flachen Lande aus. Schade ist es, daß man hier das Meer nirgends aus den Häusern oder doch nur sehr unvollkommen aus Bodenkammern sieht. Die ganze Insel ist von Dünen, niedrigen Sandhügeln, umgeben, die man immer erst übersteigen muß, ehe man an das Ufer kommt. Auf diesen geht man dann aber auch, wenn es die

Zeit der Ebbe ist, besser wie es sonst irgend auf dem Lande möglich ist. Der Boden ist fest wie eine Tenne, und doch elastischer und minder hart. Zwischen diesem in der Zeit der Flut immer bespritzten Strande und den Dünen ist tiefer Sand, und wo diese Strecke sehr breit ist, da gleicht die Insel einer afrikanischen Wüste. Ein Bach ist nirgends, nur teils gegrabene, teils natürliche Brunnen süßen Wassers. Aber auch dies Wasser ist nicht sonderlich gut. In der Mitte, von den Dünen eingeschlossen, sind aber grüne Anger und Wiesen, auf denen Vieh weidet. Wirklich hohe Bäume hat die Insel garnicht, nur Gesträuch; höherem Wuchs widersetzen sich die Stürme, aber von diesem Gesträuch sind ganz hübsche Bosketts und einige gegen Sonne und Wind schützende Laubengänge angelegt. Es gibt auf der ganzen Insel nur ein, aber sehr ansehnliches Dorf. In diesem wohnen auch die Badegäste, in kleinen, aber sehr reinlichen Wohnungen. Die Einrichtung ist hier schon mehr holländisch und englisch. Was diesen Fischer- und Schifferhäusern, denn das sind die Bewohner größtenteils, von außen ein gefälliges Äußere und innerlich Freundlichkeit und Licht gibt, ist, daß die Fenster sehr groß sind, hölzerne Kreuze und große, helle und gut gehaltene Glasscheiben haben, viel besser, als dies bei uns manchmal selbst in größeren Städten der Fall ist. Ein Haus gehört der Badeanstalt selbst, in diesem wohne ich, es ist aber klein und gewährt wenig Vorzüge gegen die Wohnungen bei den Dorfbewohnern. Die Badegesellschaft ist ziemlich zahlreich, obgleich die Furcht vor der Cholera viele abhält, in diesem Jahr die Ost- und selbst die Nordseebäder zu besuchen. Für das Zusammenkommen der Badegäste gibt es ein eigenes Gebäude mit Versammlungssälen zum Speisen und zu Abendgesellschaften. Ich esse aber in meiner Wohnung und bin erst einmal in jenem Saale gewesen. Doch gibt es einzelne Personen, die mich und die ich besuche. Was den Aufenthalt in diesem und in allen Seebädern in

Vergleichung mit anderen Bädern angenehmer macht, ist der Umstand, daß man hier nicht von so schweren Kranken und von so großen Krüppelhaftigkeiten hört und noch weniger sieht. Gegen solche Übel ist das Seebad nicht geeignet, und da es auch immer, um Gebrauch davon machen zu können, noch gewisse Kräfte voraussetzt, so können so sehr kranke Personen es nicht benutzen. Ich sehe nur einen Mann hier, der auf Krücken geht und sich, da der Weg zum Badestrande vom Dorfe nicht ganz nahe ist, in einer Sänfte hintragen läßt. So können Sie sich nach der ausführlichen Beschreibung meines hiesigen Aufenthaltes ein anschauliches Bild meines Lebens machen.

Ich habe noch keinen Brief von Ihnen erhalten, glaube aber gewiß, daß ich morgen, wo Posttag für ankommende Briefe ist, einen erhalten werde. Ich lasse indes den meinigen immer abgehen. Die Briefe bleiben hier ungewöhnlich lange aus. Ich bitte Sie, mir am 5. August hierher, wie ich Ihnen neulich schrieb, über Aurich zu schreiben. Mit der herzlichsten Teilnahme Ihr H.

Tegel, den 1. Januar 1832.

Ich bin fortdauernd sehr wohl und kann auch weniger über Schwächlichkeit klagen als sonst. Das Seebad hat mir offenbar wohlgetan, nur mit dem Schreiben geht es gleich langsam und schlecht, und die Stumpfheit der Augen nimmt doch zu. –

Sie freuen sich, daß ich mich wieder heiter dem Leben zuwende, und da Sie liebevollen Anteil an mir nehmen, so können Sie sich allerdings meiner größeren Kräftigkeit freuen. Mit dem heiteren Zuwenden zum Leben aber ist es eine eigene Sache. Es ist wahr und nicht wahr zugleich. Ich hatte mich niemals vom Leben abgewendet, dies zu tun ist ganz gegen meine Gesinnung; solange man lebt, muß man das Leben erhalten, sich ihm nicht entfremden, sondern darin eingreifen, wie es die Kräfte und die Gelegenheit erlauben. Das Leben ist eine Pflicht, die man erfüllen muß; man ist allerdings in der Welt, um glücklich zu sein, aber der Gutgesinnte findet sein höchstes Glück in der Pflichterfüllung, und der Weise trauert nicht, wenn ihm auch kein anderes wird, als was er sich selbst zu schaffen imstande ist. In einem anderen Sinne aber dem Leben zugewendet habe ich mich nicht. Die Änderung, die das Gefühl größerer Kräftigkeit in mir hervorgebracht hat, ist die, daß es mich gemahnt hat, da ich das Vermögen in mir dazu besitze, noch allerlei zu vollenden, was ich im Sinn habe, eingedenk der Ungewißheit der mir dazu übrig bleibenden Zeit. Die Folge ist also gewesen, daß ich noch haushälterischer mit meiner Zeit umgehe und mich seit meiner Rückkehr von Norderney noch einsamer zurückgezogen habe, mich noch anhaltender mit mir selbst beschäftige, und mir alles andere noch gleichgültiger in Beziehung auf mich ist. Die Heiterkeit am gegenwärtigen Augenblicke kann mir nicht wieder werden, seitdem meinem Leben etwas fehlt, für das es keinen Ersatz gibt, aber die Beschäftigung mit der Vergangenheit gibt mir eine sich immer gleich klare und ruhige Heiterkeit. Das Leben recht eigentlich in seinen guten und bitteren Momenten durchzuempfinden und das Tiefste und Eigenste, was die Brust in sich schließt, seinen äußeren Einwirkungen entgegenzustellen, nannte ich oben eine Pflicht, und sie ist es gewiß, aber es wäre auch widersinnig, es nicht zu tun. Das Dasein des Menschen dauert gewiß über das Grab hinaus und hängt natürlich zusammen in seinen verschiedenen Epochen und Perioden. Es kommt also darauf an, die Gegenwart zu ergreifen und zu benutzen, um der Zukunft würdiger zuzureifen. Die Erde ist ein Prüfungs- und Bildungsort, eine Stufe zu Höherem und Besserem, man muß hier die Kraft gewinnen, das Oberirdische zu fassen. Denn auch die himmlische Seligkeit kann keine bloße Gabe sein und kein bloßes Geschenk, sie muß immer auf gewisse Weise gewonnen werden, und es gehört eine wohl erprüfte Seelenstimmung dazu, um ihrer durch den Genuß teilhaftig zu werden.

Es hat mich sehr geschmerzt, aus Ihrem Briefe zu ersehen, daß neue Trauerfälle Ihnen das Ende des Jahres trüben; es hat mir umsomehr leid getan, da Sie eben auf dem Wege waren, größere Heiterkeit zu gewinnen. Die Schicksale des Lebens gehen ihren Gang, scheinbar fühllos, fort. Ich habe in diesem Jahre drei sehr langjährige Freunde, einen, der älter als ich war, und zwei jüngere, verloren. Aber die Gewöhnlichkeit und Natürlichkeit dieser Fälle mildert den

Schmerz nicht und wehrt nicht der Trauer. Die beklommene Brust fragt sich immer, warum, da so viele länger leben, der Dahingegangene gerade vorangehen mußte. Was Sie von Ihrer ersten Erzieherin sagen, hat mich sehr gefreut und gerührt. Jedes gutgesinnte Gemüt, geschweige denn zart und edel fühlende, bewahrt durch das ganze Leben willig gezollte Dankbarkeit für die Pfleger der Kindheit. Schon im Altertum ist das wahr und schön beschrieben. Die Behandlung der Kindheit fordert Geduld, Liebe und Hingebung, und diese Jahre hindurch ihr gewidmet zu sehen, berührt, wie auch übrigens der Mensch sein mag, die weichsten und zartesten Saiten des Busens. Dies Gefühl ist im ganzen sich immer gleich, der Unterschied beruht vorzüglich auf der Innigkeit des Empfindenden. Der Maßstab der Dankbarkeit ist aber der Grad der Liebe, den der, an den sie knüpft, in das Geschäft legte. Viele, die bei Kindern sind, tun ihre Pflicht, aber das Herz ist nicht dabei, das merkt das Kind gleich. Ich fühle recht, daß es das war, was Sie an der Verlorenen schätzten. Möge das neue Jahr Ihnen Heiterkeit und Freude bringen, Sie vor Verlusten in dem schon engen Kreise bewahren und über Ihre Stimmung, wie ernst sie auch manchmal sein möge, immer das freundliche Licht ausgießen, in dem man, wenn man auch das Leben nur als einen Weg zum Höheren anfleht, sich doch noch auch am Anblick des Weges erfreut. Erhalten Sie mir auch Ihr Wohlwollen, wie Ihnen meine unveränderliche und herzlichste Teilnahme immer gewidmet bleibt. Seien Sie auch nicht besorgt um mich, ich bin gerade so glücklich, wie ich jetzt lebe, und kann es nur so sein. Wenn mir die Einsamkeit und mein täglicher stiller Spaziergang bleibt, kann mir in den Äußerlichkeiten des Lebens viel Unglück begegnen, ohne daß es mein Inneres berührt. Leben Sie wohl! Der Ihrige. H.

Tegel, den 2. Februar 1832.

er heitere Ton Ihres lieben Briefes vom 12. Januar hat mir die größte Freude gemacht, und ich danke Ihnen, liebe Charlotte, recht herzlich und aufrichtig dafür. Ich habe diesen Brief schon lange bekommen, aber keinen zweiten, von dem Sie doch in diesem reden. Sie wollten ihn acht Tage später schreiben, wäre das geschehen, so müßte der Brief längst in meinen Händen sein.

Ich nehme immer den lebhaftesten und aufrichtigsten Teil an Ihnen, Ihrem Befinden und Ihrer Gemütsstimmung, und so wäre mir die größere Heiterkeit, die aus Ihrem Briefe hervorleuchtet, immer noch ein Gegenstand großer, inniger Freude gewesen. Noch erfreulicher aber ist es, daß Sie diese größere Ruhe, diese freudigere Erhebung des Gemüts, welche Sie in sich wahrnehmen, dem Einfluß, den ich auf Sie ausübe, und den Eindrücken meiner Briefe zuschreiben. Es soll mir unendlich lieb sein, wenn sie eine solche Kraft besitzen. Wenn dem so ist, wie ich denn gewiß glaube und sicherlich keinen Zweifel in Ihre Worte setze, so entspringt es aus dem Gefühl und der Zuversicht, die Sie haben, und die Ihnen die einfache Natürlichkeit meiner Worte einflößen muß, daß, was ich sage, unmittelbar aus meinem Herzen kommt. In etwas anderem kann es nicht liegen. Es geht überhaupt mit allem Zuspruch in Belehrung, Tröstung und Ermahnung so. Das Belehrende, Tröstende, Ermahnende, wenn es erfolgreich ist und dem in das Gemüt und die Seele dringt, an welchen es gerichtet ist, liegt nur zum kleinsten

Teil in den dargestellten Gründen selbst. Viel mehr schon ruht die Wirkung in dem Ton und dem begleitenden Ausdruck, weil dieser der Persönlichkeit angehört. Denn eigentlich kommt alles auf diese an, das ganze Gewicht, was ein Mensch bei einem anderen hat, teilt sich demjenigen, was er sagt, mit, und dasselbe im Munde eines anderen hat nicht die gleiche Wirkung. Sie müssen es also den Gesinnungen zuschreiben, die Sie für mich so liebevoll hegen, wenn meine Worte vorzugsweise Eindruck auf Ihr Gemüt machen. Es freut mich aber ungemein, wenn Sie sagen, daß ich Ihnen in Trost und Ermutigung gerade das zubringe, was Ihrer Stimmung angemessen ist. Ein natürlicher Hang hat mich schon sehr früh im Leben auf das Streben geleitet, in jeden Charakter und in jede Individualität so tief einzugehen, als möglich war, um mich möglichst in ihre Denkungs-, Empfindungs- und Handlungsweise zu versetzen, und was Sie mir sagen, ist mir ein neuer Beweis, daß mir mein Bestreben nicht ganz mißlungen ist. Es ist aber nicht genug, die Ansichten der Menschen zu kennen, man muß auch zu bestimmen verstehen, wie sie sich zu denen verhalten, die man als die unbedingt richtigen, hohen und von allen, den einzelnen Individualitäten immer anklebenden Einseitigkeiten freien, anzusehen hat, und danach die Richtung des Individuums lenken. Auf diesem Wege muß man dahin gelangen, jedem einzelnen nicht bloß verständlich zu werden, sondern ihn auch auf diejenige Weise zu berühren, welche gerade für seine Empfindungsart die passendste und angemessenste ist. Man braucht aber bei diesem Gange nie seine eigene Natur weder aufzugeben, noch zu verleugnen, auch nicht die fremde unbedingt für die einzig beifallswürdige anzusehen. Da man immer von dem Punkte ausgeht und wieder dahin zurückkommt, wo sich alle Individualitäten ausgleichen und vereinigen, so fallen die schneidenden Kontraste von selbst weg, und es bleibt nur das miteinander Verträgliche übrig. Es ist wirklich das Wichtigste, was das Leben darbietet, sich nicht in sich zu verschließen, sondern auch ganz verschiedenen Empfindungsweisen so nahe als möglich zu treten. Nur auf diese Art würdigt und beurteilt man die Menschen auf ihre und nicht auf seine eigene, einseitige Weise. Es beruht auf dieser Manier zu sein, daß man Respekt für die abweichende des anderen behält und seiner inneren Freiheit niemals Gewalt anzutun versucht. Es gibt außerdem nichts, was zugleich den Geist und das Herz so anziehend beschäftigt, als das genaue Studium der Charaktere in allen ihren kleinsten Einzelheiten. Es schadet sogar wenig, wenn diese Charaktere auch nicht gerade sehr ausgezeichnete oder sehr merkwürdige sind. Es ist immer eine Natur, die einen inneren Zusammenhang zu ergründen darbietet, und an die ein Maßstab der Beurteilung angelegt werden kann. Vor allem aber gewährt einem diese Richtung den Vorzug, die Fähigkeit zu gewinnen, den Menschen, mit denen man in Verbindung steht, innerlich in aller Rücksicht mehr sein zu können.

Was Sie mir von den Äußerungen einiger Menschen über Todesfälle schreiben, habe ich sehr merkwürdig gefunden. Die Betrachtung, daß dem Verstorbenen wohl ist, wird sehr oft nur als ein Vorwand vorgebracht, seine eigene Gleichgültigkeit zu beschönigen. So wahr auch übrigens der Satz gewiß ist, so läßt er sich nicht einmal immer anwenden. Auch der Verstorbene ist oft zu beklagen, daß er so früh oder gerade in dem Augenblicke, wo er starb, hinweggerissen wurde. Eine junge Person hätte gern länger gelebt; eine Mutter wäre gern bei ihren Kindern geblieben, und hundert Fälle der Art. Für den Zustand jenseits gibt es kein zu früh oder zu spät, die Spanne des Erdenlebens kann dagegen garnicht in Betrachtung kommen. Die Wehmut, die das Herz bei Todesfällen geliebter oder geschätzter Personen erfüllt, ist eine Empfindung, die mit vielen im Gemüt zugleich zusammenhängt. Es ist wohl der Zurückbleibende, der sich selbst beklagt, aber es ist weit mehr noch als dies immer mehr oder weniger auf sich selbst und sein Glück bezogene Empfindung. Wenn der Tote ein sehr vorzüglicher Mensch war, so betrauert man gleichsam die Natur, daß sie einen solchen Menschen verlor. Alles um uns her gewinnt eine andere und schwermütigere Farbe durch den Gedanken, daß der nicht mehr ist, der für uns allem Licht, Leben und Reiz gab, es ist nicht mehr das einzelne Gefühl, daß uns der Dahingegangene so und so glücklich machte, daß wir diese und jene Freude aus ihm schöpften, es ist die Umwandlung, die unser ganzes Wesen erfahren hat, seit es den Weg des Lebens allein verfolgen muß. Für ein tiefer empfindendes Herz liegt auch darin ein höchst wehmütiges Gefühl, daß das Schicksal so enge Bande zerreißen konnte, daß die innere Verschwisterung der Gemüter nicht den Übrigbleibenden von selbst dem Vorangegangenen nachführte. Ich begreife, daß dies Gefühl nur in wenigen so lebendig sein, nur auf wenige Fälle passen könne. Aber auch ganz einfache Fälle, selbst unbedeutende, nur harmlose und gute Menschen, wenn sie auch kaum eine Lücke in der Reihe der Zurückgebliebenen zu machen scheinen, erregen doch immer Wehmut und Schmerz, die in einem irgend fühlenden Gemüt nicht so leicht und nicht so bald verklingen. Das Leben hat seine unverkennbaren Rechte, und es gibt nichts Natürlicheres als den Wunsch, womöglich mit allen, die man liebt und schätzt, zusammen darin zu bleiben, und den Schmerz, den nie endenden, wenn dies Band zerrissen wird. Die zu große Ruhe bei dem Hinscheiden geliebter Personen, wenn sie auch nicht aus Gefühllosigkeit, sondern aus christlicher Ergebung entspringt, ja die unnatürliche Freude, daß sie ins Himmelreich eingegangen sind, zeigen immer von einem überspannt frömmelnden Gemüt, und ich habe niemals damit sympathisieren können.

Die guten Nachrichten von Ihrer gestärkten Gesundheit haben mir lebhafte Freude gemacht. Suchen Sie nur ja, sich recht viel Bewegung zu machen. Dieser so ungewöhnlich gelinde Winter ladet doppelt dazu ein. Ich erinnere mich seit Jahren keines ähnlichen. Es ist wenigstens hier gar kein Schnee mehr. Wunderbar aber ist es, daß der See, der mehr als eine Meile im Umkreise hat, und in dem ich bloß fünf Inseln besitze, noch immer fest zugefroren ist. Die nächste Stadt von hier ist Spandau, die gerade an der gegenüberstehenden Seite des Sees liegt. Nun kommen alle Tage eine Menge Schlittschuhläufer von dort zum Vergnügen hierher, auch Frauenspersonen in Handschlitten, die von Schlittschuhläufern gestoßen werden. Dies geschieht alle Jahre, aber fast in jedem Jahr verunglückt auch einer bei solcher Postreise. Sie setzen nämlich diese Überfahrten zu lange, wenn auch schon Tauwetter ist, fort und kommen dann auf schwache, einbrechende Stellen. Diese Beispiele vermögen aber die anderen nicht abzuschrecken.

Mein Befinden ist sehr gut, ich habe kaum einmal einen Schnupfen in diesem Winter gehabt, aber ich mache mir viel Bewegung, und das tut mir immer ungemein wohl.

Ich bin im Schreiben dieses Briefes gestört worden und endige ihn erst heute, den 6. Februar. Leben Sie herzlich wohl, mit inniger Teilnahme und Freundschaft der Ihrige. H.

Tegel, den 7. März 1832.

ch habe zwei liebe Briefe von Ihnen zur Beantwortung vor mir und fange in meiner Erwiderung zuerst mit dem an, womit Sie enden, mit dem Duell. Ich habe die erste Nachricht davon durch Sie erfahren, da ich Zeitungen sehr unordentlich und oft in vier und sechs Wochen gar keine lese. Das wird Ihnen unglaublich scheinen. Aber die sogenannten großen Begebenheiten bieten seit Jahren so wenig dar, woran sich das Gemüt innerlich interessieren könnte, daß mir sehr wenig daran liegt, sie früher oder später oder auch garnicht zu erfahren. In solche Periode des Nichtlesens war jene unselige Geschichte gefallen.

Mit den Duellen ist es übrigens eine eigene Sache. Viele sind freilich bloße Jugendtorheiten. Allein mit anderen verhält es sich doch anders. Sie sind ein notwendiges Übel, und in ihnen selbst liegt eine edle Art, einen einmal unheilbaren Zwiespalt zu lösen und abzumachen. Im Volke ziehen sich Feindschaften mit Erbitterung und Rachsucht jahrelang hin. Der Zweikampf, der nicht immer lebensgefährlich ist und oft ganz unblutig abgeht, führt schnell die Versöhnung herbei und endet allen Groll.

Sie haben, liebe Charlotte, sehr lange der Sterne nicht erwähnt, aber gewiß versäumen Sie solche nicht. Ich habe sie nie schöner als dies Jahr gesehen. Die Gegend um den Orion ist bezaubernd. Ich habe an zwei schönen Abenden meinen Spaziergang bis zur recht späten Sternenzeit verlängert und einen großen Genuß gehabt. Von jeher habe ich meine Spaziergänge gern so eingerichtet, daß der Sonnenuntergang die größere Hälfte desselben beschließt. Es hat etwas so Liebliches, die Dämmerung nach und nach untergehen zu sehen. Die Nacht hat überhaupt manche

Vorzüge vor dem Tage. Eine stürmische ist erhabener, und eine sanfte und stille zieht das Gemüt ernster und tiefer an. Die kleineren Sterne entgehen nur jetzt meinen Augen, und man gewinnt doch nur dann eine richtige Ansicht der Sternbilder, wenn man auch die kleineren Sterne darin aufsuchen kann. Vormittags ist es eigentlich wärmer und in gewisser Art, besonders im Winter, besser zu gehen. Ich tue es aber nie, oder höchstens wenn mich jemand, was ich aber garnicht liebe, um die Tageszeit besucht. Überhaupt ist es eine große Rettung vor langweiligen Besuchen auf dem Lande, den Schauplatz ins Freie zu verlegen. Die langweiligen Töne verhallen leichter in der weiten Luft, und man hat mehr Zerstreuung um sich her, indem man ihnen ein halbes Ohr leiht.

Es ist schön, daß Sie fortwährend an sich arbeiten. Jeder bedarf dessen. Außerdem hat man über keinen Gegenstand alle Momente zur Beurteilung so vollständig und richtig beisammen, da man nur in den eigenen Busen hinabzusteigen braucht. Zwar kann auch das täuschen, man beschönigt die Schwächen oder vergrößert aus einer anderen Verirrung der Eitelkeit die Schuld seiner Fehler, denn allerdings findet die Beurteilung dadurch Schwierigkeit, daß der Gegenstand der Beurteilung das eigene Ich ist. Wenn man aber mit schlichter Einfachheit des Herzens und in der reinen und ungeheuchelten Absicht die Prüfung unternimmt, um vor sich und seinem Gewissen gerechtfertigt dazustehen, so hat man von jener Gefahr nichts zu fürchten. Und ein lebendiges Bild seines Inneren muß sich jeder immer machen. Es ist gewissermaßen der Punkt, auf den sich alles andere bezieht. Man muß bei dieser Selbsterforschung nicht streng nur bei demjenigen stehenbleiben, was Pflicht und Moral angeht, sondern sein inneres Wesen in seinem ganzen Umfange und von allen Seiten nehmen. Wirklich ist es ein viel zu beschränkter

Begriff, wenn man sich selbst gleichsam vor Gericht ziehen und nach Schuld und Unschuld fragen will. Die ganze Veredlung des Wesens, die möglichste Erhebung der Gesinnung, die größte Erweiterung der inneren Bestrebungen ist ebensowohl die Aufgabe, die der Mensch zu lösen hat, als die Reinheit seiner Handlungen. Es gibt auch im Sittlichen Dinge, die sich nicht bloß unter den Maßstab des Pflichtmäßigen und Pflichtwidrigen bringen lassen, sondern einen höheren fordern. Es gibt eine sittliche Schönheit, die so wie die körperliche der Gesichtszüge eine Verschmelzung aller Gesinnungen und Gefühle, einen freiwilligen Zusammenhang derselben zu geistiger Einheit erheischt, die sichtbar zeigt, daß alles einzelne darin aus einem aus der innersten Natur flammenden Streben nach himmlischer Vollendung quillt und daß der Seele ein Bild unendlicher Größe, Güte und Schönheit vorschwebt, das sie zwar niemals erreichen kann, aber von da immer zur Nacheiferung begeistert, zum Übergang in höheres Dasein würdig wird. Auch die Entwickelung der intellektuellen Fähigkeiten bis zu einem gewissen Grade gehört zu der allgemeinen Veredlung. Aber ich bin ganz Ihrer Meinung, daß dazu nicht gerade vieles Wissen und Bücherbildung gehört. Das aber ist wirklich Pflicht und ist auch dem natürlichen Streben jedes nicht bloß an der irdischen Welt, ihrem Gewirre und Tand hängenden Menschen eigen, in den Kreis von Begriffen, den er besitzt, Klarheit, Bestimmtheit und Deutlichkeit zu bringen und nichts darin zu dulden, was nicht auf diese Weise begründet ist. Das kann man wohl das Denken des Menschen nennen. Dazu ist das Wissen nur das Material. Es hat keinen absoluten Wert in sich, sondern nur einen relativen in Beziehung auf das Denken. Der Mensch sollte nicht anders lernen, als um sein Denken zu erweitern und zu üben, und Denken und Wissen sollten immer gleichen Schritt halten. Das Wissen bleibt sonst tot und unfruchtbar. In Männern findet sich das sehr oft, ja man möchte es als die Regel ansehen. Es fällt aber weniger auf, weil schon ihr Wissen gewöhnlich zu anderen äußeren Zwecken und Nutzen wenigstens eine Anwendung findet. Aber ich habe es auch bei Frauen gefunden, und da erregt das Mißverhältnis des Denkens zum Wissen ein viel größeres Mißbehagen. Ich kenne von meiner frühesten Jugend an und vor der Universität eine Frau dieser Art, der ich durch alle Perioden ihres Lebens gefolgt bin. Sie kennt sehr gründlich die alten und die meisten neueren Sprachen, ist frei von aller Eitelkeit und Affektation, versäumt nie über den Büchern eine häusliche Obliegenheit, hat aber durch ihr Wissen nichts an Interesse gewonnen. Wenn sie gleich die ersten und schwersten Schriftsteller aller Nationen gelesen hat, schreibt sie darum doch keinen Brief, der einem sonderlich zusagen könnte. Sie bemerken ganz recht in dieser Beziehung, daß Christus seine Jünger aus der Zahl ungebildeter und unwissender Menschen wählte. Es hing aber auch mit den Zwecken und der Natur der Religion, die er stiften wollte, zusammen, und in dem Volke, in dem er auftrat, gab es in jener Zeit kein anderes Wissen als ein totes und mißverstandenes. Es gab nur Schriftgelehrte, welche das Auslegen der heiligen Bücher auf eine spitzfindig-hochmütige Weise mit Bedrückung und Verachtung des Volkes trieben.

Erhalten Sie Ihre Gesundheit und heitere Gemütsstimmung. Mit unveränderlicher Teilnahme der Ihrige. H.

Tegel, April 1832.

aß Sie im Gemüte sich wieder gestärkt fühlen, ist mir eine große Freude, und noch mehr, daß Sie mir einigen Anteil daran zuschreiben. Ich habe bei unserem Briefwechsel nie eine Absicht für mich gehabt und habe daher alles, was unter uns zur Sprache kam, immer mit völligster Unparteilichkeit in Betrachtung ziehen können. Dann glaube ich aber auch viel mehr als die meisten anderen mir an Talent sonst überlegenen Männer, das, was sich auf den Zusammenhang der Gesinnungen und Empfindungen im Menschen bezieht, studiert und erforscht zu haben. Ich habe von jeher viel an mir selbst gearbeitet und weiß also, was im Herzen vorgeht und vorgehen kann. Ich habe es von jeher an mir selbst nicht leiden können, in meinem inneren Dasein etwas anderes als mich selbst zu brauchen. Darum kenne ich, was Kraft und Haltung zu geben vermag. So begreife ich, was Sie, liebe Charlotte, obgleich Sie es viel zu hoch stellen, von meinen Briefen sagen und rühmen. Es kommt nur von den zwei Umständen her, daß es auf der einen Seite klar und bestimmt gedacht und auf der anderen durch die innere Erfahrung bewährt ist...

Die Unterdrückung des Stolzes ist allerdings lobenswert, und es freut mich, wenn es Ihnen damit so ganz gelungen ist. Der Stolz, den man wirklich nicht aufgeben soll, bleibt jedem Rechtgesinnten dennoch. Diesen sollte man aber nicht Stolz, sondern richtig abgewägtes Selbstgefühl nennen. Es ist eigentlich dies die Erhebung des Gemüts, welche daraus entsteht, daß es fühlt, daß eine würdige Idee sich mit ihm vereinigt, sich seiner bemächtigt hat. Der Mensch ist da eigentlich stolz auf die Idee, auf sich nur insofern, als die Idee eins mit ihm geworden ist.

Man vermeidet die Abwege, wohin der Stolz führt, am leichtesten und sichersten, wenn man sich in allem Tun und Lassen recht natürlich gehen läßt, jede Äußerung des Stolzes streng wegweist, aber darauf nicht weiter Wert legt, sondern es als etwas ansieht, das sich von selbst versteht, wo man Recht haben würde, sich Vorwürfe zu machen, wenn man anders gehandelt hätte.

Es freut mich, daß Sie des Saturns erwähnen. Ich sehe ihn auch in diesen Wochen immer mit Vergnügen. Das Wiederkehren der Planeten nach einer Reihe von Jahren bei denselben Sternbildern hat etwas sehr Bewegendes im Leben. Für den Saturn hat man übrigens, noch von den Astrologen her, eine geringere Zuneigung. Aber den Jupiter erinnere ich mich mehrmals im Löwen gesehen zu haben, das erstemal in einer sehr glücklichen Zeit meines Lebens...

Sie werden, wie es schon hätte früher geschehen sollen, nächstens meinen Briefwechsel mit Schiller empfangen. Vor meinem Briefwechsel werden Sie eine Einleitung über Schiller und seine Geistesentwicklung finden, die Ihnen, wenn Sie seine Schriften dabei haben, zum Leitfaden dienen kann. Ich gehe darin seine Werke von den frühesten bis zu den spätesten durch und zeige, wie er von dem einen zu dem anderen übergegangen und gekommen ist. Auch die Briefe handeln fast ganz von Schillers Arbeiten, die er gerade in jenen Jahren machte und mir nach und nach, wenn ich abwesend war, mitteilte. Schwerlich hat je jemand Schiller so genau gekannt als ich. Es haben ihn sehr wenige so lange und so nahe gesehen. Bei einem Manne wie er, der nicht zum Handeln, sondern zum Schaffen durch Denken und

Dichten geboren war, heißt sehen – sprechen, und ganze Tage und Nächte haben wir eigentlich miteinander sprechend zugebracht. Wenn daher auch der Jahre, die wir miteinander verlebten, so viele nicht waren, so war des Zusammenlebens doch sehr viel.

Die Lieblichkeit des Wetters dauert fort, auch fängt alles an zu knospen und zu keimen.

Leben Sie recht wohl. Mit unveränderlicher Teilnahme und Freundschaft der Ihrige. H.

Tegel, den 5. Juni 1832.

ch finde es sehr natürlich, daß Sie ernst gestimmt sind. Es liegt an und für sich im denkenden Menschen, ist den zunehmenden Jahren mehr noch eigen. Das mancherlei Traurige, das Sie früher, das häusliche Ereignis, das Sie kürzlich betroffen, war wohl dazu gemacht, solche Stimmung sogar zu erzeugen, wenn sie selbst nicht schon vorhanden war.

Über den Tod und das Verhältnis desselben zum Leben kann ich aber doch nicht ganz in Ihre Ideen eingehen. Niemand kann ihn weniger fürchten als ich, auch hänge ich nicht an dem Leben, dennoch ist mir eine Sehnsucht nach dem Tode fremd; obwohl sie edlerer Art ist als Überdruß am Leben, dennoch ist sie zu mißbilligen. Das Leben muß erst, so lange es die Vorsehung will, durchgenossen und durchgelitten, mit einem Wort, durchgemacht sein, und zwar mit völliger Hingebung, ohne Unmut, Murren und Klagen durchgeprüft sein. Es ist ein wichtiges Naturgesetz, das man nicht aus den Augen lassen darf, ich meine das der Reise zum Tode. Der Tod ist kein Abschnitt des Daseins, sondern bloß ein Zwischenereignis, ein Übergang aus einer Form des endlichen Wesens in die andere. Beide Zustände, hier und jenseits, hängen also genau zusammen, ja, sie sind unzertrennlich miteinander verbunden, und der erste Moment des Dort kann sich nur wahrhaft anschließen, wenn der des Scheidens von hier, nach der freien Entwickelung des Wesens, wahrhaft der letzte gewesen ist.

Diesen Moment der Reise zum Tode oder der Unmöglichkeit, hier weiter zu gedeihen, kann keine menschliche Klugheit berechnen, kein inneres Gefühl anzeigen. Dies zu wähnen wäre nur eine eitle Vermessenheit menschlichen Stolzes. Nur der, welcher das ganze Wesen zu durchschauen und zu erkennen imstande ist, kann dies, und ihm die Stunde anheimzustellen und seiner Bestimmung auch nicht einmal durch heftige Wünsche entgegenzukommen, ist Gebot der Pflicht und der Vernunft. Glauben Sie mir sicherlich, wenn Sie auch diese Ansichten manchmal strenge nannten, daß sie es allein sind, was uns in tiefem Seelenfrieden durch das Leben führt und uns als treue Stütze nie verläßt. Das Erste und Wichtigste im Leben ist, daß man sich selbst zu beherrschen sucht, daß man sich mit Ruhe dem Unveränderlichen unterwirft und jede Lage, die beglückende wie die unerfreuliche, als etwas ansieht, woraus das innere Wesen und der eigentliche Charakter Stärke schöpfen kann. Daraus entspringt dann die Ergebung, die wenige hinreichend haben, obgleich alle sie zu haben glauben. Fast alle setzen der Ergebung ein gewisses Maß und glauben der Verpflichtung dazu überhoben zu sein, wenn dies Maß überschritten ist oder ihnen scheint. Aus der wahren Ergebung, die immer die Zuversicht mit sich führt, daß eine unwandelbare, immer gleiche Güte auch die unerwartetsten, widrigsten Geschicke zu einem heilbringenden Ganzen verknüpft, geht die ernste, aber heitere Milde in der Ansicht eines auch oft gestörten und getrübten Lebens hervor. Diese Heiterkeit sich zu erhalten oder in sich zu schaffen, sollte man immer alles nur irgend vom Willen Abhängige versuchen. Man kann es nicht immer ganz erreichen, auch nicht in allen Momenten des Lebens, sie läßt sich auch eigentlich nicht hervorbringen, sondern muß sich von selbst in der Seele erzeugen. Sie bleibt aber da nicht aus, wo ihr der Boden vorbereitet ist, und diese Vorbereitung liegt hauptsächlich in einer besonnenen, von Selbstsucht freien, ruhigen Stimmung des Gemüts. Diese hat man durch Vernunft und Willenskraft in seiner Gewalt, dahin kann und muß eigentlich Übung und Vorsatz führen. Zur Beruhigung des Gemüts trägt angemessene Beschäftigung viel bei. So kann und darf eigentlich nichts in der Seele vorgehen, was der Mensch nicht nach vorangegangener Prüfung darin duldet oder unterdrückt.

Leben Sie wohl und seien Sie meiner unwandelbaren Teilnahme gewiß. H.

Norderney, den 2. August 1832.

:h bin wieder hier, liebe Charlotte, bewohne wieder die
nämlichen Zimmer und führe wieder dasselbe, nicht sehr
erfreuliche Badeleben. Ein solcher von Jahr zu Jahr
wiederkehrende Aufenthalt hat immer etwas Sonderbares
für mich. Er ruft die Frage hervor, ob man im künftigen
Jahr wiederkehren wird, und wenn nicht, aus welchem
Grunde? Denn das Bad dann entbehren zu können, bin ich
nicht so töricht zu erwarten. Ich bin nicht krank, eher
gesund. Das, wogegen das Bad wirken kann, ist
Altersschwäche, die durch Umstände früher zum
Durchbruch gekommen ist. Diese kann eine Kur nicht
aufheben, nur mindern. Ich sage dies mit Fleiß, damit sich
Ihr freundschaftlicher Anteil an mir nicht Hoffnungen
macht, in denen Sie sich notwendig getäuscht finden
müßten. Den Erfolg aber, den man mit Recht und Billigkeit
sich versprechen kann, glaube ich auch diesmal erwarten zu
können. Meine Tochter ist allerdings wieder mit mir hier.
Das Bad hat ihr voriges Jahr so wohl getan, daß sie Unrecht
getan haben würde, die Kur nicht zu wiederholen. In den
Einrichtungen hier ist vieles besser geworden. Daß die
Zeitungen gesagt haben, ich sei nach den Rheinprovinzen
gegangen, war ein grundloses Gerücht. Sie hätten sich die
Mühe, von mir zu reden, ganz ersparen können. Ich bin auf
dem gewöhnlichen Wege hergegangen und hasse alle
kleinen Reisen und Umwege so gründlich, daß ich mich
nicht darauf einlassen würde. Sollte ich einmal eine längere
Abwesenheit von Hause nicht scheuen, so würde ich nach

Italien oder England gehen, und hiervon möchte ich die Möglichkeit nicht bestreiten, vorzüglich, wenn mein Gesicht schwächer würde und mich am eigenen Arbeiten hinderte. Es freut mich sehr, daß Ihnen mein Briefwechsel mit Schiller Freude gemacht hat. Mir ist es mit dem Buche sonderbar gegangen. Ich hatte den Schillerschen Erben die Herausgabe versprochen. Als sie mich, da darüber mehrere Jahre verflossen waren, dazu aufforderten, war es mir höchst lästig, mich damit zu befassen. Ich mußte den ganzen Briefwechsel durchgehen, um alles auszuschalten, was sich für den Druck nicht geeignet hätte. Dessen war so viel, daß das Ganze gut und gern zur Hälfte zusammenschmolz, und die Arbeit kostete mich einige Wintermonate; dann schrieb ich die Vorerinnerung. Ich erwartete keinen großen Anteil für das Buch, höchstens für einen Teil der Briefe Schillers und für einige wenige von mir. Der Erfolg hat aber meine Erwartungen übertroffen, und es ist viel mehr gelesen worden, als ich dachte, und besonders von Frauen. Viele haben mir davon gesprochen, einige ausführlich geschrieben, und so, daß sie ganz in die Ideen eingegangen waren und einige davon weiter ausspannen. Ich glaube auch nicht, daß, wie Sie meinen, die Briefe gewonnen hätten, wenn sie früher erschienen wären, eher umgekehrt. Ich bin überhaupt gegen alles Drucken von Briefen. Die Herausgabe dieser rechtfertigt nur der Name eines wahrhaft großen Mannes, an den sich der andere mit immer gleich sichtbarer Unterordnung anschließt, so daß man doch immer auch in ihm nur jenen sieht. Briefe haben immer einen Anflug des wirklichen Lebens. Je mehr sie also aus der Ferne erscheinen, desto mehr überraschen sie. Gleich nach dem Tode sind sie eine schwache Fortsetzung der noch in dem Gedächtnis lebenden Wirklichkeit. Nach langer Zeit erscheinend, führen sie Personen zurück, die man nicht mehr gewohnt war, sich mit den Umgebungen zu denken, wie sie das Leben begleiten. Ich dächte auch nicht, daß es störend auffallen könnte, wenn in den Briefen gewissermaßen kunstmäßig beurteilt wird, was man in der Zeit mit Begeisterung aufgenommen hat. In der Dichtung ist wenig oder gar keine Kunst, die erlernt oder studiert werden müßte. Eine solche ist aber auch nicht in den Räsonnements dieses Briefwechsels entwickelt, wenn man einige leicht zu überschlagende Stellen über das Silbenmaß ausnimmt. Beide, Schiller und ich, haben nur gesucht, die Gründe darzulegen, aus welchen das Gefühl entspringt, die Bedingungen, unter denen es entsteht. Wer nun die Gründe wahr findet, in dem müssen sie das Gefühl erhöhen, da sie es mit anderen und gleich großen Ideen in Verbindung bringen. Wem sie nicht zusagen, der wird sich dadurch noch mehr in seinem Gefühle bestimmt finden und sich nun vielleicht durch die Widerlegung leichter die Gründe selbst entwickeln.

Der Stelle in der Delphine erinnere ich mich nicht. Wenn Frau von Staël damit meinte, daß eine in der Jugend geschlossene und bis ins Alter fortgesetzte Ehe das Wünschenswürdigste ist, so bin ich vollkommen derselben Meinung. Ich fürchte aber sehr, sie meinte es anders, und dann ist es eine aus oberflächlicher französischer Ansicht geschöpfte Behauptung. Sie müssen darum nicht glauben, daß ich den Wert der Staël verkenne. Sie war meiner tiefsten Überzeugung nach eine wahrhaft große Frau, und nicht bloß von Geist, sondern durch wahres und tiefes Gefühl und eine sich nie verleugnende, unendliche Güte, und auch von Herz und Charakter. Sie hatte die feinste Empfindung der edelsten Weiblichkeit. Sie war in ihrem Innersten dem eigentlichen französischen Wesen fremd, aber es begegnete ihr doch zu Zeiten, banale französische Anrichten ihren Äußerungen beizumischen, und das ist nicht zu verwundern, da sie immer in Frankreich lebte. Sie hat sogar erst spät Deutsch gelernt, und ich habe sie selbst noch in

Paris unterrichtet.

Allein die Ehe mehr ein Bedürfnis des Alters als der Jugend zu nennen, ist ein Einfall, der ebenso der Natur und der Wahrheit, als jeder schöneren Empfindung widerspricht. Die Frische der Jugend ist die wahre Grundlage der Ehe. Ich sage damit gewiß nicht, daß das Glück der Ehe mit der Jugend aufhört oder auch nur im mindesten dadurch verliert. Aber die Erinnerung der zusammen genossenen Jugend muß in die höheren Jahre mit hinübergehen, wenn das Glück vollkommen sein und nicht gerade die Eigentümlichkeit des ehelichen verlieren soll. Diese Ansicht ist nicht als eine sinnliche zu betrachten. Die tiefsten und heiligsten Empfindungen hängen damit ganz enge zusammen, und man müßte aller Liebe den Stab brechen, wenn man dies nicht anerkennen wollte. Ein junges, sich gegenseitig gleich herzlich liebendes Ehepaar ist allemal ein im Tiefsten erfreulicher Anblick, auch in niedrigen Ständen, insofern das Gefühl nur irgend die Feinheit hat, die ihm die Natur in gutartigen Gemütern gibt. Von den in höheren Jahren, über vierzig oder fünfundvierzig, geschlossenen Ehen, zweiten oder ersten, läßt sich das nicht sagen. Man wird sie gewiß nicht tadeln, man läßt gern jedem seine Empfindung, solche Verbindungen können sehr vernünftig, sie können auch für Leute, die einmal keine hohen Forderungen an ihr Gefühl machen, beglückend sein. Wer aber tiefer empfindet, sagt sich, daß er sie nicht eingehen würde. Mann oder Frau wird in solcher Verbindung fühlen, daß, wenn ihm der Gegenstand jugendlicher Liebe entrissen ist, öder er nie einen gefunden hat, er auf ein Glück Verzicht leisten muß, dessen wahre Blüte ihm nicht mehr werden kann. Es wird ihm innerlich unmöglich sein, nach dem so Geringen zu greifen. Ich kann auch nicht in das einstimmen, was man über das Alter sagt. Es kann ein unglückliches und freudenloses geben, wie eine solche

Jugend. Aber die Schicksale gleichgestellt, finde ich das Alter, selbst mit allen Schwächen, die es mir bringt, nicht arm an Freuden; die Farben und die Quellen dieser Freuden sind nur anders. Sie entspringen für mich immer ausschließlicher aus der Einsamkeit und der Beschäftigung mit meinen Ideen und Gefühlen. Das nimmt mit jedem Tage in mir zu. Ich fühle mich darin, und nur darin glücklich, und das ist so sichtbar, daß die wahrhaft diskreten unter meinen ältesten Bekannten diese Stimmung stillschweigend, aber durch die Tat ehren. Mir ist sie darum doppelt lieb, da sie mit meinen Jahren und mit meiner Lage übereinstimmt. Verzeihen Sie, daß ich wieder auf mich zurückkomme, aber diese Dinge sind von der Art, daß man nur nach seinem individuellen Gefühl davon reden kann. Wer möchte sich anmaßen, über Fremdes darin abzusprechen?

Über meine Abreise kann ich noch nicht fest bestimmen, bitte Sie aber, mir nach Berlin zu schreiben und so, daß der Brief zwischen dem 26. und 30. August dort anlangt. Mit der aufrichtigsten, unveränderlichsten Teilnahme Ihr H.

Tegel, den 3. September 1832.

ch bin am 26. August gesund und wohl hierher zurückgekehrt, liebe Charlotte, und habe gleich am folgenden Tage meine Beschäftigungen wieder vorgenommen. Von dem Bade sehe ich der Fortdauer der guten Wirkung, die ich schon spüre, entgegen. Das Wetter war vom August an in Norderney sehr schön, ohne Regen und Sturm, und doch nie zu warm, da es nie an kühlender Seeluft fehlt. Sonnenschein war nicht immer; es ist allen Inseln, besonders den kleineren, eigen, auch bei sehr milder Luft wenig eigentlich sonnige Tage zu haben. In Irland zum Beispiel zählt man deren unglaublich wenige. Ich habe mich aber bei meinem diesjährigen Aufenthalte im Seebad vollkommen überzeugt, daß, wenn man, wie doch natürlich ist, bloß auf seine Gesundheit Rücksicht nimmt und nicht weichlicherweise die Unannehmlichkeit scheut, man sich schlechtes und kein gutes Wetter wünschen muß. Bei ruhig gutem Wetter ist die See eben nichts anderes als eine große Badewanne. Der Sturm und die Wellen geben ihr erst Seele und Leben. Wie das Meer in seiner erhabenen Einförmigkeit immer die mannigfaltigsten Bilder vor die Seele führt und die verschiedenartigsten Gedanken erweckt, so ist mir erst jetzt bei den anhaltenden heftigen Stürmen recht sichtbar geworden, welche schmeichelnde Freundlichkeit das Meer gerade in seiner größten Furchtbarkeit hat. Die Welle, die, was sie ergreift, verschlingt, kommt wie spielend an, und selbst den tiefsten Abgrund bedeckt lieblicher Schaum. Man hat darum oft das Meer treulos und tückisch genannt, es liegt aber in diesem Zuge nur der Charakter einer großen Naturkraft, die sich, um nach unserer Empfindung zu reden, ihrer Stärke erfreut und sich um Glück und Unglück nichts kümmert, sondern den ewigen Gesetzen folgt, welchen sie durch eine höhere Macht unterworfen ist. H.

Im November.

as sagen Sie zu dem außerordentlich schönen Herbst? Ich
dächte, ich hätte nie einen ähnlichen erlebt. Noch jetzt
scheint er mehr ein Ausgehen aus dem Sommer als ein
Eingang in den Winter. Ich gehe noch immer eine Stunde
vor Sonnenuntergang spazieren. Da ist es, selbst bei
stürmischen Tagen, meist ruhig und bei regnerischen heiter.
Sie haben gewiß auch oft gesehen, wie die scheidende Sonne
sich dann durch ihre eigenen Strahlen einen lichten Streifen
bildet, in den sie sich dann hinabsenkt. Ist dann recht
dunkles Gewölk über ihr, so regnet es meist unmittelbar
nach dem Untergange, bisweilen auch noch während des
Untergangs. Es ist mir die liebste Zeit des Tages. – Sie
schreiben mir, daß die Centifolien in Kassel blühen. Auch
hier habe ich es zu meiner großen Verwunderung gesehen.
In mittäglichen Ländern ist dies wiederholte Blühen ganz
gewöhnlich. Man sieht daran, daß das vegetierende Leben
beständig die Neigung hat, Blüten hervorzubringen, aber
nur durch die Abwesenheit begünstigender Umstände
daran verhindert wird. So traurig aber auch der Winter und
seine lange Dauer sind, so entschädigt doch der Frühling
dafür, nicht bloß sein Erscheinen und der Genuß desselben,
sondern ganz vorzüglich das Erwarten desselben. Diese
Sehnsucht ist eine der einfachsten und natürlichsten von
allen und eine der reinsten Quellen, woraus jede andere
Sehnsucht fließt, die so vieles und großes im Gemüte schafft
und aus dessen innersten Tiefen hervorruft. Es ist dies
gewiß eine der Ursachen, daß die nördlicheren Nationen

doch eine tiefer ergreifende Poesie haben als die südlicheren, wenn diese auch klangvollere Sprachen besitzen. Es liegt unendlich viel in dem Einfluß, den die Natur um uns her auf uns ausübt, und es kommt da nicht darauf an, daß sie gerade Genuß gibt, sondern weit mehr darauf, daß sie Empfindungen weckt und die Kräfte in Tätigkeit bringt. Leben Sie wohl. Ihr H.

Tegel, Dezember 1832.

er Ton der ruhigen Zufriedenheit und selbst einer frohen Heiterkeit, in welchem Ihr letzter Brief geschrieben ist, liebe Charlotte, hat mir eine lebhafte Freude gemacht. Ich hege nun auch die gewisse Hoffnung, daß diese Stimmung bleibend in Ihnen sein wird. Was mich in dieser beruhigenden Ansicht bestärkt, ist, daß Sie sich auch körperlich wohler fühlen, seit Sie sich befreit fühlen von einem sorglichen Kummer, der seit längerer Zeit schwer auf Ihnen lastete, und wodurch Sie nun der Ruhe und Heiterkeit wiedergegeben sind, die ein Gemüt, wie das Ihrige, das mit sich und der Vorsehung eins ist, immer genießen müßte....

Daß eine schon in sich ernste Seele in Zeiten, wo außerordentliche Erscheinungen diesen Ernst vermehren, noch ernster gestimmt wird, ist ganz natürlich. An den Wunsch und das Verlangen, nichts unberichtigt zu lassen, knüpft sich ein moralisches Gefühl, und zwar eins der wesentlichsten und achtungswürdigsten....

Der Mensch fühlt ein Bedürfnis, die großen Ideen, die in ihn gelegt sind, und die er in der Natur ausgeprägt findet, in dem kleinen Kreise seines Daseins nachzubilden, und oft, selbst wenn er ganz anderen, aus dem gewöhnlichen Leben geschöpften Bewegungsgründen zu folgen glaubt, folgt er in der Tat diesem geheimen Zuge, überhaupt ist die menschliche Natur in ihrem tiefen Grunde viel edler, als sie auf der Oberfläche erscheint. Ja selbst in anderen Stücken.

Eitle Menschen sind oft in einigen mehr wert, als sie sich selbst glauben.

Sie gebrauchen in Ihrem Briefe den Ausdruck: sein Haus bestellen. Dies ist mir immer eine so passende und gehaltvolle Rede geschienen. Es ist ein altertümlicher, echt biblischer Ausdruck, der, wie mehrere dieses Gepräges, tief aus dem Leben geschöpft ist und tief in die Seele eingreift. Auch längst, ehe ich in die Jahre kam, wo das Bestellen des Hauses wahrhaft dringend wird, habe ich mir dadurch Abschnitte im Leben zu machen gesucht und habe dies immer sehr wohltätig gefunden. Es gibt aber im Innern ein Bestellen seiner Seele, wie im Äußern seines Hauses. Man zieht dann das Gemüt auf einen kleinen Kreis von Empfindungen zurück, übergibt die anderen der Vergessenheit und freut sich der Ruhe in der selbstgewählten Beschränkung. Wenn man dies recht tut, tut man dies nur einmal. Man verläßt dann nicht wieder den Raum, wie man ihn eng umgrenzt und umzogen hat.

Sie rühmen meine Geduld. Sie hat nichts Verdienstliches und hat mir nie Mühe gekostet. Ich möchte sie mir angeboren nennen. Die Zeit, die ich über eine Sache sitzen muß, um sie zu Ende zu bringen, wird mir nie lang.

Sie gedenken bei einem Ereignisse der Vergangenheit Holzmindens im Braunschweigischen. Das hat mir lebhaft eine Erinnerung zurückgerufen. Von diesem kleinen Orte reiste ich 1789 mit Campe nach Paris. Campe kam von Braunschweig, ich von Göttingen aus dahin. Die Reise, die Sie gelesen haben können, da Campe sie herausgegeben hat, war kurz, aber meine erste außer Deutschland. Campe war, wie ich Ihnen schon früher glaube gesagt zu haben, Hauslehrer im Hause meines Vaters, und es gibt noch eine Reihe großer Bäume hier, die er gepflanzt hat. Er hat nicht gerade ein unglückliches, aber ein bedauernswürdiges Ende gehabt. Er war die letzten Jahre seines Lebens ganz blödsinnig. Ich habe bei ihm schreiben und lesen gelernt und etwas Geschichte und Geographie nach damaliger Art, die Hauptstädte, die sogenannten sieben Wunderwerke der Welt usw. Er hatte schon damals eine sehr glückliche, natürliche Gabe, den Kinderverstand lebendig anzuregen....

Ich bin vollkommen wohl, und mir ist in meiner in mir vergrabenen Stimmung sehr wohl. Ich bitte Sie, Ihren Brief an mich wie gewöhnlich abgehen zu lassen, und wünsche von inniger Seele, daß Sie das Jahr gesund und heiter beschließen und ebenso das neue beginnen mögen. Begleiten Sie mich bei dem Wechsel der Jahre mit dem Wunsch, daß mich nichts im Genuß meiner Einsamkeit, die mein wahres Glück ist, stören möge, und machen Sie, daß ich mir Ihr Leben ruhig und zufrieden denken kann. Mit der herzlichsten Freundschaft und unveränderlicheren Teilnahme der Ihrige. H.

Tegel, den 9. Februar 1833.

s tut mir leid, liebe Charlotte, daß Ihnen dieser Brief später als gewöhnlich zukommen wird. Ich habe aber wegen eines Geschäftes einige Tage in der Stadt sein müssen, und da komme ich nicht zum ruhigen Schreiben. Da ich Berlin jetzt selten besuche, so drängt sich dann alles, Menschen und Sachen, zusammen, und es bleibt mir nicht einmal die materielle Zeit übrig, etwas für mich anzufangen, wenn ich auch garnicht von der Stimmung reden will. Ich verlor aber gerade auf diese Weise die ersten Tage des Monats, in denen ich Ihnen jetzt gewöhnlich zu schreiben pflege. Ich hoffe, Sie werden sich über das Ausbleiben des Briefes nicht beunruhigt haben. Sie müssen das niemals tun, liebe Freundin, darum bitte ich sehr. Der kleinen, ganz unbedeutenden Ursachen, warum ich Ihnen an diesem oder jenem Tage nicht schreibe, können sehr viele sein, und ich kann sie so wenig voraussehen, als Sie sie erraten. Aber Sie können sicher eine von diesen voraussetzen, wenn meine Briefe Ihnen über die gewohnte Zeit ausbleiben. Da ich zu derselben Zeit im Monat jetzt gewohnt bin, Ihnen zu schreiben, so bekommen Sie nach einer ziemlich längeren Pause hernach zwei Briefe schneller nacheinander, was Ihnen Freude macht, da Sie auf meine Briefe einen viel größeren Wert legen, als sie verdienen. Diese Ihre Freude ist auch mir eine und macht, daß ich Ihnen willig die Zeit opfere, die es mich kostet. Seit vorgestern bin ich wieder hier, und heute schon setze ich mich hin, um mich mit Ihnen zu unterhalten. Denn eine Unterhaltung kann man unseren Briefwechsel vorzugsweise nennen. Da er sich meist um Ideen dreht und die äußeren Lebensverhältnisse sehr wenig angeht, so gleicht er darin einem räsonnierenden Dialog, und Ideen sind ja nur das einzig wahrhaft Bleibende im Leben. Sie sind im eigentlichsten Verstande das, was den denkenden Menschen ernsthaft und dauernd zu beschäftigen verdient. Auch Sie nehmen ebenso lebhaftes Interesse daran, und daß Ihnen meine Briefe Freude machen, liegt vorzüglich in diesem ihrem Inhalte. Es ist mir auch ein besonderer Grund der Zufriedenheit und Freude an Ihrer Art zu schreiben, daß Sie nicht mehr, wie Sie es sonst oft taten, darauf dringen, daß ich Ihnen von dem erzähle, was mich angeht, und über das Mitteilungen mache, was mich umgibt, was garnicht in meinem Wesen liegt. Darum müssen Sie nun aber ja nicht denken, daß ich es auch gern habe, wenn Sie über sich schweigen. Es macht mir im Gegenteil wahre Freude, wenn ich Ihr inneres Leben in allen Ihren äußeren Umgebungen sehe. Vergessen Sie also nicht, mir auch ferner von Zeit zu Zeit diesen Überblick wie bisher zu geben....

Sie bitten mich in Ihrem letzten Brief, Ihnen noch nähere Erläuterungen darüber zu geben, was ich eigentlich damit meine, daß man in gewissen Lebensepochen innerlich das tun müsse, was man äußerlich sein Haus bestellen nenne. Ich habe darunter etwas sehr Einfaches und ganz der gewöhnlichen Bedeutung der Redensart Entsprechendes verstanden. Man sagt, daß man sein Haus bestellt hat, wenn man Sorge getragen hat, alles das auf den Fall seines Todes zu berichtigen, was bis dahin unberechtigt geblieben war. Die Redensart schließt ferner in sich, daß man angeordnet habe, wie es mit den Dingen, die einem angehören, nach dem Hintritt werden soll. Von allen Seiten schneidet also das Hausbestellen Verwickelung, Ungewißheit und Unruhe ab und befördert Ordnung, Bestimmtheit und Seelenfrieden. So

423

nimmt man den Ausdruck im äußeren, weltlichen Leben. Auf viel höhere und edlere Weise aber findet das ähnliche im Geistigen statt. Auch darin gibt es mehr und minder Wichtiges, mehr und minder an das irdische Dasein Geknüpftes, mittelbar oder unmittelbar mit dem Höchsten im Menschen Verbundenes. Ich meine damit nicht gerade, wenigstens nicht ausschließlich, Religionsideen. Was ich hier meine, gilt auch von solchen, die garnicht in diesen Kreis gehören. Es läßt sich überhaupt nicht im allgemeinen bestimmen, was hier das Höchste und Wichtigste genannt wird. Jedermann pflegt aber in sich die Erfahrung zu machen, daß er gerade dem, was in ihm das Tiefste und Eigentümlichste ist, die wenigste Muße widmet und sich viel zu viel durch untergeordnete Gegenstände das Nachdenken rauben und entreißen läßt. Dies muß man abstellen, den störenden Beschäftigungen entsagen und sich mit Eifer den wichtigeren widmen. Noch mehr aber geht diese Sammlung auf eine kurze Spanne noch übrigen Lebens, wie man es auch nennen könnte, in dem Gebiete des Gefühls vor. Doch ist hier im allgemeinen ein großer und wichtiger Unterschied. Im Intellektuellen und allen Sachen des Nachdenkens hat der Vorsatz volle Kraft. Man kann und muß absichtlich die Gedanken und das Nachdenken auf gewisse Punkte richten. Im Gefühl ist das nicht nur unmöglich, sondern würde auch geradezu schädlich sein. Im Gebiete des Empfindens läßt sich nichts Unfreiwilliges, nichts Erzwungenes denken. Da kann also die Änderung nur von selbst eintreten und ist mit der Reife einer Frucht zu vergleichen. Sie geht von selbst vor sich, so wie die ganze Seelenstimmung verrät, daß dies Loslassen vom hiesigen Dasein in das Gemüt ganz übergegangen ist. Die Änderung besteht auch da in einem Vereinfachen und Zurückziehen des Gemüts auf sich selbst, doch läßt sich hier noch weniger als im Gebiet des Denkens, aus einer einzelnen Individualität heraus, etwas allgemein Geltendes sagen. In mir ist es ganz einfach so zugegangen, daß sich mein Gemüt so auf eine Empfindung konzentriert hat, daß es jeder anderen unzugänglich geworden ist, insofern nämlich, als ich durch eine andere Empfindung etwas empfangen sollte. Denn auf keine Art bin ich dadurch kalt und unteilnehmend geworden, nur uneigennütziger und wirklich jeder Forderung entsagend. Nicht bloß mit Menschen ist es mir aber so, auch an das Schicksal mache ich keine Forderung. Ich würde Ungemach wie ein anderer fühlen, das läßt sich aus der menschlichen Natur nicht ausrotten. Entbehrung bleibt Entbehrung und Schmerz bleibt Schmerz. Aber den Frieden meiner Seele würden sie mir nicht nehmen, das würde der Gedanke verhindern, daß solche Ereignisse und Zustände natürliche Begleiter des menschlichen Lebens sind, und daß es nicht geziemend wäre, in einem langen Leben nicht einmal die Kraft gewonnen zu haben, seine höhere und bessere Natur gegen sie aufrecht erhalten zu können. Ich weiß nicht ob ich Ihnen so deutlich genug geworden bin. Wäre es nicht der Fall, oder schiene Ihnen meine Ansicht nicht richtig, so werde ich sehr gern weiter und ausführlicher in die Sache eingehen. Sie reden in Ihrem Briefe von Gedächtnishilfen, die Sie sich ersonnen haben, und erbieten sich, mir mehr darüber zu sagen, wenn ich es wolle. Tun Sie es ja. Leben Sie wohl! Mit immer gleichem Anteil der Ihrige. H.

Tegel, den 8. März 1833.

ıch diesmal komme ich viel später zum Schreiben, als es mein Vorsatz war, liebe Charlotte, und da ich immer viel Zeit zum Schreiben brauche, so werden Sie den Brief noch später bekommen. Sie müssen sich aber nie deshalb beunruhigen. Sie werden sagen, daß man darüber nie Herr ist. Mit jedem Ersten des Monats denke ich daran, Ihnen zu schreiben, aber es treten bei meiner Lebenseinteilung oft Tage und Reihen von Tagen ein, wo ich nicht zum Schreiben an Sie, auch mit dem besten Willen, kommen kann. Der Vormittag ist unabänderlich wissenschaftlichen Arbeiten gewidmet. Davon mache ich hier in Tegel keine Ausnahme (in der Stadt muß ich es freilich); diese Arbeiten machen jetzt eigentlich mein Leben aus, meine Gedanken sind ihnen ganz zugewendet, und da ich jetzt vieles Schlafes bedarf, so ist mein Vormittag doch kurz. Den Nachmittag gehe ich ein bis zwei Stunden spazieren, und die übrige Zeit bleibt für meine ziemlich weitläufige Korrespondenz und vielfachen Geschäfte usw. Fällt nun in diesen Dingen etwas ungewöhnlich Dringendes vor, wie es diesmal der Fall war, oder kommt Besuch, so verzögert sich gegen mein Wünschen und Wollen der Abgang meines Briefes an Sie. Dennoch bin ich glücklicherweise viel weniger Störungen ausgesetzt wie andere und genieße noch der höchst nützlichen Gabe, nie durch Mangel an Stimmung abgehalten zu werden oder die Stimmung abwarten zu müssen. Wie ich die Sache vornehme, ist, wenn ich bisweilen auch lieber etwas ganz anderes täte und mich zum

Anfange wahrhaft zwingen muß, die Stimmung da. Bei dem Wort fallen mir Ihre Tabellen ein. Sie haben mich sehr interessiert. Es ist eine originelle Idee, die täglichen Zustände des Lebens schnell aneinanderzureihen, die Stimmung und alle anderen Dinge, von denen sie abhängen kann, aufzuzeichnen. Auch nur ein halbes Leben so verzeichnet, würde zu einer Menge von Vergleichungen Stoff darbieten.

Ihr ganzer Brief hat mir Freude gemacht, da eine ruhige, in jeder Art erfreuliche Gemütsstimmung daraus hervorgeht. Nur hat mich für Sie der neue Verlust sehr geschmerzt, den Sie abermals erlitten haben. Das Vorangehen so vieler ist allerdings bei vorrückenden Jahren etwas die ruhige Heiterkeit des Gemüts sehr schmerzlich Trübendes. Ich gehe aber noch weiter. Auch das Altwerden derer, die man in Jugendkraft des Körpers und Geistes gekannt hat, ist betrübend. Ich wollte schon immer alt werden, wenn nur die, die um mich her sind, jung blieben. Indes ist das, wenn es auch nicht scheint, ein eigennütziger Wunsch.

Sie fragen mich, was ich unter Ideen meine, wenn ich sage, daß sie allein das Bleibende im Menschen sind, und daß sie allein das Leben zu beschäftigen verdienen? Die Frage ist nicht leicht beantwortet, ich will aber versuchen, deutlich darüber zu werden. Die Idee ist zuerst den vergänglichen äußeren Dingen und den unmittelbar auf sie bezogenen Empfindungen, Begierden und Leidenschaften entgegengesetzt. Alles, was auf eigennützige Absichten und augenblicklichen Genuß hinausgeht, widerstrebt ihr natürlich und kann niemals in sie übergehen. Aber auch viel höhere und edlere Dinge, wie Wohltätigkeit, Sorge für die, die einem nahestehen, mehrere andere gleich sehr zu billigende Handlungen sind auch nicht dahin zu rechnen und beschäftigen denjenigen, dessen Leben auf Ideen beruht, nicht anders, als daß er sie tut, sie berühren ihn nicht weiter. Sie können aber auf einer Idee beruhen und tun es in idealistisch gebildeten Menschen immer. Diese Idee ist dann die des allgemeinen Wohlwollens, die Empfindung des Mangels desselben wie einer Disharmonie, wie eines Hindernisses, das es unmöglich macht, sich an die Ordnung höherer und vollkommener Geister und an den wohltätigen Sinn, der sich in der Natur ausspricht und sie beseelt, anzuschließen. Es können aber auch jene Handlungen aus dem Gefühl der Pflicht entspringen, und die Pflicht, wenn sie bloß aus dem Gefühl der Schuldigkeit fließt, ohne alle und jede Rücksicht auf Befriedigung einer Neigung oder irgendeine selbst göttliche Belohnung, gehört gerade zu den erhabensten Ideen. Von diesen muß man hingegen auch absondern, was bloß Kenntnis des Verstandes und des Gedächtnisses ist. Dies kann wohl zu Ideen führen, verdient aber nicht selbst diesen Namen. Sie sehen schon hieraus, daß die Idee auf etwas Unendliches hinausgeht, auf ein letztes Zusammenknüpfen, auf etwas, das die Seele noch bereichern würde, wenn sie sich auch von allem Irdischen losmachte. Alle großen und wesentlichen Wahrheiten sind also von dieser Art. Es gibt aber sehr viele Dinge, die sich nicht ganz mit den Gedanken fassen und ausmessen lassen und darum doch nicht minder wahr sind. Bei vielen von diesen tritt dann die künstlerische Einbildungskraft ein. Denn diese besitzt die Gabe, das Sinnliche und Endliche, zum Beispiel die körperliche Schönheit, auch unabhängig vom Gesicht und seinem seelenvollen Ausdruck so darzustellen, als wäre es etwas Unendliches. Die Kunst, die Poesie mit eingeschlossen, ist daher ein Mittel, sehr vieles in Ideen zu verwandeln, was ursprünglich und an sich nicht dazu zu rechnen ist. Selbst die Wahrheit, wenn sie auch hauptsächlich im Gedanken liegt, bedarf einer solchen Zugabe zu ihrer Vollendung. Denn wie wir bisher die Idee nach ihrem Gegenstand betrachtet haben, so kann man sie auch nach der Seelenstimmung schildern, die sie fordert. Wie sie nun, dem Gegenstand nach, ein Letztes der

Verknüpfung ist, so fordert sie, um sie zu fassen, ein Ganzes der Seelenstimmungen, folglich ein vereintes Wirken der Seelenkräfte. Gedanke und Gefühl müssen sich innig vereinigen, und da das Gefühl, wenn es auch das Seelenvollste zum Gegenstande hat, immer etwas Stoffartiges an sich trägt, so ist nur die künstlerische Einbildungskraft imstande, die Vereinigung mit dem Gedanken, dem das Stoff artige widersteht, zu bewirken. Wer also nicht Sinn für Kunst oder nicht wahren und echten für Musik oder Poesie besitzt, der wird überhaupt schwer Ideen fassen und in keiner gerade das wahrhaft empfinden, was darin Idee ist. Es ist ein solcher Unterschied zwischen den Menschen in ihrer ursprünglich geistigen Anlage gegründet. Die Bildung tut hierzu nichts. Sie kann wohl hinzutun, nie aber schaffen, und es gibt hundert künstlerisch und wissenschaftlich gebildete Menschen, die doch in jedem Worte deutlich beweisen, daß ihnen die Naturanlage, mithin alles fehlt. Der große Wert der Ideen wird vorzüglich an folgendem erkannt: Der Mensch läßt, wenn er von der Erde geht, alles zurück, was nicht ganz ausschließlich und unabhängig von aller Erdenbeziehung seiner Seele angehört. Dies aber sind allein die Ideen, und dies ist auch ihr echtes Kennzeichen. Was kein Recht hätte, die Seele noch in den Augenblicken zu beschäftigen, wo sie die Notwendigkeit empfindet, allem Irdischen zu entsagen, kann nicht zu diesem Gebiete gezählt werden. Allein diesen Moment, bereichert durch geläuterte Ideen, zu erreichen, ist ein schönes, des Geistes und des Herzens würdiges Ziel. In dieser Beziehung und aus diesem Grunde nannte ich die Ideen das einzig Bleibende, weil nichts anderes da haftet, wo die Erde selbst entweicht. Sie werden mir vielleicht Liebe und Freundschaft entgegenstellen. Diese sind aber selbst Ideen und beruhen gänzlich auf solchen. Von der Freundschaft ist das an sich klar. Von der Liebe erlassen Sie mir zu reden. Es mag an sich eine Schwachheit sein, aber ich spreche das Wort ungern aus und habe es ebensowenig gern, wenn man es gegen mich ausspricht. Man hat oft wunderbare Ansichten von der Liebe. Man bildet sich ein, mehr als einmal geliebt zu haben, will dann gefunden haben, daß doch nur das eine Mal das Rechte gewesen sei, will sich getäuscht haben oder getäuscht sein. Ich rechte mit niemandes Empfindungen. Aber was ich Liebe nenne, ist ganz etwas anderes, erscheint im Leben nur einmal, täuscht sich nicht und wird nie getäuscht, beruht aber ganz und viel mehr noch auf Ideen.

Ich fürchte aber, Sie ermüdet zu haben, ohne Ihnen vollkommen klar zu werden. In diesem Fall verzeihen Sie mir. Sie wollten ausdrücklich, daß ich Ihnen darüber schreiben sollte, und die Schwierigkeit liegt in der Sache. Vielleicht aber finden Sie doch etwas darin, woran Sie sich halten können, und wenn Sie von da aus Fragen tun, so kann ich Ihnen weitere Erläuterungen geben, was ich von Herzen gern tun will. Wie immer der Ihrige. H.

Tegel, den 7. April 1833.

ch bin schon lange im Besitz Ihres Briefes, liebe Charlotte, habe aber nicht früher dazu kommen können, ihn zu beantworten. Sie haben ihn bloß vom Monat März datiert und gegen Ihre Gewohnheit nicht den Tag des Abgangs vermerkt. Ich bitte Sie, ihn künftig immer hinzuzusetzen. Ein Brief, von dem man nichts als den Monat weiß, ist eine zu unbestimmte Mitteilung, und ich habe immer auf die Tage gehalten. Man kann eher noch etwas im Raum unbegrenzt lassen. Die Empfindung der Zeit greift überhaupt tiefer in die Seele ein, was wohl daran liegt, daß der Gedanke und die Empfindungen sich in der Zeit bewegen.... Ich habe oft, fast von meiner Kindheit an, angefangen, Tagebücher zu halten und sie nach einiger Zeit wieder verbrannt. Es tut mir aber sehr leid, nicht wenigstens von jedem Tage aufgezeichnet zu haben, wo ich war und was ich vorzüglich tat, oder wer mir begegnete. Ich würde mich sehr freuen, das von meinem zehnten Jahre an zu besitzen. Von ausführlichen Tagebüchern und solchen, die Beurteilungen der Handlungen und Gesinnungen enthalten sollen, halte ich sonst nicht viel. Es geht einem, wie man es anfangen möge, nie ganz ein, für sich selbst und an sich selbst gerichtet zu schreiben. Wenn man das Geschriebene auch niemand zeigt noch zeigen würde, so schreibt man doch wie einem imaginierten Publikum gegenüber. Man ist wirklich mehr befangen, als wenn man die Selbstbeurteilung an eine einzelne bestimmte Person richtet. Das Interesse an dieser zieht da die Seele davon ab, sich zu sehr mit sich selbst zu beschäftigen und zu sehr auf sich Rücksicht zu nehmen, stellt dadurch die Unbefangenheit wieder her und befördert die Naivität der Erzählung. Überhaupt ist nicht eben zu fürchten, daß man sich in solchen Aufzeichnungen über sich selbst zu sehr schont, oft liegt sogar die Übertreibung der Wahrheit im Gegenteil. Was dagegen eher zu fürchten sein kann, ist, daß die Eitelkeit dabei Nahrung findet. Man hält leicht, je mehr man sich mit sich selbst beschäftigt, alles, was einen betroffen hat, für außerordentlicher, als was anderen begegnet ist, und legt auf jeden Zufall wie auf eine Absicht Wert, welche Gott mit uns gehabt hätte. Indes können solche Fehler vermieden werden, und dann wird gerade ein solches Tagebuch zu einer zugleich anziehenden und nützlichen Selbstbeschäftigung....

Die Zeit ist nur ein leerer Raum, dem Begebenheiten, Gedanken und Empfindungen erst Inhalt geben. Da man aber weiß, daß sie, wenn man auch viel Einzelnes davon kennt, diesen Inhalt freudvoll und leidvoll für empfindende Menschen getragen hat, so ist sie an sich immer das Herz ergreifend. Auch ihr stilles und heimliches Walten hat etwas magisch Anziehendes. Der Tag, an dem einem ein großes Unglück begegnet, ist eine lange Reihe von Jahren ungeahnt an einem vorbeigegangen, und ebenso still und unbekannt schreitet der an uns vorüber, an dem uns ein Unglück unwandelbar bevorsteht. Denkt man aber der Folge der Zeit nach, so verliert man sich darin wie in einem Abgrund. Es ist nicht Anfang noch Ende. Ein großer Trost liegt aber im Wandel, da er immer an ein höchstes Gesetz, an einen ewiglenkenden Willen in unverrückter Ordnung erinnert. Das Erkennen dieser Ordnung ist in allen Welteinrichtungen, bei der Hinfälligkeit der menschlichen Natur und der scheinbar oft regellos zermalmenden Gewalt der Elemente, etwas sehr Beruhigendes. Am regelmäßigen Sonnenlauf und Mondeswechsel muß das auch ganz rohen Nationen anschaulich werden. Je mehr die Kenntnis der Natur zunimmt, desto mehr wächst die Zahl der Beweise dieser Ordnung. Zur eigentlichen Einsicht in den

Sternenlauf ist schon wissenschaftliche Beobachtung notwendig. Steigt diese, wie bei uns, zum höchsten Grade, so werden wieder Abweichungen bemerkbar und Dinge, die sich in die sonstige Ordnung nicht passen lassen. Diese sind sichere Beweise, daß die Forschung noch ein neues Feld zu Entdeckungen vor sich hat. Denn alles wissenschaftliche Arbeiten ist nichts anderes, als immer neuen Stoff in allgemeine Gesetze zu bringen...

Sie klagen im ganzen über Ihr Gedächtnis, nehmen aber einiges aus. Mehr können wenige von sich sagen. Das Gedächtnis ist nach Gegenständen verteilt, und in niemanden ist es für alle gleich gut. Das angenehmste ist ein leichtes Gedächtnis für Gedichte. Ist das mit wahrem Geschmack in der Auswahl und mit Talent im Hersagen verbunden, so gibt es keine andere, das Leben gleich verschönende Gabe. Zum guten Hersagen gehört aber unendlich viel: zuerst freilich nur Dinge, die jede gute Erziehung jedem geben kann, richtiges Verstehen des Sinnes, eine gute, deutliche, von Provinzialfehlern freie Aussprache; aber dann freilich Dinge, welche nur angeboren werden, ein glückliches, schon in sich seelenvolles Organ, ein feiner musikalischer Sinn für den Fall des Silbenmaßes, ein wahrhaft dichterisches Gefühl und hauptsächlich ein Gemüt, in dem alle menschlichen Empfindungen rein und stark wiederklingen. Der Genuß, den ein solches Wiedergeben wahrhaft schöner Gedichte gewährt, ist in der Tat ein unendlicher. Er ist mir oft und im höchsten Grade geworden, und ich rechne das zu den schönsten Stunden des Lebens. Aber auch das eigene Auswendiglernen und Auswendigwissen von Gedichten oder von Stellen aus Gedichten verschönert das einsame Leben und erhebt oft in bedeutenden Momenten. Ich trage mich von Jugend an mit Stellen aus dem Homer, aus Goethe und Schiller, die mir in jedem wichtigen Augenblicke wiederkehren und mich auch in den letzten des Lebens nicht verlassen werden. Denn man kann nichts Besseres tun, als mit einem großen Gedanken hinübergehen...

Ich befinde mich, Gott sei gedankt, recht wohl, gehe aber doch den Sommer wieder ins Seebad nach Norderney. Man findet, daß es meine Schwächlichkeiten vermindert hat. Das sehe ich nun zwar nicht, und auch Sie werden es, an meinem Schreiben wenigstens, nicht gewahr werden. Allein das ist wohl möglich, und das glaube ich sogar selbst, daß der jährliche Gebrauch des Bades diese meine Schwächlichkeiten auf dem Punkte erhält, auf dem sie jetzt sind. Vielleicht sind auch die Wellen unschuldig daran. Aber man ist gern dankbar, und die See ist ein so schöner und großer Gegenstand, daß man ihr gern dankbar ist. Gern gehe ich aber nicht hin, es ist mir eine lästige Störung. Aber wenn ich mich einmal in das Notwendige fügen muß, so nehme ich mir das Angenehme heraus und gehe leicht über das Lästige hinweg, ob ich mich gleich von meiner hiesigen Einsamkeit so ungern als von einer geliebten Person trenne.

Mit der Gegenwart sind Sie so dankbar zufrieden. Vertrauen Sie auch der Zukunft und hegen keine ängstlichen Besorgnisse. Sie ist allerdings ungewiß, aber bedenken Sie, daß die ewige Güte wacht, daraus entspringt Vertrauen, und dies muß man im Herzen nähren. Mit inniger Teilnahme unabänderlich der Ihrige. H.

Norderney, den 2. August 1833.

t dem Anfange dieses Monats ist gerade die Hälfte meiner Badekur vollendet, liebe Freundin, und es wird Ihnen Freude machen, wenn ich Ihnen sage, daß ich sie ununterbrochen habe fortsetzen können, und befinde mich, Dank sei es der Vorsehung, sehr wohl. Von der gänzlichen Wirkung läßt sich erst nach Monaten urteilen. Dem Erfolg bis jetzt nach zu schließen, wird sie hoffentlich nicht geringer als im vorigen Jahre sein. Hier werde ich fast allgemein, meiner einzelnen Schwächlichkeiten ungeachtet, für stark gehalten, und gewissermaßen könnte ich mir selbst so erscheinen. Denn kein noch so junger rüstiger Mann braucht das Bad stärker als ich, und ich fühle mich niemals nur einen Augenblick davon angegriffen. Ich nehme nie etwas Stärkendes nachher und beschäftige mich, wenn ich nicht der Luft im Gehen genießen will, mit jeder Sache, die mich gerade interessiert. Von der Witterung spüre ich gar keinen Einfluß. Einige Körperstärke setzt das allerdings voraus. Aber die Hauptsache ist doch, das ganze Leben hindurch die Seele zur Ertragung jedes Ungemachs abgehärtet zu haben. Es ist unglaublich, wieviel Kraft die Seele dem Körper zu verleihen vermag. Es erfordert auch garnicht eine große oder heldenmütige Energie des Geistes. Die innere Sammlung reicht hin, nichts zu fürchten und nichts zu begehren, als was man selbst in sich abwehren und erstreben kann. Darin liegt eine unglaubliche Kraft. Man ist darum nicht in eine phlegmatische Ruhe versenkt, sondern kann dabei gerade von den tiefsten und ergreifendsten Gefühlen bewegt sein, ihre Gegenstände gehören nur nicht der äußeren Welt an, sondern sind höheren Dingen und Wesen zugewendet. Man ist nicht frei von Sehnsucht, vielmehr ihr oft hingegeben, aber es ist nicht die verzehrende, die nach äußerer Gewährung strebt, sondern eine eigene, nur die lebendige Empfindung von etwas Besserem und Schönerem, mit dem die Seele innig verwandt ist. – Das Wetter war hier seit unserer Ankunft für den Gebrauch des Bades sehr günstig. Denn da es immer windig und einigemal sehr stürmisch war, so war die See fast unausgesetzt sehr hoch und unruhig, und diesen heftigen Wellenschlag hält man gerade für sehr zuträglich. Mit Sonnenschein verbunden, wie wir ihn oft hatten, ist er zugleich ein reizender Anblick. Über Hitze hat man sich hier wohl selten zu beklagen. Da die Winde meistenteils vom Meer herkommen, so kühlen sie die Luft hinreichend ab. Auf Inseln, besonders auf kleinen, ist große Hitze ebenso wie große Kälte selten. Wir haben aber in diesem Sommer wirklich sehr heiße Tage gehabt. Meine Liebe für große Wärme schreibt sich doch nicht, wie Sie glauben, aus meinem längeren Aufenthalt in Spanien und Italien her, ich erinnere mich, sie von früher Kindheit an gehabt zu haben...

Sie haben allerdings recht, wenn Sie sagen, Frau von Staël und Frau von Laroche werden schlimm im Goetheschen Briefwechsel behandelt. Es ist dies Goethes Schuld. Im vertraulichen Briefwechsel kann man sich, wie im Gespräch, kleine Spöttereien erlauben, da man keine üble Absicht damit verbindet und genau weiß, wie man verstanden wird. Wenn man aber solche Briefe vor das große Publikum bringt, muß man solche Stellen wegstreichen, und darin ist Goethe, der den Briefwechsel herausgegeben, zu sorglos gewesen. Solche kleine Flecken können aber einem Werke keinen Eintrag tun, das sonst einen solchen Reichtum an genialen und neuen Ideen enthält und so das lebendige Gepräge des Gedankenaustausches zweier großer Geister in sich trägt; denn es gibt nicht leicht eine Schrift, die einen so unendlichen Stoff zum Nachdenken darbietet und so, nach allen Richtungen hin, die einzig richtig leitenden Ansichten angibt. Der Staël mußten Goethe und Schiller Unrecht tun, da sie sie garnicht genug kannten. Die Staël war bei weitem weniger von ihren schriftstellerischen Seiten, als im Leben und von Seiten ihres Charakters und ihrer Gefühle, Geist und Empfindung. Beides war in ihr auf eine ganz ihr angehörende Weise verschmolzen. Goethe und Schiller konnten das nicht so wahrnehmen. Sie kannten sie nur aus einzelnen Gesprächen, und auch da nur unvollkommen, da sie sich doch beide nicht französisch mit vollkommener Freiheit ausdrückten. Diese Gespräche griffen sie an, weil sie dadurch angeregt wurden, ohne sich doch in dem fremden Organ ganz und rein aussprechen zu können, und so wurde ihnen die lästig, die solche Gespräche veranlaßte. Von dem wahren inneren Wesen der Frau wußten sie nichts. Was man von ihrer Unweiblichkeit sagte, gehört zu dem trivialen Geschwätz, das sich der gewöhnliche Schlag der Männer und Weiber über Frauen erlaubt, deren Art und Wesen über ihren Gesichtskreis geht. Sich über das Höhere allen Urteils zu enthalten, ist eine zu edle Eigenschaft, als daß sie häufig sein könnte. Wirklich selbst vorzügliche Frauen, welche die Staël kannten, haben sie nie als unweiblich getadelt, und noch weniger kann man sie so in ihren Schriften finden.

Die Laroche habe ich selbst gleichfalls gekannt. Sie war sehr gutmütig und mußte in ihrer Jugend schön gewesen sein. Von Geist war sie allerdings nicht ausgezeichnet. Allein ihre Schriften sind nicht ohne Wirkung auf die weibliche Bildung ihrer Zeit geblieben. Insofern hat die Frau ein Verdienst gehabt, das ihr auch Goethe und Schiller nie würden haben absprechen wollen. Sie dachten nur an den literarischen Wert, der freilich nicht groß war. Man muß aber auch, was sie in scherzhaft heiterer Laune hinschrieben, nicht als vollwichtigen Ernst aufnehmen. Die Epochen, in die uns diese Erinnerungen zurückführen, weichen allmählich in solche Ferne zurück, daß schon darum das Interesse an ihnen wächst. Auch erscheint immer mehr, was zur Charakterisierung der damals merkwürdigsten Personen dient. In den Urteilen über sie wirkt noch die Stimmung mit fort, welche sie im Leben hervorbrachten; allein nach und nach tritt eine andere Stimmung ein, bis sich endlich das bildet, was man den bleibenden Nachruhm nennt. Die Menschen werden in diesem gewissermaßen zu Schattengestalten. Vieles, was sie an sich tragen, erlischt, und das Übrigbleibende wird nun zu einer ganz anderen Erscheinung. Dabei wird noch, was man von ihnen weiß, nach dem Geiste der jedesmaligen Zeit aufgenommen. So ungewiß steht es um das Bild, das auch die größten Menschen hinterlassen, und um die Geschichte!

Meine Badekur ist den 21. d. M. zu Ende, und ich werde also noch vor dem Ende desselben zurückgekehrt in Tegel sein. Ich fühle mich wohl und sehr gestärkt, und werde die Wirkung nach einiger Zeit noch mehr empfinden. Ich sage Ihnen das, liebe Freundin, schon jetzt und noch von hier aus, da Sie mir mit liebevoller Teilnahme so oft gesagt haben, daß Sie diese Nachrichten zuerst und vor allen anderen in meinen Briefen suchen. So begegnen sie Ihnen schon am Schluß dieses Briefes und kommen Ihnen früher zu, was Ihnen, wie ich weiß, Freude macht. Aber richten Sie es nun auch so ein, daß ich einen Brief von Ihnen in Berlin vorfinde. Mit der innigsten und unveränderlichsten Teilnahme der Ihrige. H.

Tegel, den 6. Oktober 1833.

ch sage Ihnen meinen herzlichsten Dank, liebe Charlotte, für Ihren lieben Brief, den ich bei meiner Zurückkunft hier vorfand, und der so viel Liebes und Gütiges über mich enthält. Ob Sie nichts von Ihrem Befinden erwähnen, so scheint mir doch die Stimmung zu beweisen, daß Sie wohl sind. Sie wissen, welchen lebhaften Anteil ich daran nehme. Sie genießen doch gewiß auch recht in Ihrem Garten die schönen Tage, mit denen das sich zum Ende neigende Jahr scheint alle schlimmen Tage, an denen der Sommer reich war, wieder in Vergessenheit bringen zu wollen. Es ist merkwürdig, wie wunderschön das Wetter ist, eben so ausgezeichnet schön war der Frühling. Ich dächte in zwanzig Jahren kein so blütenreiches Frühjahr hier erlebt zu haben. Die Pracht war über alle Beschreibung. Das schöne Wetter wird aber bei weitem nicht so dankbar von den Menschen erkannt, als man das bloß minder gute gleich übermäßig allgemein tadeln hört. Die Menschen scheinen zu meinen, daß, wenn ihnen auch der Himmel alle übrigen Glücksgaben vorenthielt, er ihnen doch diese, gleichsam die wohlfeilste von allen, gewähren müsse. Wieviel dem Himmel das schöne Wetter kostet, ist freilich schwer zu berechnen. Allein in der Wirkung auf das Gemüt gehört ein wahrhaft schöner Tag zu den allerkostbarsten Geschenken des Himmels. Wenn man im Menschen eine gewisse mittlere Seelenstimmung als die Regel annehmen kann, so bringt mich schlechtes Wetter niemals unter dieselbe, dies erlaubt meine gegen alle äußeren unangenehmen Eindrücke sehr gut verwahrte Natur nicht. Aber ein schöner Tag oder eine strahlend sternhelle Nacht hebt mich unaussprechlich darüber empor. Denn man kann, gerade indem man die Empfindung des Schönen schärft, die Reizbarkeit gegen das Unangenehme abstumpfen.

Was Sie über Herder und Goethe sagen und über die verschiedene Wirkung, welche die Schriften beider auf Sie haben, hat mich zu allerlei Betrachtung geführt, über die Empfindungen anderer sollte man nicht so scharf absprechen. Beschränken Sie das Gesagte auf sich und andere, deren Gemütsart Ihnen genau bekannt ist, so stimme ich Ihnen gänzlich bei. Was mir aber bei dieser Stelle Ihres Briefes besonders aufgefallen ist, ist, daß sie mir wieder recht klar bewiesen hat, daß es zwei ganz verschiedene Arten gibt, sich einem Buche zu nahen. Eine, mit einer bestimmten Absicht verbunden und ganz nahe auf den Lesenden selbst bezogen, und eine freiere, die mehr und näher auf den Verfasser und seine Werke geht. Jeder Mensch liest, nach Verschiedenheit der Stimmungen und der Momente, mehr auf die eine oder die andere Weise; denn rein und gänzlich geschieden sind beide natürlich nie. Die eine wendet man an, wenn man von einem Buche fordert, daß es erheben, erleuchten, trösten und belehren soll, die andere Methode ist einem Spaziergange in freier Natur zu vergleichen. Man sucht und verlangt nichts Bestimmtes, man wird durch das Werk angezogen, man will sehen, wie sich eine poetische Erfindung entfalte, man will dem Gange eines Räsonnements folgen. Belehrung, Trost, Unterhaltung findet sich nachher ebenso und in noch höherem Maße ein, aber man hat sie nicht gesucht, man ist nicht von einer beschränkten Stimmung aus zu dem Buche übergegangen, sondern das Buch hat frei und ungerufen die ihm entsprechende selbst herbeigeführt. Das Urteil ist aber auf diese Weise freier, und da es von augenblicklicher Stimmung unabhängiger bleibt, zuverlässiger. Ein Verfasser muß es vorziehen, so gelesen und geprüft zu werden. Herder kann übrigens jede Art der Beurteilung ruhig erwarten. Er ist eine der schönsten geistigen Erscheinungen, die unsere Zeit aufzuweisen hat. Seine kleinen lyrischen Gedichte sind voll tiefen Sinnes und in der Zartheit der Sprache und Anmut der Bilder die Lieblichkeit selbst. Besonders weiß er das Geistige unnachahmlich schön, bald mit einem wohlgewählten Bilde, bald mit einem sinnigen Worte in eine körperliche Hülle einzuschließen, und ebenso die sinnliche Gestalt geistig zu durchdringen. In diesem symbolischen Verknüpfen des Sinnlichen mit dem Geistigen gefiel er sich auch selbst am meisten, bisweilen, obgleich selten, treibt er es bis ins Spielende. Eine seiner großen Eigenschaften war es auch, fremde Eigentümlichkeiten mit bewunderungswürdiger Feinheit und Treue aufzufassen. Dies zeigt sich in seinen Volksliedern und in der Geschichte der Menschheit. Ich erinnere mich z. B. aus der letzten der meisterhaften Schilderung der Araber. Herder stand im Umfang des Geistes und des Dichtungsvermögens gewiß Goethe und Schiller nach, allein es war in ihm eine Verschmelzung des Geistes mit der Phantasie, durch die er hervorbrachte, was beiden nie gelungen sein würde. Diese Eigentümlichkeit führte ihn zu großen und lieblichen Ansichten über den Menschen, seine Schicksale und seine Bestimmung. Da er eine große Belesenheit besaß, so befruchtete er seine philosophischen Ansichten durch dieselbe und gewann dadurch den Reichtum von Tatsachen für seine allegorischen und historischen Ausführungen. Er gehört, wenn man ihn im ganzen betrachtet, zu den wundervollst organisierten Naturen. Er war Philosoph, Dichter und Gelehrter, aber in keiner einzigen dieser Richtungen wahrhaft groß. Dies lag auch nicht an zufälligen Ursachen, an Mangel gehöriger Übung. Hätte er einen dieser Zweige allein ausbilden wollen, so würde es ihm nicht gelungen sein. Seine Natur trieb ihn notwendig zu einer Verbindung von allen zugleich hin, und zwar zu wahrer Verschmelzung, wo jede dieser Richtungen, ohne ihre Eigentümlichkeit zu verlassen, doch in die der andern einging, und da doch dichtende Einbildungskraft seine vorherrschende Eigenschaft war, so trug das Ganze, indem es die innigsten Gefühle weckte, immer einen doppelt stark anziehenden Glanz an sich. Diese Eigentümlichkeit bringt es aber auch freilich mit sich, daß die Herderschen Räsonnements und Behauptungen nicht immer die eigentlich gediegene Überzeugung hervorbringen, ja daß man nicht einmal das recht sichere Gefühl hat, daß es seine eigene recht feste Überzeugung war, die er aussprach. Beredsamkeit und Phantasie leihen leicht allem eine willkürliche Gestalt. Von der Außenwelt entlehnte er nicht viel. Sein Aufenthalt in Italien hat ihn fast um nichts bereichert, da Goethe der seinige so reiche und schöne Früchte getragen hat. Herders Predigten waren unendlich anziehend. Man fand sie immer zu kurz und hätte ihnen die doppelte Länge gewünscht. Aber eigentlich erbaulich waren die, welche ich gehört habe, nicht, sie drangen wenig ins Herz.

Wenn er jetzt wüßte, daß ich so viel mit unleserlich kleinen Buchstaben über ihn schreibe, würde er sich gewiß wundern, und ich wundere mich über mich selbst. Ich tue es einzig, weil ich denke, daß es Ihnen Freude macht. Sagen Sie mir aber auch, wenn Sie mich nicht mehr lesen können. Denn für mich selbst schreibe ich nicht.

Mit der herzlichsten Teilnahme Ihr H.

Tegel, den 16. Nov. bis 7. Dez. 1833.

ch fange diesen Brief an, liebe Charlotte, ohne noch einen von Ihnen empfangen zu haben; ich denke aber gewiß, daß in diesen Tagen selbst einer ankommen muß. Zuerst habe ich noch auf eine Stelle Ihres Briefes zurückzukommen, die eigentlich ganz unbeantwortet von mir geblieben ist, und wofür ich Ihnen sehr danke. Es ist nämlich das, was Sie über die verschiedene Art Bücher zu lesen sagen, und über das, was man in ihnen zu suchen hat. Sie beziehen sich dabei auf Goethe. Sie wissen, ich liebe es sehr, wenn man im freundschaftlichen Briefwechsel es frei ausspricht, wo die Meinungen nicht übereinstimmen. Dann auch haben Sie mich veranlaßt, die schöne Stelle in Goethes »Wahrheit und Dichtung« wieder zu lesen, auf die Sie sich beziehen. Im ganzen aber ist es, wie es gewöhnlich im Entgegenstellen der Behauptungen geht, daß man einander doch nicht bekehrt. Meine Art ist es einmal und wird es immer bleiben, ein Buch ebenso wie einen Menschen als eine Erscheinung an sich, nicht als eine Gabe für mich anzusehen. Ich gehe darum noch nicht, wie Goethe sagt, in die Kritik desselben ein, ebensowenig wie ich dies bei einem Menschen tue. Aber ich betrachte es wie ein Produkt des menschlichen Geistes, das ohne alle Beziehung auf meine Gedanken und Gefühle einen eigenen Ideenzusammenhang und eine eigene Gefühlsweise ausspricht und meine Aufmerksamkeit dadurch in Anspruch nimmt. Ich begreife indes, daß viele Leser die Bücher mehr zu sich hinziehen und sie weniger objektiv nehmen, und wenn Sie mich fragen, ob es einem

Schriftsteller unangenehm sein könne, wenn er Beruhigung oder Erheiterung in ein dieser oder jener bedürfendes Gemüt ergieße oder eine gebeugte Seele ermutige, so antworte ich mit voller Überzeugung: er ist gewiß damit zufrieden und fühlt sich belohnt, gesetzt, es wäre auch nicht gerade sein Zweck. Ich wollte Ihnen nur sagen, wie ich Bücher lese, keineswegs aber Ihre Weise tadeln.

Den 4. Dezember. Ich bin nunmehr im Besitz Ihres Briefes vom 24. November und danke Ihnen herzlich für den ganzen Inhalt desselben. Erhalten Sie sich in der ruhigen, heitern, zufriedenen Stimmung. Eine Heiterkeit wie die, von der Sie sagen, daß sie Ihnen natürlich inwohnt, ist eine sehr glückliche Gabe des Himmels oder des Schicksals und, wie Sie selbst sehr richtig bemerken, mehr noch eine Frucht einer natürlich einfachen, bescheiden genügsamen Gemütsart. Wenn sie aber auch so, gleichsam von selbst, im Charakter hervorblüht, so kann und muß man sie doch auch nähren und unterstützen. Ich meine das nicht von außen, sondern recht eigentlich von innen. Ebenso ist es auch mit der Wehmut. Der Mensch hat sich, wenn er irgendein innerliches Leben gelebt hat, ein geistiges Eigentum von Überzeugungen, Gefühlen, Hoffnungen, Ahnungen gebildet. Dies ist ihm sicher, ja, im eigentlichen Verstande unentreißbar. Kann er darin sein Glück, seine Beruhigung, seine stille Heiterkeit finden, so ist ihm diese gesichert und geborgen, wenn seine Stimmung auch wehmütig bleibt. Denn jeder Gegenstand edler Wehmut schließt sich willig an den eben genannten Kreis an. Sobald man überhaupt irgend etwas, was das Gemüt ergreift, in das Gebiet geistiger Tätigkeit hinüberführen kann, wird es linder und mischt sich auf eine sehr versöhnende Weise mit allem, was uns eigentümlich ist, wovon wir, wenn es auch schmerzte, uns nicht trennen könnten, ja nicht trennen möchten. Ich meine aber unter geistiger Tätigkeit nicht die

447

der Vernunft. Diese könnte ein fühlendes Gemüt nur zu starrer Resignation bringen, die immer eine Ruhe des Grabes ist und nicht die schöne lebendige Heiterkeit gewähren kann, von der ich hier rede. Die rein geistige Wirksamkeit hat aber ein viel weiteres Gebiet und verschmilzt mit der Empfindung gerade zu dem Höchsten, dessen der Mensch fähig ist, und diese Verschmelzung enthält das wahre Mittel aller wahrhaft hilfreichen Beruhigung. Der Gedanke verliert in ihr seine Kälte, und die Empfindung wird auf eine Höhe gestellt, auf der sich die verletzende einseitige Beziehung auf das persönliche Selbst und den Augenblick der Gegenwart abstumpft. Leben Sie herzlich wohl! Ihren letzten Brief beantworte ich das nächste Mal. Mit dem innigsten Anteil der Ihrige. H.

Tegel, den 20. Dez. 1833 bis 7. Jan. 1834.

s ist sehr gütig von Ihnen, liebe Charlotte, daß Sie lieber meine Briefe entbehren wollen als mir zumuten, sie bei dem Zustand meiner Augen und Hand zu schreiben. Ich erkenne es mit doppelter Dankbarkeit, da ich weiß, was Ihnen meine Briefe sind, und daß Sie weit mehr darin finden als wirklich darin liegt. Ich fühle auch, daß Ihre Einsamkeit sie Ihnen noch wertvoller macht, da es nicht immer leicht ist, im Innern ganz allein zu stehen. Ich begreife daher und fühle vollkommen, daß das Ausbleiben meiner Briefe eine bedeutende Lücke in Ihrem täglichen Leben machen würde. Gewiß weiß ich also die Stelle, die Ihr letzter Brief enthält, nach ihrem vollen Wert zu schätzen. Für den Augenblick sehe ich noch keine Notwendigkeit ein, eine Änderung vorzunehmen. Wenn mich, wofür man freilich menschlicherweise nicht stehen kann, nichts Plötzliches befällt, so wird überhaupt ein gänzliches Abbrechen nicht nötig sein. Die Übel, die mir das Schreiben erschweren, sind von der Art bis jetzt, daß sie nur nach und nach und bis jetzt sogar nicht schnell zunehmen. Die Folge wird daher auch nur die sein können, daß ich weniger ausführliche Briefe schreibe, wobei es mir doch auch ein Trost sein wird zu denken, daß Sie weniger Mühseligkeit haben werden zu lesen. Überlassen Sie es also vertrauensvoll mir, abzumessen, was meinen Kräften noch zusagt und wozu sie nicht mehr ausreichen. Ich bin von Natur und durch eigene frühe Gewöhnung tätig und von nicht leicht zu ermüdender Geduld, lasse schwer ab in Überwindung von

Schwierigkeiten und gestatte nicht gern der Natur, meinem Willen etwas abzunötigen. Ganz aus eigenem Triebe habe ich als Kind schon mich geübt zu tun, was mir körperlich sauer wurde, und Schmerz und Beschwerde mir nicht aus Weichlichkeit zu ersparen gesucht. Noch danke ich dem Himmel, daß er mir gerade das in die Brust legte. Denn wenn auch die Selbstverleugnung und Übung der Willenskraft garnicht zu den höchsten und größten Tugenden gehören, so kann man sie doch mit vollem Recht zu den nützlichsten zählen. Sie können nicht ganz von wechselnden Fügungen des Schicksals unabhängig machen. Eine solche wahre Unabhängigkeit kann der Mensch auf Erden niemals erlangen, er muß es schon als einen unendlich großen, ihm von der Vorsehung eingeräumten Vorzug ansehen, daß die Unabhängigkeit, die es ihm gelingen kann sich zu erstreben, in seine Gewalt gegeben ist, ja, daß er allein sie sich zu schaffen imstande ist, da sie eine innerliche ist. Wenn man aber recht frei und kühn auf das Ziel zugeht, den äußeren Einflüssen keine Herrschaft zu gestatten, so gelangt man immer weit und kann nicht allem, aber viel im Leben begegnen. Auch im Alter, kann ich mit Wahrheit sagen, suche ich mir das Leben nicht leicht und bequem zu machen, wenn ich den einzigen Punkt ausnehme, daß ich nicht mehr in Gesellschaft gehe: denn das habe ich ganz aufgegeben, selbst für die wenigen Orte, die ich noch, wenn auch schon selten, im vorigen Winter besuchte.

Den 4. Januar 1834. Es ist das erstemal, daß ich die neue Jahreszahl schreibe. Ich hätte früher nie geglaubt, daß ich noch soviel schreiben würde, und noch jetzt, wo ich das Leben schon seit Jahren für das, was mich eigentlich daran knüpft, als geendet ansehe, habe ich weder ein äußeres körperliches, noch inneres geistiges Vorgefühl, daß ich nicht noch mehrere neue Jahreszahlen schreiben würde. Das sage ich nicht im mindesten darum bestimmter, weil ich weiß, daß Sie es gern hören, so gern ich Ihnen auch Freude mache, sondern weil ich es wirklich so fühle. Ungeachtet des sonderbaren Winters ist mein eigentliches Befinden, wenn ich es von den hindernden Beschwerden trenne, so, daß es mir zu keiner Klage Anlaß gibt.

Der Ideenumtausch, von dem Sie in Ihrem Briefe reden, ist wohl sehr hübsch, aber mir ist der Sinn dafür vergangen. Die persönliche Nähe anderer ist mir immer eine Störung meiner Einsamkeit, das heißt jetzt im engsten Sinne meiner selbst. Sie wird mir leicht beunruhigend und kann mir peinigend werden. Ich vermeide daher, soviel ich kann, die Besuche meiner ältesten Freunde und Bekannten, sollte ich auch dadurch lieblos oder unhöflich erscheinen. Es gibt Opfer, die man unrecht hätte zu bringen. Die meisten aber sind diskret und gütig und gönnen mir die Luft des Alleinseins.

Was Sie mir von Paul Gerhard schreiben, hat mich sehr interessiert, und ich werde die Lieder, die Sie mir bezeichnen, nochmals nachlesen. Seine Schicksale waren mir im allgemeinen bekannt, aber nicht in so genauer Beziehung auf die Lieder, die doch hier gerade das Wichtigste ist. Ich schließe jetzt meinen Brief mit meinen herzlichen Glückwünschen für das neue Jahr. Möge dasselbe Sie frei von störenden Ereignissen, in Gesundheit und der stillen heiteren Stimmung erhalten, die das Erfreuliche, wo es nicht zu ändern ist, still hinüberträgt. Mit der innigsten Teilnahme der Ihrige. H.

Tegel, den 12. Januar 1834.

ie sagen in Ihrem letzten Brief, daß, wenn man auch gar kein anderes Buch haben dürfte, man mit Bibel und Gesangbuch leben könnte, über die Bibel teile ich ganz Ihre Meinung. Das Gesangbuch würde ich doch nur als eine Zugabe ansehen. Was so alles andere ersetzen soll, muß nicht von einzelnen bekannten, uns nahestehenden Verfassern herrühren, es muß aus fernen Jahrhunderten als die Stimme der ganzen Menschheit, in der sich immer zugleich die Stimme Gottes offenbart, zu uns herüberschallen. Darum könnte, wessen Gemüt kindlich und einfach genug ist, den Sinn früherer Jahrtausende zu fühlen, auch mit dem Homer getrost in die Einsamkeit gehen. Das ist das, was der Mensch nie genug an der Vorsehung bewundern und wofür er nie dankbar genug sein kann, daß sie die wahrhaft göttlichen Gedanken, die, auf denen unser innerstes Dasein ruht, bald im Geiste ganzer Völker und Zeiten, bald in einzelnen Menschen weckt und durchbrechen läßt. Von mir gestehe ich Ihnen, daß ich sehr leicht ohne alle Bücher leben könnte. Eine eigentliche Neigung zum Lesen habe ich garnicht, auch habe ich für ein langes Leben und so vielfache wissenschaftliche Beschäftigungen nur wenig gelesen. Eine Menge Bücher, die andere sehr früh gelesen, kenne ich nur dem Namen nach, und ich kann von Büchern umringt sein, auch wissen, daß neue darunter sind, ohne in eines hineinzusehen. Diese geringe Anziehungskraft aber haben die Bücher nicht erst spät, gleichsam aus einer Art Überdruß, für mich bekommen, es ist, auch wie ich sehr jung war, nicht anders gewesen. Ich habe darum doch sehr viel, Tage und Nächte, mit Büchern gelebt, allein immer mit dem Zweck, irgend etwas Bestimmtes zu lernen, aufzusuchen oder zu erforschen. Dies ab er ist durchaus verschieden von der in einigen Menschen sich bis zur Leidenschaft steigernden Lust, zu lesen. Diese Lust liegt in einer inneren Lebendigkeit, die ich nie so besessen habe, an einem Bedürfnis nach Ideenstoff, das aber freilich zugleich an ein Verlangen geknüpft ist, diesen Stoff von außen in bunter Mannigfaltigkeit zu bekommen, anstatt ihn in größerer Einförmigkeit aus seinem Innern zu schaffen. Indes ist diese Neigung darum nicht zu mißbilligen. Der Mangel an jener Strebsamkeit nach außen hin, das Hängen an einsamem Sinnen, das Versenken in sich selbst ist auch nicht immer reines Metall ohne Schlacken. Es entspringt oft aus Apathie, aus Hang zum Müßiggange, und ist oft mehr ein waches Träumen als ein fruchtbares Nachdenken. Es führt aber eine Süßigkeit mit sich, die ich sonst mit nichts vergleichen kann, man mag sich nun in Ideen verlieren oder Erinnerungen zurückrufen. Das erste ist leichter und müheloser als im Gespräch und im Schreiben, da man nur für sich denkt, also Mittelsätze überspringen und näher zum Ziel gelangen kann, ja, von niemand gedrängt, es nicht so scharf zu erreichen braucht. Wo aber die Wahrheit auf Gefühlen ruht, da vertrauen sich diese lieber der Verschlossenheit des eigenen Busens an. Darum sind alle religiösen Menschen der Einsamkeit leicht zugetan. Erinnerungen aber kleiden sich in ein so sanftes Dämmerlicht, daß die Zeit, die man in ihnen zum zweitenmal durchlebt, oft dadurch tiefer in die Seele eindringt, als ihr die Unruhe der Gegenwart es zu tun erlaubt, denn die Gegenwart ist immer mit der Zukunft gemischt, und die Erfindung in ihr ist von einer Seite noch dem Wechsel offen. Auch versetzt der Genuß wie der Schmerz in eine Spannung, die der ruhigen Betrachtung des

454

Gegenstandes nicht günstig ist. Wenn nun dies Vergnügen am Nachhängen gewisser Gedanken, die einen gewohnten Reiz über das Gemüt ausüben, der unbestimmten Luft, den Blick in ein Buch zu werfen, gegenübertritt, so bleibt meine Wahl nicht lange unentschieden, und ich könnte sehr gut lange Zeit ohne alle Bücher zubringen.

Sie bemerkten, daß man sehr oft fragen hört: was ist Glück? Wenn man unter dem Worte Glück das meint, durch das man im Leben in der letzten tiefsten Empfindung glücklich oder unglücklich ist, nicht bloß darunter einzelne Glücksfälle versteht, so ist es recht schwer, das Glück zu definieren. Denn man kann sehr vielen und großen Kummer haben und sich doch dabei nicht unglücklich fühlen, vielmehr in diesem Kummer eine so erhebende Nahrung des Geistes und des Gemüts finden, daß man diese Empfindung mit keiner anderen vertauschen möchte. Dagegen kann man im Besitz recht vieler Ruhe und Genuß gewährender Dinge sein, gar keinen Kummer haben, und doch eine mit den Begriffen des Glücks ganz unverträgliche Leere in sich empfinden. Notwendig wird also zum Glück eine gehörige Beschäftigung des Geistes oder des Gefühls erfordert, allerdings verschieden nach jedes einzelnen Geistes- oder Empfindungsmaß, aber doch so, daß eines jeden Bedürfnis dadurch erfüllt werde. Die Natur dieser Beschäftigung oder vielmehr dieses inneren Interesses richtet sich aber dann nach der individuellen Bestimmung, die jeder seinem Leben gibt, oder vielmehr, die er schon in sich gelegt findet, und so liegt Glück oder Unglück in dem Gelingen oder Mißlingen des Erreichens dieser Bestimmung. Ich habe immer gefunden, daß weibliche Gemüter in dies Gefühl lieber und williger eingehen als Männer, und sich auf diese Weise ein stilles Glück in einer freudenlosen, ja oft kummervollen Lage bilden. Auch für das künftige Dasein ist diese Ansicht folgereich. Denn alles Erlangen eines anderen Zustandes

455

kann sich doch nur auf einen bereits erfüllten gründen. Man kann nur erlangen, wozu man reif geworden ist, und es kann in der geistigen und Charakterentwicklung keinen Sprung geben.

Tegel, Februar 1834.

erlin hat in diesen Tagen einen Verlust erlitten, den man mit Wahrheit einen gleich großen für die Religion und Philosophie überhaupt nennen kann. Schleiermacher ist nach einem kurzen Krankenlager an einer Lungenentzündung gestorben. Er ist Ihnen gewiß nicht unbekannt als Herausgeber mehrerer religiöser und moralischer Schriften. Indes war von Schleiermacher in ohne Vergleich höherem Grade wahr, was man von den meisten sehr vorzüglichen Menschen sagen kann, daß ihr Sprechen ihr Schreiben übertrifft. Wer also auch alle seine zahlreichen Schriften noch so fleißig gelesen, aber seinen mündlichen Vortrag nie gehört hätte, dem blieben dennoch das seltenste Talent und die merkwürdigsten Charakterseiten des Mannes unbekannt. Seine Stärke war seine tief zum Herzen dringende Rede im Predigen und bei allen geistlichen Verrichtungen. Man hätte unrecht, das Beredsamkeit zu nennen, da es völlig frei von aller Kunst war. Es war die überzeugende, eindringende und hinreißende Ergießung eines Gefühls, das nicht sowohl von dem seltensten Geiste erleuchtet wurde, als vielmehr ihm von selbst gleichgestimmt zur Seite ging. Schleiermacher hatte von Natur ein kindlich einfach gläubiges Gemüt, sein Glaube entsprang ganz eigentlich aus dem Herzen. Daneben hatte er aber doch auch einen entschiedenen Hang zur Spekulation, er bekleidete auch und mit ganz gleichem Beifall und Glück ein philosophisches Lehramt neben dem theologischen an der Universität in Berlin, und seine

Sittenlehre, ein ganz philosophisches Werk, steht in der genauesten Verbindung mit seiner Dogmatik. Spekulation und Glaube werden oft als einander feindselig gegenüberstehend angesehen, aber diesem Mann war es gerade eigentümlich, sie auf das innigste miteinander zu verknüpfen, ohne weder der Freiheit und Tiefe der einen, noch der Einfachheit des anderen Eintrag zu tun. In einer Äußerung, die er am Tage vor seinem Hinscheiden gemacht, hat er gleichsam das letzte Zeugnis davon abgelegt. Er hat nämlich seiner Frau, die von sehr ausgezeichnetem Geist und Charakter ist, gesagt, daß seine Besinnungskraft für allen äußeren Zusammenhang der Dinge sehr dunkel zu werden anfange, daß aber in seinem inneren Ideenzusammenhange eine vollkommene Klarheit herrsche, und daß er sich besonders freue, auch jetzt seine tiefste Spekulation im reinsten Einklange mit seinem Glauben zu finden. In dieser schönen harmonischen Seelenstimmung ist er auch gestorben. Mit herzlicher Teilnahme der Ihrige. H.

Tegel, den 14. März bis 4. April 1834

s freut mich, daß die Stolbergsche italienische Reise Ihnen Befriedigung gewährt. Ich dachte mir gleich, daß sein gründliches Eingehen in die Gegenstände, woran andere Anstoß nehmen, Ihnen seine Darstellung gerade interessant machen würde. Ich glaubte immer, daß Stolbergs Katholizismus eine Folge seines Aufenthalts im Münsterschen gewesen wäre, wo es damals einige sehr eifrige, aber geistvolle und gemütreiche Katholiken, Männer und Frauen, in den vornehmsten Familien gab. Es ist indes sehr möglich, daß auch die italienische Reise dazu wesentlich mit beigetragen hat. Die Schönheit und Pracht der Kirchen kann wohl ein ernsthaftes Gemüt nicht zu einem andern Glauben verführen, allein sehr erfreulich und in gewissen Momenten erhebend ist sie unleugbar, auch ganz abgesehen von aller Beziehung auf Glauben und Katholizismus, bloß für einen regsamen, gegen innere Eindrücke leicht empfänglichen Sinn. Etwas anderes damit Verbundenes hat mir aber immer noch einflußreicher geschienen, ich meine den in den meisten katholischen Ländern herrschenden Gebrauch, die Kirchen den ganzen Tag offenstehen zu lassen. Der Geringste im Volke erhält dadurch einen Ort, wo er unbemerkt einsam sitzen und seinen Gefühlen und Gedanken ungestört nachhängen kann und gleichsam neben seiner von allen irdischen Mühseligkeiten durchwimmelten Wohnung eine von diesem allen entblößte Freistatt findet, in der ihn alles auf wahrhaft hohe und würdige Betrachtungen führt. Das beständige

sorgfältige Verschließen unserer protestantischen Kirchen hat, wie schwerlich abgeleugnet werden kann, etwas Trübes und macht, daß auch darin vorhandene Pracht und Kunst nicht wahrhaft zum öffentlichen Genuß kommt. Man gelangt nur durch ausdrückliches Aufschließen des Kirchners, den man herbeiholen lassen muß, dazu. In jenen Ländern nimmt das ganze Volk einen freieren und freudigeren Anteil daran, und man würde sehr irren, wenn man glaubte, daß das Volk dagegen unempfindlich wäre.

Die geschmacklosen Stellen einiger alten Kirchengesänge, von denen Sie schreiben, bin ich weit entfernt in Schutz zu nehmen. Das Dichterische hängt nicht notwendig mit der Bildung zusammen, hängt wenigstens nicht von ihr ab, es beruht auf Schwung und Tiefe, und der Sinn dafür findet sich oft reiner beim Volke als bei der Klasse der gebildeten, aber nicht ganz durchgebildeten Personen. Es scheint mir auch nicht, daß die Verfasser der alten Kirchenlieder solche Stellen aufnahmen, um sich auf diese Art an die Vorstellungsart und die Sprache des Landmanns anzuschließen, ihm verständlicher zu werden und seine Empfindungen lebendiger anzuregen. Was wir geschmacklos finden, erschien ihnen nicht so, das lag in ihrer Zeit, wo wahrhaft deutsche Bildung feinerer Art kaum vorhanden war, und die Gebildeten, insofern ihre Bildung nicht eine ausländische oder gelehrte war, in der Tat sich weniger vom Volke unterschieden als jetzt. Jene alten Kirchendichter, und namentlich Paul Gerhard, in welchen einzelne uns mißfällige Stellen nur unwesentliche Flecke sind, verstanden es weit besser, den Punkt zu finden, wo man dem Volke durchaus verständlich und seine Gefühle anregend ist, ohne sich in den Begriffen herabzustimmen und an ihrer Richtigkeit nachzulassen oder eine unedle Sprache anzunehmen. Diese wahre Volksmäßigkeit ist ein hauptsächliches Erfordernis guter und zweckmäßiger

Kirchengesänge. Denn die Kirche ist für alle, es soll sich in ihr kein Kreis vornehmer oder höherer Bildung absondern; der wahrhaft Gebildete soll aber auch durch nichts ihn Verletzendes zurückgestoßen werden. Beides kann erreicht werden, ohne daß eines dem anderen Abbruch täte. Denn alles rein und natürlich Menschliche, frei von Künstelei und Gelehrsamkeit in Sachen der Erkenntnis und von Verzärtelung und Überspannung in Sachen des Gefühls, ist dem Volke und besonders dem Landmanne, dem ich hierin viel mehr zutraue als dem Städter, gewiß nicht bloß vollkommen verständlich, sondern auch seiner Emfindung zugänglich, und eben dies tief und echt Menschliche ist auch die Grundlage aller wahren Bildung. In diesen Ausgangspunkten des menschlichen Denkens und Empfindens begegnen sich, wenigstens in Deutschland, alle Klassen der Nation. Ebenso vereinigen sie sich in dem Verständnis einer einfachen, klaren und würdigen Sprache, wie man an Luthers Bibelübersetzung sieht, die sich nie zum Gemeinen herabläßt und – die Stellen ausgenommen, wo die Schwierigkeit in dem Sinne und den Sachen liegt. – zugleich allgemein verständlich ist. Sich recht nahe an die biblische Sprache zu halten, ist auch für Kirchengesänge der sicherste Weg, auch schwierigeren Ideenreihen in das Gemüt des Volks Eingang zu verschaffen. Wenn man, wie nicht selten geschieht, von einem Prediger mit Rühmen erwähnt, daß er für die gebildeten Klassen erhebend und belehrend predige, so halte ich das für ein sehr einseitiges Lob, und wenn er es nicht versteht, ebenso erbaulich für das Volk und den gemeinen Mann zu predigen, für einen wahren Tadel. Die Kirche umschließt alle, und die Religionswahrheiten werden ihrer Natur angemessener, allgemeiner und menschlicher aufgefaßt, wenn man sie auf allgemeine Verständlichkeit gründet. Die Scheidewand, die die gebildeten Stände vom Volke trennt, ist ohnehin schon zu groß; man muß daher mit doppelter Sorgfalt das hauptsächlichste Band erhalten, das sie noch zusammenknüpft. Leben Sie wohl und rechnen auf meine unwandelbare Teilnahme an allem, was Ihnen begegnet. Der Ihrige. H.

Tegel, den 15. April bis 8. Mai 1834.

e haben, liebe Charlotte, bemerkt, daß meine Handschrift in meinen zwei letzten Briefen größer, bestimmter und deutlicher geworden ist, und ich sah daraus, daß diese Veränderung Sie überraschen und Ihnen auffallen würde. Es ist ein Sieg, den mein Wille endlich durch festen Vorsatz über meine Hand davongetragen hat. In Hinsicht der Unbequemlichkeit, eigentlich nicht schreiben zu können, sondern alles diktieren zu müssen, bringt mich zwar diese Verbesserung nicht weiter, da die neue Methode eher langsamer als schneller wie die bisherige ist. Es ist indes doch ein wahrer Gewinn, daß es ordentlicher aussieht und keine Schwierigkeit zu lesen macht, da die vorige Schrift auf ängstliche Weise in Unleserlichkeit überging. Man kommt so im Alter auf die Kinderschrift zurück. – Es ist ein großer, wichtiger und mißlicher Punkt im Alter, der wenigstens mich beständig begleitende Zweifel, ob die Jahre nicht allmählich eine Schwächung des Geistes oder Charakters oder beider unbemerkt hervorbringen. Wer vernünftig ist und wahr mit sich selbst umgeht, muß sich gestehen, daß es kaum anders sein kann. Alles nützt sich durch die Zeit ab, und die Abhängigkeit der Seele vom Körper kommt dazu. Bisweilen ertappt man sich auch wohl selbst auf einzelnen Beweisen. Es bleibt aber immer ein quälender Gedanke, ob diese Fälle nicht ungleich häufiger sind, als man sie bemerkt. Man mißtraut mit Recht dem eigenen Urteile, weil seine Schärfe auch durch dieselbe Abnahme gelitten haben muß, und man von anderen nie die Wahrheit über solchen Punkt erfährt. Am meisten, behauptet man gewöhnlich, leide das Gedächtnis. Das kann ich aber an mir nicht finden; auch würde mich das, wenn es nicht zu arg damit würde, am wenigsten kümmern. Schlimmer und schwerer zu bemerken ist der Mangel an Festigkeit im Urteil, ja die Schwierigkeit, sich bestimmt genug aus dem Zweifel herauszuwickeln, um nur überhaupt ein entschiedenes zu fällen. Es ist dies Charakterunschlüssigkeit, welche vom Handeln auf das Denken übergeht, da alles Geistige im Innern des Menschen immer in unzertrennlichem Zusammenhange miteinander steht. Das Schlimmste von allem aber ist die Fruchtbarkeit an Ideen. Sie hängt natürlich von der Stärke, Regsamkeit und Lebendigkeit aller Geisteskräfte zusammengenommen ab. Es ist daher auch natürlich, daß die Zahl der zunehmenden Jahre darauf bedeutenden Einfluß ausübt. Schon die Abstumpfung der Sinne bringt um sehr viel. Alle Begriffe, die, auch früher gesammelt, auf sinnlichen Wahrnehmungen beruhen, verlieren an Bestimmtheit, Deutlichkeit und besonders an weiter anregender Anschaulichkeit. Was ich aber am meisten besorge, ist eine Art Einschlafen der Seele, daß sie sich immer in einem ihr längst bekannten Kreise herumdrehe und sich einbilde, dadurch in befriedigender Tätigkeit zu bleiben. Das Wachsein des Geistes, seine Fruchtbarkeit an Vorstellungen, die er bald aus der äußeren Beobachtung der Dinge und Menschen, bald aus seinem Innern schöpft, oder das feste Fortrücken in längst begonnenen, vielleicht durch einen Teil des Lebens hindurchgeschlungenen Ideenreihen, ist das wahre, dem menschlichen Dasein erst Wert verleihende Glück des Lebens, und zwar nicht bloß für intellektueller organisierte, höher gebildete, mehr dem Denken ergebene Menschen, sondern für alle. Denn jeder hat einen inneren Kreis von Ideen und Gefühlen, Wahrheiten und Vorurteilen, Phantasien und Träumen, in dem er wach und regsam bleiben und den er als innere Beschäftigung weiter ausspinnen will. Wie wenig geistig auch ein Mensch in seiner Natur sein möge, so fürchtet er doch keinen Vorwurf so sehr als den der Geistesschwäche. Vor großer ist man vielleicht ohne besondere bedeutende Krankheit sicher, aber kleinere ist auch betrübend genug, und man ängstigt sich mehr davor, da sie einem leicht lange unbemerkt bleiben könnte.

Ich habe Ihren letzten Brief später als gewöhnlich empfangen, und es hat mich geschmerzt zu sehen, daß Sie wieder sehr trübe gestimmt waren. Sie sagen zwar selbst, daß die Zeit dies auch wieder heilt, aber das Leben ist doch zu kurz, um sich ganze Wochen so rauben zu lassen. Sie waren auch zu meiner großen Freude eine längere Zeit heiterer und zufriedener gestimmt. Kehren Sie dahin zurück, ich bitte Sie recht dringend darum; man kann viel, wenn man sich nur recht viel zutraut. Stimmungen entstehen allerdings oft aus Ursachen, über welche der Mensch nur wenig Gewalt hat, aber sie nehmen zu und werden der inneren Gemütsruhe immer verderblicher, wenn man sich in ihnen gehen läßt. Am sichersten stellt man ihnen Gefühle entgegen, und Sie haben es gewiß oft selbst an sich erfahren, daß sich das Gefühl für erhabene und tief ergreifende Dinge so erwärmen kann, daß alle dunkeln und dumpfen Stimmungen dadurch verscheucht werden.

Mit der freundschaftlichsten Teilnahme der Ihrige. H.

Tegel, August und September 1834.

an kann mit Grund voraussetzen, daß alles in der Welt gerade so am besten eingerichtet ist, wie es wirklich besteht, und dies schließt von selbst jeden kurzsichtigen Tadel aus, den sich kein Vernünftiger erlauben wird. Sonst ist eine Erscheinung in der Weltanordnung auffallend, daß die lebendigen und empfindenden Geschöpfe, von den Pflanzen an bis zu den Menschen, den wilden und rohen Elementen untergeordnet und von ihnen abhängig gemacht erscheinen. Es ist als wenn die Natur meinte, jenen großen körperlichen und elementarischen Verhältnissen müsse erst ihr Recht werden, ehe an das Gedeihen und das Glück der empfindenden Wesen zu denken sei. Es ist ohngefähr wie im menschlichen häuslichen Leben, wo auch nicht bloß die höhere geistige Beschäftigung oft dem gewöhnlichen körperlichen Tagewerke nachstehen muß, sondern wo alle Tätigkeit in Geschäften, die doch auch immer nur eine äußere ist, in der Meinung der Menschen höher gestellt wird als eine innere Hinneigung zu Nachdenken und Wissenschaft. In beiden liegt sichtbar der Sinn, daß durch die körperlichen, äußeren Verhältnisse erst der Boden bereitet und gesichert werden muß, ehe das Geistige, Innere ruhig darauf Wohnplatz finden und ohne Gefahr seine Blüten erschließen kann. In von Menschen eingerichteten und also immer unvollkommenen Dingen ist das sehr begreiflich. Menschliche Vernunft und Kraft reichten nicht zu, den Hauptzweck ohne einige Aufopferung des Besseren zu erreichen. Bei der von der höchsten Weisheit und Macht

herkommenden Welteinrichtung ist eine solche Erklärungsart nicht zulässig. Was man sonst über eine solche Zurücksetzung des Geistigen gegen das Körperliche, wenn man sie so nennen kann, sagt, ist auch wenig genügend. Es muß darin noch etwas von uns Unverstandenes geben, das vielleicht in einem uns ganz unbekannten Verhältnis des Geistigen zum Körperlichen liegt. Denn wenn wir auch vom Geist oder der Seele nicht viel mit Gewißheit erkennen, so ist uns das eigentliche Wesen des Körpers (der Materie) völlig unbekannt und unbegreiflich.

Tegel, November bis 3. Dezember 1834.

e fragen mich nach Frau von Varnhagen, deren Briefe unter dem Namen Rahel von ihrem Manne herausgegeben sind. Ich habe sie allerdings viel gekannt, von der Zeit an, wo sie noch ein sehr junges Mädchen war, ein paar Jahre, ehe ich auf die Universität nach Göttingen ging. So oft ich seitdem in Berlin war, habe ich sie viel und regelmäßig gesehen. Auch als ich mich mit meiner Familie in Paris aufhielt, war sie mehrere Monate dort, und es fiel nicht leicht ein Tag aus, wo wir uns nicht gesehen hätten. Man suchte sie gern auf, nicht bloß, weil sie von sehr liebenswürdigem Charakter war, sondern weil man fast mit Gewißheit darauf rechnen konnte, nie von ihr zu gehen, ohne nicht etwas von ihr gehört zu haben und mit hinwegzunehmen, das Stoff zu weiterem ernsten, oft tiefen Nachdenken gab oder das Gefühl lebendig anregte. Sie war durchaus nicht, was man eine gelehrte Frau nennt, obgleich sie recht viel wußte. Sie verdankte ihre geistige Ausbildung ganz sich selbst. Man kann nicht einmal sagen, daß der Umgang mit geistvollen Männern irgend wesentlich dazu beitrug. Denn teils ward ihr dieser nicht früh, sondern erst als sie sich schon selbst die hauptsächlichsten, sie durch das Leben leitenden Ansichten aus ihrem Innern herausgebildet hatte, teils hatten alle ihre Gedanken und selbst die Form ihrer Empfindungen ein so unverkennbares Gepräge der Originalität an sich, daß es unmöglich war, dabei an irgend bedeutenden fremden Einfluß zu denken. Sie ging auch viel mit uninteressanten Menschen um. Dies entstand aus

Zufälligkeiten ihrer äußeren Lage. Da sie aber eine große Lebendigkeit besaß und gern mit Menschen lebte, so vermied sie es auch weniger sorgfältig, als es sonst geistreiche Personen wohl zu tun pflegen. Es war ihr ein eigentliches Talent gleichsam angeboren, auch dem unbedeutend Scheinenden eine bessere und anziehende Seite abzugewinnen. Jede Individualität flößte ihr schon als solche ein gewisses Interesse ein, da sie sie zum Gegenstande ihrer Betrachtung machte, und sich auch wirklich in jeder eine bessere und anziehende Eigenschaft herausfinden läßt. Die Varnhagen ging von jedem Punkt des täglichen Lebens gern zu innerem, tieferem Nachdenken über, sie schöpfte selbst vorzugsweise gern ihren Stoff zu diesem aus der Mannigfaltigkeit der Wirklichkeit. Überhaupt war Wahrheit ein auszeichnender Zug in ihrem intellektuellen und sittlichen Wesen. Sie kannte darin keine weichliche Selbstschonung, weder um sich etwaige Schuld zu verbergen oder sie zu verkleinern, noch um in Wunden, die ihr das Schicksal schlug, mit tiefer Selbstprüfung einzugehen. Sie überließ sich aber auch keinen Selbsttäuschungen, keinen trügerischen Hoffnungen, sondern suchte überall nur die reine und nackte Wahrheit auf, wenn sie auch noch so unerfreulich oder selbst bitter sein mochte.

Ich breche hier ab, da ich eben Ihren lieben Brief bekomme. Warum aber, liebe Charlotte, fahren Sie in aller Welt fort, den Zeitungen zu glauben und sich und, verzeihen Sie, auch mich zu ängstigen. Ich glaubte Sie eben beruhigt und sehe Sie leider schon wieder so sehr beunruhigt. Mein körperlicher Zustand ist, im ganzen genommen, in diesem Augenblicke sichtbar besser, und ich weiß von keiner besorglichen Kränklichkeit, so daß ich nicht glaube, daß ich je wieder Norderney noch irgendein anderes Bad besuchen werde. Sie sehen, wie falsch die Zeitungsnachrichten sind.

Ich bin so glücklich, nichts von dem zu kennen, was man von mir schreibt. Sie erzeigen mir einen großen Gefallen, wenn Sie sich nicht wieder dadurch beunruhigen lassen. Ich bitte Sie recht herzlich darum! Mit inniger Teilnahme der Ihrige. H.

Tegel, Dezember 1834 bis 2. Januar 1835.

ch mußte neulich über Frau von Varnhagen abbrechen, ehe ich alles gesagt hatte. Der Mann der Verstorbenen gab zuerst einen Band von Briefen bloß als Geschenk für Bekannte und Freunde heraus. Diese Ausgabe besitzen nur diejenigen, die sie zum Geschenk erhalten haben. Später aber hat Varnhagen eine zweite vermehrte Ausgabe in drei Teilen veranstaltet, die allgemein verkauft wird. Ich zweifle nicht, daß Sie diese nicht sollten bald erhalten können. Ich glaube aber kaum, daß Sie die Geduld haben werden, die drei Teile zu durchlesen. Sehr vieles wird Ihnen gefallen, Sie anziehen, fesseln. Allein mit der ganzen Individualität dürften Sie, wie ich Sie kenne, schwerlich übereinstimmen. In einem Punkte gehen Sie beide schon ganz auseinander. Die Varnhagen vergöttert wahrhaft Goethe, und es ist nichts, was sie nicht groß und schön an ihm fände. Sie lieben und bewundern ihn zwar auch, ja sie hegen einige Vorurteile gegen ihn, die meiner Überzeugung nach auch ungerecht sind. Indes macht das einen Unterschied, daß sie Goethe persönlich kannte, wodurch sich leicht eine nicht immer unparteiische Vorliebe bildet. Ob Sie mit der Art der Religiosität, die sich in den Briefen ausspricht, zufrieden sein werden, ist sehr die Frage. Ich glaube es nicht.

Januar 1835.

.e Varnhagen redet sehr viel von sich. Das kann man vielleicht am meisten und gerechtesten an ihr tadeln, obgleich diejenigen, die es lieben, daß sich fremde Individualität unverhohlen vor ihnen ausspricht, das Buch gerade darum gern haben. Sie erzählt aber mehr, setzt Gedanken auseinander, drückt Empfindungen aus, fällt aber seltener Urteile über andere, ihre Handlungen und Charaktereigenschaften. Wo sie es tut, kann ich aber weniger als in anderen ihrer Urteile mit ihr übereinstimmen. Sie war allerdings eine Jüdin und ging spät, wohl erst kurz vor ihrer Verheiratung, zum Christentum über. Ihr Mann, viel jünger als Sie, war, noch verheiratet mit ihr, Gesandter unseres Hofes in Karlsruhe und lebte nachher in Berlin, wo er noch jetzt ist. Er beschäftigt sich fast ausschließlich mit Literatur und wird mit Recht zu den bedeutendsten Schriftstellern der Zeit gerechnet. Er ist aber sehr kränklich, und so sehe ich ihn jetzt fast garnicht, so gern ich sonst viel mit ihm umgehen würde. Daß Sie Ähnlichkeit mit seiner verstorbenen Frau hätten, kann ich nicht nur im geringsten nicht finden, sondern ich bin überzeugt, daß das bloß unbegründete Einbildung ist. Zwei Personen können wohl allgemeine Eigenschaften, wie Treue, Wahrhaftigkeit, Freude am Nachdenken usw. miteinander gemein haben, jede dieser Eigenschaften stellt sich aber in jeder von beiden anders und wird dadurch in der Tat zu etwas Verschiedenem. Dies war im doppeltem Grade bei der Varnhagen der Fall. Denn man mag sie nun noch so sehr bewundern, oder im Gegenteil sie noch so tadelnswert finden, so muß man ihr immer zugestehen, daß sie durchaus und in allem originell war. Sie glich wirklich nur sich selbst, und ich glaube nicht, daß man jemand nennen kann, der ihr ähnlich gewesen wäre. Es ist das nicht gerade ein Lobspruch, mit dem man sie belegt, es ist nur der Ausdruck der einfachen Wahrheit; Sie werden es gewiß ebenso empfinden, wenn Sie mehr in den Briefen lesen. Es werden darin eine große Menge von Personen erwähnt, teils mit ganz ausgeschriebenen Namen, teils mit den Anfangsbuchstaben. Das Interesse wird nun natürlich durch die Kenntnisse dieser Personen noch sehr erhöht, es hängt aber eigentlich niemals davon ab, da immer schon allgemeines, Räsonnement oder Empfindung, an die Persönlichkeit geknüpft ist. Ein Vorwurf aber, den man der Verfasserin mit Recht machen kann, ist, einigen Personen mehr Lobsprüche zu erteilen, als auf die sie selbst billigerweise hätten Anspruch machen dürfen. Man kann das aber nicht Schmeichelei nennen, da es Leute waren, von denen sie in keiner Art etwas hatte, noch je etwas hoffen konnte. So irrig in solchen Fällen gewiß auch ihre Meinungen und Ansichten waren, so ist der doch noch so auffallende Irrtum sichtbare Wahrheit in ihr. Diese Menschen erschienen ihr wirklich so. Sie konnte sogar an sehr uninteressanten Menschen, wenigstens solchen, die es allen übrigen schienen, Gefallen finden. Es gelang ihrem Geist, ihnen irgendeine einzelne anziehende Seite abzugewinnen, und das Gefallen daran trug sich leicht auf die ganze Persönlichkeit über. Was Sie, liebe Charlotte, in Ihrem letzten Briefe über Selbstkenntnis und Selbsttäuschung sagen, hat mich sehr interessiert. Ich gestehe aber, daß ich Ihre Meinung nicht ganz teilen kann. Ich halte die Selbstkenntnis für schwierig und selten, die Selbsttäuschung dagegen für sehr leicht und gewöhnlich. Es mögen einzelne dahin gelangt sein, das Ziel zu erreichen, und so mache ich Ihnen nicht streitig, daß Sie mit Recht sich

475

richtig und genau zu kennen glauben. Ich möchte aber nicht dasselbe mit gleicher Zuversicht behaupten. Auf den ersten Blick scheint es allerdings leichter, sich selbst als andere zu kennen, da man sich unmittelbar fühlt, von anderen aber nur Äußerungen wahrnimmt, von denen man erst auf den inneren Grund schließen muß, so daß man bei diesem zwiefachen Verfahren auch einem zwiefachen Irrtume ausgesetzt ist. Aber der Beurteilende ist und bleibt doch von dem Beurteilten getrennt und kann unter allen Umständen seine kalte Unparteilichkeit und ruhige Besonnenheit behalten. Er wird nicht notwendig von dem Gegenstande seiner Beurteilung bestochen oder hingerissen, oder auch gegen ihn eingenommen oder mißtrauisch gemacht. Bei der Selbstprüfung ist man allen diesen Gefahren ausgesetzt. Die beurteilende Kraft wird ewig von ihrem Gegenstande affiziert. Beide tragen einerlei Farbe und Stimmung an sich. Man ist bisweilen ebenso geneigt, sich Fehler anzudichten oder die wirklichen zu vergrößern, als das gerade Gegenteil zu tun. Man beurteilt sich auch ungleich in verschiedenen Momenten. Der oft eintretende Irrtum rührt auch garnicht immer von Mangel an Wahrheitsliebe oder aus Eigendünkel her, sondern entsteht auch bei den reinsten Absichten und dem redlichsten Willen; denn der Irrtum schleicht sich in die Ansicht und in das Gefühl selbst ein. Der Fall scheint mir also garnicht so einfach, daß, wie Sie sagen, die Verfälschung nur durch Eitelkeit zu befürchten wäre. Die Eitelkeit selbst aber ist von so vielfacher Art, daß vielleicht niemand ist, der es wagen möchte, sich ganz frei davon zu nennen. Man ist es von dieser oder jener, aber recht schwer von aller. Einzelne Handlungen und ihre Beweggründe lassen sich noch eher selbst beurteilen. Je mehr es aber auf eine Reihe von Handlungen und den ganzen Charakter ankommt, desto unsicherer wird das eigene Urteil. Darum sind Selbstbiographien nur dann wahrhaft lehrreich, wenn sie eine große Anzahl von Tatsachen enthalten. Die

Selbstbetrachtungen können leicht irreführen.

Ihrem am 24. Januar abgegangenen lieben Brief habe ich die
Freude zu danken, einmal wieder etwas von Ihnen in recht
heiterer Stimmung Geschriebenes gelesen zu haben. Sie
wissen, daß mich das schon aus herzlichem Anteil an Ihnen
besonders freut, daß ich es aber auch außerdem gern habe
und die Stimmung schöner finde, die das Fröhliche recht
heiter und das Widrige besonnen und gefaßt aufnimmt.
Wenigstens ist es auf jeden Fall eine mehr beglückende.
Mögen dann die dem Januar folgenden Monate alle harmlos
und friedlich an Ihnen vorübergehen, und keine
schmerzlichen Erscheinungen Ihre schöne Stimmung
stören. Erhalten Sie Ihre Heiterkeit! Leben Sie wohl! Mit
unveränderlicher Teilnahme Ihr H.

Abgegangen den 2. Februar 1835.

Tegel, Februar 1835.

ch endete meinen Brief mit Wohlgefallen an Ihrer heiteren Stimmung, und fange wieder damit an und komme darauf zurück. Da das Jahr so gut angefangen hat, wird es auch erwünscht enden. Es ist schon viel mit der guten Vorbedeutung gewonnen, und der Aberglaube selbst ist nützlich, wenn er im Vertrauen bestärkt. Denn Hauptereignisse und wahre Unglücksfälle abgerechnet, nehmen die Dinge meistenteils die Farbe der Seele an. Ein Gemüt, das sich meist in Heiterkeit erhält, ist schon darum so schön, weil es immer auch ein genügsames und anspruchsloses ist. Ich rede natürlich nicht von der durch Leichtsinn entstehenden Sorglosigkeit. Den Leichtsinn schließt schon der Ausdruck der Heiterkeit aus. Denn dies schöne Wort wird in unserer Sprache immer nur im edelsten Sinn genommen. Was heiter macht, ist entweder die ruhig besonnene Klarheit des Geistes und der Gedanken, oder das Bewußtsein einer frohen, aber des Menschen würdigen Empfindung. Man kann nicht Heiterkeit moralisch gebieten, aber nichtsdestoweniger ist sie die Krone schöner Sittlichkeit. Denn die Pflichtmäßigkeit ist nicht der Endpunkt der Moralität, vielmehr nur ihre unerläßliche Grundlage. Das Höchste ist der sittlich-schöne Charakter, der durch die Ehrfurcht vor dem Heiligen, den edlen Widerwillen gegen alles Unreine, Unzarte und Unfeine, und durch die tief empfundene Liebe zum rein Guten und Wahren gebildet wird. In einem solchen Charakter herrscht die Heiterkeit von selbst, wird nur durch wahren Kummer auf Zeiten verdrängt, doch bleibt sie auch da noch, nur in veränderter Gestalt und sich mit der Wehmut vermählend, zurück. So ist sie beglückend und veredelnd zugleich. Daß zur Aufheiterung des Gemüts eine auch heitere Gestaltung der den Menschen zunächst und täglich umgebenden Dinge beiträgt, erkennt niemand so sehr an als ich. Ich bin daher ganz einverstanden mit dem Plan, der Sie zu dem Ende beschäftigt, und wünsche von Herzen, daß er gut vonstatten gehen möge, und bitte Sie, mich von der Ausführung in einigem Detail zu benachrichtigen...

Es scheint, als könne man den eigentlichen Winter als beendigt ansehen. Solche gelinde Winter wie der diesjährige sind zwar weniger schön für das Auge und gewähren nicht die Wintervergnügungen, aber sie sind, was wichtiger ist, menschlicher. Die starrenmachende Kälte hat schon für die Einbildungskraft, geschweige für das Gefühl etwas Beengendes und wahrhaft Fürchterliches, der Not nicht zu gedenken, in welche ein strenger Winter die ärmeren Volksklassen versetzt, und der auch durch reiche Almosen nie ganz abzuhelfen möglich ist, da selbst wohlhabenden Haushaltungen der Unterschied eines strengen und gelinden Winters immer fühlbar bleibt.

Den 27. Februar.

ch bin im Besitz Ihres Briefes vom 18. d. Monats und danke Ihnen sehr dafür. Ich freue mich, daß Sie fortfahren, wohl und heiter zu sein. Leben Sie heute recht wohl! Wenn mein nächster Brief abgeht, fangen schon die ersten Blätter an hervorzubrechen.

Mit unveränderlicher Teilnahme der Ihrige. H.

Tegel, im März 1835.

Ich erfahre immer nur durch Sie, liebe Charlotte, was man in den Zeitungen von mir sagt. Diesmal enthält es bloß Wahrheit, insofern es von meiner Gesundheit handelt. Bis jetzt hat mir der sonderbare Winter keinerlei Unbequemlichkeit zugefügt, doch hält man ihn für ungesund.

Wie aber die Leute dazu kommen, so oft und ohne alle äußere Veranlassung in den Zeitungen von mir zu reden! Es beweist recht, wie das Privatgeklatsche zur öffentlichen Sache geworden ist, da man nicht die Naivität haben muß zu glauben, daß es aus wahrem Anteil geschehe. Es ist die Sucht, Neuigkeiten mitzuteilen, welcher Art sie auch sein mögen. Ich erinnere mich oft bei solchen öffentlichen Erwähnungen, wie auffallend mir der erste Gedanke daran war. Als ich noch in Göttingen studierte, schrieb mir eine Frau, mit der ich im Briefwechsel stand: jetzt schreibe ich ihr oft, es werde aber eine Zeit kommen, wo sie nur in Zeitungen von mir lesen würde. Es kam mir damals ganz fabelhaft und abenteuerlich vor, daß mein Name in den Zeitungen sollte genannt werden. Man mischte damals noch nicht so häufig wie jetzt Privatverhältnisse den allgemeinen, die Aufmerksamkeit auf sich ziehenden Ereignissen bei.

Wenn Sie von Goethes nachgelassenen Werken nur vier Bände gelesen haben, so fehlen Ihnen noch elf. Es sind fünfzehn neue Bände seit seinem Tode der damals schon vollendeten Ausgabe der vierzig Bände hinzugekommen.

Die Fortsetzung seiner Lebensgeschichte rate ich Ihnen aber sehr zu lesen, sie ist an sich hübsch und anziehend und umfaßt gerade die Zeit, wo Ewald mit Goethe oft in Offenbach zusammentraf, so daß Sie an dieser Epoche ein doppeltes Interesse finden werden, da Sie Ewald oft von dieser Zeit sprechen hörten und Ihre Erinnerungen jener Gespräche mit den Goetheschen Erzählungen vergleichen können. Da er seine Lebenserzählungen selbst Wahrheit und Dichtung nennt, so mag er sich große Freiheit dabei erlaubt haben. Ich glaube nicht, daß diese nachgelassenen Schriften sonst viel enthalten, das Ihnen nützlich oder angenehm zu lesen sein könnte. Zu den optischen und naturhistorischen kann ich Ihnen nicht raten, Sie werden von dieser Lektüre weder augenblickliche Befriedigung, noch irgend ernsthaften Gewinn ziehen.

Sie werden vielleicht in den Zeitungen ein Buch angekündigt gefunden haben, das den Titel führt: Goethes Briefwechsel mit einem Kinde. Wenn Ihnen dies in die Hände fällt, so rate ich Ihnen, es nicht ungelesen zu lassen. Sie werden darin große Unterhaltung finden, und es wird Ihnen nicht entgehen, daß die Verfasserin sehr ausgezeichnet ist durch Geist und Talent. Sie ist Witwe des als Dichter berühmten Achim von Arnim und Enkelin der als Schriftstellerin so bekannten Frau von Laroche; ihre Mutter war die Brentano, deren auch in Goethes Leben so oft erwähnt ist, und die mehrere Kinder hinterlassen hat. Frau von Arnim lebt in Berlin, da ihr Mann in der Nähe Güter besaß. In ihrer ersten Jugend ging sie in Frankfurt am Main viel mit Goethes Mutter um, die sie sehr lieb gewonnen zu haben scheint. Dadurch entstand die Bekanntschaft mit Goethe selbst, anfangs nur durch Briefe, nachher persönlich. Sie hat nun zwei Bände Briefwechsel, teils mit Goethe, teils mit seiner Mutter, und einen Band Tagebuch drucken lassen. Das Hauptthema ist ihre leidenschaftliche Liebe zu Goethe. Nebenher kommen aber andere Erzählungen eigener und fremder Lebensereignisse, Betrachtungen und Räsonnements darin vor. Von Goethe geben uns diese Bände nur etwa dreißig Briefe, von welchen dazu einige nur wenig Zeilen enthalten. Große Anerkennung von Bettinas auch wirklich seltenem Geiste und ihrer wunderbaren Originalität geht allerdings aus diesen Briefen hervor. Der Briefwechsel fällt in das Jahr 1807 und in die zunächst darauf folgenden, wo die Verfasserin zwar gar kein Kind, sondern ganz herangewachsen, aber allerdings sehr jung war. Im ganzen macht das Buch viel Aufsehen und findet viel Beifall, obgleich auch das wirklich Schöne und Geniale immer wieder mit Stellen vermischt ist, die gewiß allgemein mißfallen. Überhaupt ist zu bedauern, daß sich mit der wahren und schönen Originalität so manche Züge wunderlicher Launen vermischen. Über Goethes Mutter enthält das Buch viele und überaus hübsche Details. Diese war, wie es scheint, nicht gerade sehr bedeutend von Geist und Charakter; aber ihre Lebendigkeit, ihre Lust an Menschen und selbst an Vergnügungen, besonders eine gewisse originelle Stimmung mögen doch auf den Sohn eingewirkt haben. Das Arnimsche Buch liefert recht lebensfrische Briefe von ihr. Eine durch Tiefe des Gefühls höchst interessante Erzählung in den Briefen der Frau von Arnim ist die Erzählung des Todes eines Fräuleins von Günderrode, von der Sie gewiß schon gehört haben. Sie brachte sich selbst ums Leben. Eine unglückliche Liebe führte sie zu diesem gewaltsamen Entschluß.

Den 28. März.

(Elf Tage vor dem Tode Wilhelm von Humboldts.)

Ich besitze seit dem 23. Ihren Brief vom 18., liebe Charlotte, habe ihn aber noch nicht ganz gelesen, da ich meinen Augen wenig zutrauen darf, und mir andere Beschäftigungen dazwischen kamen. Mit unveränderlicher, inniger Teilnahme der Ihrige. H.

———————

Zur Einführung.

»Gefühl fürs Wahre, Gute und Schöne adelt die Seele und beseligt das Herz; aber was ist es, selbst dieses Gefühl, ohne eine mitempfindende Seele, mit der man es teilen kann!

Noch nie wurde ich von der Wahrheit dieses Gedankens so lebhaft und so innig durchdrungen, als in dem jetzigen Augenblick, da ich mich, auf ungewisse Hoffnung des Wiedersehens, von Ihnen trennen muß!

Pyrmont, den 20. Juli 1788.

Wilhelm von Humboldt.«

So lautete das Stammbuchblatt, das der einundzwanzigjährige Student der Rechte, Wilhelm von Humboldt, der um zwei Jahre jüngeren Pfarrerstochter Charlotte Hildebrand beim Abschiednehmen überreichte. Sie hatte ihren, nach dem plötzlichen Tode der Gattin, erholungsbedürftigen Vater in das herrlich gelegene Modebad begleitet und hier den jungen Aristokraten kennen gelernt, der von Göttingen aus, wo er an der berühmten Georgia Augusta studierte, einen kurzen Ausflug in das schöne Weserland unternommen hatte und im selben Hause Wohnung fand, das den Pfarrer Hildebrand mit seiner schönen Tochter beherbergte. Zwei gleichgestimmte Seelen hatte das Schicksal hier zusammengeführt, und schnell war der für Frauenschönheit empfängliche Jüngling von seiner anmutigen Tischnachbarin bezaubert, deren große blaue Augen noch später an der Greisin einem Gutzkow auffielen. »Schlank gewachsen, über das Maß der mittleren Größe hinaus, war Charlotte doch von vollen Formen. Ihr frisches Gesicht war von reichen blonden Locken umrahmt.«

»Drei glückliche Tage« verlebten die beiden jungen Menschen im regsten Gedankenaustausch in den herrlichen Alleen und der wundervollen Umgebung des idyllischen Pyrmont, und dann kam der Abschied, und man ging in der Hoffnung auf ein baldiges Wiedersehen auseinander. Doch 26 Jahre sollten vergehen, bis das Schicksal beide Menschen wieder zusammenführte, freilich unter ganz anderen Bedingungen, als sie damals hätten ahnen können.

Den weltgewandten Freund ließ der Strudel des Lebens bald das Pyrmonter Erlebnis vergessen. Ihr aber waren jene Tage »die ersten, ungekannten Regungen erster erwachender Liebe, so geistiger Art, wie sie wohl bei der edleren Jugend immer sind, und das Stammbuchblatt blieb ihr das einzige Pfand und Siegel der reinsten und zugleich der einzigen, wahren Lebensfreude, die ihr das Schicksal zugewogen«. Und während ihn das Leben fast mühelos auf die höchsten Höhen geleitete, wurde sie vom Schicksal schwer geprüft, und nichts Bitteres blieb ihr erspart.

In sorgloser Kindheit wuchs Charlotte Hildebrand (im Mai 1769 geboren) auf dem Pfarrhofe zu Lüdenhausen auf. In dem schönen Pfarrhause mit seinem großen Garten und den geräumigen Wirtschaftsgebäuden hatten schon der Vater und Großvater des Pfarrers Hildebrand das Amt des Geistlichen bekleidet, und die Familie gehörte zu den wohlhabenderen unter den Landgeistlichen. Während die Mutter Charlottes, mehr praktisch veranlagt, den großen Haushalt mit Umsicht leitete, war der Vater ein »vielgelehrter, tiefdenkender, in der Ideenwelt lebender, sogar in Traumvisionen zuweilen bis zum magnetischen Hellsehen sich vertiefender Mann«, der ganz und gar in seinen klassischen Studien aufging. Er leitete selbst den Unterricht seiner Kinder, und Charlotte mußte an dem Lateinunterricht, den der Vater den beiden Söhnen erteilte, teilnehmen, während sie mit ihren Schwestern die französische Sprache bei einer aus der Schweiz stammenden Erzieherin lernte, an der Charlotte Zeit ihres Lebens mit rührender Anhänglichkeit hing. Das heranwachsende junge Mädchen, schwärmerisch veranlagt, lebte ganz in der gefühlsseligen Stimmung, wie sie damals durch die Romane eines Richardson gepflegt wurde. Damals schloß sie auch ihre ersten Freundschaften, die zum Teil fürs Leben halten sollten, wie mit dem lippischen Generalsuperintendenten Ewald. Eine Freundschaft mit der Tochter eines Arztes in der kleinen hessischen Universität Rinteln war auf ihr Leben von nachhaltigem Einfluß. In der romantischen Liebesgeschichte ihrer Freundin Henriette Lotheisen spielte sie die Vermittlerin, und diese Erlebnisse wurden auch für sie von folgenschwerer Bedeutung, indem sie unter dem Einfluß der Freundin die Ehe mit einem Manne einging, der ihr als Mensch gleichgültig war, durch den sie aber Eingang in die Gesellschaft fand. Schon vor der Pyrmonter Reise war sie die Braut des Dr. Diede geworden, eines wohlhabenden Juristen, der in der Residenz Kassel ein großes Haus machte. Die Eltern waren mit dieser Verbindung nicht einverstanden, aber doch hielt Charlotte – auch nach der Bekanntschaft mit Humboldt – an dem Verlöbnis fest und wurde bald nach dem Tode der Mutter Diedes Gattin. Das gesellschaftliche Leben in Kassel täuschte sie anfangs darüber hinweg, daß ihre Ehe nicht glücklich war, aber die Abneigung gegen Diede führte zu einem Bruch, als sie in ihrem Hause, in dem zahlreiche Offiziere verkehrten, die Bekanntschaft eines Kapitäns von Hanstein machte und diesem ihre Neigung zuwandte. Heftige Eifersuchtsszenen veranlaßten sie, ihren Mann zu verlassen und zu Hanstein zu flüchten, auf dessen Ehrlichkeit sie baute. Ihre Ehe wurde geschieden und sie schuldig gesprochen. Dieses Ereignis bewirkte, daß sie bald vereinsamt dastand; und auch ihr Vater sagte sich von ihr los. Nun begannen für sie schwere Jahre der Prüfung, denn Hanstein, an dessen Liebe sie unerschütterlich glaubte, hielt sie von Jahr zu Jahr hin, und dennoch konnte sie sich nicht von diesem Manne losreißen. In verschiedenen Briefen an ihre Geschwister klagt sie ihre trostlose Verzweiflung, die noch durch äußere Not verstärkt wurde, indem ihr Erbteil, das ihr nach dem im Jahre 1800 erfolgten Tode ihres Vaters zufiel, sich als weit geringer herausstellte, als sie erwartet hatte. Um sich einen Erwerb zu schaffen, zog sie 1804 nach Braunschweig, wo sie durch Handarbeiten sich ein auskömmliches Dasein zu verschaffen suchte. Dort traf sie ein schwerer Schlag, als sie die Nachricht von der Verheiratung Hansteins erhielt, durch die sie aufs tiefste erschüttert wurde. »Ach, ich fühle es zu tief und zu stark«, schrieb sie damals an ihre Schwester, »daß ich ein halbes Menschenalter mit seinen Ansprüchen und Freuden geopfert habe, um es nun zu betrauern, daß ein edler Mann (Du weißt, er war es!) sich selbst überlebt hat! Das ist mein Schmerz; nicht daß ich ihn verloren habe – obgleich ich jetzt glaube, daß ich tief im Herzen die Hoffnung, mir selbst unbewußt, genährt habe, er werde einst als mein Freund mit erhöhter Achtung zurückkehren.«

Nun hielt es sie nicht länger in Braunschweig, und sie zog nach Kassel, der Hauptstadt des ausschweifenden, leichtlebigen Königs »Lustik«, wie das Volk Jerôme nannte, zurück. Hier schuf sie sich durch Vermieten und Anfertigen von »Blumen und Ballgarnituren« einen Unterhalt, der mit den Zinsen ihres Vermögens, das sie in Braunschweigischen Staatspapieren angelegt hatte, ihr ein auskömmliches Leben gestattete. Von der klugen, geistvollen Frau angezogen, fanden sich bald zahlreiche interessante Persönlichkeiten in ihrem bescheidenen Heim ein. Da verlor sie unerwartet ihr Vermögen, als Napoleon die Staatsschuld Braunschweigs nicht anerkannte, und eine neue seelische Erschütterung, die ihr eine unglückliche Neigung zu einem Manne brachte, der sie hätte glücklich machen können, den sie aber »an ihr welkendes Leben« nicht fesseln wollte, da sie ihm »außer einem verständigen, veredelten Herzen nichts bieten konnte: keine Jugend, keine Schönheit, kein Vermögen, ja auch leider keine Gesundheit« – warf die schwer geprüfte Frau aufs Krankenlager, und aufs neue trug sie sich mit dem Gedanken, freiwillig aus dem Leben zu scheiden. Die Jahre 1811 bis 1813 gehörten zu den schwersten ihres Lebens. Schließlich verschlug sie ihr Geschick nach Holzminden, wo sie schon einmal nach dem Eheskandal in Kassel geweilt hatte, und hier erinnerte sie sich in ihrer Not ihres Jugendfreundes aus Pyrmont, der ihr vielleicht helfen könnte, und am 18. Oktober 1814 schrieb sie an Wilhelm von Humboldt, der damals als preußischer Abgesandter auf dem Wiener Kongresse weilte. Wir wissen, daß dies der Anfang jenes Briefwechsels war, den Humboldt bis zu seinem Tode – zuletzt mit rührender Entsagung – geführt hat, und der Charlotte Diede einen ruhigen Lebensabend geschaffen hat.

Die 26 Jahre, in denen Humboldts Jugendfreundin so ungezählte Leiden auszukosten hatte, hatten aus dem jungen Studenten der Rechte den großen Staatsmann »von perikleischer Hoheit des Sinnes« und Gelehrten werden lassen, dessen Freundschaft die Größten unserer Nation suchten, und der durch seine Taten und Schriften Gewaltiges für die deutsche Kultur geschaffen hat.

Unmittelbar nach jenem Erlebnis in Pyrmont hatte er, der schon vorher in Berlin zu dem Tugendbund mit Henriette Herz und Karl de la Roche gehörte, seine spätere Gattin Karoline von Dacheröden kennen gelernt, die mit Schillers späterer Schwägerin, der nachmaligen Karoline von Wolzogen, ebenfalls in diesem romantischen Freundschaftsbunde aufgenommen war. Schon am 1. September 1788, also wenige Wochen nach dem Zusammentreffen mit Charlotte Hildebrand in Pyrmont, schrieb er einen überschwenglichen Brief an Li, wie Karoline von Dacheröden im Freundeskreise hieß, die im Jahre darauf seine Braut wurde und mit der er seit 1791 achtunddreißig Jahre eine überaus glückliche Ehe geführt hat, bis ihm der Tod die treue Lebensgefährtin entriß. Wie nur wenigen Sterblichen war es ihm vergönnt, sich sein Leben zu formen, wie es ihm behagte, und ungetrübt durch äußere Widerwärtigkeiten konnte er auf seiner Bahn fortschreiten, die ihn auf die Höhen der Menschheit führte. Auf weiten Reisen nach Frankreich, Spanien, Italien und England hatte er Welt und Menschen kennen gelernt, und nach jahrelanger Muße, in der er sich auf seinen Besitzungen ganz seinen Forschungen widmen konnte, hatte er in der Zeit schwerster vaterländischer Not sein überragendes Wissen und seine Kraft in den Dienst des Vaterlandes gestellt, hatte die Berliner Universität mitbegründet und weilte damals, als Charlotte Diede sich in ihrer Not an ihn wandte, auf dem Wiener Kongreß.

Noch sechs Jahre war er im Dienste des Staates tätig, dann zog er sich ins Privatleben zurück, um »nicht vom Aktentische ins Grab taumeln« zu müssen. Die fünfzehn Jahre, die ihm sein arbeitsreiches Leben noch beschied, widmete er ganz seiner wissenschaftlichen Tätigkeit als Sprachforscher und Philosoph, und je älter er wurde, desto mehr fesselte ihn sein Schloß in Tegel, in dem ihn der Geist des Altertums aus den herrlichen Bildwerken, die er meist selbst gesammelt hatte, umgab, und als den Weisen von Tegel lernen wir ihn auch aus den »Briefen an eine Freundin« kennen. Und aus seinem tiefen Wissen und seiner geläuterten Weltanschauung konnte er nun der Freundin ein Weiser auf ihrem Pfade werden und ihrem unstäten Sinn von seinem göttlichen Frieden mitteilen.

Ihr aber wurden die Briefe Humboldts »ein verjüngender Quell«, und schon 1818 schrieb sie an ihre Schwester: »Ich genieße überall, wo ich lebe, das Glück, geliebt zu sein, und habe die Erfahrung gemacht, daß äußeres Glück oder Unglück, Reichtum oder Armut es nicht ist, was uns geliebt oder geehrt macht, sondern wir selbst es sind.« Und als ihr nun der »himmlische Freund« entrissen wurde, sah sie sich neuen Sorgen gegenüber, und einige ihrer Freundinnen ließen ihr anonym eine Unterstützung zukommen. Schließlich entschloß sich die Greisin zu einem Bittgesuch an Friedrich Wilhelm IV., der sie darauf mit 300 Talern in Gold unterstützte, so daß sie nunmehr ihren Lebensabend ruhig beschließen konnte.

Die Briefe Humboldts aber sind ihr ein Trost in ihrer Einsamkeit, und so schreibt sie an ihre Freundin, die ihr bei der Herausgabe behilflich sein soll: »Mit ihnen lebe ich jetzt und fort und fort. Aus diesem unerschöpflichen Schatz nehme ich auch jetzt Trost und Fassung, wie ich eine lange Reihe von Jahren alles herausnahm, was ich bedurfte an Rat und Trost, an Erhebung und Ermutigung, an Besserung und Belehrung, an Erleuchtung und Erkenntnis. Sie waren mein einziger Reichtum, sie beseelten meine Einsamkeit und entschädigten mich für so viele Entbehrungen. Jetzt lerne ich etwas, wie ich den großen Schmerz würdig aufnehme und trage, und mit dem Andenken an das, was er mir war, fortlebe.« – Im Jahre 1846 ist auch sie dann zur ewigen Ruhe eingegangen.

Uns Deutschen aber bleiben diese Briefe ein köstliches Vermächtnis eines unserer größten Geistesheroen, eines Mannes, der die Ideale, die er als Seher erschaute, auch in seinem Leben dargestellt hat.

Rostock, im Dezember 1920.

Alfred Huhnhäuser.

———————

Anmerkungen.

Zum Vorbericht. S. 12 Hoffnung des Wiedersehens: Doch geschah es noch zweimal nach vielen Jahren. – Dokument, das hierher gehört: vgl. die Einführung S. 492. – S. 20 als Zusätze nachtragen: Diese Zusätze sind, soweit sie zum Verständnis der Briefe wichtig waren, in den Anmerkungen zu den Briefen mit verwertet.

S. 21 dies Blättchen: vgl. die Einführung S. 402.

S. 32 Welcher Ihrer Pläne ausführbar sein kann: »Von Ihren jetzigen Plänen kann ich keinen billigen und keinen befördern.« In seinen weiteren Ausführungen, die von Charlotte Diede ausgelassen sind, lehnt Humboldt es ab, sie, wie es ihr Wunsch war, in seinem Hause aufzunehmen. – Anweisung: »auf 200 Taler«.

S. 39 Meine kurzen Briefe können Sie eingeschüchtert haben: Dazu bemerkt Charlotte in ihren Zusätzen: »In die Jahre von 1814-20 fielen die großen weltgeschichtlichen Begebenheiten und Wilhelm von Humboldts Staats-Leben und -Wirken. Lange Briefe konnte ich in dieser Zeit nicht bekommen, aber fortwährend empfing ich Zeichen und Beweise des Andenkens und Nachrichten über meine Vermögensangelegenheiten..... Ich durfte mich nicht abhalten lassen, auch wenn ich nur selten und kurze Briefe erhielt, selbst lange Briefe zu schreiben. Doch schrieb ich anfangs nur selten.«

S. 47 Ich sehe Ihrem Entschluß und Ihrer Antwort mit Verlangen entgegen: Darauf hat Charlotte in einem Brief geantwortet, der als einer der wenigen von ihr erhaltenen hier Aufnahme finden möge. »Der Wunsch, den Sie, hochverehrtester Freund, mir in Ihrem letzten Brief aussprechen, ist ein neuer Beweis Ihrer höchst gütigen

Teilnahme, den ich sehr dankbar empfinde und erkenne, und zugleich tief die Verpflichtung fühle, Ihren Forderungen zu entsprechen. Zugleich aber gestehe ich, daß ich auch erschreckt bin, indem Schwierigkeiten und Bedenklichkeiten mir entgegentreten. Zuerst erlauben Sie mir die Einwendung: Wo soll ich den Mut finden, Ihnen, der Sie Welt, Leben, Begebenheiten und Menschen in den größten Erscheinungen sahen, mein Leben in seinen Verhängnissen vorzuführen, die, wenn sie gleich für mich von großer Wichtigkeit waren, Ihrem Blick sehr unbedeutend erscheinen müssen. Dann ist auch vieles durch die Zeit verblichen, anderes mehr noch weit in die Vergangenheit zurückgetreten, wodurch ein solches Unternehmen sehr erschwert wird. Die freundlich-schmeichelnden Belobungen meines Schreibens erkenne ich dankbar, sehe aber zugleich, daß sie mich ermutigen sollen. Ich antworte auf der Stelle, wie Sie das wollen, um ganz ehrlich den ersten Eindruck auszusprechen. Gewähren Sie mir, teuerster, gütigster Freund, daß ich die Sache erst von allen Seiten ruhig erwäge. Ob ich die mir angeborene Schüchternheit, die mich beschämt zurückweist, beherrschen werde? Ich wünsche es und will es hoffen, da mein Leben, auch in den verwickeltsten Lagen und Verhältnissen, wie in dem Innern von Ihnen gekannt, erkannt und verstanden sein möchte, und nur so, wie es bisher geschehen, in der einfachsten Wahrheit. – Daß ich noch einmal, und nur noch einmal auf Ihre viel zu gütige Belobung meines Schreibens zurückkomme, verzeihen Sie mir gewiß. Es ist große, unendliche Güte, das weiß ich, und kein Spott, ob es vielleicht den Schein des Spottes haben könnte; denn wessen Feder hat einen ähnlichen Zauber wie die Ihrige! Ich habe nie Anspruch an Schönschreiben gemacht; ich habe mich sogar vor dem Bestreben danach gehütet: denn ich meine, es führt dem Charakter manche Gefahren herbei. Früher als die meisten Frauen habe ich viel geschrieben, teils weil es so sein mußte, teils aus Neigung. Zuerst achtete ich streng darauf, daß ich mich schriftlich wie mündlich ausdrückte; dies ist Forderung meines Charakters, der das Unwahre und Falsche wegweist; dann hütete ich mich vor Übertreibungen, die mir immer zuwider waren. So blieb wohl der Ausdruck meiner Empfindungen einfach und natürlich, um so mehr, da mir alles Gesuchte und Schwülstige sehr mißfällt. Da ich zugleich früher, als es meist der Fall ist, Geschäftssachen besorgen mußte, machte dies Klarheit der Darstellung durchaus nötig. Auf diese Art gewann ich vielleicht mehr Übung und Gewandtheit im Schreiben, als ich ohne diese Notwendigkeit erlangt hätte; ich gewann zugleich diese Art der Beschäftigung zu meiner eigenen Ausbildung lieb und schrieb viel für mich selbst. Wie hätte ich ahnen können, daß diese Übung mir einst später den Weg bahnen würde, mich dem teuern Gegenstande vieljähriger liebevoller Verehrung wieder zu nahen? In dem, was ich hier sage, erkennen Sie schon meine Bereitwilligkeit, Ihnen zu gehorchen, und ich darf die Bitte wiederholen: Gewähren Sie mir einige Tage der Überlegung. Nachher will ich Ihnen offen und gerade die Resultate derselben mitteilen.

»Eines aber erlauben Sie mir gleich einzuwenden: in dritter Person zu Ihnen zu reden; was ich allein für Sie schreibe, würde mir einen hindernden Zwang auflegen. Meine Verhängnisse wie meine Bildung, beides ging aus meinem Innern hervor und wirkte dahin zurück. Tausend Frauen würden, hätten sie erlebt, was ich erlebte, ganz andere Schicksale daraus gestaltet haben. Diese über uns gebietende Individualität verschmilzt mit dem ewig waltenden Geschicke, wie es scheint. Wir können nur handeln, wie wir handeln; vieles, was andere tun, auch wenn wir es nicht tadeln, weist, als unvereinbar mit uns selbst, unser Inneres weg. Über solche Begebenheiten läßt sich nur im innigsten

Vertrauen und in der einfachsten, ich möchte fast sagen einfältigsten Wahrheit reden. Dem schwergeprüften, gereiften Gemüt ist der Schein ganz gleichgültig; es bewahrt das tränenschwer Erlebte, gleich einem Heiligtum, verschlossen im Busen. Allein dem Allwissenden und der ewigen Liebe schließt es sich gläubig auf. Auch dem so innig und unendlich geliebten Jugendfreund kann und will es eben so offen daliegen, und nur ihm allein! Wozu dann eine fremde, eine gesuchte, einengende Form? Ich darf dies einwenden, weil es natürlich ist, und ich nur für Sie schreibe. Ich bin oft aufgefordert, meine Lebensbegebenheiten selbst zu schreiben, oder jemand zu autorisieren und dazu das Material zu geben, aber ich habe es immer verschmäht. Man gelangt nach ungewöhnlichen Schicksalen dahin, sie nur in ihren heilbringenden Folgen zu betrachten, sie mit Ehrfurcht als höhere Fügungen anzusehen, ja selbst dankbar darauf hinzublicken. Wie wenig ist am Ende der Bahn daran gelegen, was wir erlebten, wie wichtig, wie unendlich viel, was daraus hervorging! Sollte ich Ihrer Teilnahme gewürdigt, Ihres segenreichen Einflusses teilhaftig werden, so dürfte auch nichts anders sein, als es war. Demohngeachtet ist es natürlich, daß mich das Zurückrufen einer leidenvollen Vergangenheit sehr ergreift, und deshalb kann ich nicht gleich eine bestimmte Antwort geben. Sie wissen schon aus meinen früheren Briefen, daß ich ungewöhnlich und ungemein viel erlebte. Manche Bilder erbleichen und schwanken; ich möchte sie nicht wieder herausholen, ja, ich darf das nicht; es würde mich zerstören, wollte ich zu lange verweilen in düstern, grauenvollen Gegenden. Sie scheinen sich selbst diese Einwendungen gemacht zu haben und wissen besser, als ich es sagen kann, daß, wer viel erlebt hat und großen Schmerz kennt, ihn schweigend ehrt, nicht davon redet noch reden kann, indes der, der den Schmerz weder kennt noch versteht, unendlich davon erzählt. Ich erwarte mit Zuversicht die Antwort und darf sie erwarten, denn Sie zürnen gewiß nicht über meine zaghaften Einwendungen und haben Nachsicht mit meiner Schwäche, indem Sie zugleich erkennen, daß es mein Wunsch und Wille ist, Ihnen zu gehorchen. Vielleicht übersende ich Ihnen schon früher, als Sie es erwarten, einige Bogen als Probe.«

S. 51 Ich war in Düsseldorf bei Jacobi: Der Philosoph Friedrich Heinrich Jacobi (1743-1819), den Humboldt im Herbst 1788 auf seiner Rheinreise kennen gelernt hatte. Er schreibt damals in einem Briefe an Georg Forster, mit dem er kurz vorher enge Freundschaft geschlossen hatte, folgendes über diese Begegnung mit Jacobi: »Sein Umgang war mir über alles interessant. Er ist ein so vortrefflicher Kopf, so reich an neuen, großen und tiefen Ideen, die er in seiner so lebhaften Sprache vorträgt; sein Charakter scheint so edel zu sein, daß ich in der Tat nicht entscheiden mag, ob er zuerst mein Herz oder meinen Kopf gewonnen hat. Er hat mir erlaubt und versprochen, die Verbindung durch einen Briefwechsel zu unterhalten.«

S. 54 Ihr alter väterlicher Freund Ewald: Johann Ludwig Ewald (1747-1822), Pfarrer, später Generalsuperintendent und Konsistorialrat, wird des öfteren in den Briefen erwähnt.

S. 92 Die Kraft abgewinnt, zu erscheinen: hierüber gibt Charlotte in ihren Zusätzen folgende Ausführungen:

»Es möchte eine Erklärung nötig sein über die dunkeln Andeutungen, welche dieser Brief enthält. Zwar bin ich nicht imstande, die Rätsel zu lösen, nur erzählen kann ich das Geheimnisvolle, was Wilhelm von Humboldt so sehr interessierte. Es schien nämlich ganz unzweifelhaft, daß etwas Geheimnisvolles, ja in ein unsichtbares Bereich Gehörendes, nie Aufgehelltes (so sorgfältig auch danach geforscht wurde) in meinem Vater lag. Auch war er sich dessen wohl bewußt. Ohne erfreut oder niedergeschlagen darüber zu sein, sprach er wohl darüber, erzählte mehrere Erfahrungen aus verschiedenen Epochen seines Lebens, ernst, würdig, ohne festen Glauben, ohne Furcht, aber auch ohne spöttisches, starkgeisterisches Verwerfen. Er pflegte wohl zu sagen: den Zusammenhang zwischen der sichtbaren und unsichtbaren Welt hat noch niemand durchschaut und erkannt.

Es waren weniger Erscheinungen als Wahrnehmungen durchs Gehör; laute, ja lärmende Bewegungen in den von ihm bewohnten oder benutzten Zimmern, oft alsbald wenn er sie verließ, nie während seiner Gegenwart. Diese Geräusche waren dem Beschäftigungsgeräusche gleich, das er in einem eigentlich gelehrten Leben durch die damit verbundenen Bewegungen erregte: Kramen zwischen Büchern, Schriften und Papieren, Zusammenrücken der Tische, Herbeiziehen der Stühle, bald langsames, bald schnelles Hin- und Hergehen – alles ebenso, nur lauter, als es mein Vater betrieb, so daß Mutter und Kinder im unteren Stock oft glaubten, der Vater sei zu Hause. Dieser pflegte, wenn es das Wetter erlaubte, mittags vor Tisch eine Stunde spazieren zu gehen oder zu reiten. Er hatte die Gewohnheit, dann seine Arbeitsstube zu verschließen und den Schlüssel einzustecken. In diesen Mittagsstunden war das Lärmen am lautesten. Sehr oft, wenn er zu Tisch kam, war er ernst, etwas düster und schweigend, aß wenig oder auch garnichts. Ein andermal erzählte er, ruhig immer, doch oft mit umwölkter Stirn: wenn er den Schlüssel einstecke und aufschließen wolle, scheine es, als ob der unsichtbare Teilnehmer des Zimmers, gleichsam als werde er überrascht, schnell aufspringe und mit Poltern, Umwerfen der Stühle in das Nebenzimmer eile, das aber immer von beiden Seiten verriegelt war. Sehr oft sei es so, daß er glauben müsse, es habe sich jemand auf sein Arbeitszimmer und zu seinen Papieren geschlichen. Trete er aber ein, finde er alles ungeändert, so wie er es verlassen, Bücher, Papiere, Federn usw., alles am gewohnten Platz, den Stuhl wie den Tisch, an dem er zu schreiben pflegte, unverrückt. Die Mutter, die manche häusliche Geschäfte in einem benachbarten Zimmer, auf demselben Gange, in demselben Stock vorzunehmen pflegte, sagte wohl zu ihren heranwachsenden Kindern: Gott verzeih' mir – ich glaube, Euer Vater ist doppelt! – Was das Grauenhafte ungemein verminderte, war, daß die Nächte und auch die Nachmittage still waren. Vormittags, besonders aber in den Mittagsstunden, waren länger als ein Jahr polternde Geräusche, was auch Besuchende wahrnahmen. Wirklich niederschlagend war es, daß alle Wahrnehmungen nicht bloß an sich unerfreulich waren, sondern daß auch kein tieferer Gehalt darin erkannt werden konnte. Sie waren weder anzeigend, noch warnend, noch weniger erhebend oder trottend, alles sah wie ein Spiel böswilliger Geister aus, die nur Schrecken und Grauen erregen wollten. Indes übte auch hier Gewohnheit ihr Recht. Wir hatten uns fast an die unheimlichen Unsichtbaren gewöhnt, und da sie uns nicht weiter schädlich berührten, ließen wir sie meist unbeachtet. Wie viele Nachforschungen und Untersuchungen man auch vornahm, keine derselben brachte erklärende Resultate. Mit dem Tode der Mutter, der früh erfolgte, verstummte alles Unheimliche, als ob es Anzeichen dieses Trauerfalles habe sein sollen.«

S. 111 Diese Träume, dieser gewissermaßen natürliche Magnetismus: Dazu gibt Charlotte folgenden Zusatz:

»Die Hindeutung auf gewissermaßen natürlich-magnetische Träume, deren hier gedacht wird, möchte noch einige, wenn auch nicht erklärende, doch deutlicher machende Worte erfordern, über eine seltsame und gewiß seltene physiologische Stimmung, wie solche mir durch oft wiederholte, immer gleiche Erzählung bekannt worden ist, ohne Aufschluß erhalten zu haben oder geben zu können. Mein Vater erkrankte schwer und langwierig in meiner frühesten Kindheit. Gegen alle Erwartung der Ärzte wurde er erhalten und gerettet durch eine schwere Operation, die ein sehr geschickter Wundarzt, der hinzugezogen wurde, verrichtete. Derselbe wurde nach erfolgter gänzlicher Genesung des Vaters von der Familie wie ein teurer Wohltäter geliebt und verehrt, und beide Häuser kamen in innige Verhältnisse, um so mehr, da groß und klein von gleichem Alter waren. Im nächsten Frühjahr wurde der erste Besuch in die benachbarte Stadt, zum Doktor und Regimentsarzt M., gemacht. Dieser kleine, fröhliche Ausflug war für uns alle ein wahres Fest. Schon beim Stillhalten des Wagens, bei dem Aussteigen, bei dem Eintritt in den Hausflur wurde mein Vater still und bestürzt, mehr noch beim Eintritt in die Wohnstube. Das M-sche Haus war alt und winkelig, man fand sich nicht gleich darin zurecht, und ein versteckter Gang führte in einen kleinen Garten, von den Kindern der Irrgarten genannt. Nach dem ersten Empfange sollten nun erst den Gästen ihre Zimmer angewiesen werden. Jetzt nahm der Gast den Hausherrn an den Arm, mit den Worten: »Nun will ich Sie führen.« Schweigend brachte er ihn erst in die Gastzimmer, dann durch alle Räumlichkeiten durch, vor dem Eintritt in jede Stube und Kammer die Bestimmung derselben bemerkend, und zuletzt auch kannte er den verdeckten Gartenweg. Fast genauer als im eigenen Hause kennt er hier jedes Möbel und gibt der erstaunten Gesellschaft folgenden Aufschluß: während seiner dreimonatigen schweren Krankheit habe ihn jeder matte Krankenschlummer in dies Haus gebracht; er habe in allen diesen Räumen so oft und so lange verweilt, daß er alles aufs genaueste kenne. Da er aber den Schauplatz seiner Träume nie gesehen habe, es also keine Erinnerungen sein konnten, welche in der kranken Einbildung wieder aufstiegen, so habe er es ganz natürlich für phantastische, kranke Traumbilder gehalten, ohne weiter darauf zu achten. Man möge nun sein Erstaunen nachempfinden, wie er schon beim Stillhalten des Wagens, schon beim äußeren Anblick des Hauses, und immer mehr und mehr, seine Traumbilder verwirklicht sehe!

Er mochte gern bei dieser sonderbaren Erscheinung seines inneren Sehvermögens verweilen und erzählte diese Erfahrung gern, und immer getreu dasselbe, so daß ich es ebenfalls getreu wiedergeben kann. Nie ist uns über die sonderbare Sache, die für Wilhelm von Humboldt lebhaftes Interesse hatte, und die er natürlichen Magnetismus nannte, ein näherer Aufschluß geworden. Wer möchte sich ein ähnliches inneres Vermögen wünschen!« – Zschokke gedenkt in seiner Selbstschau eines ähnlichen inneren Sehvermögens, doch auch sehr verschieden, da es fremde Begebenheiten, und selbst Heimlichkeiten anderer, vorüberführt.

S. 166 wo Sie mich ganz mißverstanden haben: An dieser Stelle wie auch zu Anfang des Briefes hat Charlotte das Original Humboldts gekürzt. (Vgl. hierzu die Leitzmannschen Forschungen, vor allem eine handschriftliche Notiz Charlottes zu diesem Brief.)

S. 184 An Tegel hänge ich: über das Schloß Tegel und seinen Bildsäulenschmuck berichtet auch Fontane in seinen Wanderungen durch die Mark im dritten Band.

S. 187 ein so stattliches Schloß scheint: Schloß Tegel, 1660 vom Großen Kurfürsten als Jagdschloß erbaut, ging 1765 in den Besitz des Majors Georg Alexander von Humboldt über. Nach dem Tode des Vaters (1779) besaßen die beiden Brüder das Schloß gemeinsam. 1802 übernahm es Wilhelm von Humboldt allein. 1822-24 wurde es von Schinkel völlig umgebaut.

S. 235 Frau von Laroche: Sophie von Laroche (1731 bis 1807), die Jugendgeliebte Wielands, Schriftstellerin. wird in Goethes »Dichtung und Wahrheit« an verschiedenen Stellen erwähnt.

S. 251 Therese Huber, Schriftstellerin (1764-1829), Tochter des Göttinger Gelehrten Heyne, war mit Georg Forster, dem Freunde Humboldts, und später mit dem Schriftsteller Ferdinand Ludwig Huber verheiratet.

S. 364 Sie erwähnen der neusten unruhigen Auftritte: Gemeint sind Volkserhebungen des Jahres 1830. Am 25. August war auch in Belgien die Revolution ausgebrochen.

S. 389 Die Ungewißheit der Zeiten: Zusatz von Charlotte: »In dieser Zeit erschien die gefürchtete Cholera in ganz Deutschland und setzte, wie es jeder erfahren hat, alles in Furcht und Schrecken.«

S. 421 Der Stelle in der Delphine: »Frau von Staël stellt nämlich in der Delphine den Satz auf, daß für das Alter oder die späteren Jahre, wo man allein stehe, die Ehe nötig und erwünscht sei. Die Jugend finde überall ihre Freuden.« (Anm. von Charlotte.)

S. 491 Zum Brief vom 28. März schreibt Charlotte: »So kam der 8. April heran und brachte mir von unbekannter Hand vom 4. April die Nachricht »einer gewiß vorübergehenden Erkrankung« so schonend als möglich. Es war der Todestag von Wilhelm von Humboldt, als ich die Nachricht von unbekannter Hand erhielt.«

Dieses Buch wurde als II. Band der Jahresreihe 1920/21
ausschließlich für die Mitglieder des
Volksverbandes der Bücherfreunde hergestellt. Den
Druck besorgten Gebr. Mann in Berlin
in der Behrens-Mediäval von Gebr. Klingspor in
Offenbach a. M.
Den Einbandentwurf zeichnete Grete Schmedes.
Gebunden in der Buchbinderei
von Wilhelm Kämmerer.

www.ingramcontent.com/pod-product-compliance
Lightning Source LLC
Chambersburg PA
CBHW032007110726
47901CB00004B/995